糜文開
裴普賢 著

# 中國文學欣賞

三民書局印行

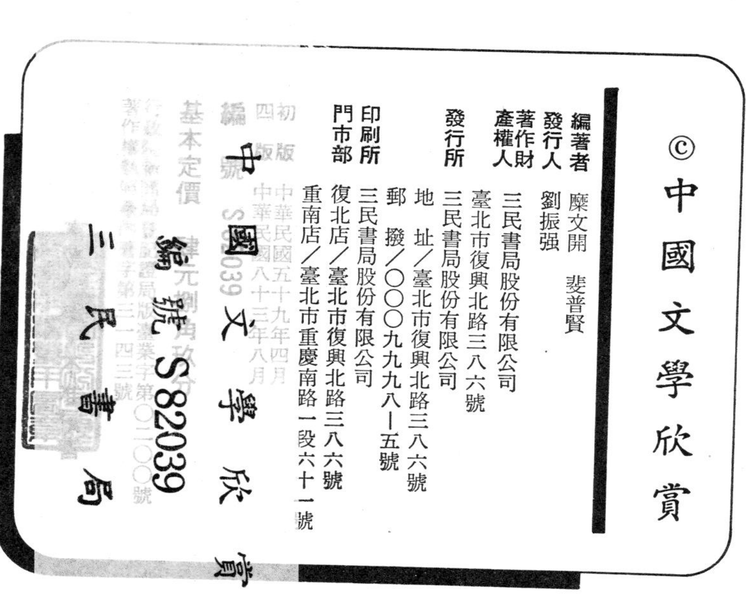

© 中國文學欣賞

編著者　糜文開　裴普賢
發行人　劉振强
著作財產權人　三民書局股份有限公司
臺北市復興北路三八六號
發行所　三民書局股份有限公司
地　址／臺北市復興北路三八六號
郵　撥／〇〇〇九九九八－五號
印刷所　三民書局股份有限公司
門市部　復北店／臺北市復興北路三八六號
重南店／臺北市重慶南路一段六十一號
初　版　中華民國五十九年四月
四　版　中華民國八十三年八月
編　號　S 82039
基本定價　肆元捌角玖分
行政院新聞局登記證局版臺業字第〇二〇〇號
著作權執照臺內著字第三一四三號

中國文學欣賞
編號 S82039
三民書局

ISBN 957-14-0812-3（平裝）

# 自序

早在十多年前，三民書局就約我們撰寫一本中國文學史，我們答應有暇時試寫。四十八年夏天，我們到了馬尼拉，普賢任教於菲律賓華僑師範專科學校（現在中正學院的前身）。第二年開始擔任中國文學史的課程，就着手蒐集教材，自編文學史的講義。發覺教授時學生們對於作品舉例，不易懂得，需要特別加以詳細的講解，因而進度很慢。有時並應學生的要求，另印文學史上的重要作品，作爲文選的教材來講授，以爲文學史的補充。於是深感要是能將中國文學史和歷代文選兩門課配合起來編成講義，同時由一人教，那就教起來比較方便，學生得益也就更多了。如果將其中歷代文選，除却註釋以外，再加以語譯和評解，寫成作品欣賞，那末更可給青年學生及文藝愛好者作爲自修之用了。於是普賢和我有了合力把中國文學史改寫成這本中國文學欣賞的計劃。

五十四年秋，我們回到臺灣，參考書比較容易找了；普賢仍在國立臺灣大學任教，每週頂多只要上八小時課，比在馬尼拉時也空了不少。我們將改寫的計劃告訴三民，三民催我們趕快寫。於是我們開始依照計劃動筆。文學史由我主稿，作品欣賞由普賢主稿。預備試寫十講，先從周代寫到唐初爲止，平均每講三萬字，共寫三十萬字。足供大學中文系二年級中國文學史和歷代文選兩門課，每週各三小時，教授一年之用。爲不使工作中斷，和聽取讀者的反應，寫完第一講詩經時代、第二講楚辭時代，便開始接洽雜誌連載。我又在中國文化學院夜間部兼課，第二年又擔任了中文系歷代文選一課，準備試用這教材。不料寫文學史既費時，寫作品欣賞更費力，而普賢在臺大請到長期發展科學委員會的補助金以後，大部分的心力花在寫那方面的專題上去了。因此勞累得我治愈了多年的風溼病復發；而雜誌已經連載到第五講，稿費却始終拖欠，分文未到手。於是撰寫不得不中斷。此後雖仍由普賢主稿寫了第六第七講的作品欣賞，將子虛賦送國語日報古今文選刋登，將樂府詩選送文壇月刋發表，文化學院的歷代文選請潘教授琦君代課，她仍採用我們的作品欣賞爲教材，加以各該作者與作品在文學史上地位的說明，大得學生的歡迎與愛戴。但我從此體力不繼，只寫些詩經欣賞與研究續集的零篇，對於這項撰寫的工作，因而也就癱瘓了。

五十七年秋，我再度病發入院。出院後爲恢復健康，決定易地工作，外交部於次年二月派我來曼谷服務。普賢請假同行。未完成的工作必須告一段落。於是利用出國前的休假時間，我們日夜趕工。這計劃的十講，寫完八講，寫到晉朝陶淵明爲止，送給三民出版。未完成的第九講翻譯文學第一期和第十講唯美文學時代，留待以後有機會再補寫。

八講字數總計，共約二十七萬字，比預定超過了三萬字。再檢查一下，撰寫時作品欣賞已力求緊縮，好幾篇重要的代表作早經改爲附錄，超過預定篇幅的，還是作品欣賞部分。可見這篇幅的超過，已是事勢所難免的了。

現在三民書局把全部校樣寄來，要我們寫篇自序，因此由我報告此書撰寫的動機與經過如上。錢師賓四特賜墨寶，爲本書題署封面，也在此附筆誌謝。

中華民國五十九年一月二十三日　文開序於曼谷

# 中國文學欣賞（上）目錄

## 第一講　詩經時代

## 第二講　楚辭時代



## 第三講　散文第一期（上）

## 第四講　散文第一期（中）

## 第五講 散文第一期（下）

# 第六講　漢賦時代

## 第七講　漢代樂府與民歌



## 第八講　兩漢魏晉古詩

目次

# 中國文學欣賞

## 第一講　詩經時代

### 文學史敘述

#### 一、詩經的時代

詩經是中國第一部詩歌總集，也是中國最早的一部純文學作品。它輯錄了上起殷周之際，下迄春秋中期六百年間（自公元前第十二世紀末年至公元前第六世紀）的詩歌共三百零五篇。在詩經以前，雖已有詩歌的流傳，但後世所記，大多已非原文。馮惟訥古詩紀所輯神農黃帝時代諸詩，都是後人的僞託或臆測。沈德潛古詩源所錄比較審愼，古逸部分，起自堯舜時代，但所載堯時的擊壤歌錄自帝王世紀，康衢謠錄自列子；舜時的卿雲歌錄自尙書大傳，南風歌錄自孔子家語，這許多書的內容都不可靠，祇有尙書臯陶謨追記的『股肱喜哉，元首起哉，百工熙哉』的帝虞與臯陶諸臣的唱和歌等少數篇章，比較信實。所以我們講中國文學史，不如從詩經講起。

詩經是周族的產品，周族一向依靠農業爲生，自始祖后稷起，便住居於現在陝西省北部沮水、漆水和渭水附近。公劉時遷居於豳，到古公亶父（周太王）爲狄人所逼，又由豳遷於岐。他的孫子姬昌（周文王）勢力漸强大，征服鄰近的部落，遷都於豐。姬昌的兒子姬發（周武王）繼續發展，終於公元前一一一一年推翻商朝紂王的統治，取代天子之位，遷都於鎬。他的弟弟姬旦（周公）幫他制禮作樂，推行封建制度，除追認商朝的諸侯外，又分封子弟及功臣於勢力所及之地，以鞏固周朝的統治。武王十一傳至幽王，於公元前七七一年爲犬戎所殺。幽王的兒子平王，祇得東遷洛邑。於是稱鎬都時代爲西周，東遷以後爲東周，而漸入齊晉楚秦等國爭霸的春秋時代。詩經便是自周初到春秋中期，王朝和諸侯各國所產生的詩歌的總集。

## 二、國風

詩經以分類編輯，大別爲風雅頌三類。第一類風，包括鄭國衛國等十五個地區所流行的歌謠，也稱十五國風。十五個地域單位的排列次序是：周南、召南、邶、鄘、衛、王、鄭、齊、魏、唐、秦、陳、檜、曹、豳。這十五個地區都分佈在黃河流域：秦、豳在黃河上游，現在甘肅、陝西省境；魏、唐、邶、鄘、衛，在黃河中游的北岸，現在山西、河南、河北一帶；王、檜、鄭、陳，在黃河中游的南岸，現在河南省境；曹、齊在現今黃河下游的山東省境；祇有周、召二南，自黃河流域的陝西、河南南部，延伸及於南方的漢水長江一帶。其年代以西周初年的豳風爲最早；檜風也是西周時代的產品；王風、鄭風、唐風、秦風、曹風等全是東周時代產品；二南衛風等則周室東遷前後的產品都有。

十五國風共一百六十篇，是各地民情風俗的表現。有些是對人物的讚美或懷念，例如召南的羔羊，是對政府官員的讚美；周南兔罝篇是對於武夫的稱頌；召南甘棠篇是懷念召伯德政的詩；衛風碩人篇是歌詠莊姜高貴美麗的詩。有些是對人物的諷刺或咒罵，例如陳風株林的對陳靈公閒言冷嘲；邶風新臺的對衞宣公熱諷挖苦；魏風碩鼠的指桑罵槐；鄘風相鼠的惡咒痛斥，各極其妙。二南中多應用於祝賀稱頌之詩，可見當地人民的安樂多禮；豳風以描寫農事的田功歌『七月』作首篇，可見周人之重農；陳風以諷刺游蕩的『宛丘』爲首篇，可見陳國民風的耽於歌舞；秦風尚武，齊風佃獵；唐風之勸人及時行樂，足見晉人之勤儉；王風之多憂傷悲歎，反映東周畿內人民之流離失所……各有特殊的風格。但表現最多的是取材於男女之情的詩，遍及十五國風。其中以鄭風衞風（包括邶風鄘風）爲最盛。舊時許多經學家認詩經是一部道德教訓的書，因而指這些篇是淫詩，稱鄭衞之音。其實這些大多是國風裡最生動的好作品，例如邶風的靜女：

靜女其姝，俟我於城隅；愛而不見，搔首踟躕。（第一章）

靜女其孌，貽我彤管；彤管有煒，悅懌女美。（第二章）

自牧歸荑，洵美且異；匪汝之爲美，美人之貽。（第三章）

對男女心理的刻劃，多麼生動美妙！在我們看來，未婚男女的約會，那能就可視爲『淫奔』？詩中所表現的也是純潔的感情，怎可稱爲『淫詩』呢？

又如鄭風的溱洧：

溱與洧，方渙渙兮。士與女，方秉蕳兮。女曰：『觀乎？』士曰：『既且。』『且往觀乎？洧之外，洵訏且樂！』維士與女，伊其相謔，贈之以勺藥。（第一章）

溱與洧，瀏其淸矣。士與女，殷其盈矣。女曰：『觀乎？』士曰：『既且。』『且往觀乎？洧之

外，洵訏且樂！』維士與女，伊其將謔，贈之以勺藥。（第二章）

春日男女郊遊的綺旎風光，輕易地白描出來，情景交融，已達化境。簡直是一幅絕妙的風情畫。

## 三、二　雅

第二類雅，是有關周代王朝的詩歌（大多是西周時代之作），又分小雅、大雅兩種：小雅七十四篇是普通宴會用的樂歌；大雅三十一篇是官式朝會用的樂歌。因此大雅比較公式化而呆板，不如小雅的記事兼抒情的可以盡情發揮；抒情的產生了大東、巷伯、何草不黃等許多不平之鳴的傑作；記事的也有采薇、六月（伐玁狁）、十月之交（日蝕地震）、車攻、吉日（天子狩獵）等記錄史實的好詩。大雅雖有生民（后稷神話）、篤公劉（公劉治豳）、緜（太王遷岐）、皇矣（文王伐崇）、靈臺（文王築臺）、大明（武王克商）等追叙周朝祖先創業的史詩，以及江漢、常武（記戰事）、雲漢（記旱災）等記錄史實的作品，但究不如小雅的眞切感人。茲將爲東國人民怨訴的大東篇，和宣王時征伐玁狁的實錄采薇篇，抄錄於下，以見一斑：

### 大　東

有饛簋飧，有捄棘匕。周道如砥，其直如矢；君子所履，小人所視。睠言顧之，潸焉出涕。（第一章）

小東大東，杼柚其空。糾糾葛屨，可以履霜。佻佻公子，行彼周行。既往既來，使我心疚。（第

二章）

有冽氿泉，無浸穫薪。契契寤歎，哀我憚人。薪是穫薪，尚可載也；哀我憚人，亦可息也。（第三章）

東人之子，職勞不來；西人之子，粲粲衣服；舟人之子，熊羆是裘；私人之子，百僚是試。（第四章）

或以其酒，不以其漿。鞙鞙佩璲，不以其長。維天有漢，監亦有光。跂彼織女，終日七襄。（第五章）

雖則七襄，不成報章。睆彼牽牛，不以服箱。東有啓明，西有長庚。有捄天畢，載施之行。（第六章）

維南有箕，不可以簸揚；維北有斗，不可以挹酒漿。維南有箕，載翕其舌；維北有斗，西柄之揭。（第七章）

東方諸侯之國的人民，困於賦役，疲於奔命，以致『杼柚其空』『葛屨履霜』，生活極端苦痛。而那些來自西方的濶綽的周室貴族們，還是以統治者的傲態，出現在他們眼前，於是東方人民無可告訴的怨苦，詩人乃借批評天象而爲之發洩，盡情表達出來，寫得光怪陸離，錯綜有致，奇思妙想，出人意表，不禁令人拍案叫絕。此詩以豐富的想像，創瑰奇的格局，實爲後世浪漫派詩歌的先聲。

## 采　薇

采薇，采薇，薇亦作止。曰歸，曰歸，歲亦暮止。靡室靡家，玁狁之故。不遑啓居，玁狁之故。（第一章）

采薇，采薇，薇亦柔止。曰歸，曰歸，心亦憂止。憂心烈烈，載飢載渴。我戍未定，靡使歸聘。（第二章）。

采薇，采薇，薇亦剛止。曰歸，曰歸，歲亦陽止。王事靡盬，不遑啓處。憂心孔疚，我行不來。（第三章）

彼爾維何？維常之華。彼路斯何？君子之車。戎車既駕，四牡業業。豈敢定居，一月三捷。（第四章）

駕彼四牡，四牡騤騤。君子所依，小人所腓。四牡翼翼，象弭、魚服。豈不日戒，玁狁孔棘。（第五章）

昔我往矣，楊柳依依；今我來思，雨雪霏霏。行道遲遲，載渴載飢。我心傷悲，莫知我哀！（第六章）

西周宣王時代，北方野蠻民族玁狁（秦漢時稱匈奴）南侵，安居樂業的老百姓，不得不離家遠征，從事神聖的保衛戰。他們生性和平，但出門後壯士從戎，卽願馬革裹尸，誓無生還；縱使歲暮思歸，亦家書莫達；他們作戰時艱苦備嘗，朝警夕惕，而得一月三捷。最後凱旋歸來，已時序瞬變，物換星移。不覺觸景情傷，因賦詩述其感懷。方玉潤曰：『此詩之佳，全在末章眞情實景，感時傷事，別有深情，非可言喩。』而末章眞情實景之筆，尤以『昔我往矣，楊柳依依；今我來思，雨雪霏霏』之句，最爲膾炙人口，衆所推崇。晉謝安石因子弟集聚，問詩經何句最佳，謝玄卽舉此四句以對。

## 四、三　頌

第三類頌，可稱爲宗教詩。是西周時代所定周朝的祭祀樂章，大多簡短而不用韻。共三十一篇，稱周頌。另附魯頌四篇，商頌五篇。頌是天子宗廟樂歌，魯國何以有頌？且魯頌的內容和形式，都不像頌，而與風雅相似。朱熹解釋曰：『成王以周公有大勳勞於天下，故賜伯禽（周公長子封魯）以天子之禮樂，魯於是有頌，以爲廟樂。其後又自作詩以美其君，亦謂之頌。』舊說皆以爲『伯禽十九世孫僖公中之詩』，大概魯頌四篇，都是春秋中期魯僖公（公元前六五九至六二七年）時詩。商頌則是宋國的詩，成王封微子於殷故都商邱以存湯祀，是謂宋國。並得沿用殷代禮樂，是以宋有商頌的製作。舊說商頌爲宋國所存商代之詩，今觀其中殷武篇，爲美宋襄公而作，其餘四篇，恐怕也是宋襄公時詩，爲與魯頌同時代的作品，商頌作風，承襲周頌和大雅。

茲舉周頌淸廟爲例，以見頌詩的一斑：

### 淸　廟

於穆淸廟，肅雝顯相。濟濟多士，秉文之德，對越在天，駿奔走在廟。不顯不承，無射於人斯。

這篇淸廟，是祭文王宗廟的樂歌。簡短而不分章不用韻，是頌詩的本色。從這裡，我們也可看出，頌詩的文學價值不高。

頌詩非但是樂歌，而且有舞蹈的配合。清儒阮元釋頌：頌卽容，是歌而兼舞之義。所以頌的特徵之一是有舞的樂歌。本來詩經編輯的分風、雅、頌，衹是音樂舞蹈上的區別，其文字與內容，就是相似也無妨的。雅頌都是天子的禮樂，是配合音樂歌唱的詩。雅是政事方面應用的樂歌，小政普通宴會等所應用的樂歌爲小雅，大政官式朝會等所應用的樂歌爲大雅。頌則是天子祭祀頌神頌祖所應用的樂章。宗教儀式，常配以舞蹈，所以頌原是音樂、歌、舞三者綜合的藝術；而雅衹有音樂與詩歌二者的配合；風是民間清唱的歌謠，本來祇是徒歌。風、雅、頌三者的不同在此。後來樂譜和舞蹈失傳，所以現在的詩經，祇剩了歌詞。而風與雅在語言上也有些不同：風所用語言，原是各地方言；而雅者，夏也，以王朝代表華夏也。雅所用語言，則是王朝用的中原官話（雅言）。不過風詩採集自各國民間，後來也配以弦樂歌唱，所以文字上也已稍加整理與潤飾過。論語：『子所雅言，詩書執禮，皆雅言也。』孔子誦詩，不論風雅頌，已都用雅言。史記孔子世家：『三百零五篇，孔子皆弦歌之。』孔子欣賞詩經，不祇誦讀或清唱，而且連十五國風一百六十篇，也都以弦樂配合着歌唱了。而且從儀禮的鄉飲酒、燕禮等篇的記載，知道二南的關雎、葛覃、卷耳、鵲巢、采蘩、采蘋等篇，成爲樂歌後，已與小雅的鹿鳴、四牡、皇皇者華等篇參雜着應用到民間鄉飲酒的典禮中去，並由鄉樂而升格爲應用於貴族的禮樂中去。這樣民間歌謠的十五國風，經採集而與雅頌一起爲春秋時代貴族們所重視與學習應用，以至被孔子作爲教材來教授他的學生，最後終因孔子的推崇而成爲儒家的經典。

孔子學生中特長文學的以子游子夏最重要。相傳詩經是子夏所傳，傳到漢初分四家，那是魯人申培的魯詩，齊人轅固的齊詩，燕人韓嬰的韓詩，合稱三家詩。另加毛公的毛詩。後來三家失傳，現在便只剩了毛詩的本子。但用詩經來教老百姓，却開始於子游。子游爲武城宰，以三百篇弦歌教人民，後來儒家更推衍其義，認爲用詩經教人民，可使人民變化氣質，因而禮記經解篇有這樣的記載：『孔子曰：「入其國，其教可知也：其爲人也，溫柔敦厚，詩教也」』這就是後世以『溫柔敦厚』爲詩教的來歷。清廟篇合樂配舞的大概情形，現在尚可查考出來：禮記樂記曰：『清廟之瑟，朱弦而疏越，一倡而三歎。』那末清廟所用樂器爲瑟，由一人首唱，三人從而歎之。禮記明堂位曰：『升歌清廟，下管象，朱干玉戚，冕而舞大武。』這是說堂上弦歌祭祀文王的清廟之詩，堂下奏簫管，描摹武王之功，著袞冕之服，手執赤盾玉斧，舞伐紂之樂大武。

## 五、詩經的評論

前面我們說過，風雅頌本來的區別在音樂與舞蹈的配合上，其文字與內容，就是相似也無妨的。但大多數的篇章的形式與內容，依然顯出風雅頌三者各有其特徵的。淮南王劉安對詩經的批評祇有兩句：『國風好色而不淫，小雅怨誹而不亂。』這就說出了國風和小雅內容的特徵來，他便將國風的情詩和小雅的社會詩代表詩經，大雅和三頌，便存而不論了。我們則認爲詩經周頌的宗教詩，宗教色彩不濃，詩經大雅的史詩，沒有印度史詩大戰書和羅摩傳，希臘史詩伊里亞特和奧德賽的那種神話連篇，可以說缺乏神話的描寫和宗教色彩的淡薄，也是詩經內容的特徵。至於詩經形式方面的特徵，普賢在所著『經學概述』詩經一章中，曾舉國風章句的重複廻環之四言歌謠體爲詩經形式的特徵。並以周南樛木篇爲範例：

南有樛木，葛藟『纍』之。樂只君子，福履『綏』之！（一環）

南有樛木，葛藟『荒』之。樂只君子，福履『將』之！（二環）

南有樛木，葛藟『縈』之。樂只君子，福履『成』之！（三環）

看這篇純樸的祝福詩，每一環中祇有括弧中換韻的兩字不同，但諷誦起來，一唱三歎，便覺饒有風味，後來文開便細加研究而寫成『詩經基本形式及其變化』專題論文，指出：詩經中一篇三章，一章四句，一句四字的四十八字三環式的三十篇，是詩經的基本形式，其他各篇的形式，都可視作這三十篇的變化，上舉樛木一篇，便是三十篇之一。最後在我們合著的『詩經欣賞與研究』一書的序文中，文開更進一層的指出：詩經用詞愛用（雙聲、疊韻、疊字等）聯緜詞，造句愛用（疊句、對句、排句、啣尾句等）聯緜句，章法愛用（連環式、啣尾式、重尾式、重頭式等）聯緜章，從多方面趨向聯緜式，來完成一種聯緜體。這對詩經形式的特徵，可說是最扼要的敘述了。

三百零五篇的作者，大多數是無名詩人，其作品純樸自然，一片天籟。其中可確知作者爲誰者寥寥無幾。毛詩序所載之作者，大多不可信，朱熹詩集傳所測定，同樣不可靠。詩中自述作者何人者，僅四篇：小雅節南山：『家父作誦，以究王訩』；小雅巷伯：『寺人孟子，作爲此詩，凡百君子，敬而聽之』；大雅崧高：『吉甫作誦，其詩孔碩，其風肆好，以贈申伯』；大雅烝民：『吉甫作誦，穆如清風，仲山甫永懷，以慰其心。』家父、寺人孟子、吉甫三人作詩四篇的原因，詩中也說得很清楚。其餘作者姓名見於可靠的經傳者還有四篇，那是：『鴟鴞之爲周公貽成王，見於書；載馳之爲許穆夫人，見於左傳；時邁、思文之爲周公作，見於國語。』（姚際恒詩經通論）所以三百篇可確知作者之詩一共祇有八篇；可確知之作家，祇有周公旦、吉甫、許穆夫人、家父、寺人孟子五人而已。但這五位作家，都能充分表達自己所感。八篇作品，也各具風格，都很珍貴。其中以周公的鴟鴞詩最爲傑出。周公、吉甫是詩經時代的兩大詩人，周代貴族都受文武合一的教育，周公曾率師東征，平定東方的叛亂；吉甫也是宣王時征伐玁狁的名將，兩人又都是西周時代的民族英雄。許穆夫人則是春秋時代的女詩人。

詩經在中國文學史上居重要的地位，不用細說；詩經對後世影響之大，限於篇幅，又無從細說；祇就詩歌形式而言，楚辭的兮字句，固然是詩經的發展，五言七言體，詩經中也都已具雛型。以至對偶的聯句，倒轉的廻文，在詩經中也都可見其端倪。但四言體的傑作，都產生於詩經時代，祇有詩經是中國四言詩的代表，後代像韋孟、仲長統、曹操、嵇康、陶潛等，雖都曾努力做過四言詩，間有佳作，那祇成爲四言詩的尾聲餘影而已。

# 作品欣賞

## 一、桃　夭（周南）

這是一首祝賀嫁女的詩。少女長成，艷如桃花，但外表的美是暫時的，更可貴的是內在的美德，有內在的美德，纔能建立美滿的家庭，而求子孫繁衍，家族昌大。

| 原詩 | 今譯 |
|---|---|
| 桃之夭夭，❶ | 新長成的桃樹眞茂盛， |
| 灼灼其華，❷ | 花兒美麗又鮮明。 |
| 之子于歸，❸ | 這個姑娘出嫁了， |
| 宜其室家。 | 組成幸福好家庭。 |
| 桃之夭夭， | 新長成的桃樹眞好看， |
| 有蕡其實。❹ | 大個的桃子枝頭滿。 |
| 之子于歸， | 這個姑娘出嫁了， |
| 宜其家室。 | 夫妻和樂子孫繁。 |

桃之夭夭，　美麗的桃樹新長成，
其葉蓁蓁。❺　桃樹葉子密層層。
之子于歸，　這個姑娘出嫁了，
宜其家人。　一族老少樂融融。

【註釋】❶夭夭：木少盛貌。❷灼：音酌ㄓㄨㄛˊ，灼灼：鮮明貌，嚴粲說。華：古花字。❸之：此也。子：謂女子，于歸：女子出嫁曰歸。❹蕡：音墳ㄈㄣˊ：大也。馬瑞辰說。有：副詞。詩經中常以『有』字冠於形容詞或副詞之上，等於加『然』字於形容詞或副詞之下。『有蕡』猶『蕡然』。❺蓁：音臻ㄓㄣ，蓁蓁：茂盛貌。

【評解】

桃夭是國風周南第六篇，共三章，章四句，句四字。也是代表詩經三章四十八字成篇的基本形式三十篇之一。與樛木篇不同之處，桃夭第一章『華』『家』爲韻，第二章『實』『室』爲韻，第三章『蓁』『人』爲韻，都在句末，樛木用韻，都在第三字而已。

風、雅、頌、賦、比、興，稱爲詩經的六義。詩經的編輯分風、雅、頌三類，我們在文學史的敘述中已加以敘述。賦、比、興是詩經的三種作詩的方法。這是欣賞詩經應具的常識，這裡我們不得不補講一下。簡單地說：賦是『直陳其事』；比是『以彼比此』，興是『以彼引此』。我們在前面文學史的敘述中所舉『靜女』『溱洧』『采薇』『清廟』等篇，都是賦體。『樛木』便是興體。賦的直陳易解，與比則較難講。『興』是開頭的意思，民間歌謠，常應用眼前景物，或套用老歌的句子，來作爲開頭的一句，或兩句。這一二句的作用，祇在開一個頭，和下面所唱的意思並不相連貫，所以叫做『興』。興體也是歌謠的特徵之一。這篇桃夭三章，便是用『桃華』『桃實』『桃葉』爲興的詩，但此詩以『桃』爲興，下接歌詠少女的出嫁，看似上下並不連貫，細想還是可以連貫起來。我們可以說，看見了鮮艷的桃花，便想到了美麗的少女，其間是有着聯想作用的，於是再進一步，便將桃花與少女來對比，這樣不是從『以彼引此』的興，一變而爲『以彼比此』的比了嗎？所以『興』與『比』，是很難嚴格劃分的。那麼這篇歷來認作興體的桃夭，我們也可講作比體如下：第一章以桃花的鮮艷，比喻少女的美麗；二章以桃樹之實，比喻女子內在之美，言此女子不祇有美麗的外表，更有美麗的實質。或以實喻子，謂此女子出嫁後能生子以繁衍後代，預祝她多子多孫的意思。這是我國自古至今都很看重的一點，因爲家庭是組成國家的基本單位，國家的盛衰，繫之於家庭的好壞。而家庭的好壞，主婦具有極大的影響力。三章以桃葉的茂密比喻家族的昌大而和諧，全詩層次分明，比喻恰當。

好多興體詩，仔細思考，也可作比體詩解。例如興體樛木，也可將福祿的加於君子之身，比喻爲葛藟的攀附在樛木上，而解作比體。像桃夭樛木這樣的可興可比，在姚際恒的詩經通論裡，便都標爲『興而比也』。但漢宋儒往往將不可解作比的興體，穿鑿附會，曲求深意，以爲精，則大可不必。有許多興體是應該『不求甚解』的。

## 二、東門之楊（陳風）

男女約會，以黃昏爲期，祇見天上星光閃耀，等得人好不心焦！

| 原詩 | 今譯 |
| --- | --- |
| 東門之楊， | 東門外的白楊眞有情， |
| 其葉牂牂。❶ | 樹葉兒沙沙響不停， |
| 昏以爲期， | 我約郎呀黃昏時， |
| 明星煌煌。❷ | 天上金星亮晶晶。 |
| 東門之楊， | 東門外邊有樹叫白楊， |
| 其葉肺肺。 | 葉子淅瀝淅瀝不停地響， |
| 昏以爲期， | 我約郎呀黃昏時， |
| 明星晢晢。❸ | 金星眨眼閃閃亮。 |

【註釋】❶牂：音臧ㄗㄤ，牂牂與次章肺肺，都是風吹樹葉之聲。肺：音沛ㄆㄟˋ。❷明星：星名，即金星，又名太白。小雅大東篇毛傳：『日且出，謂明星爲啓明；日既入，謂明星爲長庚。』蓋金星，先日而出，後日而入，故有啓明和長庚不同之名。啓明俗稱曉星，長庚俗稱黃昏星。❸晢：音哲ㄓㄜˊ，朱傳：『煌煌，大明貌，晢晢，猶煌煌也。』

【評解】

東門之楊爲陳風的第五篇，分二章，章四句，句四字。賦體，就是全篇是敘事體。此詩章句與桃夭相同，但少一章，所以可說是基本形式減少一章的變化。

陳風中最精彩的抒情詩是星月兩篇，月篇指月出，星篇卽東門之楊。男女約會在東門白楊林，日入爲期，對方失約未到，所以但聞風吹樹葉之聲，但見『明星煌煌』『明星晢晢』，此詩寫來很是含蓄，而情景活現，十分深刻，十分生動，耐人尋味。

唐人李商隱詩：『昨夜星辰昨夜風，畫樓西畔桂堂東，身無彩鳳雙飛翼，心有靈犀一點通。』當淵源於此篇。

## 三、碩　鼠（魏風）

統治者的貪婪重斂，使得老百姓困苦無告，因將統治者比作大鼠而責之，並說他們將棄此而去，遷往樂土，以發洩他們心中鬱積的怨憤。

| 原詩 | 今譯 |
| --- | --- |
| 碩鼠，碩鼠，❶ | 大耗子啊大耗子， |
| 無食我黍！ | 別再吃我的黃黍！ |
| 三歲貫女，❷ | 小心伺候你三年， |
| 莫我肯顧。 | 你却一丁點兒也不把我顧。 |
| 逝將去女，❸ | 我發誓離開你這兒， |
| 適彼樂土。 | 搬家去找快樂土—— |
| 樂土，樂土， | 快樂土啊快樂土， |

爰得我所。　那兒纔是我的安身所。

碩鼠，碩鼠，　大耗子啊大耗子，
無食我麥！　別再吃我的小麥！
三歲貫女，　小心伺候你三年，
莫我肯德。　你却一丁點兒也不感激我。
逝將去女，　我發誓離開你這兒，
適彼樂國。　搬家去找快樂國——
樂國，樂國，　快樂國啊快樂國，
爰得我直。❹　搬到那兒纔眞值得。

碩鼠，碩鼠，　大耗子啊大耗子，
無食我苗！　別再吃我的豆苗！
三歲貫女，　小心伺候你三年，
莫我肯勞。　你一丁點兒也不把我慰勞。
逝將去女，　我發誓離開你這兒，
適彼樂郊。　搬家去找快樂郊——，

樂郊，樂郊　快樂郊啊快樂郊，

誰之永號？　誰還用得着跺脚長號？

【註釋】❶碩鼠：大鼠。❷貫：伺候；女：卽汝。❸逝：公羊傳徐彥疏引作『誓』。❹直：卽值。

## 【評　解】

碩鼠是魏風七篇的最後一篇，我們擧作隱喩的比體之例來欣賞。碩鼠三章，每章比桃夭多四句，可稱基本形式的双料式。

比體有譬喩和象徵之分：譬喩常將『以彼比此』的『彼』『此』雙方並擧以對比；象徵則將『以彼比此』的『此』方隱而不言，因而『所言在彼，而所指却在此』，就是所謂『借題於此，寄意在彼。』例如『歲寒，然後知松柏之後凋也』，粗看是在說松柏，細味纔知是借之以喩亂世識忠臣的意思。又如駱賓王的在獄詠蟬詩：『露重飛難進，風多響易沉。』表面是詠蟬，骨子裡是以高潔之蟬自比，而以風露暗射讒人。這較之對比式更爲深刻動人。這種象徵法，在後代稱之爲『託物言志』，其中最有名的有曹植的七步詩：

煮豆燃豆萁，豆在釜中泣；

本是同根生，相煎何太急？

有許多事，有許多話，在某種的環境裡是不宜或不許直說的，於是祇得用託物言志的象徵手法來隱約地表現出來，文學作品經過這一番曲折，便有了含蓄之美，往往能臻於微妙的境界，而耐人尋味，格外令人愛好，樂於欣賞。曹植七步詩，便是在他哥哥曹丕的煎迫之下，以託物言志的方式，感動了他哥哥的手足之情，纔免於被殺的傑作。周南桃夭篇的比體，祇是對比式的譬喻，而魏風碩鼠篇的比體，却是象徵手法的託物言志，詩中表面上是責罵碩鼠之貪婪無情，而骨子裡所責罵的却是魏國的統治者。因此，雖同屬比體而較之周南的桃夭，更令人激賞。

## 四、伯　兮（衞風）

衛國的女子，以其丈夫氣概英武，能爲天子執殳前驅爲榮。但從軍遠征後，難免相思之苦。初則蓬頭散髮，不施膏沐，懶於打扮，繼而相思到頭也痛了。終於心病難除，欲忘不能，祇好以相思度日了。

| **原　詩** | **今　譯** |
| --- | --- |
| 伯兮朅兮，❶ | 我的哥兒喲眞武勇， |
| 邦之桀兮。 | 是我衛國的大英雄。 |
| 伯也執殳，❷ | 哥拿殳杖上戰場， |
| 爲王前驅。（賦也） | 爲王遠征打前鋒。 |
| 自伯之東， | 自從哥兒出門東， |
| 首如飛蓬。 | 蓬頭散髮不梳攏， |
| 豈無膏沐？ | 豈是沒有香水和髮膏？ |

誰適爲容！❸（賦也）　爲誰打扮好姿容！

其雨！其雨！　盼望老天下雨快下雨！
杲杲日出。　偏偏太陽出來像火盆。
願言思伯，❹　想我哥兒想得頭發昏，
甘心首疾。（比也）　頭發昏了也甘心。

焉得諼草？❺　那兒去找健忘草？
言樹之背。　種在屋後驅煩惱。
願言思伯，　情願想我哥兒想不完，
使我心痗。❻（賦也）　心頭鬱結病纏綿。

【註釋】

❶伯：猶今言『老大』，此詩中婦人以伯指其夫；朅：音妾ㄑㄧㄝ，武壯貌。❷殳：音梳ㄕㄨ・兵器名，杖屬，長一丈二尺，無刃。❸適：毛傳讀嫡ㄉㄧ，主也。馬瑞辰則說讀ㄕ，悅也，謂『爲博得誰的喜悅而打扮』也。❹鄭箋：『願，念也。』言爲助詞，故『願言思伯』應解作『念念不忘地想哥兒。』或解願爲甘願，亦通。❺諼：音萱ㄒㄩㄢ，爾雅釋訓：『諼，忘也。』毛傳『諼草，令人忘憂。』孔疏：『諼訓爲忘，非草名。』姚際恒以毛傳增憂字爲非。朱傳採鄭樵說，以爲諼草卽合歡，更非。蓋合歡木本，非草。方玉潤曰：『諼下按草者，猶言善忘之草耳，詩家多用斷腸、忘憂、埋憂、塡恨等字，皆寓言非眞物也。』❻痗：音煤ㄇㄟ，病也。

【評解】

伯兮是衞風十篇的第八篇，共四章，章四句，句四字。是基本形式的增一章式，第三章爲比體，其餘各章均賦體。

此詩與周南的卷耳，都是有名的婦人思遠之作。卷耳以設想其夫行役之苦勝，而此詩以婦人自述其情景勝。第一章自詡其夫爲邦之英傑，而因她是出征軍人的眷屬，也有沾到幾分光榮的感覺。第二章寫她對丈夫愛情的深固。女爲悅己者容，丈夫出了門，連梳裝打扮都失却了意義，缺少了興緻。第三章盼其夫歸，似大旱之望雲霓，熱切的相思，雖想到頭腦發昏，也心甘情願。第四章說也曾想找健忘之草，好使一切渾忘，以免刻骨相思之苦。但心病難醫，不相思如何度日？還是相思下去算了。縱然心頭鬱結成疾，也是樂於忍受的。層層推展，以見征人離家之久，婦人思念之深。全詩無半語含怨，其感人之力，格外强烈，眞是標準的好詩，開發出唐詩中多少閨怨一類的名作來。

## 五、何草不黃（小雅）

這是人民怨訴兵役之苦的詩，征夫遠離鄉井，奔走四方，朝夕不暇，眼見野獸的閒適自在，而有人不如獸之感。

**原詩**　　　　**今譯**

何草不黃！　　那一種青草不會枯黃！

何日不行！　　那一個日子不步履蹌蹌！
何人不將！　　那一個人兒不兩腿酸痛！
經營四方。（興也）　　東奔西走啊跑遍了四方。

何草不玄！　　那一種青草不會枯黑！
何人不矜！❶　　那一個人兒不疾病纏身！
哀我征夫，　　可憐我啊這個征夫，
獨爲匪民！❷（興也）　　難道我就偏不是人！

匪兕匪虎，❸　　那些老虎和那些野牛，
率彼曠野；❹　　漫步在曠野何等悠游！
哀我征夫，　　可憐我啊這個征夫，
朝夕不暇！（比也）　　從早到晚忙個不休！

有芃者狐，❺　　一隻狐狸尾巴長長，
率彼幽草；　　走進草叢深深躲藏；
有棧之車，　　一輛兵車頂兒高高，

行彼周道（賦也）　開過大路轟轟作響。

【註釋】❶矜：與鰥通，爾雅：鰥，病也。❷匪：通非；匪民：卽非人。❸匪兕匪虎：此二匪字訓彼。❹率：循行也。❺芃：尾長貌。❻棧：車高之貌。

【評　解】

何草不黃是小雅的最後一篇，共四章，章四句，句四字，為基本形式的加一章式。首次兩章為興體，三章為比體，四章為賦體，所以是賦比興三式的混雜體。第一章以『何草不黃』為興，和第二句『何日不行』的關係在若卽若離之間。或者征夫的行役，正在初冬草黃之時，所詠卽眼前景物，但我們不必作全然的確定。更不可從義理上去推求，說詠草黃，所以歎世衰。我們解釋詩不要像漢儒的穿鑿附會，致失却詩歌的渾成。我們要學陶淵明的『不求甚解』，從詩歌的感受性方面來享受詩歌所給我們情緒上的美感。第二章以『何草不玄』為興，僅把一個黃字換成玄字，但賦予讀者的哀感和愁緒却加深了很多。第一章第二章既陳述了行役之苦，已發出了『難道我就偏不是人』而是畜生牛馬的那種極度苦痛的怨語，高峯聳峙，情緒升達頂點，將無以為繼。於是第三章忽改作比體，轉變了方式，用老虎與野牛的悠閒來和他朝夕奔忙作對比，使人反羨慕起畜生來，意義更為深刻。而第四章祇以賦體寫眼前景物；那狐狸躲進草叢，那高車通過大路，以寫景來表達他無可奈何的情緒作結，尤為傑出。這是最上乘的手法，最高超的技巧。唐詩中最令人激賞的李白、王維、孟浩然詩的神韻，其手法就脫胎於此。李白的『夜泊牛渚懷古』詩以『明朝掛帆去，楓葉落紛紛。』的寫景作結；孟浩然的『晚泊潯陽望廬山』詩以

『東林精舍近，日暮但聞鐘』的平敘來收束。這種王漁洋所說的『羚羊掛角，無跡可尋』的技巧，我們確切指出『何草不黃』篇有此異曲同工之妙。這裡，我們要請讀者細細地來體味詩經風雅的技巧，去領會後代偉大的詩人怎樣學得三百篇的神髓！

## 六、思　文（周頌）

這是一首祭祀頌美周人始祖后稷的詩。民以食爲天，后稷教民播種，民得以生。所以若干年之後仍被稱頌不已。

| 原詩 | 今譯 |
| --- | --- |
| 思文后稷，❶ | 后稷的文德了不起， |
| 克配彼天。❷ | 功業彪炳與天齊。 |
| 立我蒸民，❸ | 爲了奠定萬民的生計， |
| 莫匪爾極。❹ | 無不盡心又盡力。 |
| 貽我來牟，❺ | 上帝命你把麥賜給我， |
| 帝命率育。❻ | 天下萬民得生活。 |
| 無此疆爾界， | 不分疆界和地域， |
| 陳常于時夏。❼ | 播種的常理遍邦國。 |

【註釋】❶思：語詞；文：文德。❷克：能。❸立：猶定也，經義述聞、馬瑞辰並有說。或以『立』爲『粒』之省文，作動

詞粒食解，亦通。❹匪：非也；極：普賢按：此字各家解釋不一，『莫匪爾極』即『爾莫匪極』之意。是承上啓下的句子，極者，極盡其心力也。所以下文說明萬民的生計是有麥可食，全民得以養育。所盡心盡力者是不分疆域，一視同仁，普天之下，均得其惠也。❺牟爲大麥，來爲小麥。麥即牟來之合聲。麥字字形亦來牟兩字合成，焦循說。❻帝：上帝；朱傳：『率，徧也。』育：養也，謂后稷是遵奉上帝之命，教民播種，有麥可食，萬民遂得生活。❼陳：佈；常：常道，指播種五穀以育萬民之道理也；時：是，即這個；夏：謂中國，即中原地帶。古代以天下即中國，中國即天下，此句承上文『無此疆爾界』句，既無疆域之分，故遍天下各邦國皆教之以播種之道也。

## 【評解】

思文是周頌清廟之什的第十篇，一章八句，前六句句四字，後兩句句五字。賦體。姚際恒謂孝經『昔者周公郊祀后稷以配天』即指此。又因國語有『周文公之爲頌曰「思文后稷，克配彼天」』之語，證明此詩爲周公所作，讚美后稷能播種五穀養育萬民，而且不分疆界地域，均教之以播種之道，是其德業可以配天。前四句虛寫，後四句實敘。全篇結構緊密，層次分明。前四句以「稷」「極」等字爲韻，後四句不用韻。

思文所用樂器舞蹈如何，不詳。

# 第二講 楚辭時代

## 文學史敍述

### 一、從詩經時代到楚辭時代

當周敬王之世，卽公元前第五世紀的初葉，孔子帶領着弟子周遊列國，一路上彈琴唱歌，詩經三百篇的弦歌之聲，隨着孔子的車輪，更廣泛地傳播在黃河長江之間時，南方長江流域的楚國民間，正流行着詩經式兮字調歌，同時已經變化詩經四字句的形式，而在追求適合他們自己性格的新兮字調歌了。

孔子在楚國聽到的兮字調歌有記載的兩篇是『接輿歌』和『孺子歌』：

楚狂接輿歌而過孔子曰：『鳳兮！鳳兮！何德之衰？往者不可諫，來者猶可追。已而！已而！今之從政者殆而！』（論語微子）

有孺子歌曰：『滄浪之水清兮，可以濯我纓；滄浪之水濁兮，可以濯我足。』孔子曰：『小子聽之！清斯濯纓，濁斯濯足矣；自取之也。』（孟子離婁）

但這兩篇詩的格調，已與詩經略異，而兮字的用法，還都是詩經式的。從其他古籍的記載中，我們知道『楚自武、文、成、莊以來，以銳意北嚮爭中原，故力革蠻俗，求自躋於上國，春秋中葉，旣甚彬彬矣。』（梁啓超：春秋載記）楚莊王使士亹傅太子，教的便是禮樂和詩經，楚莊王便是醉心詩經的代表，莊王君臣發言，常引大小雅和周頌中詩句。莊王以前流傳下來的楚人詩歌，尙未見用兮字的，到康王（公元前五六〇年至五四一年）時代，便有新兮字調的流行：

鄂君子晳（康王之弟）之泛舟於新波之中也，乘青翰之舟，張翠蓋，會鐘鼓之音畢，越人擁楫而歌。鄂君子晳曰：『吾不知越歌，子試爲我楚說之。』於是乃召越譯而楚說之曰：『今夕何夕兮，搴舟中流？今日何日兮，得與王子同舟？蒙羞被好兮，不訾詬恥。心幾煩而不絕兮，得知王子。山有木兮木有枝，心悅君兮君不知。』（說苑善說篇）

這是中國可以考見的第一首譯詩。與越人歌同一時期而略遲的，有徐人歌的流行：

『延陵季子兮不忘故，脫千金之劍兮帶丘墓。』（新序節士篇）

這詩兩句和前詩末兩句兮字揷在六字、七字、八字等長句的中間，是詩經所無，爲楚人新創的句法。到公元前五、四世紀之交，戰國時代的初年，楚國人便開放了第一枝獨有的奇花『九歌』，而中國詩歌便脫却詩經的領域而進入楚辭時代了。

## 二、楚辭時代的分期及其代表作

正式的楚辭時代不過二百年左右，漢朝時雖仍流行楚辭，而文學的主潮，已由漢賦取而代之。所以這一講所述作品，祇以這公元前五世紀末至三世紀末爲主。在這兩百年左右的楚辭時代，初期產生了九歌體的無名氏宗教詩九歌，後期產生了離騷體的抒情詩屈原的離騷，宋玉的九辯等作品，以及招魂體的宗教詩招魂大招等作品。後期也可稱爲屈宋時期，因爲招魂、大招兩篇作者的姓名雖發生疑問，但問題就出在屈原和宋玉兩人身上。在詩體上，楚辭以九歌、離騷、招魂三體爲代表，而要舉出楚辭時代的代表作來，也就是九歌、離騷和招魂三者。就是說，楚辭時代的初期是九歌時期，後期——也就是燦爛時期——的抒情詩以離騷爲代表作，宗教詩以招魂爲代表作。

先說三體的形式不同在那兒。我們觀察這三體各有其基本的句式作核心，那是：

九歌：兮字在句中，兮上三字，兮下二字，例如：『帝子降兮北渚，目眇眇兮愁予。』

離騷：上句七字，下句六字，兮字在上句句末。例句：『帝高陽之苗裔兮，朕皇考曰伯庸。』

招魂：上句四字，下句五字，些字在下句句末。例句：『長人千仞，惟魂是索些。』

以上三體的詩句中，都用兮字，或用些字代替兮字，（大招則以只代兮）這種每句或每二句用一兮（或些）字，是楚辭的特點之一。

宋黃伯思翼騷序，解釋什麼叫楚辭曰：『屈、宋諸騷，皆書楚語，作楚聲，紀楚地，名楚物，故謂之楚辭。若些、只、羌、誶、蹇、紛、侘傺者，楚語也；悲壯頓挫，或韻或否者，楚聲也；沅、湘、江、澧、修門、夏首者，楚地也；蘭、茝、藥、蕙、若、芷、蘅者，楚物也。』（陳振孫直齋書錄解題所引）簡言之，楚辭是楚民族的詩辭。他們的詩篇用楚語作楚聲，字句中離不開楚地、楚物的特色，所以稱楚辭。

可是兮字調雖爲楚辭的特點之一，而詩經十五國風就用兮字，是知兮字並非楚語楚聲，而且自漢以來楚辭的作者，好多都不是楚人，更不必說他的作品採用楚語、楚聲、楚地、楚物之名了。所以好多人不承認後來那些保持兮字調的作品算楚辭，而祇說是騷體，而且所謂騷，也不祇是離騷體，實在是包括着九歌體、招魂體在內的。

楚辭定名於西漢末年的劉向，他輯集了戰國時楚人屈原宋玉等作品，離騷、九歌、天問、九章、遠遊、卜居、漁父、九辯、招魂、大招等十卷，並附以西漢作家賈誼的惜誓、淮南小山的招隱士、東方朔的七諫、嚴忌的哀時命、王褒的九懷和劉向自己寫的九嘆，共爲楚辭十六卷。到東漢時王逸爲作楚辭章句，又附加了他自己寫的九思一卷，成楚辭十七卷。到宋朝洪興祖又加以補註。而理學家朱熹也愛好楚辭，又作楚辭集註，增加了唐人、宋人摹擬的作品。現在我們祇講王逸章句本所載前十卷作品，而依我們所定年代先後敍述。其中有些作品像九歌、遠遊、卜居、漁父、招魂、大招等究係誰作的問題，也順便在敍述中加以討論。

## 三、九歌

現在，我們先講九歌時期的作品——九歌。

九歌是一組宗教儀式所用舞曲的歌辭。九歌原是古代樂曲之名，屈原離騷有句曰：『啓九辯與九歌兮，夏康娛以自縱。』天問有句曰：『啓棘賓帝，九辯九歌。』楚辭中的九歌和九辯，都是襲用夏代的曲名。楚辭的九歌包括十一個短篇。排列的次序是：㈠東皇太一（祭天帝）；㈡雲中君（祭雲神）；㈢湘君（祭湘水男神）；㈣湘夫人（祭湘水女神）；㈤大司命（祭主死之神）；㈥少司命（祭主生之神）；㈦東君（祭日神）；㈧河伯（祭河神）；㈨山鬼（祭山神）；㈩國殤（祭陣亡將士）；㈪禮魂

（送神曲）。但十一篇何以稱九歌？我們的解釋是：前面九篇祭神的歌曲是九歌的正文，最後兩篇祭陣亡將士的國殤和送神曲的禮魂是附錄。

九歌的作者，東漢王逸作楚辭章句時說是屈原。他說：『沅湘之間，其俗信鬼而好祠；其祠必作歌樂鼓舞以樂諸神。屈原放逐竄伏其域，懷憂苦毒，愁思怫鬱。出見俗人祭祀之禮，歌舞之樂，其辭鄙陋，因為作九歌之曲。』到宋朝朱熹作楚辭集註，覺得九歌不像屈原的作品，於是他加以修正說：『荆蠻陋俗，詞既鄙俚，而其陰陽人鬼之間，又或不能無褻慢荒淫之雜。原既放逐，見而感之，故頗為更定其詞，去其泰甚，而又因彼事神之心，以寄吾忠君愛國眷戀不忘之意。』他主張屈原不是九歌的作者，祇是刪改者，把鄙俚而荒淫之詞，刪改成忠君愛國之詩。到近人胡適始指出九歌非屈原作，是楚辭中最古的作品。他在讀楚辭裡說：『九歌與屈原的傳說絕無關係，細看內容，這幾篇大概是最古之作，是當時湘江民族的宗教歌舞。』九歌非屈原作證據很多，舉例如下：(1)既無屈原重要作品的特別標記『亂辭』，也不用離騷體一系列的兮字調，而自成九歌體一系列的另一兮字調；(2)九歌內容是宗教祭歌，雖富神秘感而非象徵詩，既與屈原離騷哀郢一系列的抒情詩不同調，也與屈原的另一宗教祭歌招魂的風格完全兩樣；(3)九歌內容是宗教祭歌而非象徵詩，毫無屈原寄託個人忠君之跡可尋；(4)九歌中之國殤篇有句曰：『車錯轂兮短兵接』，又曰：『左驂殪兮右刃傷，霾兩輪兮縶四馬。』這描寫的是戰國以前的車戰，戰國時代已改用騎戰，故很可能是戰國以前的作品。但亦不會早於楚昭王之世，九歌有河伯篇，而楚祭河之議起於昭王二十七年。故九歌之作必在春秋與戰國之間，約當公元前四百年左右。

但說九歌是民間歌曲也不像，應該是楚國宮廷的舞曲，是一套完整的歌劇。在楚國地位不是詩經的國風而是周頌。作者是類似漢朝李延年一樣的音樂家，或者是宮廷詩人。陳本禮楚辭精義曰：『九歌之樂，有男巫歌者，有女巫歌者，有巫覡並舞而歌者，有一巫倡而衆巫和者。』王國維宋元戲曲史亦曰：『楚辭之靈，殆以巫而兼尸之用者也。其詞謂巫曰靈，謂神亦曰靈。蓋羣巫之中，必有象神之衣服、形貌、動作者，而視爲神之所憑依，故謂之靈，或謂之靈保。』九歌中有對唱對舞的場面，日人青木正兒且將其用歌劇形式，另行排列，分別孰爲扮神所唱，孰爲巫唱，極爲清晰。九歌這一套完整的宗教歌劇，有跳舞，有唱辭，有佈景，有各種樂器；各種各樣活動的女巫（巫）男巫（覡），場面非常熱鬧，歌辭亦極晶瑩美妙，有圓熟的技巧，在文化落後的楚國，大概祇有朝廷的重大祭典，纔可能表演這偉大的歌劇。蘇雪林指出九歌中人神戀愛的現象，這是楚人富浪漫性格，未受中原傳統文化的束縛，浪漫色彩的表現，亦楚辭特點之一，楚人的好幻想，宗教情緒也熱烈，在宗教歌曲中，以神爲戀愛對象，正與印度及歐西的若干宗教詩相似。而靈保乃以巫扮神，則九歌中所愛慕者，既爲神實亦巫也。其中尤以湘君、湘夫人、河伯、山鬼四篇的浪漫氣氛最濃厚，你看：

『桂櫂兮蘭枻，斲冰兮積雪，采薜荔兮水中，搴芙蓉兮木末，心不同兮媒勞，恩不甚兮輕絕。』

（湘君）

『帝子降兮北渚，目眇眇兮愁予，嫋嫋兮秋風，洞庭波兮木葉下……沅有芷兮澧有蘭，思公子兮未敢言。』（湘夫人）

『秋蘭兮青青，綠葉兮紫莖，滿堂兮美人，忽獨與余兮目成。』（少司命）

『若有人兮山之阿，被薜荔兮帶女蘿，既含睇兮又宜笑。』（山鬼）

以上寫戀情的詩句，文字是多麼秀美，音調是多麼和諧，想像是多麼豐富，描寫是多麼委婉體貼，而風格又是多麼神秘而高潔！

可是國殤一篇，描寫戰爭的場面：

『出不入兮往不返，平原忽兮路超遠。帶長劍兮挾秦弓，首雖離兮心不懲。』

又是激昂慷慨，十分悲壯，也表現了楚民族勇武堅強的性格。就是最後送神曲禮魂一篇短短五句：

『成禮兮會鼓，傳芭兮代舞，姱女倡兮容與。春蘭兮秋菊，長無絕兮終古。』

寫合樂，合舞，合歌，祇三句就寫出了熱鬧的場面，再用春蘭秋菊的芬芳，輕易地寫出了終古流香的總結，而又留着年年來舉行這盛大的祭典的餘意。

這樣，初期九歌的閎偉窈渺之思，麗辭盛藻之文，和奇幻多彩之景，是莊盛的儀仗隊，已走在前面，接着文學史上的大詩人即將出現，正如後來古詩十九首的為曹植陶潛的五言詩開路，後面就是楚辭的代表人物屈原的登場了。

## 四、屈原生平及其作品

屈原（公元前三四三年——前二七七年）是中國文學史上最偉大的詩人之一，也是正史中以詩人身份立傳的第一人。西漢司馬遷貫串舊文寫成的史記屈原傳，有點零亂，劉向新序的節士篇頗有補充，東漢班固撰漢書藝文志記屈原有賦二十五篇，王逸作楚辭章句就輯錄屈作二十五篇，但把史記屈原傳所提到的五篇作品之一招魂的作者改為宋玉，又大招一篇序文說：『大招者，屈原之所作也，或曰景差，疑不能明也。』這樣牽涉到屈原的作品共二十七篇，而其中有些作品的主人是存疑的。於是近來考證屈原的生平及其作品，成爲一門專門學問，諸說紛紜，莫衷一是。我們寫楚辭時代這一講，也得先研究一番，纔能下筆。但在此我們又不能寫成考證文章，也不能寫得太長。所以祇略提我們的論點，先定其作品，再述其生平，而將作品依年代先後和生平事跡一起簡敍，最後將他的代表作離騷和招魂另加論述。（一）王逸楚辭章句共十七卷，把屈作二十五篇列爲第一卷至第七卷，所列次序是一、離騷經，二、九歌十一篇，三、天問，四、九章九篇，五、遠遊，六、卜居，七、漁父。九歌十一篇我們在前面已作爲楚辭時代初期作品講過。九章的九篇次序是⑴惜誦⑵涉江⑶哀郢⑷抽思⑸懷沙⑹思美人⑺惜往日⑻橘頌⑼悲回風。另外招魂大招則列爲第九第十卷，在第八卷宋玉的九辯之後，這十卷全部是先秦作品。以下七卷，則是漢代作品。史記屈原傳提到屈原作品五篇是離騷、天問、招魂、哀郢、懷沙。自清朝林雲銘作楚辭燈提出招魂一篇應依史記歸還屈原後，近人胡適、陸侃如、游國恩等更把二十五篇中可疑不是屈原寫的作品指出來。現在保守的認上述二十七篇都是屈作，而最激烈的甚至懷疑屈原事跡的眞實，以爲屈原祇是離騷的傳說中的作者而已。我們的認識是，我們先認清亂辭是屈作品特點之一，楚辭章句前十卷中有亂辭的六篇離騷、涉江、哀郢、抽思、懷沙、招魂是最可靠的屈原重要作品。屈作大多有亂辭，但他人之作均無亂辭。因已確認與離騷異趣的招魂爲屈作，於是也可確定屈原作品不僅用離騷兮字調，也用別種句調，所以詩經式的天問四言詩，橘頌兮字調，不必懷疑其非屈作。但有證據證明是附會爲屈作的九歌十一篇和遠遊、卜居、漁父三篇，仍歸還牠們原有的時代。大招一篇模擬招魂的作品，著作權也判給景差。卜居、漁父非屈作的證據是非但開頭用第三者的尊敬口吻說：『屈原既放』，（不稱屈平而稱其字白，便寫『惜誦』以發洩滿腔的怨氣說：『惜誦以致愍兮，發憤以抒情。所非忠而言之兮，指蒼天以爲正。』這樣指天爲證，表明心迹。中間又說了些歷史教訓，也說了些夢話，發了一陣牢騷，最後他自慰說：『矯茲媚以私處兮，願曾思而遠身。』要獨善其身，遠走以避禍。

懷王十六年，秦許楚地，楚與齊絕交。屈原想着『何離心之可同兮，吾將遠逝以自疏』便離開郢都(即江陵)遠走漢北。他到了漢北，又思念起郢都來，遂作抽思曰：『有鳥自南兮，來集漢北。好姱佳麗兮，牉獨處此異域。』『惟郢路之遼遠兮，魂一夕而九逝。』『結微情以陳詞兮，矯以遺夫美人。』於是親秦派又進讒言，就把他放逐在漢北。屈原眼看小人當道，國事日非，既痛恨官場的卑鄙惡濁，又埋怨懷王的短視而糊塗，竟一再聽信讒言，是非不明，黑白不分。他有高超的理想，沒一個人了解他，他有遠大的抱負，徒然遭人嫉妒，連他自己的姊妹也不同情他，再三的責罵他太剛直不隨和。使他中心如焚，逼得他簡直發瘋，於是他昂首戟指，一連向天發出一百七十多個問題來，作成了他的『天問』篇。待精神稍微平靜些，又一股勁寫下了他震爍古今的長詩離騷來。天問裡多神話傳說，自來難讀，蘇雪林幾十萬字的『屈賦研究』大部分是有關天問的考證。離騷大家愛讀，但也不易讀通。

當秦惠王運動楚國絕齊時，張儀是答應秦國送商於之地六百里給楚國作爲交換條件的，但等楚國斷絕齊國後，秦國却又背信，張儀說那裡是六百里？祇答應六里之地。懷王大怒，舉兵伐秦，便再派屈原出使齊國去做聯絡工作。秦楚大戰，秦兵擊潰楚師於丹淅，斬首八萬級，虜楚將屈匄，佔領了楚國漢中之地。懷王就再發兵深入擊秦，戰於藍田。不料魏國又乘機襲楚，楚兵連忙自秦退兵，而齊國恨楚國，說不再上當，始終不派救兵，這是懷王十七年的事。明年，秦願歸還部分漢中地與楚國和解，楚王恨張儀入骨，便說：『不願得地，願得張儀纔甘心。』張儀向秦王說：『我一個張儀可抵得上漢中的大塊土地，就請讓我去楚國走一趟罷！』張儀到達楚國，楚王便把他囚禁起來，想要怎樣痛快地處置他，纔消心頭之恨。其實張儀老早就賄賂好了親秦派纔去楚國的，靳尚教給鄭袖怎樣設計討得懷王歡心時說動懷王放走張儀。正好屈原自齊回國，晉見懷王，報告出使經過，並即提議殺掉張儀。懷王悔悟，馬上派人去追張儀，已經追不上了。於是懷王再任命屈原爲管理屈、景、昭三姓宗人事務之職的三閭大夫。懷王十九年春，在夢澤爲丹淅戰役等陣亡的將士八九萬人舉行追悼大會，懷王親自前往主持祭典，屈原隨從，便稍改橘頌的句法，撰寫了追悼會中應用的歌辭『招魂』。

懷王二十四年起，秦昭王嫁女於楚，用聯姻攻勢來結歡楚王，提議兩國在藍田歡會。懷王三十年，懷王將入秦赴會，屈原進諫，說：『秦是虎狼之國，不可信，還是不去爲妙。』昭睢也進言阻駕。但是王子子蘭却說：『王奈何絕秦懽？』再經親秦派一致勸駕，懷王竟入武關去赴會。結果秦兵斷絕懷王的後路，把他扣留起來，要求割地。懷王不答應，逃到趙國去，趙國不收留他，竟客死於秦。

懷王的兒子頃襄王卽位，用他的弟弟子蘭做令尹。楚國人不斷的議論子蘭勸父入秦，送了父王的命，頃襄王不該再重用他，又說屈原畢竟是有見地的忠臣，在離騷一篇之中，再三指出誰是小人，而懷王還要聽子蘭的話，頃襄王還要重用子蘭，楚國前途不可樂觀。子蘭忍不住氣，終於唆使上官大夫在頃襄王面前造謠說屈原怎樣教人到處批評頃襄王。頃襄王一怒之下，又把屈原放逐出去。這大約是頃襄王六年或七年秦楚復交時的事。

屈原第二次放逐期間，寫了九章中的思美人、悲回風、哀郢、涉江、懷沙、惜往日等六篇。放逐的地點，初期是夏浦（今漢口）。思美人寫在自郢都沿長江南下東往夏浦的路上，故曰：『遵江夏以娛憂』（江夏是長江與漢水）『觀南人之變態』（觀察南方人的奇風異俗）。思美人是途中所作，悲回風則大約是在夏浦時所作。所用聯緜詞特別多，讀起來既悲切而又諧和。

他在夏浦住了好多年，直到楚襄王二十一年（公元前二七八年）郢都淪陷於秦將白起之手，楚國遷都時纔又動身南下江湘，前往溆浦（今湖南溆浦縣）。哀郢是郢都陷落後追憶流放出郢都時的情景，『方仲春而東遷』是出發東行時是二月。『遵江夏以流亡』『過夏首而西浮』『上洞庭而下江』『背夏浦而西思』是路程的追敍，『至今九年而不復』是說他放逐時間之長，直到郢都陷落，故曰：『曾不知夏之為丘兮，孰兩東門之可蕪』，（兩東門謂伍子胥曾拔郢，現白起又拔郢，或云郢有兩東門）更證之涉江篇首句『余幼好此奇服兮，年既老而不衰』，屈原自述老而不衰，活到六七十歲，所以知他雖早有跳水而死之意，實在是郢都陷落以後絕望了纔投水的。

涉江篇屈原自敍由鄂渚（今武昌）動身，入洞庭，濟沅水，經枉陼，辰陽而至溆浦。『乘鄂渚而反顧兮，欸秋冬之緒風。步余馬兮山皋，邸余車兮方林。乘舲船余上沅兮，齊吳榜以擊汰。船容與而不進兮，淹回水而疑滯。朝發枉陼兮，（今湖南常德縣南）夕宿辰陽。（今湖南辰谿縣境）苟余心其端直兮，雖僻遠之何傷！入溆浦余儃佪兮，迷不知吾所如。深林杳以冥冥兮，猨狖之所居。』一路車馬舟楫，水陸兼行，去到那僻遠深林，人烟稀少的猿猴所居。旅途的生活，描寫得非常生動，雖自言『僻遠何傷』，然其精神物質的雙重痛苦，我們自可體會得到。

史記屈原傳：『乃作懷沙之賦，於是懷石自沉汨羅以死。』可知懷沙篇是屈子的絕命詞，滿紙憤慨怨恨，以至說：『邑犬群吠兮，吠所怪也。非俊疑傑兮，固庸態也。』這已經是激烈的謾罵，但惜往日篇最後的結句『不畢辭而赴淵兮，惜壅君之不識』，又是他最後的告別語。汨羅在今湖南湘陰縣北，可知屈子到了漵浦從西南折回東北的長沙纔投水自盡的。『涉江』的月令在秋冬，則『懷沙』的『滔滔孟夏兮草木莽莽。』已是楚襄王二十二年（卽周赧王三十九年公元前二七七年）的四月，最後到五月五日終於再寫『惜往日』而投水畢命，那時屈子是六十七歲。

## 五、離騷與招魂

離騷和招魂是屈原的兩篇代表作，離騷大約作於楚懷王十六年被放逐時，那時他三十一歲，招魂則作於使齊回來任三閭大夫隨從懷王去夢澤參加招魂典禮時，那時他才三十四歲。兩篇傑構都是他精力充沛的盛年之作，篇幅特別長，想像最豐富而奇異，這是他創作的巔峯時代。他雖自述『既老而不衰』，但後期的作品便都是短篇了。

離騷寫作的年代有三說：⑴懷王十六年，屈原被讒放逐而作；⑵懷王三十年，屈原諫懷王入秦被放逐而作；⑶襄王三年，放逐江南時所作。我們採取了第一說。

游國恩所主第三說，主要的根據有二：第一是離騷中『濟沅湘以南征兮，就重華而陳詞』等句有沅湘等江南地名；第二，離騷篇中『靈脩』係指先王懷王，『哲王』係指襄王，爲對今王之尊稱。其實『靈脩』和『美人』『荃』一樣，都是托詞以寓意於君，連同『哲王』都是懷王時代指懷王而言。至於『陳詞重華』是屈原無可告訴時設想的意境，與下文『飲余馬於咸池兮，總余轡乎扶桑』等事都是想像而非事實。

第一說與第二說都是根據史記屈原傳而來。屈傳將離騷的寫作記在屈原使齊返諫懷王殺張儀之前，當然以第一說為强，但屈傳又在諫懷王入秦後說：『屈平既嫉之，雖放流，睠顧楚國，繫心懷王，不忘欲反，冀幸君之一悟，俗之一改也。其存君與國而欲反復之，一篇之中，三致志焉。』前文未言『放流』，祇說『王怒而疏屈平』，至此纔說放流，又說一篇三致志，所以猜想離騷應作於此時，其實這是司馬遷因發議論而追敍前事，我們可因這補敍中提及『放流』，而知『疏屈平』時期疏的程度，有時曾到達『放逐』的地步，而離騷則在疏到放逐時所寫，懷王對屈原的親疏，一定與當時親齊親秦的局面有關，那裏僅祇為上官大夫的奪稿進讒的小事？劉向節士篇便敍述得較清楚。離騷原文有『不撫壯而棄穢兮』和『及年歲之未晏兮』等句，可知屈原作離騷時年紀很輕，禮記曲禮：『三十曰壯』，則第一說屈原三十一歲寫離騷，得到了有力的內證，是無可懷疑的了。

招魂篇王逸楚辭章句說是宋玉所作用以招屈原之魂。林雲銘在楚辭燈中用史記屈原傳贊之句：『余讀離騷、天問、招魂、哀郢，悲其志』作證據來推翻王說，以為是屈原自招其生魂之作，劉大杰在中國文學發展史中又說是屈原招懷王之魂而作，他說：『首節與亂辭中的「朕」「吾」是作者自述之辭，其他的或「君」或「王」是指懷王，中間一大段招詞，是作者託巫陽之口所表現的招魂本意。觀其言宮室之偉，陳設之美，女樂的富麗，肴饌之珍奇，都合於國王的身份。若看作屈原自招，同這些物質生活缺少統一性的。』

前面我們已補充新證，證明招魂是屈原作品，那新證就是楚辭中所有先秦作品，祇有屈作有亂辭，亂辭成爲屈作的表記來作爲旁證。但對屈原所以作招魂的本事和主題，我們却不同意林、劉之說，因爲招魂的招詞裡有：『像設君堂』『室家遂宗，食多方些』等句都是祭亡魂的描寫，故非自招生魂，而亂辭中有句自述曰：『獻歲發春兮汨吾南征……與王趨夢兮課後先，君王親發兮憚青兕。』這是屈原隨從楚王去夢澤招魂之證，而這個楚王，並非襄王，而卽係懷王，懷王對屈原曾信任過，疏遠之後，再派他出使過齊國，而所有文獻中屈原從來沒有接近過襄王，祇有在『惜往日』中屈原罵過他是『壅君』(昏君)。而且亂辭中有『王』字，而招辭中無一『王』字，却有『酎飲盡歡，樂先故些』等句。則用富麗的陳設，華美的女樂來招的魂，應是多數的貴族而非單身的國王。所以我們說這是祭一大批貴族的祭典所用的樂章。招魂序曰：『朕幼清以廉潔兮，身服義而未沫。主此盛德兮，牽於俗而蕪穢。上無所考此盛德兮，長離殃而愁苦。』『盛德』卽『盛典』，『主此盛德』是『主持這盛典』，懷王先任屈原爲左徒，後爲三閭大夫，三閭大夫掌楚宗室三姓之事，祭祀貴族的典禮，正應由他來主持。所以我們定招魂之作在諫殺張儀之後。而『上無所考此盛德兮，長離殃而愁苦』是說擧行此盛典，用以祓除災殃，周禮春官曰：『男巫掌望祀衍授號，旁招以茅。冬堂贈無方無算。春招弭以除疾病。王弔則與祝前。』楚國春天用巫陽擧行招魂祭典以除疾病消災殃，楚王親往參加，而且招魂向四方招就是『旁招』，一切都與周禮符合，擧行祭典的地點則在江南夢澤，故亂辭結句曰：『魂兮歸來哀江南。』

但是何以招弭游魂，便可祓除災殃呢？而且這盛典不在郢都而在夢澤擧行呢？周禮春官女巫『掌歲時祓除釁浴』漢鄭玄注：『歲時祓除，如今三月上巳如水上之類。』韓詩曰：『鄭國之俗，三月上巳於溱洧兩水之上，執蘭招魂，祓除不祥也。』韓詩所說，不一定可靠，與詩經溱洧篇內容不符，但周代祓禮已與水有關，漢代祓禮，在水上招魂，已很清楚，楚國到夢澤去招魂，正是水上招魂的祓禮，所以除不祥，消災殃也，我們看了九歌的國殤，已知道楚國早在祀神典禮中有陣亡將士的附祭，懷王時連年戰爭，大批死亡，『可憐無定河邊骨，猶是春閨夢裡人』，屈原主持的這一盛典，大約正是爲安禮這些陣亡的貴族戰鬪員而設，所以屈原參雜楚俗與古禮，自製新詞，並記其事，而有招魂篇的遺留，以後楚國常在春天舉行招魂祭，景差時又仿屈原而有『大招』之作，大招的典禮，說不定比屈原時更盛大，但在春天舉行，向四方招魂，總是因襲不變的，景差也是三閭宗親，可以推想這一招弭楚國貴族將士亡魂的典禮，由三閭中人來主持，也成爲傳統了。

上面提過司馬遷說：『余讀離騷、天問、招魂、哀郢，悲其志』，其志何在？有人曾摘篇中詩二句以代表：離騷是『豈余身之憚殃兮，恐皇輿之敗績』！天問是：『吳光爭國，久余是勝！』（痛楚之外患，吳王闔廬爭國得立後，勝楚已久。）哀郢是：『曾不知夏之爲丘兮，孰兩東門之可蕪？』那末，我們可以說招魂的二句是篇中兩見的：『魂兮歸來，反故居些！』屈原之志，是愛國而不惜犧牲。

屈原作品中招魂的內容，上承國殤，下啓大招，是與離騷異趣的宗教詩。而那種舖張的描寫，排偶的句法，又開創了漢賦的路線，在文學史上應該另眼相看，列爲屈原的第二篇代表作。招魂些字的句調從詩經變化出來，到景差的大招只字調，又恢復一些詩經的原形，我們作一簡單的比較如下：

兮字調
(1)野有蔓草，零露溥兮；有美一人，清揚婉兮。（詩經野有蔓草）
(2)后皇嘉樹，橘徠服兮；受命不遷，生南國兮。（屈原橘頌）

些字調
(3)陳鐘按鼓，造新歌些；涉江采菱，發揚荷些！（屈原招魂）

只字調：
(4)青春受謝，白日照只；春氣奮發，萬物遽只。（景差大招）
(5)母也天只，不諒人只！（詩經鄘風柏舟）

楚辭中兮字調、只字調，詩經中都有，些字調纔是特色，所以大家不說楚兮，而說『楚些』。招魂在這一點，也是楚辭的代表。還有屈作的特點之一是亂辭，亂辭寫得最精彩的也以離騷與招魂爲代表。招魂描寫的技巧，極爲高超，例如描寫東方的險惡，不過用『長人千仞，惟魂是索些。十日代出，流金爍石些。』十八個字，多麼扼要而生動！描寫美人的嬌艷，祇用『美人旣醉，朱顏酡些；娭光眇視，目曾波些。』十六個字，又是多麼靈活而神妙！景差大招的『朱唇皓齒』，『小腰秀頸』，能寫出特徵，但尚欠靈活；宋玉的『施朱』『敷粉』，更是拙劣；祇有詩經碩人篇的『巧笑倩兮，美目盼兮』可以娩美。

至於離騷的藝術造詣，更是卓絕千古，祇說那壯闊的波瀾，已經令人懾服，我們將在下半講作品欣賞中再談。在這文學史的敍述裡，先記下古人一致推崇的批評來。評論離騷，自西漢始，司馬遷在屈原傳裡採取淮南王劉安的語參雜自己的意見，便寫下了這樣一大段：

『屈平正道直行，竭忠盡智，以事其君，讒人間之，可謂窮矣。信而見疑，忠而被謗，能無怨乎？屈平之作離騷，蓋自怨生也。國風好色而不淫，小雅怨誹而不亂，若離騷者，可謂兼之矣。上稱帝嚳，下道齊桓，中述湯武，以刺世事，明道德之廣崇，治亂之條貫，靡不畢見。其文約，其辭微，其志潔，其行廉，其稱文小，而其指極大；舉類邇而見義遠。其志潔，故其稱物芳；其行廉，故死而不容自疎。濯淖汚泥之中，蟬蛻於濁穢，以浮游塵埃之外，不獲世之滋垢，皭然泥而不滓者。推此志也，雖與日月爭光可也。』說它『與日月爭光』，眞是已推崇到極點，東漢時班固雖曾吹毛求疵說屈原爲人有『露才揚己』的缺點，但他對屈原的作品，並未抹殺，他在『離騷序贊』中還是說：『其文宏博麗雅，爲辭賦宗，後世莫不斟酌其英華，則象其從容。』王逸在『楚辭章句』中則說：『善鳥香草以配忠貞，惡禽臭物以比讒佞，靈修美人以媲於君，宓妃佚女以譬賢臣，虬龍鸞鳳以託君子，飄風雲霓以爲小人。其辭溫而雅，其義皎而明，所謂「金相玉質，百世無匹」』。到六朝劉勰寫『文心雕龍』特作『辨騷篇』說：『不有屈原，豈有離騷？驚才風逸，壯志煙高。』沈約則在『宋書謝靈運傳論』指出：『自漢至魏，四百餘年，辭人才子，各自慕習，原其飇流所自，莫不同祖風騷。』離騷的被推崇和對後代文學家影響的深遠，以及在文學史上地位的崇高，可見一斑。詩經之有風雅，楚辭之有離騷，爲中國古代文學的雙璧，所以『風騷』並稱。其實離騷的影響是壓倒詩經的，而且後來的辭賦家一味模仿，以致輾轉束縛在屈原的範作之下，模來擬去的竟翻不過身來。

## 六、宋玉的作品

楚辭以屈宋並稱，宋即宋玉。史記屈原傳曰：『後有楚宋玉、唐勒、景差之徒者，皆好辭而以賦見稱』。宋玉、唐勒、景差都是屈原的後輩，他們的成就，遠不及屈原那末有光輝。

景差祇有大招一篇作品，唐勒漢書藝文志載有賦四篇，但東漢時便全都失傳了。宋玉則藝文志說有賦十六篇。楚辭章句中有九辯和招魂；文選中有風、高唐、神女、登徒子好色四賦和對楚王問；古文苑有大言、小言、釣、舞、諷五賦；共得十二篇。古文苑成書最晚，所載作品固不可靠，文選所載名篇，其敍事行文，也多可疑之處。尤其那種散文賦體，在漢初還祇有像初期的作品，推斷戰國時不會有那末成熟的篇章，可想係後人的假託。招魂已歸之屈原。那末，宋玉最可靠的作品，便祇剩下九辯了。可是就憑這九辯而論，宋玉的地位已很高。

景差的大招模擬屈作招魂，沒有新的發展。宋玉的九辯承繼屈作離騷九章，雖同是抒情述志，屈原是楚國貴族，寫的是忠君愛國的熱忱，而宋玉祇是一個落魄文人，寫的祇是貧士的哀愁。正是清朝王仲則詩句：『全家寄在秋風裡，九月衣裳未剪裁』的那種情調。九辯也如九章般有九章或九篇。寫得最成功的是第一章的悲秋。

『悲哉，秋之爲氣也！蕭瑟兮，草木搖落而變衰；憭慄兮，若在遠行；登山臨水兮送將歸。泬寥兮，天高而氣清；寂寥兮 收潦而水清。憯悽增欷兮，薄寒之中人；愴怳懭悢兮，去故而就新。坎廩兮，貧士失職而志不平；廓落兮，羈旅而無友生；惆悵兮，而私自憐。燕翩翩其辭歸兮，蟬寂寞而無聲；雁廱廱而南遊兮，鵾鷄啁哳而悲鳴。獨申旦而不寐兮，哀蟋蟀之宵征；時亹亹而過中兮，蹇淹留而無成。』

這一段秋天的細緻深刻的描寫，有聲音，有顏色，有情調，也有感慨。從這些色彩中，襯托出一個失意文人的心境，含蓄不露，極其成功。他那些雙聲叠韻的『蕭瑟』『憭慄』『愴怳』『懭悢』『惆悵』等哀怨悽傷的字眼，已無形中感染着讀者，又連用十多次疊字，更增加音律與文字之美。在中國文學史上，宋玉是第一個描寫自然的節令來表達自己情緒的敏感詩人。『宋玉悲秋』已成典故，清代王夫之譽爲『千秋絕唱』。歷代無病呻吟的文人，東施效顰，把這一類的字眼堆砌起來，强作哀愁，以爲是哀感頑艷的妙文，以致成爲濫調，雖不足取，但宋玉影響之大，就也可見一斑。總之，宋玉九辯的文字技巧，已達楚辭的最高成就。

# 作品欣賞

## 一、離騷

屈原是我國最早的一位偉大詩人，而這篇長達二千四百九十字的抒情詩離騷，就是他最有名的代表作。全詩共分九十四章，其中只有第十二章『曰黃昏以爲期兮，羌中道而改路』的一章爲兩句章，（有些版本無此兩句）和最後一章亂辭爲五句章，其餘九十二章都是每章四句，一三兩句句末用兮字，二四兩句句末協韻。所以全詩是三百七十五句，共用一百八十七個兮字，而這種方式用兮字的詩，便稱爲騷體。我們欣賞屈原的詩，總得選他的離騷來讀，但本講座爲篇幅所限，只好採用節縮的辦法來處理，簡省了比較不太重要的三十八章。我們雖不敢說做到了去蕪存精的工夫，但至少仍能保持原詩三大段的完整形態，層次脈絡，都無損傷。

| 原詩 | 今譯 |
| --- | --- |
| 帝高陽之苗裔兮，❶ | 我是古帝高陽氏的子孫。 |
| 攝提貞于孟陬。 | 戊寅年的正月初三， |
| 惟庚寅吾以降兮，❷ | 庚寅那天是我的生辰。 |
| 朕皇考曰伯庸。❸ | 伯庸先生是我的父親。 |

皇覽揆余初度兮，
肇錫余以嘉名：❹
名余曰正則兮，
字余曰靈均。❺

紛吾既有此內美兮，
又重之以脩能：❻
扈江離與辟芷兮，
紉秋蘭以爲佩。❼

日月忽其不淹兮，
春與秋其代序。❽
惟草木之零落兮，❾
恐美人之遲暮。
不撫壯而棄穢兮，
何不改乎此度？❿

父親推算了我的生辰，
賜我美名使與相稱：
給我取名叫『正則』，
給我別號叫『靈均』。

我有這許多的內在美，
又加上漂亮的裝備：
穿的衣裳鮮明似蘼蕪和白芷，
繫的佩飾有似秋天蘭花吐香氣。

日月流轉永遠不停，
春秋更迭毫不留情。
催得草木凋謝飄零，
催得美女失去青春妙齡。
不趁壯年把穢德醜行拋去，
何以不改變這不良風度？

策騏驥以馳騁兮，
來吾導夫先路！
惟夫黨人之偷樂兮，⓫
路幽昧以險隘。
豈余身之憚殃兮？
恐皇輿之敗績。⓬
忽奔走以先後兮，
及前王之踵武。
荃不察余之中情兮，
反信讒而齌怒。⓭
初既與余成言兮，
後悔遁而有他。⓮
余既不難夫離別兮，
傷靈脩之數化。⓯

驅策着駿馬騏驥而馳騁，
來啊！我做嚮導在前頭帶路！
只是結黨的小人一味貪圖享樂，
前途是黑暗而險惡。
難道我懼怕自身遭殃嗎？
我只擔心君王車輿的破碎失墮。
我前後奔走急匆匆，
要把先王的步武來追踪。
那知荃草却不明察我的眞情，
反而聽信讒言向我大發雷霆。
初時有約你和我說知心話，
那知後來又生心變了卦。
和我分離倒也無所謂，
傷心的是神聖的修治屢屢變化。

余既滋蘭之九畹兮，
又樹蕙之百畝；⑯
畦留夷與揭車兮，
雜杜衡與芳芷。⑰
冀枝葉之峻茂兮，
願竢時乎吾將刈。
雖萎絕其亦何傷兮，
哀衆芳之蕪穢。⑱
朝飲木蘭之墜露兮，
夕餐秋菊之落英。
苟余情其信姱以練要兮，
長顑頷亦何傷！⑲
長太息以掩涕兮，
哀民生之多艱。

我既把九畹的蘭花培植，
又種蕙花佔了百畝之地；
還有半頃的辛夷和揭車，
雜植着杜衡和芳芷。
巴望牠們枝子高高葉茂盛，
到時候我可以好好地收成。
開過了花再枯萎用不着傷感，
只傷感牠們未長成就荒蕪凋殘。
早晨我吸飲那木蘭上滴下的露水，
傍晚我呑嚼那秋菊上凋落的花瓣。
要是我的願望眞正能够實現，
就是一輩子面黃飢瘦又何必傷感！
連連拭淚長聲哀歎，
哀歎人民生活的多災多難。

余雖好脩姱以鞿羈兮，
謇朝誶而夕替。⑳
既替余以蕙纕兮，
又申之以攬茝。㉑
亦余心之所善兮，
雖九死其猶未悔！

雖然我潔身自好來約束自己，
可是早上進諫晚上就遭到廢棄。
我雖爲佩帶蕙花而遭廢棄，
還是要採擷白芷來芬芳自己。
只要我心裡明白做得很對，
就是九死一生也在所不辭！



【註釋】❶高陽卽顓頊，周成王封顓頊之後熊繹爲楚子，居丹陽，傳到熊通，始僭號稱王，遷都於郢，這便是楚武王。武王子瑕爲卿，食采於屈，遂以屈爲氏。苗裔卽後代。兮爲歌之餘聲。❷朕ㄓㄣˋ卽我，古人都可自稱曰朕，秦朝始規定只有天子方可自稱朕。父死稱考，皇考猶曰先父。❸太歲在寅爲攝提格，陬ㄗㄡ，正月，貞于孟陬，當孟春的正月。據此詩，推算出來屈原生於戊寅年甲寅月庚寅日，卽楚宣王二十七年（周宣王二十六年，公元前三四三年）正月初三日（或云初七）。降，古音洪。❹皇爲上章皇考之省文。覽，觀；揆，度；肇，始；錫，賜。❺名以正體，字以表德。洪興祖曰：『正則以釋名平之義，靈均以釋字原之義。』近人以爲屈原既名平字原，故正則靈均爲詩人的化名，亦卽筆名。❻能爲態字之省體。脩態與上句『內美』爲對，訓修飾容儀，是外表的美。❼扈音戶，楚人名被爲扈，披也。紉ㄖㄣˋ串結，方言：『續，楚謂之紉。』江離，卽蘼蕪；芷，白芷，或謂之茝，其葉爲藥。辟音僻，幽僻意。佩，繫於腰間衣帶上的飾物。江離、芷、蘭均香草，用以象徵衣着之美，爲『脩態』的描寫。❽淹，久；代，更；序，次。❾零落：都是『墜』的意思，草曰零，木曰落。❿壯：禮記曲禮：『三十曰壯』，此度：指上一句『穢』字而言，卽『此穢度』。⓫黨人：謂互相勾結的小人，蔣驥云：『黨人謂靳尙、上官、子蘭、鄭袖之屬。』（山帶閣註楚辭）偷：苟且。⓬皇輿指君車。績，功。皇輿敗績，以君王車馬傾覆，喻國家遭殃。⓭荃ㄑㄩㄢˊ，香草，以喻君，隱指楚懷王。齌ㄐㄧˋ音劑。齌怒，疾怒。⑭遁：遷移。⑮靈脩：神聖的修治，指善政。數，音朔ㄕㄨㄛˋ屢。⑯滋，蒔；畹，音宛，三十畝。蘭、蕙之別：蘭一幹一花，其香甚遠；蕙一幹數花，香不及蘭，或云蕙卽零陵香。⑰畦，音携ㄒㄧ，五十畝；作隴種解亦通。留夷、揭車、杜衡均香草。留夷卽辛夷，或云卽芍藥。揭車，黃葉白花。杜衡，或作杜蘅，卽馬蹄香。⑱衆芳指上一章之蘭蕙等香草。⑲姱ㄎㄨㄚ：信姱，猶實好。練要，達成理想。顑頷ㄎㄢˇㄏㄢˋ音坎菡，食不飽面黃貌。⑳脩姱：修潔而美好。鞿羈，ㄐㄧㄐㄧ：韁在口曰鞿，革絡頭曰羈。謇ㄐㄧㄢˇ音蹇，發語詞。誶ㄙㄨㄟˋ諫。替，廢。㉑纕音襄ㄒㄧㄤ，佩纕，佩帶。茝ㄔㄞˇ白芷。

## 【評解】（第一大段）

以上第一章至三十三章爲第一大段，我們節錄了十三章，這一大段可說是屈原的自叙傳。他一開頭便自叙他的世系和誕生的年月日，自叙他天資穎特，學德兼修，有濟世救民的抱負，接着叙述他的驚怵於流光的易逝，急急於建功立業，以免邦國阽危，民生憔悴。不料遭遇黨人的嫉妒，君王聽信讒言，竟將他棄置不用，使他有志難伸，只有涕泣哀訴，以表其忠貞。詩中以芳潔自許，以香草美人喻美德善行，聖君賢臣，隱約其詞，言近旨遠。從此中國託物言志的象徵詩的門戶大開，而且有了象徵的典型。這一大段，是叙作離騷的本事，相當於後代漢魏賦的序。

女嬃之嬋媛兮，　　姊姊的對我關懷，

申申其詈予，㉒　　反覆地罵我不該，

曰：『鮌婞直以亡身兮，　　她說：『你不知道伯鮌因剛直負氣而喪生，

終然殀乎羽之野。㉓　　結果死在羽山的野外？

『汝何博謇而好脩兮，
紛獨有此姱節？
薋、菉、葹以盈室兮，
判獨離而不服。㉔

『你何必博採群芳來自我打扮，
唯獨你有這些炫人的美點？
蒺藜、草芻和蒼耳到處充滿，
却一樣都不願意加以挑選。

『衆不可戶說兮，
孰云察余之中情？
世並舉而好朋兮，
夫何煢獨而不予聽？』

『對衆人又不能挨門挨戶去訴陳，
誰能明白我們的內心？
世人都互相推擧而結黨營私，
你爲何孤立自己對我的話偏不聽信？』

依前聖以節中兮，
喟憑心而歷茲。
濟沅湘以南征兮，
就重華而陳詞：㉕

效法前代聖賢來把我性情約束，
不料碰到這個打擊怎不令人傷心痛苦？
讓我南渡沅水湘水，
去向舜帝重華把我衷情陳訴：

●

『啓九辯與九歌兮，
夏康娛以自縱；㉖

『夏啓演奏天樂九辯和九歌，
以致逸豫失德放縱自樂；

不顧難以圖後兮，
五子用失乎家巷。㉗

沒有遠慮而不顧災難啊，
太康五兄弟受到了國破家亡之禍。

『夏桀之常違兮，
乃遂焉而逢殃；
后辛之菹醢兮，
殷宗用而不長。㉘

『夏桀的違逆天常，
終於遭到了災殃；
紂王把忠臣剁成肉醬，
殷朝的天下也就此不得久長。

『湯禹儼而祗敬兮，
周論道而莫差；㉙
擧賢而授能兮，
循繩墨而不頗。

『商湯夏禹立身謹嚴而敬天，
周家論道也不差欠；
他們都小心任能又擧賢，
遵循法度而不頗偏。

『皇天無私阿兮，
覽民德焉錯輔。
夫惟聖哲以茂行兮，
苟得用此下土。㉚

『皇天大公無私心，
輔助品德高超人。
只有聖王賢哲自茂其行啊，
才得統治天下的萬民。

『瞻前而顧後兮，
相觀民之計極。㉛
夫孰非義而可用兮，
孰非善而可服？』

『我看了前代又看後人，
觀察民心得到了結論。
那有不義的人而可以重用？
那有不善之舉可以教人服從？』

曾歔欷余鬱邑兮，
哀朕時之不當。
攬茹蕙以掩涕兮，
霑余襟之浪浪。㉜

我欷歔悲泣抑鬱哀傷，
哀傷我的時代不得當。
拿起軟軟的香巾來擦拭眼淚，
眼淚撲簌簌地霑濕我的衣裳。

跪敷衽以陳辭兮，
耿吾既得此中正。
駟玉虬以椉鷖兮，
溘埃風余上征。㉝

我跪着拉正衣角訴說我的懷抱，
我耿耿此心已獲得中正之道。
彷彿駕上玉虬爲馬的鳳凰之車，
忽然風塵飛揚騰空而逍遙。

朝發軔於蒼梧兮，
夕吾至乎縣圃。

早晨出發於蒼梧，
傍晚我到達了縣圃。

欲少留此靈瑣兮，
日忽忽其將暮。(34)

我正要在這神靈的境界逗留，
日輪却匆匆下落就要拉上夜幕。

吾令羲和弭節兮，
望崦嵫而勿迫。(35)
路曼曼其脩遠兮，
吾將上下而求索。

我命駕日車的羲和慢慢前進，
望見崦嵫山且別靠近。
路途漫漫又迢迢啊，
我要上天下地到處探尋。

飲余馬於咸池兮，
總余轡乎扶桑。
折若木以拂日兮，
聊逍遙以相羊。(36)

讓我的馬兒去飲水於浴日的咸池，
把我的馬繮繫上那扶桑的樹枝。
折取若木做棍棒來撥弄太陽啊，
我且暫時逍遙而徜徉。

前望舒使先驅兮，
後飛廉使奔屬。
鸞皇爲余先戒兮，
雷師告余以未具。(37)

前頭是月神望舒做嚮導，
後面是風伯飛廉做跟班。
鸞和凰雙雙飛翔做我開路的儀仗啊，
雷公却說：『且慢！且慢！』還要等他打扮。

吾令鳳鳥飛騰兮，
繼之以日夜。
飄風屯其相離兮，
帥雲霓而來御。㊳

紛總總其離合兮，
斑陸離其上下。
吾令帝閽開關兮，
倚閶闔而望予。㊴

時曖曖其將罷兮，
結幽蘭而延佇。
世溷濁而不分兮，
好蔽美而嫉妒。㊵

吾令豐隆椉雲兮，
求宓妃之所在。

我吩咐鳳凰展翅飛騰，
夜以繼日地趕奔旅程。
旋風聚攏又散開啊，
率領着雲呀霓呀來相迎。

成羣結隊的神靈乍離又乍合，
上上下下不停地穿梭。
我要天帝的司閽開啓天門啊，
他只斜靠天門獃瞪着我。

時光昏暗人馬也倦怠，
繫結着幽蘭延頸佇立等待，
舉世混濁而不分明，
美德隱蔽而嫉賢妒能。

我吩咐雲師豐隆駕起祥雲，
把洛神宓妃的下落來找尋。

解佩纕以結言兮，　爲了誓言結盟我解下佩巾，

吾令蹇脩以爲理。41　再派蹇脩去做個介紹人。

覽相觀於四極兮，　我遍觀了極遠的四方，

周流乎天余乃下。　周遊了天宇再向塵寰下望。

望瑤臺之偃蹇兮，　望見瑤台那麼深廣，

見有娀之佚女。42　望見有娀美女的容光。

吾令鴆爲媒兮，　我叫鴆鳥做媒人，

鴆告余以不好。　鴆鳥反說我不好。

雄鳩之鳴逝兮，　雄班鳩鳴叫着飛過，

余猶惡其佻巧 43　我又厭惡他多言而輕佻。

心猶豫而狐疑兮，　我心裡猶豫不決，

欲自適而不可。　想要自薦又擔心遭拒絕。

鳳皇既受詒兮，　鳳凰已經接受高辛氏的拜託，

恐高辛之先我。44　恐怕帝嚳將先我而娶得。

閨中既以邃遠兮，　香閨既然深遠難度，

哲王又不寤。㊺　明哲君王又不見覺悟。

懷朕情而不發兮，　滿懷的哀情我無從宣訴，

余焉能忍與此終古？　我怎能永遠如此憂苦？

【註釋】

㉒嬃音須，說文：『楚人謂姊爲嬃。』沈德潛云：『嬃同須，女須猶女侍』（楚辭選讀）文開按：女侍之稱女嬃，猶今日之以媽、嫂、姐等稱呼加諸年長女僕也。嬋媛音蟬爰，關懷之意。或謂卽嬋娟，柔媚或婉轉意。中申，詳復或丁寧意。詈，音力，責罵。㉓鮌，亦作鯀，音衮ㄍㄨㄣˇ，堯之臣，禹之父。婞ㄒㄧㄥˋ婞直，狠戾剛直。殀音夭，殁。羽之野，羽山之野，史記夏本紀：『用鯀治水九年，而水不息……乃殛鯀於羽山以死。』㉔薋音瓷，蒺藜；菉音錄，王芻；葹音施，蒼耳。均惡草，以比讒佞。㉕沅湘二水名，均注入洞庭湖，在今湖南省。征，行。重華，舜之號。古陳字。史記五帝本紀：『舜……崩於蒼梧之野，葬於江南九疑。』九疑山在沅湘之南，故屈原欲向帝舜陳詞，將渡沅湘南行也。㉖啓，夏禹之子。九辯、九歌，皆天樂之名。山海經大荒西經：『夏后開（卽啓）上三嬪於天，得九辯與九歌以下。』康娛以自縱，卽墨子非樂篇；『啓乃淫溢康樂』之意。㉗五子，啓之子太康兄弟五人。史記夏本紀：『帝太康失國，昆弟五人，須于洛汭，作五子之歌。』巷古音胡貢切，朱熹云：家巷卽家衖，宮中之道也。㉘常違爲違常之倒文。遂焉，終於。逢殃，夏桀無道，終被湯放於南巢而死。后辛，殷紂王名辛。菹，音沮ㄐㄩ，酢菜。醢，音海，肉醬。菹醢，古時酷刑。紂王無道，殺比干，醢梅伯，周武王誅之，殷亡。㉙湯，商朝建立者。禹，夏朝建立者。儼同嚴。祇音脂，亦敬之意。周，指周初之文王、武王、周公。㉚阿ㄜ，偏私。錯同措，置也。輔，佐助，下土，天下人間。㉛相、觀，同義字。計極卽究竟。㉜茹音汝，柔軟。霑，濡濕。㉝衽，裳際。耿，明。乘，一車駕四馬爲乘，故曰駟。虬，無角龍。椉，乘本字。鷖音緊（ㄧ），鳳凰之別名。溘，奄忽。㉞軔音刄，止車之木，將行則發之。蒼梧，舜葬地，屈原既至蒼梧向舜陳詞，得此中正，於是再從蒼梧出發也。縣圃，神山，在崑崙山之上。靈瑣指神靈之所在。瑣，門鏤，文如連瑣以青畫之，稱青瑣。㉟羲和，日御，相傳『日乘車，駕以六龍，羲和御之。』弭ㄇㄧˇ，弭節，按節徐步。崦嵫音淹玆，日所入之山。迫，靠近。㊱咸池，日浴處。扶桑，神

木，日所出處。若木，木名，生崑崙西極日入處。逍遙、相羊，均遨遊之意。㊲望舒，月御；飛廉，風伯，屬ㄓㄨˇ奔屬，相連屬而疾趨。皇即凰，雌鳳。㊳夜，古音豫。飄風，旋風。屯，聚。霓即蜺，虹之暗微者。雄曰虹，雌曰蜺。御，迎。㊴紛，盛多貌。總總，聚貌。陸離，分散貌。閽，音昏，守門人。閶闔，天門。㊵曖曖，昏昧貌。罷音皮，倦極。溷ㄏㄨㄣˋ，亂。㊶豐隆，雲師。宓妃，伏羲氏之女，溺洛水而死，遂爲洛神，宓音伏。纕音襄，香囊。蹇脩，伏羲氏之臣。理，媒人也。㊷覽、相、觀，三疊同義字。四極，四方極遠之地。瑤臺，以瑤玉爲飾之臺。偃蹇，糾曲深廣貌，或云高貌。娀音嵩ㄙㄨㄥ，佚音逸，美。有娀，國名，有娀之佚女，指帝嚳之妃契之母簡狄。㊸鴆ㄓㄣˋ毒鳥。惡讀去聲ㄨˋ。佻ㄊㄧㄠ輕浮。巧，利口。㊹詒，音怡ㄧ禮遺，指聘禮。高辛，即帝嚳。㊺哲王指楚懷王。

## 【評解】（第二大段）

以上第三十四章至六十五章爲第二大段，是離騷全篇最精彩的部分，三十二章中我們節錄了二十三章。第一大段的特點是象徵手法的實事敍述。第二大段則是浪漫主義的幻想的發揮，用神話傳說爲素材，寫出瑰奇絢爛的詩句來。第二大段以女嬃的責罵，爲兩大段的轉捩點。屈原既遭讒於外，失寵於國，至此又不見諒於家，挨罵於內，內外夾攻，已無容身之地，精神上得不到一點安慰。於是只好神遊於古來神話傳說的境界，以發抒他無可告訴的悲哀。他幻想着南行蒼梧，向帝舜重華長跪而陳詞，吐出心頭鬱結，恢復自信，就憑一股中正之氣，去遨遊於神靈的世界。但當他上達天門去叩閽時，却遭到司閽的白眼，於是周覽四極，又去尋求美女的垂青。洛神宓妃，有娀二女等均無法玉成，最後還是希望楚懷王的覺悟而召他回去。這一大段上天下地的神遊，彷彿是但丁的名著神曲，最爲現代的批評家所讚賞。

索藑茅以筳篿兮，　　找來了靈草和細竹，
命靈氛爲余占之。㊻　　吩咐靈氛來給我占卜。

曰：『兩美其必合兮，
孰信脩而慕之？

『思九州之博大兮，[47]
豈唯是其有女？』
曰：『勉遠逝而無狐疑兮，
孰求美而釋汝？

『何所獨無芳草兮，
爾何懷乎故宇？』
世幽昧以眩曜兮，
孰云察余之善惡？

民好惡其不同兮，
惟此黨人其獨異；
戶服艾以盈要兮，[48]
謂幽蘭其不可佩。

靈氛說：『兩美終必相合，
誰信那修潔的人不被愛慕？

『你想九州如此廣大無際，
難道美女只在這裏？』
他說：『勉力遠行莫再遲疑，
那有尋求美丈夫的女郎會把你放棄？

『天涯那兒沒有芳草？
你爲何死心眼地祇想到故鄉去找？』
唉，人世間是黑暗而又混淆，
我的善惡又有誰能知曉？

人們的好惡本來不完全一致，
祇有這夥小人特別怪異；
他們家家把蕭艾當作寶貝，
却說幽香的蘭花不可戴佩。

從靈氛之吉占兮，
心猶豫而孤疑。
巫咸將夕降兮，
懷椒糈而要之。㊾
百神翳其備降兮，
九疑繽其並迎。㊿
皇剡剡其揚靈兮，
告余以吉故。51
曰：『勉升降以上下兮，
求榘矱之所同，
湯禹儼而求合兮，
摯皋陶而能調。52
『苟中情其好脩兮，
又何必用夫行媒？

我想聽從靈氛吉利的卜語，
心裡還是徬徨而猶豫。
巫咸要在今晚降臨，
我將帶着椒香精米去請他指示迷津。
百神蔽空而降下，
九疑山的儀仗也一起來迎迓。
皇天發出閃閃的靈光，
百神告訴我怎樣得到吉祥。
巫咸說：『你勉力上下四方去尋訪，
去尋訪志同道合的對象。
商湯夏禹虔誠地物色英才，
伊尹皋陶替他調和鼎鼐。
『祇要內心眞正有美德，
又何必一定要媒人說合？

說操築於傅巖兮，
武丁用而不疑。53

『呂望之鼓刀兮，
遭周文而得舉；54
甯戚之謳歌兮，
齊桓聞以該輔。55

『及年歲之未晏兮，
時亦猶其未央；
恐鵜鴂之先鳴兮，
使夫百草為之不芳。』56

何瓊佩之偃蹇兮，
衆薆然而蔽之？57
惟此黨人之不諒兮，
恐嫉妒而折之。

傅說在傅巖築牆操作，
殷高宗重用而不疑惑。

『呂望是朝歌市上操刀的屠夫，
遇到了周文王便被提舉；
甯戚飯牛叩角而謳歌，
齊桓公聽到了立刻用他為輔佐。

『你要趁着年紀還未衰老，
趁着時光還沒完全溜掉；
怕祇怕伯勞鳥一聲啼叫，
使得百草都花謝香消。』

為什麼這許多琳瑯的玉佩，
人們偏偏掩蔽着它們的光輝？
只有這夥小人不懂得愛美，
我怕他們因嫉妒而統統打碎。

何昔日之芳草兮，
今直爲此蕭艾也？
豈其有他故兮？
莫好脩之害也！

余以蘭爲可恃兮，
羌無實而容長；
委厥美以從俗兮，58
苟得列乎衆芳？

椒專佞以慢慆兮，
樧又欲充夫佩幃，
既干進而務入兮，
又何芳之能祇？59

靈氛既告余以吉占兮，
歷吉日乎吾將行。

爲什麼從前的蕙蘭香草，
到今朝簡直變成蓬艾牛尾蒿？
難道有什麼別的緣故嗎？
無非是犯了不知好自修潔的錯誤啊！

我以爲子蘭應該可靠，
不料他空有漂亮的外貌；
拋棄了美質隨俗推移，
那得和衆芳同列一起？

子椒專橫諂佞而又傲慢，
惡臭的茱萸也想把香袋裝滿。
既然竭力鑽營只求貴幸，
又那能對芳香有所愛敬？

靈氛已告訴我占卜吉祥，
選定了吉日我將遠走他鄉。

折瓊枝以爲羞兮，
精瓊爢以爲粻。60

爲余駕飛龍兮，
雜瑤象以爲車。
何離心之可同兮？
吾將遠逝以自疏。

邅吾道夫崑崙兮，
路脩遠以周流。
揚雲霓之晻藹兮，
鳴玉鸞之啾啾。61

抑志而弭節兮，
神高馳之邈邈。
奏九歌而舞韶兮，
聊假日以媮樂。62

我折來瓊枝做成菜肴，
我搗細玉屑作爲乾糧。

替我駕起飛龍好上征程，
寶石和象牙做我的車乘。
不同心的人怎麼合得攏？
我將離開此地獨自遠行。

把我導向崑崙之路，
路途遙遠而又彎曲。
雲霓的旌旗悠悠地飄揚，
玉製的鸞鈴啾啾地鳴響。

我按下壯志勒住韁繩，
心曠神怡地在高處馳騁。
奏着九歌又舞着九韶，
暫且利用這些日子來歡娛逍遙。

陟陞皇之赫戲兮，
　忽臨睨夫舊鄉；
僕夫悲余馬懷兮，
　蜷局顧而不行。63

我在光耀的天空升騰而上，
　忽然看見了下界的故鄉；
馬夫悲歎馬兒悲鳴，
　蜷縮回顧不肯前行。

【註釋】46藑音瓊，藑茅，靈草。筳音廷專，筳，小折竹。楚人名結草折竹以卜曰篿。靈氛，古之善卜者。47思，古文思字。48要即腰。服艾盈要，把艾草佩滿腰際。49巫咸，殷中宗時之神巫。椒，香物，所以降神；糈ㄒㄩˇ祭神用精米。要，平聲，邀請。50九疑，一作九嶷，舜葬於此。山有九峯，其形相似，遊者疑惑，故名。繽，盛貌。51皇，皇天。剡ㄧㄢˇ剡，光貌。揚靈，發出靈光。52陞亦作升。榘亦作矩。儼亦作嚴。臯陶亦作咎繇。榘ㄐㄩˇ，方尺，度方之器，矱ㄩㄝˋ，度長短之器。榘矱猶規矩，法度也。儼，敬。摯，伊尹之名，湯之臣。臯陶音高遙，禹之臣。調，和。53說音悅，人名。說操作版築於傅巖，武丁舉以爲相，號曰傅說。武丁，殷高宗。54呂望，名尙，字子牙，本姓姜，封於呂，故亦稱呂尙。鼓刀，動刀，一說作鳴刀解。姜尙避紂居東海之濱，聞周文王興，欲西行歸之，至朝歌，窮困不能行，因鼓刀而屠，後釣於渭濱，文王出獵遇之，載以歸，用以爲師，曰：「吾太公望子久矣」，因號太公望，而有姜太公，呂望等別稱55該，備。寧戚，春秋衞人，修德不用，退而商賈，宿齊東門外。桓公夜出，寧戚方飯（餵）牛，叩角而歌。桓公聞而知其賢，召爲客卿。56晏，晚。央，盡。鵜鴂音提決，即伯勞。爲，去聲，鵜鴂以五月鳴，鳴則衆芳皆謝，故云：『百草爲之不芳。』57偃蹇，衆盛貌。薆音愛，薆然，掩蔽貌。58蘭，隱指懷王少子頃襄王弟令尹子蘭。劉向新序節士篇：『屈原爲楚東使於齊，以結強黨。秦國患之，使張儀之楚貴臣上官大夫靳尙之屬，上及令尹子蘭，司馬子椒，內賂夫人鄭袖，共譖屈原。屈原遂放於外，乃作離騷。』下章椒字亦隱指司馬子椒。容長，長大的容貌，羌ㄑㄧㄤ，楚人語詞。委，棄；厥，其。59佞音寧ㄋㄧㄥˋ。專佞，專橫佞諛，慆音滔，淫。樧音殺，似椒而不芳之茱萸。佩幃，所佩之香囊，干，求。祗音只，敬。60歷，選。瓊枝，瓊樹生崑崙西，其花食之可長生。羞，有滋味的飲食。精，搗。靡音糜，瓊靡，玉屑。粻音張，糧。行古音杭。61邅ㄓㄢ，楚人名轉曰邅。崑崙，山名，在西北，山海經以爲帝之下都，百神之所在。晻藹ㄢˇㄞˇ陰貌。玉鸞，玉製的車鈴，鈴當如鸞鳴，故稱鸞鈴。62抑志弭節，抑制己志，按節徐行。邈邈ㄇㄧㄠˇㄇㄧㄠˇ，遠貌。韶，夏啓之舞九韶（九招）。假，借。媮音俞，樂。戴震以爲媮音偷，苟且也。63陟ㄓˋ登。赫戲，光明貌。蜷音拳，曲。

## 【評解】（第三大段）

以上第六十六章至九十三章爲第三大段，在這二十八章中，我們節省了九章，如果最精彩的第二大段，算做離騷所開的奇葩，那末，第一大段可算是根與幹，而這第三大段是扶持紅花的綠葉，在全篇中也佔重要的地位。本來第二大段的幻想已寫得淋漓盡緻，無以爲繼，而忽又從靈氛和巫咸占卜的指點，重開發出一大段來，眞是春雲再展，層出不窮。靈氛巫咸已經指出了屈原的方向，於是屈原遵照指示，重振精神，再上征程，他長途跋涉，繞向崑崙，正在雲旗飄飄，心神高馳，奏歌舞韶的當兒，却驟然間又看到了下界的故鄉，僕夫悲歎，馬不肯行，無法前進，依舊使他墮入苦痛的深淵。這樣詩人的哀痛，便到達了最高潮。

亂曰：『已矣哉！64
國無人莫我知兮，
又何懷乎故國？
既莫足與爲美政兮，
吾將從彭咸之所居！65』

尾聲亂辭：『算了算了吧！
國中沒人了解我呀，
爲什麼還懷戀着家園故國啊？
既然沒人可和他推行善政，
我還是投奔到彭咸的住所吧！』

【註釋】64亂，樂節之名，猶『尾聲』。韋昭注國語云：『凡作篇章，篇義既成，撮其大要，爲亂辭。』或謂亂乃以弦樂伴奏之男女聲大合唱，亂爲楚辭特點之一，近人有主『亂』字卽『辭』字，正楚辭得名之由，言之成理，但其說無據。已矣，絕望之詞。65彭咸，殷賢大夫，諫其君不聽，自投水而死，此曰：『從彭咸之所居』，則彭咸居於水，已爲水神。

【評解】

離騷亂辭僅一章，此一章與以前各章形式相似，只多『已矣哉』三字一句，這三字力量很大，大有一慟而絕之概，有此三字絕望之詞，便總結了前面三大段的『狐疑』與『猶豫』，下定了投水一死以爲解脫的決心，而完成了亂辭的任務。

離騷亂辭綜述全篇大意，屈原生平之志，只在求一『知』己，推行『美政』，既不得志於本國，應該可以像孔子一樣周遊列國，孟子一樣游說梁齊，何必只懷戀着『故鄉』？但他與孔、孟的身份不同，他是楚國的王族，何忍眼看着自己的國家走向覆亡之途？又有何心緒遠適異邦，爲人作嫁？長日煎熬，苦痛之極，最後才想到了自殺的辦法。所以司馬遷屈原傳敍述屈原是『憂愁幽思而作離騷』，『屈原之作離騷，蓋自怨生也』，而解釋離騷篇名是『離騷者猶離憂也』，離憂卽『罹憂』，是遭逢憂患。後來的成語『牢騷』，卽從離騷二字演變來。今人何錡章以爲離騷是大琴曲歌詞。離爲大琴的別名，騷卽操，可備一說。

離騷是結構完美的一座藝術建築，第一大段是這建築的大門和樓下的廳堂，雖富麗堂皇，還只見內部的擺設。到第二大段，就登上了樓，豁然開朗，外面的風景，盡收眼底，而且向四面眺望，又情景各不相同，各有其妙。第三大段則更上了一層樓，看得更遠，已窮極千里之目。而這一章亂辭，便是這聳峙雲霄的建築物的高高矗起的尖頂。我們登樓時發現所登三層，都是轉盤樓梯，每一層的樓梯盤旋而上，樓梯的盡頭，都是朝着苦痛的同一方向，最後才到達亂辭的尖頂。

自漢以來，對離騷的評論很多，可以說是一致的推崇。這裏，我們再抄錄近代人的兩則如下：

近人梁啓超說：『一篇幾千言的韻文，在體格上已經是空前的創作。那波瀾壯闊，完全表出他的氣魄之偉大；有許多話講了又講，正見得纏綿悲惻，一往情深。』清人陳本禮在『屈辭精義』中則說：『離騷首變三百（詩經）體製，爲詞賦之祖，其創格之奇，前有序，後有亂，中間往復舖叙，情詞愷惻。一波未平，一波又起，女嬃以下諸章純用比喻，而幽衷苦意，一一曲繪而出，淮南王曰：「國風好色而不淫，小雅怨誹而不亂，若離騷者，可謂兼之矣。」太史公曰：「其辭微，其志潔，其行廉，其偁文小，而其指極大；擧類邇而見義遠。」千古以來，善說騷者，惟淮南與龍門（太史公）二人而已。』

陳本禮說得對，最能評論離騷的是：劉安和司馬遷兩人。但他引擧他們兩人的話，却遺漏了最重要的結論，那是：『推此志也，雖與日月爭光可也。』

我們要評論離騷的藝術價值，就該從這一點着手來探討和分析。『志』是一篇作品的主旨，是追尋作者思想情感的出發點。屈子生平繫心於國家的前途，人民的生活，在離騷中所表現的是：『豈余身之憚殃兮，恐皇輿之敗績』（國計），『長太息以掩涕兮，哀民生之多艱』（民生。）爲挽救社稷的傾毀，不惜犧牲個人的生命財產；而目睹民生的困苦，不禁憂急得熱淚橫流，這就是屈子的『志』。而一個政治家，要達成『國家富强人民康樂』的志。依照儒家的經驗學說，個人的訓練，應以『修身爲本』（大學），國家的用人，必須『選賢與能』（禮運）。表現在離騷中的，前者有『紛吾旣有此內美兮，又重之以脩能：扈江蘺與辟芷兮，紉秋蘭以爲佩』之章。扈芷紉蘭，所以喻其自己修身而成賢能。後者爲國家栽培賢能的英才，因有『余既滋蘭之九畹兮，又樹蕙之百畝，畦留夷與揭車兮，雜杜衡與芳芷』之章。屈子雖遭遇挫折，而仍保持他高潔的品德，篇中有『朝飲木蘭之墜露兮，夕餐秋菊之落英』之句；仍保持他堅定的意志，篇中有『亦余心之所善兮，雖九死其猶未悔』之句。屈子身不憚殀九死未悔來匡扶國計民生的大志，燦爛有如日光，他飲露餐菊蟬蛻濁穢，始終保持他高潔的品德，皎潔有如月光，所以說：『推此志也，雖與日月爭光可也。』

可是宇宙文章之奇妙，並不終極於『日月光華』。離騷的成就，在以燦爛的日光爲基礎，更進而幻化出彩虹赤霞的奇觀來。日光看似無色的透明，用三稜鏡來分析，却是赤橙黃綠青藍紫七色所組成。皎潔的月光，既是日光照射月球的反映，七色彩帶的虹霓，一片艷紅的晚霞，也只是日光的幻化。離騷中連篇怪誕的神話，佚女的追求，正是日光所幻化的彩虹赤霞啊！離騷的主旨，皎如日月，而彩虹赤霞的增其華麗，然後更臻於高越藝術的頂峯。

欣賞一篇偉大的作品，我們可從多方面來領會。以上，我們已經用建築物爲喻，分析了離騷的結構，以日光爲比，探討了離騷的主旨，以下，我們將再用描寫水的樂曲爲譬，來一談離騷的風格。

我們細讀離騷，加以玩味，造句的形式雖相似，仍可覺得前後詩句所表現的音調、色彩、情致、以及意境等，都並不一致。有些詩句，例如：『朝飲木蘭之墜露兮，夕餐秋菊之落英』，明淨、晶瑩，像一泓在山的清泉。而下面緊接的兩句『苟余情其信姱以練要兮，長顑頷亦何傷！』則如怨、如慕、如泣、如訴，就像是嗚聲幽咽的隴頭流水了。我們讀着『飲余馬於咸池兮，總余轡乎扶桑；折若木以拂日兮，聊逍遙以相羊。』有似漣漪的瀰瀰。『屯余車其千乘兮，齊玉軑而並馳，駕八龍之婉婉兮，載雲旗之委蛇。』則綠波之瀲漾。讀『朝發軔於天津兮，夕余至乎西極；鳳凰翼其承旂兮，高翱翔之翼翼。』像河水的洋洋，而『初既與余成言兮，後悔遁而有他。余既不難夫離別兮，傷靈脩之數化』等的轉折，又像激流的漩渦，險象環生，而表面只見紆徐的迴紋。我們讀到『啓九辯與九歌兮，夏康娛以自縱；不顧難以圖後兮，五子用失乎家巷。』等章一大段侃侃而談的歷史教訓，既像面對了滔滔滾滾，奔流急馳的長江大河，也像瞥見了萬流傾瀉，倒懸而下的尼加拉大瀑布。而『何昔日之芳草兮，今直爲此蕭艾也？豈其有他故兮？莫好脩之害也！』等激昂的句調，則有如濁浪捲天，驚濤拍岸，簡直是暴風雨中衝吼着的怒潮。同樣是水，因時地不同而變化多端，便呈現了多樣的景色，無限的風光。這樣，離騷的風格，好像是一曲描寫水的偉大交響樂，既寫清泉的靜明，又摹濁浪的排空，既聽小溪的潺潺，又見長江的滾滾，一路演奏下去，把各種各樣水的景象，一一表現出來，交錯配合在一起，成爲一支卓絕古今的大樂章，眞是既悲壯激昂，又纏綿悱惻；看來光怪陸離，却又明淨皎潔。是繁複的單純，是雜亂的統一；是離騷的最大成就，也是我們誦讀離騷的最大享受。

## 二、禮魂

| 原詩 | 今譯 |
| --- | --- |
| 成禮兮會鼓， | 禮成時喲衆鼓齊響， |
| 傳芭兮代舞，❶ | 女巫們喲更番舞出傳花的花樣， |
| 姱女倡兮容與。❷ | 嬌美少女喲舒緩地歌唱。 |

春蘭兮秋菊，　像春蘭秋菊般芳香，

長無絕兮終古。　年年祭祀喲終古長享。

【註釋】❶芭，同葩，古花字，或卽指下文之春蘭秋菊，因知祭禮擧行於春秋兩季。王逸註謂芭爲巫所持香草名，洪興祖補註謂芭卽芭蕉。代，更替。❷姱，音夸，嫣好貌。姱女，王逸謂童稚好女。倡，卽唱。容與，朱熹集注謂有態度，林雲銘楚辭燈以『徘徊』解之。姜寅淸屈原賦校注曰：『容與，舒徐也。』

【評解】

禮魂，或作祀魂，是九歌十一篇的最後一篇。王逸注：『或曰：「禮魂謂以禮善終者」』。這是說第十篇國殤祭了戰死者，這篇禮魂就祭善終者。近人都以爲禮魂是一套祭禮完成時總的送神曲。胡子明則以爲國殤無祀禮的部分，禮魂是國殤是亂辭。我們知道，禮魂若爲亂辭，不應獨立成篇，且另加篇名。我們看第一句『成禮兮會鼓』，很淸楚地說出合樂送神而禮成之意。所以禮魂爲送神曲是不錯的。

我們欣賞過了楚辭時代最長的一篇離騷，再來欣賞這篇最短的禮魂，也很有意思。我們看禮魂短短的五句：一共只有二十七字。但已很完整，寫得非常經濟。第一句寫合樂，第二句寫合舞，第三句寫合歌，三句就寫出了整個熱鬧的場面。底下兩句，隨手拈來，用春蘭秋菊的芳香，輕易地寫出了終古流香的總結，而又留着年年來擧行這盛大祭典的餘意。長篇要寫得千言萬語，而可歸結爲一句話；短篇就要三言兩語，而餘意不盡，餘味無窮，這是我們欣賞作品時應該注意的『文章三昧』——寫作的訣竅。

## 【附錄】招魂

朕幼清以廉潔兮，身服義而未沫。主此盛德兮，牽於俗而蕪穢。上無所考此盛德兮，長離殃而愁苦。

帝告巫陽曰：「有人在下，我欲輔之。魂魄離散，汝筮予之」！巫陽對曰：「掌夢！上帝命其難從！若必筮予之，恐後之謝，不能復用。」巫陽焉乃下招曰：

魂兮歸來！去君之恆幹，何爲四方些？舍君之樂處，而離彼不祥些！

魂兮歸來！東方不可以託些。長人千仞，惟魂是索些。十日代出，流金鑠石些。彼皆習之，魂往少釋些。歸來歸來！不可以託些。

魂兮歸來！南方不可以止些。雕題黑齒，得人肉以祀，以其骨爲醢些。蝮蛇蓁蓁，封狐千里些。雄虺九首，往來儵忽，吞人以益其心些。歸來歸來！不可以久淫些。

魂兮歸來！西方之害，流沙千里些。旋入雷淵，爢散不可止些。幸而得脫，其外曠宇些。赤螘若象，玄蠭若壺些。五穀不生，藂菅是食些。其土爛人，求水無所得些。彷徉無所倚，廣大無所極些。歸來歸來！恐自遺賊些。

魂兮歸來！北方不可以止些。增冰峨峨，飛雪千里些。歸來歸來！不可以久些。

魂兮歸來！君無上天些。虎豹九關，啄害下人些。一夫九首，拔木九千些。豺狼從目，往來侁侁些。懸人以娭，投之深淵些。致命於帝，然後得瞑些。歸來歸來！往恐危身些。

魂兮歸來！君無下此幽都些。土伯九約，其角觺觺些，敦脄血拇，逐人駓駓些。參目虎首，其身若牛些。此皆甘人，歸來歸來！恐自遺災些。

魂兮歸來！入修門些。工祝招君，背行先些。秦篝齊縷，鄭綿絡些。招具該備，永嘯呼些。

魂兮歸來！反故居些。天地四方，多賊姦些。像設君室，靜閒安些。高堂邃宇，檻層軒些。層臺累榭，臨高山些。網戶朱綴，刻方連些。冬有突廈，夏室寒些。川谷徑復，流潺湲些。光風轉蕙，氾崇蘭些。經堂入奧，朱塵筵些。砥室翠翹，挂曲瓊些。翡翠珠被，爛齊光些。蒻阿拂壁，羅幬張些。纂組綺縞，結琦璜些。室中之觀，多珍怪些。蘭膏明燭，華容備些。二八侍宿，夕遞代些。九侯淑女，多迅衆些。盛鬋不同制，實滿宮些。容態好比，順彌代些。弱顏固植，謇其有意些。姱容修態，絙洞房些。蛾眉曼睩，目騰光些。靡顏膩理，遺視矊些。離榭修幕，侍君之閒些。翡帷翠帳，飾高堂些。紅壁沙版，玄玉梁些。仰觀刻桷，畫龍蛇些。坐堂伏檻，臨曲池些。芙蓉始發，雜芰荷些。紫莖屏風，文緣波些。文異豹飾，侍陂陀些。軒輬既低，步騎羅些。蘭薄戶樹，瓊木籬些。魂兮歸來！何遠爲些？

室家遂宗，食多方些。稻粢穱麥，挐黃粱些。大苦鹹酸，辛甘行些。肥牛之腱，臑若芳些。和酸若苦，陳吳羹些。胹鼈炮羔，有柘漿些。鵠酸臇鳧，煎鴻鶬些。露雞臛蠵，厲而不爽些。粔籹蜜餌，有餦餭些。瑤漿蜜勺，實羽觴些。挫糟凍飲，酎清涼些。華酌既陳，有瓊漿些。歸反故室，敬而無妨些。

肴羞未通，女樂羅些。陳鐘按鼓，造新歌些。涉江采菱，發揚荷些。美人既醉，朱顏酡些。娭光眇視，目曾波些。被文服纖，麗而不奇些。長髮曼鬋，豔陸離些。二八齊容，起鄭舞些。衽若交竿，撫案下些。竽瑟狂會，搷鳴鼓些。宮庭震驚，發激楚些。吳歈蔡謳，奏大呂些。士女雜坐，亂而不分些。放陳組纓，班其相紛些。鄭衛妖玩，來雜陳些。激楚之結，獨秀先些。箟蔽象棊，有六簙些。分曹並進，遒相迫些。成梟而牟，呼五白些。晉制犀比，費白日些。鏗鐘搖簴，揳梓瑟些。娛酒不廢，沈日夜些。蘭膏明燭，華鐙錯些。結撰至思，蘭芳假些。人有所極，同心賦些。酌飲盡歡，樂先故些。魂兮歸來！反故居些。

亂曰：獻歲發春兮，汨吾南征。菉蘋齊葉兮，白芷生。路貫廬江兮，左長薄。倚沼畦瀛兮，遙望博。青驪結駟兮，齊千乘。懸火延起兮，玄顏烝。步及驟處兮，誘騁先。抑鶩若通兮，引車右還。與王趨夢兮，課後先。君王親發兮，憚青兕。朱明承夜兮，時不可以淹。皋蘭被徑兮，斯路漸。湛湛江水兮，上有楓。目極千里兮，傷春心。魂兮歸來，哀江南！

# 第三講 散文第一時期（上）

## 文學史敍述

### 一、詩亡然後春秋作

孟子曰：「王者之迹熄而詩亡，詩亡然後春秋作。」（離婁篇）孟子的原意是說，詩經的美刺，可以鑑政治的得失，而孔子據魯史作春秋，筆則筆，削則削，一字寓褒貶，使亂臣賊子懼，有同樣的作用。但就中國文學史而言，『詩亡然後春秋作』這句話，正道出了春秋末年，詩經時代已盛極而衰，代之而興的，是記載歷史的散文。這種記載歷史的散文，前此雖已有五經之一的尚書，可是尚書的文筆還很幼稚，就是孔子所作春秋，也有『斷爛朝報』之譏。中國散文的大放光彩，實自春秋三傳始，而左傳、公羊、穀梁三傳之中尤以左丘明的左傳最爲傑出。左丘明所撰另有國語一書，稍遜於左傳，也有春秋外傳之稱。有這四部記載史事的巨著產生，中國散文，才正式進入燦爛的第一時期。接下去，便有奇書戰國策的產生，而到西漢司馬遷史記的寫成，第一期史傳散文，更達到了登峯造極的境地。以致與史記並稱爲四史的另外三部史籍：班固的漢書，范曄的後漢書、陳壽的三國志，就顯得黯然無光了。

在撰寫春秋三傳的同時，孔子弟子和再傳弟子們又記下了若干孔子及其弟子的嘉言懿行，輯爲論語一書，更開創了另一種以一位學者爲中心的記傳體的散文。此後就有墨子、孟子、莊子、荀子、韓非子等子書的勃興。子書原先是一位學者言行的記載，演變而爲記載某一學派重要學說的典籍。這是散文第一時期的副產品。我們以文學的眼光來作文學史的敍述，則這一時期的散文，仍以史傳散文爲主，而以諸子散文爲次。至於散文第一時期年代的起迄，嚴格言之，應該是從春秋末年至東漢末年。但實際的敍述，是起自東周時代尙書的完成，止於南朝宋范曄後漢書的撰寫。

## 二、記言的尙書

尙書是中國第一部歷史書，尙者，上也。顧名思義是一部上古的書籍，也是最古的一本散文集。漢書藝文志曰：「古之王者，世有史官，君舉必書，所以愼言行昭法式也。左史記言，右史記事。事爲春秋，言爲尙書，帝王靡不同之。」六經中尙書春秋都是史書，不過體例不同，尙書是記言體，而春秋是記事體。淸章學誠更主張六經皆史，他說：「六經皆史也，古人不著書；古人未嘗離事而言理，六經皆先王之政典也。」不錯，從史學的立場說，六經都是眞實的史料，在古代的中國，與印度與西方都不同，怪誕的神話傳說，不能被尊爲經，其語不雅馴，則在被淘汰之列。所以我們曾說過，中國是重歷史的民族，中國古史上所記史實最爲可靠，疑古的人儘管可以懷疑夏禹只是一條爬蟲，禹的治水全是謊話，但經過一番懷疑，而許多古籍的可靠性格外顯明，例如從殷墟甲骨文的研究，所得商代王朝世系，大體上和史籍所載相符，證明了商代歷史的可靠性。從天文學的研究，尙書堯典所言天象，與後世不同，正和公元前二十三四世紀的天象符合，證明了堯典記載的正確。所以現存尚書二十九篇所記，自堯舜禹湯下迄秦穆公的秦誓，大體上是可靠的，而以周代的十多篇用當時的口語記下的爲最確切。但商代以前當時就用文字記下來是不可能的，應該是口口相傳，到後來才逐漸寫定。經推測，最後寫定編輯成書，大約在東周之世，可能是公元前七七六年到前六〇〇年之間。

相傳尚書原有百篇，秦始皇焚書坑儒，不許民間私藏史書，因而失傳，到漢文帝時，欲求治尚書，而天下無有。濟南人伏生爲秦博士，能治尚書，而已失本經，欲召之，年已九十餘，不能行，乃詔太常掌故晁錯往受之。先秦尚書本用蝌蚪古文書寫，至是，晁錯據伏生口授，用當時通行隸書筆錄，得二十九篇，稱今文尚書。到漢景帝時，雖在孔子舊宅壁中發現蝌蚪文的古文尚書，比今文尚書多十六篇，孔安國曾加以研究，但後來又遺失了，現存的古文尚書是東晉時梅賾所獻的僞書。

孔安國分尚書爲典、謨、訓、誥、誓、命六類，其中誓是宣誓辭和誓師辭，訓是訓辭，是標準的記言體；其餘誥、命、謨、典所記內容也大多是獨白對話之類。但像禹貢的專記各州方物，實非記言之作。像金縢，記事多而記言少，也只能算記事文。所以說尚書記言，只就大體而言。

尚書在中國史籍中是最早而可靠的一部文獻，而且自成一體例，在史學上有很高的價值，但在文學史上講，尚書的文筆還很幼稚，只有一部分夠得上文學的價值，易君左說：『甘誓、牧誓、無逸、秦誓諸篇，都莊嚴渾樸，其中無逸一篇，意旨剴切，文法完密。只有諸葛亮的出師表可與之相比。』

無逸所記是周公旦告誡成王勿貪逸樂的訓辭，（或云係進諫武王之辭），共七節，每節以「周公曰」三字開頭。茲節錄四節於下，以見其大概：

周公曰：「嗚呼！君子所其無逸，先知稼穡之艱難，乃逸，則知小人之依。相小人，厥父母勤勞稼穡，厥子乃不知稼穡之艱難，乃逸，乃諺，旣誕。否則侮厥父母曰：『昔之人，無聞知！』」（第一節）

周公曰：「嗚呼！厥亦惟我周太王、王季，克自抑畏。文王卑服，旣康功田功。徽柔懿恭，懷保小民，惠鮮鰥寡。自朝至於日中昃，不遑暇食，用咸和萬民。文王不敢盤於遊田，以庶邦惟正之供。文王受命惟中身，厥享國五十年。」（第三節）

周公曰：「嗚呼！繼自今嗣王，則無淫于觀、于逸、于遊、于田，以萬民惟正之供。無皇曰：『今日耽樂。』乃非民攸訓，非天攸若，時人丕則有愆。無若殷王受之迷亂，酗于酒德哉！」第（四節）

周公曰：「嗚呼！嗣王酒監于茲！」（第七節）

## 三、春秋三傳

孔子春秋是記事體的史籍，也是我國第一部有系統的編年史。春秋原爲各國史書的通稱，古代祭祀等大事，都在春秋兩季擧行，所以國家大事的記錄，就取名爲春秋。孔子周遊列國返魯後，眼看世道衰微，他的政治主張，已無法及身實現，於是據魯史而撰春秋，上起魯隱公元年（卽周平王四九年，公元前七二二年）下訖魯哀公十四年（卽周敬王三九年，公元前四八一年），就二百四十二年間史事，用嚴正的態度，作褒貶性的記載，以正名分，以明是非，而求撥亂世，反之正。這部春秋只是簡短的記事大綱，非但毫無文學趣味可言，而且史事不備，含義更難明，所以全靠左傳來補充史實的記載，公羊、穀梁兩傳來闡明字句的含意。公穀兩傳偏重於字句的解釋，所以文學價值較小，左傳偏重于史實的敍述，而且描寫得很有技巧，所以文學價值最大。

左傳原名左氏春秋，自來多認爲是與孔子同時的左丘明所作，左丘明或者就是魯史官，但他寫左氏春秋似乎除參考魯史外同時博採各國史記而成。史記十二諸侯年表序曰：『孔子明王道，論史記舊聞而次春秋，上記隱，下至哀之獲麟，七十子之徒，口受其傳旨，爲有所刺譏褒諱挹損之文，不可以書見也。魯君子左丘明，惧弟子人人異端，各安其意，失其眞，故因孔子史記，具論其語，成左氏春秋。』清人劉逢祿考證，指出左傳本非春秋之傳，左丘明係因魯史原本而作左氏春秋，直稱春秋，與孔子春秋並行。將左氏春秋作爲孔子春秋經的傳文來研究的，始於西漢劉歆。漢書劉歆傳曰：『初左傳多古字古言，學者傳訓詁而已，及歆治左氏，引傳文以解經，轉相發明，由是章句義理備焉。』至晋杜預撰春秋左氏經傳集解，始把經傳對照合刋。但其中仍多有經無傳之處。南北朝時杜注與東漢服虔注並行。唐孔顥達爲杜注作正義，便成爲今日十三經注疏裏左傳的杜注孔疏。服注現已失傳，現在流行的左傳以日人竹添光鴻的會箋爲最精詳。

現在的左傳已非左氏春秋原本，而且左傳末尾于哀公獲麟以後，又附記了些史事，涉及韓、魏、智伯之事，又擧趙襄子之諡，所以宋王安石的左氏解，鄭樵的六經奥論，都疑左傳作者是六國時人，朱熹也根據鄭樵所指出左傳『呂相絕秦』，『聲子說楚』的雄辯，是游說之士的捭闔之辭，和秦至惠王十二年初臘而左傳宮之奇諫虞公假道說『虞不臘矣』的兩點，而說左傳有縱橫意，不臘是秦時文字。當然，古書中有後人的附益與改竄，是常見的事，王應麟曰：『其處者爲劉氏，乃漢儒欲立左氏者所附益乎？』

林黃中說左傳中『君子曰』是劉歆增益之詞，都說得很有道理。但不能因此而說左傳非孔子同時人左丘明作，何況鄭樵所提證據，有些是不足爲憑的，例如唐張守節正義就指出：『臘祭乃秦惠文王始效中國爲之，是以不臘爲秦時文字，未足爲據。』

公羊傳的作者，舊題爲齊人公羊高撰，現在流傳的本子，是漢何休注、唐徐彥疏的十三經注疏本。但徐疏引戴宏序曰：『子夏傳與公羊高，高傳其子平，平傳其子地，地傳其子敢，敢傳其子壽。至漢景帝時，壽乃共弟子齊人胡毋子都，著於竹帛。』則實際的寫定，乃是漢景帝時公羊高的玄孫公羊壽。

穀梁傳是穀梁赤所撰，現在流傳的本子是晉范寧集解、唐楊士勛疏的十三經注疏本。應劭風俗通云：『穀梁子名赤，子夏弟子。』但漢人桓譚新論卽云：『左氏傳世後百餘年，魯人穀梁赤爲春秋殘亡，多所遺失。』與三國時經學家麋信所云赤與秦孝公同時，正相符合，所以應劭說穀梁赤是子夏弟子，應該是受業於子夏弟子之誤。穀梁傳於何時由何人寫定已不可考，總之，穀梁與公羊於西漢時流行的已是今文本，而左傳在劉歆校閱朝廷所藏秘書時，尙係古文本，所以三傳以公穀稱今文學，左傳稱古文學。

春秋三傳，撰寫的目的既不同，內容也優劣互見。宋胡安國云：『事莫備於左氏，例莫明於公羊，義莫精於穀梁。』又云：『左氏叙事見本末，公羊穀梁辭辯而義精，學經以傳案，則當閱左氏，玩辭以義爲主，則當習公穀。』這是用經學家的眼光來指出三傳之長。近人章炳麟說：『穀梁質直，勝於公羊誇誕。』則將同性質的公穀，又分別高下。晉人范寧曰：『左氏豔而富，其失也巫；公羊辯而裁，其失也俗；穀梁婉而淸，其失也短。』這裏公羊之失的俗，也許就是章炳麟說的誇誕，而章炳麟稱許穀梁質直，范寧就病其短，而稱許左傳的豐富。用文學的眼光來評三傳，當然左傳文字的美豔，史料的豐富，遠勝於公穀。至左傳失之於巫，多卜筮迷信的記載，那是左傳忠實於歷史的地方，史實如此，後人揚棄了這迷信的觀念，怎可就指責前代記載歷史的人應該淘汰這些迷信的史實呢？

茲試將春秋同一綱目下三傳的文字列舉，以欣賞他們寫作的技術：

春秋經：僖公四年春，王正月，公會齊侯、宋公、陳侯、衛侯、鄭伯、許男、曹伯，侵蔡；蔡潰，遂伐楚，次於陘。夏，楚屈完來盟於師，盟於召陵。

左傳：齊侯與蔡姬乘舟於囿，蕩公，公懼，變色，禁之不可，公怒，歸之，未絕之也，蔡人嫁之。四年春，齊侯以諸侯之師侵蔡，蔡潰，遂伐楚。楚子使與師言曰：『君處北海，寡人處南海，唯是風馬牛不相及也，不虞君之涉吾地也，何故？』管仲對曰：『昔召康公命我先君太公曰：「五侯九伯，汝實征之，以夾輔周室。」賜我先君履，東至於海，西至於河，南至於穆陵，北至於無棣。爾貢包茅不入，王祭不共，無以縮酒，寡人是徵；昭王南征而不復，寡人是問。』對曰：『貢之不入，寡君之罪也，敢不共給。昭王之不復，君其問諸水濱！』師進，次于陘。夏，楚子使屈完如師；師退，次於召陵。齊侯陳諸侯之師，與屈完乘而觀之。齊侯曰：『豈不穀是爲，先君之好是繼，與不穀同好，如何？』對曰：『君惠徼福於敝邑之社稷，辱收寡君，寡君之願也。』齊侯曰：『以此衆戰，誰能禦之？以此攻城，何城不克！』對曰：『君若以德綏諸侯，誰敢不服？君若以力，楚國方城以爲城，漢水以爲池，雖衆，無所用之。』屈完及諸侯盟。

公羊傳：四年春王正月，公會齊侯、宋公、陳侯、衛侯、鄭伯、許男、曹伯，侵蔡，蔡潰。潰者何？下叛上也。國曰潰，邑曰叛。遂伐楚，次于陘。其言次于陘何？有俟也。孰俟？俟屈完也。夏，楚屈完來盟於師，盟於召陵。屈完者，楚大夫也，何以不稱使？尊屈完也。曷爲尊屈完？以當桓公也。其言盟於師，盟於召陵何？師在召陵也。師在召陵，則曷爲再言盟？喜服楚也。何言乎喜服楚？楚有王者則後服，無王者則先叛，夷狄也而亟病中國。南夷與北狄交，中國不絕若線，桓公救中國而攘夷狄，卒怗荆，以此爲王者之事也。其言來何？與桓爲主也。前此者有事矣，後此者有事矣，則曷爲獨於此焉與桓公爲主？序績也。

穀梁傳：四年春王正月，公會齊侯、宋公、陳侯、衛侯、鄭伯、許男、曹伯，侵蔡，蔡潰。潰之爲言，上下不相得也。侵，淺事也。侵蔡而蔡潰，以桓公爲知所侵也。不土其地，不分其民，明正也。遂伐楚，次于陘。遂，繼事也。次，止也。夏，楚屈完來盟於師，盟於召陵。楚無大夫，其曰屈完，何也？以其來會桓，成之爲大夫也。其不言使，權在屈完也。則是正乎？曰：非正也。以其來會諸侯，重之也。來者何？內桓師也。于師，前定也。於召陵，得志乎桓公也。得志者，不得志也，以桓公得志爲僅矣。屈完曰：大國之以兵向楚，何也？桓公曰：昭王南征不反，菁茅之貢不至，故周室不祭。屈完曰：菁茅之貢不至，則諾；昭王南征不反，我將問諸江。

我們比較上舉三傳原文，自然覺得左傳文字優美可愛，可是公羊穀梁也有他們獨到之處。解釋經義，有條有理，很合邏輯。尤其公羊傳能說出齊桓公「救中國而攘夷狄，卒怗荆。」的重大意義來，這是畫龍而點睛，公羊畢竟勝穀梁一籌。但管仲之功，則仍須憑左傳而顯，左傳明記齊桓公爲洩私怨而侵蔡，蔡姬舟中蕩公，桓公膽小量狹，本來不像一位有識見有作爲的人物，而管仲因桓公之侵蔡而伐楚，誘導他建立尊王攘夷的霸業，在公穀二傳中則完全看不出，只有左傳寫出了桓公的性格，透露了這位桓公的靈魂——管仲的作爲。

## 四、記事的代表左傳

純粹用文學的立場來讚美左傳的，有著史通的劉知幾，他說：『左氏之叙事也，述行師簿領盈視，嚨聒沸騰。論備火則區分在目，修飾峻整。言勝捷則收穫都盡，記奔放則披靡橫前，申盟誓則慷慨有餘，稱譎詐則欺誣可見，談恩惠則煦如春日，紀嚴切則凜若秋霜，叙興邦則滋味無量，陳亡國則凄涼可憫。或腴辭潤簡牘，或美句入詠歌。跌宕而不羣，縱橫而自得。若斯才者，殆將工侔造化，思涉鬼神，著述罕聞，古今卓絕！』

『國之大事，在祀與戎』，記載國際間的歷史，不得不着重於戰役與會盟的描寫。左傳叙事最顯著的長處，在以最簡鍊而生動的文筆，作錯綜複雜的大戰役的叙述。晉楚爭霸的城濮之戰，邲之戰，鄢陵之戰的三次大戰役，都寫得有聲有色，有條不紊而脈絡分明。而描寫其他國家間的大小戰役，如齊魯的長勺之戰，清之戰；齊晉的鞌之戰，陰平之戰；秦晉的韓原之戰，殽之戰，宋楚的泓之戰；以及僖公三十年的燭之武退秦師，宣公二年的鄭敗宋師，襄公二十七年的向戌弭兵等，也各有其別致的精彩描寫。

我們在兩人合著的詩經欣賞與研究(初集)第三七八頁曾說：『我們要舉出來和希臘印度史詩相比的，不是詩經的大雅，而是和印度史詩同時完成的左傳。左傳是一部寶貴的歷史，同時也是一部文學的傑作。其長度可與希臘印度的史詩相比。其描寫戰爭的精彩生動，也決不相讓。而希、印的神話，雖稱史詩，實在祇是文學；左傳却是文學的傑作，又是眞實的歷史。』

像城濮之戰，從僖公二十七年（周襄王十九年公元前六三三年）多敘起。其文曰：『多，楚子及諸侯圍宋，宋公孫固如晉告急，先軫曰：「報施救患，取威定霸，於是乎在矣。」』開頭便決定了這一戰役的意義和晉文公應有的作爲，全在這『報施、救患、取威、定霸』八個字上。接下去補敘晉國的備戰，先使民衆做到知義、知信、知禮的三步工作。於是在翌年的正月出師，釋宋圍（所以救患而定霸）。而將釋宋圍，先伐曹衛（所以報施而取威，因文公出亡時，曹衛之君都對文公無禮）。但三月入曹，令無入僖負羈之宮而免其族，以報答他盤飧的施與，竟激怒了虎將魏犨來放上一把火。於是描寫魏犨的束胸裹傷，距躍三百，曲踊三百，文公愛其材，便赦了他沒有殺他。這樣一面寫文公運籌帷幄的謀略，使局勢轉向有利；一面寫他不失信於楚王，兩軍相遇，仍退避三舍。四月，晉軍已領着宋齊秦的聯軍次於城濮，與楚軍相持。晉文公還是戰戰兢兢，憂愁莫釋。於是又描寫子犯欒貞子給他打氣。他做了個惡夢，子犯又給他詳夢來安慰他。底下先點出這一戰役，晉國三軍共有兵車七百乘後（每乘七十五人總共兵力五萬二千五百人），就接敘有聲有色的楚將請戰，晉將答話，以及雙方的部署和主帥的動態，然後纔寫正式的接戰曰；『胥臣蒙馬以虎皮，先犯陳蔡，右師潰，狐毛設二旆而退之，欒枝使輿曳柴而僞遁，楚師馳之。原軫郤溱以中軍公族橫擊之，狐毛狐偃以上軍夾攻子西，楚左師潰，楚師敗績。』祇有主帥子玉收住他的中軍不戰，所以沒有敗。再下面是寫晉國戰勝後和鄭國訂盟，五月獻楚俘給周襄王，襄王用醴酒享文公，策命晉侯爲侯伯，晉文公遂一戰而『報施、救患、取威、定霸。』

以上說的祇是左傳有組織地敘述城濮之戰的大概，若要說出晉文公還是公子重耳時出國流亡期間，曹衛鄭怎樣對他不禮貌，宋楚怎樣招待他，以及在齊秦聯姻的情形，就得補述左傳中所記公子重耳流亡期間一連串的故事，換句話說，城濮之戰的一個大戰役，正像一篇史詩的總結局。史詩的開頭，要從晉獻公納驪姬唱起，在這總結局以前最動聽的歌曲，却是重耳流亡列國所發生的一個個連接着的故事。在這許多故事裏，有動人的情節，有人物個性的描寫，人類的機智與愚蠢，人性的善良與邪惡，都一一活現在眼前。而一部二十萬言的左傳就是若干史詩連接起來的一部大史詩。這篇公子重耳流亡的史詩，與印度羅摩王子放逐的史詩很相似，最後都以征蠻勝利榮旋作爲史詩的大結局。而這篇公子重耳流亡曲，又只是整個左氏春秋大史詩中的一部分。正如羅摩王子傳只是二十萬行史詩摩訶婆羅多（大戰書）中的一部分。而左傳中用許多小故事連接成一個大故事，再用幾個爭霸戰的大故事，組成一本『二百四十二年』（實際記到哀公二十七年共二百五十五年）的連環故事書，也彷彿是一部中國的『一千零一夜』小說天方夜譚。在世界文學史上，左氏春秋這部文學傑作是可與印度的史詩摩訶婆羅多媲美的。

就左傳所寫戰爭來說，城濮之戰以結構勝，寫得錯綜有致而脈絡分明。邲之戰則主要在寫晉軍不聽指揮的一片混亂，而以不戰而逃搶渡黃河，衆軍水中爭舟，以致『舟中之指可掬』的慘局爲頂點。這一戰，晉軍糊里糊塗地打起來，糊里糊塗地打敗了，看了令人啼笑皆非。鄢陵之戰也和城濮之戰一樣寫得有條有理，層次分明。但戰前檢討軍士戰鬭力時，除知義、知信、知禮三步驟，又增加了德、刑、詳三條件，已成『德、刑、詳、義、禮、信，戰之器也』的六事。而中間又揷寫卜筮之事，以存其眞。我們也因此可知城濮之戰，晉文公是抱定決心在一戰圖霸，時刻戰戰兢兢地憂懼着，他不用卜筮，（春秋三傳及國語雖均未記城濮之戰有卜筮之事，但說苑所記仍有文公卜戰而龜熸之說）邲之戰晉軍的不卜，是糊塗的表現，春秋時國家遇大事而卜筮却是常情。鄢陵之戰描寫最精彩的一段是：

楚子登車以望晉軍，子重使太宰伯州犂侍於王後。

王曰：『騁而左右，何也？』

曰：『召軍吏也。』

『皆聚於中軍矣。』

曰：『合謀也。』

『張幕矣。』

曰：『虔卜於先君也。』

『徹幕矣。』

曰：『將發命也。』

『甚囂，且塵上矣。』

曰：『將塞井夷竈而爲行也。』

『皆乘矣，左右執兵而下矣。』

曰：『聽誓也。』

『戰乎？』

曰：『未可知也。』

『乘而左右皆下矣。』

曰：『戰禱也。』

這一段瞭望對話寫得非常靈活生動，使人如聞其聲，如見其景，眞是絕妙手法。令人讀來有如詩如畫的感覺。

左傳各戰役中描寫英勇地戰鬪最生動精彩的，當推齊晉鞌之戰的一段。

癸酉，陳師於鞌，邴夏御齊侯，逢丑父爲右。晉解張御郤克，鄭丘緩爲右。齊侯曰：『余姑翦滅此而朝食！』不介馬而馳之。郤克傷於矢，流血及屨，未絕鼓音。曰：『余病矣！』張侯曰：『自始合，而矢貫余手及肘，余折以御，左輪朱殷，豈敢言病？吾子忍之！』緩曰：『自始合，苟有險，余必下推車，子豈識之？然子病矣。』張侯曰：『師之耳目，在吾旗鼓，進退從之。此車一人殿之，可以集事，若之何其以病敗君之大事也？擐甲執兵，固卽死也；病未及死，吾子勉之！』左並轡，右援枹而鼓，馬逸不能止，師從之。齊師敗績。逐之，三周華不注。（成公二年）

描寫在激戰中郤克、解張、鄭丘緩三人的忠勇爲國，互相鼓勵，眞寫得旣緊張又生動。

左傳不但記事精詳生動，記言亦能用委婉曲折的文筆，表達那巧妙的詞令，而且也表達了各色人等的性格與風度。像成公三年楚歸晉知罃時，知罃對楚王那一套彬彬有禮，不亢不卑的答話，襄公二十九年季札觀周樂時的一段評語，都記載得細密有致，很有分量。就是一般讌享會盟時的賦詩和外交辭令，也都扼要而生動。尤以僖公三十年燭之武退秦師那一席話，說得秦師不戰而退，精彩絕倫。燭之武的片言解圍，實在已爲戰國說客開風氣。可是，無論如何，左傳的風格，是淳厚的，不同於國策的縱橫馳驟，辭鋒犀利。至於韓愈等評左傳失之浮誇，有文勝於質的弊病，這是以五經爲文章正統的迷古派的偏見。

劉大杰在他所著中國文學發展史中有很精確的敍述，他說：『左傳無論在記言記事方面，都表現了極高的成就。用着平淺的文句，把當日複雜的事蹟，巧妙的言語，活躍地記載或表現出來。使我們現在讀了，還能親切地感着當日政治舞臺的狀況，和舞臺人物的種種面貌動作和性情，一直到現在，還保持着他活躍的散文的生命，成爲敍事文中的傑作。他在歷史散文的地位上，成爲上承尚書春秋，下開國策史記的重要橋梁。』

## 五、國　語

國語所記史事，起自周穆王十二年（公元前九九〇年），終於魯悼公四年（公元前四五三年），共二十一卷，分輯周室及魯、齊、晋、鄭、楚、吳、越七國事，爲我國最早的國別史。據司馬遷史記自序和報任安書都說：『左丘失明，厥有國語。』漢書司馬遷傳贊也說：『孔子因魯史記而作春秋，而左丘明論輯其事以爲之傳，又纂異同爲國語。』則國語也是左丘明的著作。而所載史事，雖長達五百三十八年，只有第一卷周語上的開頭幾則是西周歷史，其餘都是春秋時代的歷史。所以有春秋外傳之稱。現在流傳的本子是三國吳韋昭的注解本。論材料，左傳共六十卷，國語只有二十一卷，不過三分之一，所以有人說是劉歆將左氏春秋改編爲左傳剩下的史料。近人唐文治曰：『左傳稱曰內傳，國語稱曰外傳。顧亭林先生謂左氏采列國之史而作，非出於一人之手。余疑內傳爲丘明所編輯，外傳則采自列國，未加刪削者也。余好以左氏傳與公穀二傳互相比較，又好以內傳與外傳參考，如外傳管子論軌里連鄉之法，敬姜論勞逸，優施教驪姬夜半而泣諸篇，皆內傳所不載；而一則波瀾壯濶，一則豐裁嚴整，一則細語喁喁，委婉入聽，均各擅其勝。又如晉文請隧，襄王不許，內傳曰：『王章也，未有代德而有二王，亦叔父之所惡也。』僅三語，懍乎其不可犯；而外傳則衍成數百言，負聲振采，琅琅錚錚，有令人不厭百回讀者矣。惟吳越語氣體句調均屬萎薾，疑與內傳末載智伯事相同，爲後人附益。』其弟子陳柱將兩書比較，所得結論是：『左傳體奇而變，其流爲太史公書；國語體整而方，其流爲班氏之漢書。』

國語所載史料起訖的年代雖比左傳長，但所輯史料則比左傳少。可是同樣的史料，有些沒有左傳記得精密，也有好多比左傳記得更爲周詳，可以作左傳的補充。但也因此可以看出左傳採擇的廣博，剪裁的得宜。

現在先舉齊晉鞌之戰爲例。鞌之戰晉國出師戰車八百乘，是比城濮之戰規模更大，戰鬬更激烈的一次大戰。左傳寫得有頭有尾，精詳而生動。國語却只有晉語中短短六節的瑣記。其中記戰鬬的一節如下：

靡笄之役，郤獻子傷，曰：『余病喙。』張侯御，曰：『三軍之心在此車也，其耳目在旗鼓。車無退表，鼓無退聲，軍事集焉。吾子忍之，不可以言病。受命於廟，受脤於社，甲冑而效死，戎之政也，病未若死，祇以解志。』乃左並轡，右援枹而鼓之。馬逸不能止，三軍從之。齊師大敗，逐之三周華不注之山。（國語第十一卷晉語五）

左傳所記，我們在前面已抄錄出來，比國語這一節長不了多少，而記載得更周密生動。

再以公子重耳流亡的記載爲例。自重耳離晉奔狄，在狄娶季隗，十二年後，離狄過衛出五鹿適齊，齊桓公妻之以姜氏，桓公卒，離齊過曹、宋、鄭三國而如楚。宋襄公贈馬二十乘（八十四），衛文公曹共公鄭文公均不予禮遇。楚成王則盛宴招待而送他去秦國。到了秦國，秦穆公又爲納女五人，重耳纔得到可依靠的安身之所。這一段流亡的經過，國語有很詳細的記載，字數超過左傳兩三倍，許多地方可以作左傳的補充，並存異說。（例如國語記重耳離齊後方經衛過曹。）但國語詳到顯得是沒有剪裁的冗長，大不如左傳的簡練而生動，而且仍有疏漏。例如重耳在狄娶季隗生了伯儵叔劉兩個兒子的事便未記。

現在也各抄錄三節於下，以便比較：

㈠五鹿乞食

（甲）左傳：出於五鹿，乞食於野人，野人與之塊，公子怒，欲鞭之。子犯曰：『天賜也。』稽首受而載之。

（乙）國語：乃行過五鹿，乞食於野人，擧塊以與之。公子怒，將鞭之，子犯曰：『天賜也，民以土服，又何求焉。天事必象，十有二年必獲此土。二三子志之，歲在壽星及鶉尾，其有此土乎？天以命矣，復於壽星，必獲諸侯，天之道也。由是始之，有此其以戊申乎？所以申土也。』再拜稽首，受而載之，遂適齊。

㈡姜氏醉遣重耳

（甲）左傳：及齊，齊桓公妻之，有馬二十乘。公子安之，從者以爲不可。將行，謀於桑下。蠶妾在其上，以告姜氏。姜氏殺之，而謂公子曰：『子有四方之志，其聞之者吾殺之矣。』公子曰：『無之。』姜曰：『行也，懷與安實敗名。』公子不可。姜與子犯謀，醉而遣之。醒以戈逐子犯。

（乙）國語：齊侯妻之，甚善焉，有馬二十乘。將死於齊而已矣。曰：『民生安樂，誰知其他。』

桓公卒，孝公即位，諸侯叛齊。子犯知齊之不可以動，而知文公之安齊而有終焉之志也，欲行而患之。與從者謀於桑下，蠶妾在焉，莫知其在也。妾告姜氏，姜氏殺之，而言於公子曰：『從者將以子行，其聞之者，吾以除之矣。子必從之，不可以貳，貳無成命。詩云；「上帝臨女，無貳爾心。」先王其知之矣。貳將可乎？子去晉難而極於此，自子之行，晉無寧歲，民無成君。天未喪晉，無異公子。有晉國者，非子而誰？子其勉之！上帝臨子，貳必有咎。』公子曰；『吾不動矣，必死於此！』姜曰：『不然。周詩曰：「莘莘征夫，每懷靡及。夙夜征行，不遑啓處。」猶懼無及，況其順身縱欲，懷安將何及矣！人不求及，其能及乎？日月不處，人誰獲安？西方之書有之曰：「懷與安實疚大事。」鄭詩云「仲可懷也，人之多言，亦可畏也。」昔管敬仲有言，小妾聞之，曰：「畏威如疾，民之上也。從懷如流，民之下也。見懷思威，民之中也。畏始如疾，乃能始民，威在民上，弗畏有刑。從懷如流，去威遠矣。故謂之下。其在辟也，吾從中也。鄭詩之言，吾其從之。」此大夫管仲之所以紀綱齊國，裨輔先君，而成霸者也。子而棄之，不亦難乎？齊國之政敗矣，晉之無道久矣。從者之謀忠矣，時日及矣，公子幾矣。君國可以齊百姓而釋之者非人也。敗不可處，時不可失，忠不可棄，懷不可從，子必速行！吾聞晉之始封也，歲在大火，閼伯之星也，實紀商人。商之饗國，三十一王，瞽史之紀曰：『唐叔之世，將如商數。』今未半也，亂不長世。公子唯子，子必有晉。若何懷安？』公子弗聽。姜與子犯謀，醉而載之以行。醒以戈逐子犯。曰：『若無所濟，吾食舅氏之肉，其知饜乎？』舅犯走且對曰：『若無所濟，余未知死所，誰能與豺狼爭食？若克有成，公子無亦晉之柔嘉，是以甘食，偃之肉腥臊，將焉用之？』遂行。

(三)曹共公窺浴

(甲)左傳：及曹，曹共公聞其駢脅，欲觀其裸浴，薄而觀之。僖負羈之妻曰：『吾觀晉公子之從者皆足以相國，若以相，夫子必反其國。反其國，必得志於諸侯。得志於諸侯而誅無禮，曹其首也。子盍蚤自貳焉？』乃饋盤飧寘璧焉，公子受飧反璧。

(乙)國語：自衛過曹。曹共公亦不禮焉。聞其駢脅，欲觀其狀。止其舍，諜其將浴，設微薄而觀之。僖負羈之妻言於負羈曰：『吾觀晉公子賢人也，其從者皆國相也。以相一人，必得晉國。得晉國而討無禮，曹其首誅也，子盍蚤自貳焉？』僖負羈饋飧寘璧焉，公子受飧反璧。負羈言於曹伯曰：『夫晉公子在此，君之匹也，不亦禮焉！』曹伯曰：『諸侯之亡公子其多矣，誰不過此？亡者皆無禮者也，余焉能盡禮？』對曰：『臣聞之：愛親明賢，政之幹也。禮賓矜窮，禮之宗也。禮以紀政，國之常也。失常不立，君所知也。國君無親，以國爲親。先君叔振，出自文王。晉祖唐叔，出自武王。文武之功，實建諸姬。故二王之嗣，世不廢親。今君棄之，不愛親也。晉公子生十七年而亡，卿材三人從之，可謂賢矣。而君蔑之，是不明賢也。謂晉公子之亡，不可不憐也。比之賓客，不可不禮也。失此二者，是不禮賓，不憐窮也。守天之聚，將施於宜，宜而不施，聚必有闕。玉帛酒食，猶糞土也。愛糞土以毀五常，失位而闕聚，是之不難。無乃不可乎？君其圖之！』公弗聽。

## 六、國策

國策是戰國策的簡稱，是一部偏重記言的歷史散文，爲西漢劉向所輯錄，共三十三卷，所記大多是戰國時策士游說之詞，非一人一時所作。在劉向輯錄時，已不得各篇作者之姓名。劉向序文說：『其事繼春秋以後，訖楚漢之際，二百四十五年間之事。』仿照國語分輯成爲東周、西周、秦、齊、楚、趙、魏、韓、燕、宋、衞、中山十二國別史。在劉向輯錄前，司馬遷作史記時，已多採其文，可知其流傳已久，大概大部分是先秦的作品。後漢時高誘作注。這書文辭的宏俊豪放，辯說的縱橫詭奇，運用文字的技巧，可與左傳媲美。對後世散文，很有影響。漢賈誼、宋蘇洵、明唐順之、淸魏源，都以國策的文章爲法。漢賦的發達，也受其影響。宋李格非說：『戰國策所載，大抵皆從橫捭闔譎誑相傾奪之說也。其事淺陋不足道，然人讀之，則必尙其說之工，而忘其事之陋者，文辭之勝移之而已。』這批評很確切。其中蘇秦的合縱，張儀的連橫，范睢的相秦，魯連的解紛，鄒忌的幽默，淳于髡的諷刺，各盡鼓舌搖唇之能事。至今我們讀起來明知其中若干理論的淺薄可鄙，但因其文筆的美妙流利，引人入勝，仍歡喜讀他。觸讋說趙太后，最富人情味，尤爲淳厚可喜。

茲舉齊策中『蘇秦爲趙合縱說齊宣王』和『鄒忌諫齊王』爲例：

蘇秦爲趙王合縱，說齊宣王曰：『齊南有太山，東有琅邪，西有淸河，北有渤海，此所謂四塞之國也。

『齊地方二千里，帶甲數十萬，粟如丘山。齊車之良，五家之兵，疾如錐矢，戰如雷電，解如風雨。卽有軍役，未嘗倍太山絕清河涉渤海也。臨淄之中七萬戶，臣竊度之，下戶三男子，三七二十一萬，不待發於遠縣，而臨淄之卒固以二十一萬矣。

『臨淄甚富而實，其民無不吹竽鼓瑟，擊筑彈琴，鬪鷄走犬，六博蹹踘者。臨淄之途，車轂擊，人肩摩，連衽成帷，擧袂成幕，揮汗成雨，家敦而富，志高而揚。

『夫以大王之賢，與齊之强，天下不能當。今乃西面事秦，竊爲大王羞之！（中略）

『夫不深料秦之不奈我何也，而欲西面事秦，是羣臣之計過也。今無臣事秦之名，而有强國之實，臣固願大王之少留計！』

齊王曰：『寡人不敏，今主君以趙王之教詔之，敬奉社稷以從！』

文中一連串的排句，表現出縱橫馳騁的氣勢，構成了國策文體的特殊風格。其中『車轂擊，人肩摩，連衽成帷，擧袂成幕，揮汗成雨』等句，用對偶句法來作舖張的描寫，非但可供漢賦之摹擬，簡直已似六朝的駢賦。『吹竽鼓瑟，擊筑彈琴，鬪鷄走犬』三句，每句前兩字與後兩字相對，更是連串的句內對。我們見到戰國時的楚辭，也多駢偶之句，其中也有『桂櫂兮蘭枻，斲冰兮積雪』等句內對，可見我國駢儷詩文，實已萌芽於戰國時代。

鄒忌脩八尺有餘，而形貌昳麗。朝服衣冠，窺鏡，謂其妻曰：『我孰與城北徐公美？』其妻曰：『君美甚，徐公何能及君也！』城北徐公，齊國之美麗者也。忌不自信，而復問其妾曰：『吾孰與徐公美？』妾曰：『徐公何能及君也！』旦日，客從外來，與坐談，問之客曰：『吾與徐公孰美？』客曰：『徐公不若君之美也。』

明日，徐公來，熟視之，自以爲不如；窺鏡而自視，又弗如遠甚。暮寢而思之，曰：『吾妻之美我者，私我也；妾之美我者，畏我也；客之美我者，欲有求於我也。』

於是入朝，見威王曰：『臣誠不如徐公美，臣之妻私臣，臣之妾畏臣，臣之客欲有求於臣，皆以美於徐公。今齊地方千里，百二十城；宮婦左右莫不私王，朝廷之臣莫不畏王，四境之內莫不有求於王；由此觀之，王之蔽甚矣！』

王曰：『善！』乃下令：『羣臣吏民，能面刺寡人之過者，受上賞；上書諫寡人者，受中賞；能謗譏於市朝，聞寡人之耳者，受下賞。』令初下，羣臣進諫，門庭若市；數月之後，時時而間進；期年之後，雖欲言，無可進者。燕、趙、韓、魏聞之，皆朝於齊，此所謂戰勝於朝廷。

此文第一段鄒忌問妻、妾、客三次的對話，文開在所著『詩文舉隅』一書中曾舉爲在整齊中求錯綜之例說：『文中三問三答，內容都相同，而字句却錯綜得美妙之至！』而其幽默風趣，更使人讀來覺得親切有味，眞是絕妙的小品文。

國策中又有好幾則寓言，像畫蛇添足，狐假虎威，鷸蚌相爭等故事，都是頂好的譬喻，已成爲後人所常用的成語。這也是戰國時代說話技巧進步的產品。

# 作品欣賞

## 一、齊魯長勺之戰

左　傳

十年春，齊師伐我❶。公將戰，曹劌請見❷。其鄉人曰：『肉食者謀之，又何間焉❸？』劌曰：『肉食者鄙，未能遠謀。』乃入見，問何以戰。公曰：『衣食所安，弗敢專也，必以分人。』對曰：『小惠未徧，民弗從也。』公曰：『犧牲玉帛，弗敢加也，必以信❹。』對曰：『小信未孚，神弗福也❺。』公曰：『小大之獄❻，雖不能察，必以情。』對曰：『忠之屬也，可以一戰。戰則請從。』

公與之乘，戰于長勺❼。公將鼓之❽，劌曰：『未可。』齊人三鼓，劌曰：『可矣！』齊師敗績❾。公將馳之，劌曰：『未可。』下視其轍，登軾而望之❿，曰：『可矣！』遂逐齊師。

既克⓫，公問其故。對曰：『夫戰，勇氣也。一鼓作氣；再而衰；三而竭⓬。彼竭我盈，故克之。夫大國，難測也，懼有伏焉。吾視其轍亂，望其旗靡，故逐之。』

【註釋】❶十年，指魯莊公十年，故下文『公』均指莊公。我，我國之簡稱，指魯國。左傳作者左丘明，爲魯人，故稱魯曰我。伐，傳例：『凡師有鐘鼓曰伐，無曰侵，輕曰襲。』侵下註：『鐘鼓無聲』，襲下註：『掩其不備。』（見莊公二十九年夏『鄭人侵許』傳）這是說進攻時，正式以鼓進軍，以金收軍的稱伐，不鳴鼓而攻之的稱侵，乘其不備而偷偷地進攻的稱襲。伐，侵與襲其後演其義，稱名正言順之伐爲『討伐』，名不正言不順的侵爲『侵略』，掩其不備的襲爲『襲擊』。❷劌：音貴ㄍㄨㄟˋ。曹劌，魯之隱士，即史記所載於柯之會刼齊桓公反魯侵地之曹沫。❸肉食者，指在位食祿之人。間：音見ㄐㄧㄢˋ，干預、參與。竹添光鴻左傳會箋：『間猶厠也。』故『又何間焉』句猶云：

『何必厠身其間』曰。❹犧牲玉帛，皆古時祭祀禮神之物。祭祀所用之牛、羊、豬等畜類稱犧牲。❺孚，音符ㄈㄨˊ。杜注：『孚，大信也。』竹添疏：『孚者，信之達於彼也。信而物應之曰孚，未孚者，言其信小未足孚於神也。』普賢按：未孚，言莊公之信未孚於民。孚，字从爪从子，卽孵之本字。像母鷄伏卵，以爪嘔子，母氣達則化，故說文段注引通俗文：『卵化曰孚。』言卵感母氣而化也。引申而訓信。除鍇云：『鳥之孚卵，皆如其期，不失信也。』信達於民，則民感化而上下浹洽，民方樂爲之戰。莊公僅對神有小信，未孚於民，則神仍不降福，此卽尚書『天聰明自我民聰明，天明威自我民明威，達於上下』及『天視自我民視，天聽自我民聽』之意。故下文莊公再答以孚民之『小大之獄』。國語魯語上長勺之役記載得很詳細，曹劌對曰：『小賜不威，獨恭不優；不威，民不歸也，不優，神弗福也。』必須『民和而後神降之福』就是這意思。其後僖公五年，宮之奇諫虞公，也說：『如是則非德，民不和，神不享』，可見春秋時期，民本思想已很發達。❻獄：訟案，小獄爭訟之類，大獄殺傷之類。❼長勺，魯地名，路史：『成王以商民六族錫魯公，有長勺氏尾勺氏。』則長勺爲商民所居地，應在魯之東北近齊處，今其地已不可考。❽鼓之，鼓，作動詞用，敲擊的意思。之，代名詞，代軍鼓。擊鼓是進兵的信號。❾敗績，卽大敗大崩。❿轍，音澈ㄔㄜˋ，車輪的軌跡；軾，音式ㄕˋ，車前橫木，比座位高。⓫克，勝利。⓬竭，盡。

## 【語譯】

莊公十年的春天，齊國的軍隊來攻打我魯國，莊公預備要迎戰。曹劌請求進見，他的同鄉說：『這種國家大事，有在位吃俸祿的人去謀劃，你又何必夾在中間呢？』曹劌答道：『吃俸祿的人見識淺薄，不會有深謀遠慮的。』就進去見莊公，問他憑什麼來作戰？莊公說：『我平時對於衣食的安逸，不敢獨自享受，一定要分給別人。』曹劌答道：『這種小恩惠沒有普遍，百姓不會聽從你的。』莊公說：『祭祀的犧牲和玉帛，各有定數，不敢隨便增加（或減少），有一定的信守。』曹劌答道：『這是對神的小信，不能感化百姓，神不會降福的。』莊公又說：『我處理大大小小的訟案，雖不能明察秋毫，但一定盡力求其實情。』曹劌答道：『這倒是盡忠國事的作風，可以靠此一戰了。如果作戰，我請求做你的隨從。』

莊公就和他同坐一輛戰車，在長勺地方作戰。莊公要擂鼓前進，曹劌說：『還不可以。』等到齊國人擂鼓三通，曹劌才說：『好，可以擂鼓進軍了！』齊軍大敗潰退。莊公要追趕他們，曹劌說：『還不可以。』跳下車子察看他們車輪的痕跡，又爬到車前的橫木上，瞭望了一會兒，才說：『好，可以追趕了！』於是追逐齊軍。

已經打了勝仗，莊公就請教他的道理。曹劌答道：『說到作戰，全憑一股勇氣。擂第一通鼓，振作了兵士的勇氣，第二通士氣便衰退，到第三通士氣便完全沒有了。他們的士氣已完，而我們的士氣却正飽滿，所以打了勝仗。然而大國的行動是很難猜測的，我怕他們有伏兵在那兒，等我察看他們的車轍紊亂，望見他們的旗子倒下了，（知道他們是眞正潰退了，）所以才去追逐他們。』

## 【評解】

長勺之戰是乾時之戰的延長。春秋經：莊公八年十有一月癸未，齊無知弒其君諸兒（卽齊襄公）。九年春齊人殺無知。夏公伐齊納子糾，齊小白（卽桓公）入於齊。八月庚申，及齊師戰於乾時，我師敗績。九月，齊人取子糾殺之。十年春，王正月，公敗齊師於長勺。本篇所選卽左傳對經文『公敗齊師於長勺』的傳文。公羊無傳，穀梁傳文僅兩句。齊魯長勺之戰，發生於魯莊公十年，卽周莊王十三年丁酉歲，齊桓公二年，公元前六八四年。戰事發生的原因見上舉八年九年經文。是莊公八年冬天齊國發生弒君的內亂，於亂前公子小白就出奔於莒，亂發，小白的哥哥公子糾也出奔於魯。九年夏，魯莊公想把公子糾送還齊國立爲國君，想不到公子小白搶先了一步，自莒先入，所以有八月乾時之戰，魯軍大敗，魯莊公逃歸，齊遂脅迫魯國把公子糾殺了。至此齊桓公國內已安定，又派兵來伐魯，幸得曹劌以平民奮起赴國難，助莊公把齊軍擊退，始得轉危爲安。

本篇文字雖不長，却很精彩，而且具備了左傳記載戰爭常備的三個階段：一、戰爭的起因或戰前民心士氣的研究；二、戰鬪場面的描寫；三、戰爭的結局或戰後的檢討。所以我們選作左傳記載戰事的代表作來欣賞。欣賞本篇，大多欣賞曹劌的懂得一鼓作氣的心理戰，而且膽大心細，智勇雙全，但對其前段之問君德，往往認爲迂濶。唐柳宗元論長勺之役曰：『徒以斷獄，爲戰之具，吾未之信。』即其一例。宋呂祖謙始駁之曰：『宗元之所言，歷舉將臣士卒地形之屬，皆所謂戰，而非所以戰也。』『蓋嘗論之：古人論戰，與後人言戰不同。蓋有論戰者，有論所以戰者。軍旅形勢者，戰也；民心者，所以戰也。昔晉士蔿嘗曰：「禮、樂、慈、愛，戰所蓄也。」當時論兵者每如此。』戰爭要研究戰略戰術，而戰前士氣的培養最關緊要。古代戰士即人民，所以呂祖謙說『民心所以戰』。卽莊公二十七年晉侯將伐號時士蔿論戰，以禮、樂、慈、愛，爲所以蓄戰。僖公二十七年晉文公圖霸，子犯指陳以知義、知信、知禮，教其民。成公十六年申叔時論戰，以德、刑、詳、義、禮，信爲戰之器。姜炳璋之言，比呂祖謙更爲透澈，他說：『曹劌自媒而請，其見也，先審君德，其戰也，一鼓而勝，雖老於行陣之宿將，不能易此也。此眞可以振衰魯之氣，愧肉食者之心矣，蓋遠謀必有根本處，初不爲戰，而戰之必勝，正在於此。人徒知下半篇爲劌之功，而不知三審君德，正遠謀所在，而區區克之逐之，皆餘事也。』

袁了凡稱此篇『蒼古濃淡，質有其文。』錢希聲則曰：『文亦步伐嚴整。』我們欣賞這篇文章像柯南道爾的福爾摩斯探案，先描寫福爾摩斯對來客的問話，已使來客驚服，再寫他對處理案情的所作所爲，使人迷惘難解，最後他一一說明，才令人恍然大悟，佩服得五體投地。

文中「公將戰」「公將鼓」「公將馳」三將字前後呼應，兩「未可」「可矣」亦然。此等處可增加文章韻味，也便更顯得有條理。「故克之」「故逐之」的句法，也有同樣作用。

## 二、宋人及楚人平

公羊傳

外平不書❶，此何以書？大❷其平乎己❸也。

何大其平乎己？莊王圍宋❹，軍有七日之糧爾❺。盡此不勝，將去而歸爾。於是使司馬子反❻乘堙而闚❼宋城。宋華元❽亦乘堙而出見之。司馬子反曰：『子之國何如？』華元曰：『憊❾矣。』曰：『何如？』曰：『易子而食，析骸而炊之❿。』司馬子反曰：『嘻⓫！甚矣憊！雖然，吾聞之也，圍者柑馬而秣之⓬，使肥者應客⓭，是何子之情⓮也？』華元曰：『吾聞之，君子見人之厄則矜⓯之，小人見人之厄則幸⓰之。吾見子之君子也，是以告情於子也。』司馬子反曰：『諾，勉之⓱矣！吾軍亦有七日之糧爾。盡此不勝，將去而歸爾。』揖而去之，反於莊王⓲。

莊王曰：『何如？』司馬子反曰：『憊矣。』曰：『何如？』曰：『易子而食之，析骸而炊之。』莊王曰：『嘻！甚矣憊！雖然，吾今取此，然後而歸爾。』司馬子反曰：『不可。臣已告之矣，軍有七日之糧爾。』莊王怒曰：『吾使子往視之，子曷爲告之？』司馬子反曰：『區區之宋，猶有不欺人之臣，可以楚而無乎？是以告之也。莊王曰：『諾，舍而止⑲。雖然，吾猶取此，然後歸爾⑳。』司馬子反曰：『然則君請處於此，臣請歸爾。』莊王曰：『子去我而歸，吾孰與處於此？吾亦從子而歸爾！』引師而去之。故君子大其平乎己也。

此皆大夫也，其稱人何㉑？貶㉒；曷爲貶？平者在下㉓也。

【註釋】❶外：魯史記事，稱他國爲外；平，和平，外平不書就是他國之間的和平，與魯無關，所以不記下來。❷大：稱讚的意思。❸平乎己：指宋華元與楚子反私自和平而言。❹莊王圍宋：莊王，楚國君，楚本子爵，僭號稱王，圍宋，用兵包圍宋城。❺爾：語末助詞。❻司馬子反：司馬官名，掌管軍政，子反，卽公子側，時爲楚國司馬。❼堙：音因ㄧㄣ，土山。闚，同窺，偸看。❽華元，宋大夫。❾憊：音敗ㄅㄞ，疲極困病。❿析骸而炊之：析是剖析，骸是屍骨；炊，煮飯。析骸而炊之，是把屍骨剖析來做燃料。⓫嘻：嗟嘆聲。⓬圍者柑馬而秣之：圍者，被圍的人。柑音鉗ㄑㄧㄢˊ，以木銜在馬口中；秣音末ㄇㄛˋ，飼餵。全句意思是：被圍的人餵馬時，用木銜在馬口中，使不得進食，而有剩餘的飼料，表示已飽足。⓭使肥者應客：將肥馬出示給客看，表示其馬之强壯。⓮情：實情。何子之情：卽爲何你把實情道出。⓯厄：困厄災難。矜，憐憫。⓰幸：幸災樂禍。⓱勉之：命華元勉力堅守。⓲反於莊王：反同返，謂司馬子反回報楚莊王。⓳諾，舍而止：先答之以諾，以使子反不再說下去，舍而止於此，表示楚兵不離去。⓴意謂雖然宋已知我糧短缺，但我仍要徵糧以取得勝利，然後歸楚。㉑其稱人何：謂子反與華元都是大夫，爲何稱宋人及楚人。㉒貶：貶摘其過失。春秋一字爲褒貶，這裡是貶摘子反華元的專權。㉓在下：因爲此次講和不在君而在大夫，所以說『在下』。

【語譯】

關於別的國家講和的事情，是不記載下來的。那末這件事爲什麼要記下來呢？是爲了稱讚這次的和平是華元和子反兩人私自促成的啊！怎麼說是華元和子反私自促成的呢？因爲楚莊王圍攻宋國，軍中只有七天的糧食了，這些糧食還不能勝，就要放棄宋國而回去了。於是就使司馬子反登上土山去窺探宋城。宋國的華元也登上土山而看到了他。司馬子反說：『你們國裡的現狀怎樣？』華元說：『困苦極了。』子反說：『困苦到怎樣呢？』華元說：『困苦到交換兒子當食物吃，剖析枯骨做燃料燒了。』司馬子反說：『唉！眞是困苦極了！不過我聽人家說：「被圍困的人，在餵馬的時候，用木頭銜住馬口，使牠不能把食物吃進去，表示已經吃得很飽；而把肥馬給客人觀看，以顯示馬匹的强壯。」可是你怎麼把實情告訴我呢？』華元說：『我聽人家說：「君子看到人家困厄就可憐他，小人看到人家困厄就高興。」我看你是君子，所以把實情告訴你啊！』司馬子反說：『是的，你再勉强守下去吧！我們軍中也只有七天的糧食了，吃完這些糧食，如果還不勝，就要放棄這裡回去了。』說完就拱手告別，回去報告莊王。

莊王問道：『宋國的現狀怎樣了？』司馬子反說：『困苦極了。』莊王問：『困苦到怎樣呢？』華元說：『困苦到交換兒子當食物吃，剖析屍骨當燃料燒了。』莊王說：『唉！眞是困苦極了。可是我現在要得到了它，然後纔回去哪！』司馬子反說：『不可以的，臣子已告訴了他，說我們軍中祇有七天的糧食了。』莊王生氣着說：『我派你去偵察他們，你爲什麼把我們的實情告訴了他呢？』司馬子反說：『以小小的宋國，都還有不欺騙人的臣子，難道楚國可以沒有嗎？所以我就告訴他了。』莊王說：『好了，蓋些房子住下來！雖然宋國已知道我們糧食短缺，我還是要得到這裡然後纔肯回去哪！』司馬子反說：『那麼君王請留在此地，臣子請求回去算了。』莊王說：『你丟下我回去，叫我同誰留在此地呢？我也同你回去吧！』便帶領軍隊離去了。所以君子稱讚這次的和平是華元和子反私自促成的啊。

這兩人都是大夫，爲什麼稱『人』呢？是指摘的意思。爲什麼指摘呢？因爲促成和平的是在下位的大夫呀！

【評　解】

這篇是公羊傳解經文字中富有文學意味的作品。所解之經文，爲春秋宣公十五年的第二條『夏五月，宋人及楚人平。』一句。魯宣公十五年，即周定王十三年，宋文公十七年，楚莊王二十年，公元前五九四年。三傳中解這一句經文的傳文，以公羊爲最長。穀梁僅六七句，原文爲：『平者，成也，善其量力而義也。人者衆辭也。平稱衆，上下欲之也。外平不道，以吾人之存焉道之也。』我們看了，還是事跡不明，只能查出此事發生於宋文公和楚莊王之間，但可看出公穀二傳此處解「人」字義不同。左傳傳文，也比公羊爲短，而所記則較周密，事跡亦與公羊有出入，我們應該左氏公羊兩傳並讀。當作文學作品來欣賞，這一篇公羊傳的格調更高於左傳。茲將左傳原文抄錄於下，以資比較：『夏五月，楚師將去宋，申犀稽首於王之馬前，曰：『毋畏知死，而不敢廢王命，王棄言焉。』王不能答。申叔時僕，曰：『築室反耕者，宋必聽命。』從之。宋人懼，使華元夜入楚師，登子反之牀，起之曰：『寡君使元以病告，曰：「敝邑易子而食，析骸以爨，雖然，城下之盟，有以國斃，不能從也。」去我三十里，唯命是從。』子反懼，與之盟而告王，退三十里，宋及楚平，華元爲質。盟曰：『我無爾詐，爾無我虞。』

## 三、虞師晉師滅夏陽

穀梁傳

非國而曰滅，重夏陽❶也。虞無師❷，其曰師，何也？以其先晉❸，不可以不言師也。其先晉何也？爲主④乎滅夏陽也。夏陽者，虞、虢之塞邑⑤也，滅夏陽而虞、虢擧⑥矣。

虞之爲主乎滅夏陽何也？晉獻公⑦欲伐虢，荀息⑧曰：『君何不以屈產之乘⑨，垂棘之璧⑩，而借道乎虞也⑪？』公曰：『此晉國之寶⑫也。如受吾幣⑬，而不借吾道，則如之何？』荀息曰：『此小國之所以事大國也。彼不借吾道，必不敢受吾幣。如受吾幣而借吾道，則是我取之中府⑭而藏之外府，取之中廐⑮而置之外廐也。』公曰：『宮之奇⑯存焉，必不使受之也。』荀息曰：『宮之奇之爲人也，達心而懦⑰，又少長於君；⑱達心則其言略⑲，懦則不能強諫；少長於君，則君輕之⑳。且夫玩好㉑在耳目之前，而患在一國之後㉒，此中知㉓以上，乃能慮之；臣料虞君中知以下也。』公遂借道而伐虢。宮之奇諫曰：『晉國之使者，其辭卑而幣重，必不便於虞。』虞公弗聽，遂受其幣而借之道。宮之奇又諫曰：『語曰：「脣亡則齒寒㉔。」其斯之謂與！』挈㉕其妻子以奔曹㉖。

獻公亡虢五年而後擧虞。荀息牽馬操璧而前曰：『璧則猶是也，而馬齒加長㉗矣！』

**【註釋】**①夏陽：虢邑。左傳作『下陽』，在今山西平陸縣。②虞無師：謂晉軍滅夏陽，虞國並未出兵。左傳記虞國也曾出兵，與此異。③先晉：指春秋經文『虞師晉師滅夏陽』將虞國寫在晉國之先。按貴賤之序，人不得居師上，即不能寫作『虞人晉師……』。④主：主動。主動滅夏陽的實在是晉，而今以主動者歸之虞，即公羊傳稱虞爲首惡的意思。是指摘虞不該借道。⑤虞：舜之先封於虞，故城在今山西平陸縣。周武王克殷封虞仲於此。虢：公羊傳作『郭』，周武王弟虢仲的封地，故城在今陝西寶鷄縣東。平王東遷，虢國也遷到上陽，虢爲南虢，而稱舊都爲西虢。南虢故城在今河南陝縣東南。春秋時，虞、虢均爲晉所滅。塞，邊界。夏陽（下陽）之地險要，故爲二國之間的塞邑。⑥擧：攻取，打下來。⑦獻公：文公的父親，名詭諸。⑧荀息：晉大夫，即荀叔。⑨屈產：地名，今山西石樓縣東南有屈產泉。乘，馬。屈產之乘，是說屈產地方的良馬。⑩垂棘：春秋晉地。璧：美玉之圓餅形中有孔者。⑪借道乎虞：因虞在晉、虢之間，晉想伐虢，必先經虞，故須借道。⑫晉國之寶：指屈產之乘與垂棘之璧。⑬幣：玉、馬、皮、圭、璧、帛，古皆稱幣。⑭府：藏聚財物之處。⑮廐：音舊ㄐ一ㄡˋ馬棚。⑯宮之奇：虞國之賢大夫。⑰達心而懦：達是明達，懦是懦弱。謂內心明達而性格懦弱。⑱少長於君：和君上從小一起長大的。⑲略：簡略。謂內心明達的人，就言語簡略爲愚者所不懂。⑳輕之：輕視他。㉑玩好：指馬及璧等好玩的東西。㉒一國之後：謂在虢國被滅之後。㉓知：同智，下同。㉔脣亡則齒寒：嘴脣沒有了，牙齒就受寒冷。比喻二者利害相關，如脣齒之相依。㉕挈：音妾ㄑ一ㄝˋ帶領。㉖曹：國名，姬姓。武王封弟振鐸於此，卽今山東定陶縣。㉗馬齒加長：馬的牙齒增加，就是馬的年齡長大了。

## 【語譯】

（春秋經上說）：『虞國、晉國的軍隊滅了夏陽』。（夏陽）不是個國家，却說是『滅』，是看重夏陽啊。虞國沒有出兵却說『虞師』，爲甚麼呢？因爲把虞國寫在晉國的前頭，（按照貴賤的次序，『人』不能寫在『師』的上面，卽不能寫成『虞人晉師滅夏陽』）所以不得不說他出兵了。把他寫在晉國前頭，是爲什麼呢？爲的是他主動滅夏陽啊！夏陽是虞、虢兩國邊界地方的城邑，晉國滅了夏陽，而虞、虢就可以攻取了。

爲什麼虞國是主動滅夏陽的呢？原來那時晉獻公要想攻打虢國，荀息說：『君上爲什麼不用屈產地方的良馬和垂棘美玉所做成的白璧，去向虞國借路呢？』晉獻公說：『這是晉國的寶物啊，如果他接受了我的禮物而不借路給我，那可怎麼辦呢？』荀息說：『這就是小國侍奉大國的道理了；他不借路給我們，就必定不敢接受我們的禮物；如果接受了我們的禮物，而借路給我們，那我們就等於把美玉從內府取出來藏在外府裏，把良馬從內廐牽出來放在外廐裡呀！』晉獻公說：『但是有宮之奇在，他一定不使虞君接受這禮物的。』荀息說：『宮之奇的做人，內心明達事理而性情却很懦弱，又從小和國君在一起長大；內心明達，說話就簡略；性情懦弱，就不敢犯顏強諫；從小和國君一起長大，就不爲國君所重視。況且好玩的東西放在虞君的耳目之前，而禍患却在滅掉一國之後；這只有中智以上的人纔能顧慮到。臣子料想虞君是中智以下的人呀！』晉獻公就向虞國借路而去攻打虢國。

宮之奇進諫道：『晉國派來的使者，措辭很謙卑而禮物很厚重，一定對虞國不利的。』虞公不聽，就接受了晉國的禮物而借路給他們。宮之奇又進諫道：『俗語說：「嘴唇沒有了，牙齒就要受寒冷。」恐怕就是這個意思吧！』便帶領他的妻子投奔到曹國去。

晉獻公滅了虢國五年之後，就攻取了虞國。荀息牽着馬拿着璧到獻公面前說：『這塊白璧還是和從前一樣，只是馬的牙齒增長些了。』

【評　解】

這篇是穀梁傳解春秋僖公二年經文第三條『虞師晉師滅夏陽』一句的傳文。魯僖公二年卽周惠王十九年，亦卽晉獻公十九年，公元前六五八年。三傳所記，詳略互異。左傳較短，將宮之奇進諫『脣亡齒寒』的一番話記在僖公五年。公、穀兩傳較長，均富文學價值。而以穀梁此文最饒風味。

## 四、召公諫厲王止謗

國　語

厲王虐，國人謗王❶。召公❷告曰：『民不堪命❸矣！』王怒，得衛巫❹，使監謗者。以告❺，則殺之。國人莫敢言，道路以目。❻

王喜，告召公曰：『吾能弭謗矣❼。乃不敢言。』召公曰：『是障之也❽。防民之口，甚於防川。川壅而潰❾，傷人必多；民亦如之。是故爲川者❿，決之使導⓫；爲民者，宣⓬之使言。故天子聽政⓭，使公卿⓮至於列士⓯獻詩⓰，瞽獻曲⓱，史獻書⓲，師箴⓳，瞍賦⓴，矇誦㉑，百工諫㉒，庶人傳語㉓，近臣盡規㉔，親戚補察㉕，瞽史教誨㉖，耆艾修之㉗，而後王斟酌焉㉘；是以事行而不悖㉙。民之有口也，猶土之有山川也，財用於是乎出；猶其原隰之有衍沃也㉚，衣食於是乎生。口之宣言也，善敗㉛於是乎興。行善而備敗㉜，其所以阜㉝財用衣食者也。夫民慮之於心而宣之於口，成而行之，胡可壅也？若壅其口，其與能幾何？』㉞

王弗聽，於是國人莫敢出言。三年，乃流王於彘。㉟

【註釋】

❶厲王：夷王子，名胡。在位三十七年（西元前八七八——八四二）。又十四年崩，諡曰厲，爲周朝第十王。厲王秉性暴虐。此時周室財政困難，厲王任用榮夷公爲卿士，實行專制政策，弄得民怨沸騰，謗語大起。❷召公：本周文王庶子，名奭，食邑於召。成王時，爲三公，與周公分陝而治，卒諡康。本篇之召公爲召公奭之孫召穆公虎，爲厲王時卿士。❸民不堪命：人民不能忍受其虐命。❹衞巫：衞國之巫，巫是能通鬼神的婦人。❺以告：把謗者告王。❻道路以目：路上行人敢怒不敢言，祇以目相視以示意。❼弭謗：止息謗言。❽障：阻塞。❾川壅而潰：河水受阻塞必隨地橫流。壅ㄩㄥ是塞。潰是旁決。❿爲川：治理河川。⓫導：通暢。⓬宣之使言：引導他讓他說話。⓭天子聽政：古稱統治天下之君曰天子。禮記曲禮：『君天下曰天子。』天子聽大臣朝奏政事曰聽政。⓮公卿：三公九卿。周以太師、太傅、太保爲三公，以少師、少傅、少保、冢宰、司徒、宗伯、司馬、司寇、司空爲九卿；皆朝廷高級官員。⓯列士：周代天子諸侯皆有上士、中士、下士之官。⓰獻詩：獻上風雅頌之詩，以考察民情，勸善規過。⓱瞽獻曲：瞽是樂官，古時樂官多以無目者爲之，故曰瞽。獻曲是獻樂曲，以辨其邪正。⓲史獻書：史是太史，掌史書。獻書是陳古今史事以爲鑑戒。⓳師箴：師是少師，位卑於公，尊於卿。箴是規諫。⓴瞍賦：瞍音叟ㄙㄡ，是無眸子者。說文段玉裁注：『無目與無眸有別，無眸子者黑白不分，無目者其中空洞無物。』賦是歌誦詩。瞍歌誦公

卿列士所獻之詩。㉑矇誦：矇是有瞳子而不見者，卽今之青盲。矇主弦歌諷誦箴諫之語。㉒百工諫：百工是百官。諫是就所見以進言。㉓庶人傳語：庶人是普通的人民。庶人卑賤，見時之得失，間接聞於王。㉔近臣盡規：近臣是左右侍從之臣。盡規是盡力規諫。㉕親戚補察：指父族母族妻族與王同休戚者。補察是補救過失及察辨是非。㉖瞽史：瞽，見註十七。史是史官，掌陰陽天時禮法之書。㉗耆艾修之：耆艾是師傅。荀子致士：『耆艾而信，可以爲師。』禮記曲禮：『五十曰艾，六十曰耆。』修之是整理各方文獻以聞於王。㉘斟酌：凡事度量其可否而去取之曰斟酌。㉙事行而不悖：所行之事，皆合乎禮而不逆。悖是逆、背反。㉚原隰之有衍沃：原是平原。隰音席ㄒㄧˊ是低下之溼地。衍音演ㄧㄢˇ，衍沃是平坦肥美的意思。左傳襄公二十五年：『井衍沃。』注：『衍沃，平美之地。』疏：『衍是高平而美者，沃是下平而美者。』㉛善敗：猶言善惡。㉜行善而備敗：善者行之，惡者戒備。㉝阜音富ㄈㄨˋ，豐富。㉞其與能幾何：與是句中助詞，無義。能幾何是能有多久。㉟流王於彘：流是放逐。彘，音至ㄓˋ，晉地，今山西霍縣。國人叛，厲王出奔於彘。

## 【語譯】

周厲王暴虐無道，老百姓都說他壞話。召穆公告訴厲王說：『百姓忍受不了政令了！』厲王就生氣，找來個衛國巫婆，叫她偵察說壞話的人。一經報告，就把他殺死。百姓就沒有敢說話的人。路上往來相遇，祇有以目相視而過。

厲王高興了，就告訴召公說：『我能消止謗言了，他們不敢再說了。』召公說：『這是堵住他們的口啊！要知道，堵住人民的口，比堵住大河的水還要危險。大河被堵住，河水便到處橫流，傷害的人一定很多；人民也是這樣。所以治河的人，疏導它使它通暢；治理人民的，引導他們使他們發言。所以天子處理政事，使公卿以至列士都獻詩（來考察民情和勸善規過），使樂官獻歌曲（以分辨正邪），使史官獻史書（以爲借鑑），使少師作箴規，沒有眸子的人吟哦所獻的詩，青盲眼朗誦規勸諷諫的文章，其他各種官員都可以就所見貢獻意見。一般老百姓有什麼話也可以間接傳達上去，左右近臣，就盡心規勸，親戚們就補救過失，察辨是非，樂官史官又負責教導訓誨，師傅們就把各方文獻加以整理，然後由天子加以斟酌考慮；所以事情能推行而不違背禮法。人民有口，就像大地上有山河一般，財富物資從這裡產生；又像大地有高低肥沃的平原般，穿的吃的都由這裡出產。口裡所發的言論，表達了好壞的批評。好的就去施行，壞的加以戒備，這就是增加財富用品和食物所需呀！那些人民心裡所想的從口裡宣佈出來，合理的就去實行，怎麼可以堵塞呢？如果堵塞他們的口，那又能堵多久呢？』

厲王不聽，於是人民就沒有敢說話的了。過了三年，就把王放逐到彘地去。

**【評解】**

『三年，乃流王於彘』的三年，作『過了三年』解，厲王在位三十七年，因此後世的歷史家定召公諫厲王止謗的事在厲王三十三年，即公元前八四六年。這篇文章，剪裁得宜，記事既周密，而文字又簡潔，是國語一書中不可多得的佳作。召公開放民衆輿論的一番話，記下了周初政制的模範措施。而『防民之口，甚於防川』，這譬喻是何等的確切而令人警惕！『爲民者宣之使言』，更是政治學上的至理名言！厲王禁絕謗言而遭放逐，子產聽取輿論而有善政，成爲我國最有名的歷史教訓。

## 五、蘇代爲燕說趙惠王　　國策

趙且伐燕❶，蘇代爲燕謂惠王曰❷：『今者臣來，過易水❸，蚌方出曝❹，而鷸啄其肉❺，蚌合而拑其喙❻。鷸曰：「今日不雨，明日不雨，卽有死蚌。」蚌亦謂鷸曰：「今日不出❼，明日不出，卽有死鷸。」兩者不肯相舍❽，漁者得而並擒之。今趙且伐燕，燕趙久相支❾，以弊大衆，❿臣恐強秦之爲漁父也！故願王之熟計之也⓫！』惠王曰：『善！』乃止。

【註釋】❶趙燕均戰國時代北方強國。趙國佔有現在河北省南部，山西省北部一帶地方。燕國更在趙國之北，佔現在河北省北部和遼寧省一帶地方。且，將要。❷蘇代：戰國時洛陽人。和他的哥哥蘇秦，都是有名的縱橫家。蘇代最初在燕國做官，常替燕國做說客。爲：音ㄨㄟˋ，代替，爲了。惠王，趙國的君主趙惠文王。❸易水：河名，源出河北省易縣。❹曝：音ㄆㄨˋ，晒太陽。❺鷸：音ㄩˋ，鳥名，屬涉禽類。頭部圓長，嘴頸均細長，腹白，背茶黑色有斑點，常步涉水田中食小魚及貝類，有魚鷹之稱。❻拑，音ㄑㄧㄢˊ，夾住，與鉗同。喙，音ㄏㄨㄟˋ鳥嘴稱喙。❼不出：嘴不得出來，或說是不出太陽。❽舍：同捨，捨棄，放鬆。❾相支：相持。❿弊：疲困，敗壞。⓫熟計：仔細考慮。

【語　譯】

趙國要出兵攻打燕國，蘇代去替燕國告訴趙惠王說：『這回我來，路過易水。看見一隻蚌正出來水邊張開殼兒晒太陽，鷸鳥却去啄牠的肉，蚌就將殼合攏來夾住牠的嘴。鷸鳥說：『今天不下雨，明天不下雨，就會有隻死蚌。』蚌也對鷸鳥說：『今天嘴不得出來，明天嘴不得出來，就會有隻死鷸。』兩方都不肯放鬆，漁翁走來看到，就把牠們一起捉去。現在趙國要去攻打燕國，燕趙兩國就會長久相持，來疲困大家，我恐怕強大的秦國將成爲得利的漁翁哩！所以希望大王仔細考慮考慮啊！』趙惠王說：『對的！』就不去攻打燕國。

【評解】

本文選自戰國策燕策，蘇代的說話不多，却很有技巧，祇編造了一則寓言，就說服了趙惠王。因為有許多事情，你一本正經的講道理，人家聽不進去，也不容易明白，說一個譬喻，往往反而容易見效。蘇代這則鷸蚌相爭漁翁得利的故事，便是一個好例。戰國時代游說之風大盛，大家說話的技巧進步了，常用寓言來做說詞。就是先秦諸子，如孟子、莊子、列子、韓非子等，也都善於利用寓言。輯錄在戰國策裡的，另外還有『狐假虎威』『畫蛇添足』等故事。別的書裡，也有寓言的記載。像孟子裡的『揠苗助長』，莊子裡的『朝三暮四』，列子裡的『愚公移山』，韓非子裡的『守株待兎』『自相矛盾』，呂氏春秋裡的『刻舟求劍』等，都是有名的故事。這許多寓言，非但是頂好的譬喻，為大家欣賞，而且已經成為我們常用的成語了。印度佛祖說法，也常用寓言來教導人，佛教徒輯集了一百則寓言，編成一本百喻經，眞是洋洋大觀。西洋的一部伊索寓言，更是風行世界各地，成為最普遍的兒童讀物，代表了寓言的最高文學價值。中國先秦的寓言，與印度的百喻經有異曲同工之妙。而國策中物語式的『鷸蚌相爭』，『狐假虎威』，截頭去尾，便與西洋寓言，一般無二。尤其鷸蚌對話，已屬奇思妙想，一股傻勁，更活躍眼前，可與伊索寓言中最精彩的故事媲美，要算我國最古的，最通俗的傑作了。

# 第四講　散文第一期（中）

## 文學史敘述

### 一、司馬遷和他的史記

史記的作者司馬遷，字子長，左馮翊夏陽（今陜西韓城縣）人。漢太史令司馬談之子。漢景帝中元五年（公元前一四五年）生。他五十六歲以後的生活卽不可考，大約死在漢昭帝始元元年（公元前八六年）他六十歲時。史記中有他的自序說：『遷生龍門，（今陜西韓城東北分跨黃河兩岸的龍門山）耕牧河山之陽。年十歲，則誦古文。』二十而奉父命遊歷各地，收集史料，足跡幾遍全國。他南下江蘇浙江，在會稽憑弔夏禹的遺蹟；到湖南湖北，在洞庭湖沅水湘水一帶考古問俗；及北上山東河南，考查孔子孟子的故鄉及中原的史跡古物而還。漢武帝元鼎六年，他三十五歲，仕爲郎中，奉使征西南夷，因此又到過四川雲南等地。他南略邛、笮、昆明。第二年（元封元年）從西南回來，正碰上他父親病重，遺命叫他著述史記，以承父志。那時漢武帝出巡，行封禪大典，步騎十八萬，旌旗千餘里。司馬談是史官，本該從行，竟留在洛陽，發憤且卒。於是執遷手而泣曰：『余先周室之太史也，今天子接千歲之統，封泰山，而余不得從行；是命也夫！命也夫！余死，汝必爲太史；爲太史，無忘吾所欲論著矣！自獲麟

（孔子作春秋絕筆之年）以來，四百有餘歲，而諸侯相兼，史記放絕。今漢興，海內一統，明主賢君，忠臣死義之士，余爲太史而弗論載，廢天下之史文，余甚懼焉。汝其念哉！』遷俯首流涕曰：『小子不敏，請悉論先人所次舊聞，弗敢闕。』談卒三歲而遷爲太史令，始着手他的大著作史記，天漢二年（公元前九九年）李陵降匈奴。次年，司馬遷因替李陵辯護而受宮刑。他痛惜其書未成，所以忍辱受刑，他報任安書云：『所以隱忍苟活，函糞土之中而不辭者，恨私心有所不盡，鄙沒世而文采不表於後也。』從此他在獄中專心著書，完成父親的遺命，表現他自己的思想和感慨。

太始元年（公元前九六），武帝大赦天下，遷始出獄。不久重被寵信，任中書令（宦者之官）。征和二年（公元前九一）全書大體完成。宣帝時，他的外孫楊惲將此書獻上朝廷，纔傳寫公行於世。

史記的取材，包含所有當時可以覓獲的古代典籍和漢朝的檔案，連同他自己的直接見聞，加以排比整理，鑑別批判，獨創出一部上自黃帝，下迄漢武帝太初年間的有組織的中國通史。全書分爲十二本紀、十表、八書、三十世家、七十列傳，凡一百三十篇，共五十二萬六千五百字。

這書也是我國第一部紀傳體的正史。書中凡低一字書寫的係後人所補充，其中孝武本紀全篇，滑稽列傳的東方朔西門豹及陳涉世家末尾的論贊等，是元帝成帝時，博士褚少孫所補。平津侯主父列傳末尾補文中有『班固稱曰』一節則應更是東漢章帝和帝後人所補入，另孝景本紀、律書、晉世家、老莊申韓列傳等八篇的初稿，可能是他父親司馬談所寫。

史記除卻在史學方面的偉大貢獻外，更是一部兼具先秦諸書之長，而又顯出司馬遷自己獨有風格的文學傑作。大概他縝密描寫之工，得力於左傳、國語；宏肆雋逸之筆，得力於國策、楚騷、莊子；樸茂簡重之氣，得力於孟子、荀子、尙書。他寫作的技巧，無論在寫戰爭等叙事方面，在描寫人物的言語動作方面，都比左傳、國策，更爲進步，唐宋以來，成爲正統古文派所尊奉的標準古文。

我們試舉項羽本紀爲例。

項羽的暴興，祇在打垮秦軍實力的鉅鹿救趙一戰的幾天之內，司馬遷記載這一戰役，也祇用了二百零五個字，便把全部的局勢交代清楚，而且描寫得虎虎有生氣，給讀者以永不磨滅的深刻印象。原文如下：

> 項羽已殺卿子冠軍，威震楚國，名聞諸侯。乃遣當陽君蒲將軍將卒二萬渡河救鉅鹿。戰少利，陳餘復請兵，項羽乃悉引兵渡河，皆沈船、破釜甑、燒廬舍，持三日糧，以示士卒必死無還心。於是至則圍王離，與秦軍遇，九戰，絕其甬道，大破之。殺蘇角，虜王離。涉間不降楚，自燒殺。當是時，楚兵冠諸侯，諸侯軍救鉅鹿下者十餘壁，莫敢縱兵。及楚擊秦，諸將皆從壁上觀；楚戰士無不一以當十。楚兵呼聲動天，諸侯軍無不人人惴恐。於是已破秦軍，項羽召見，諸侯將入轅門，無不膝行而前，莫敢仰視。項羽由是始爲諸侯上將軍，諸侯皆屬焉。

秦二世元年七月，陳勝揭竿起義，自立爲楚王。當時項羽二十四歲，其叔項梁命羽殺會稽守響應，陳勝拜梁爲上柱國。明年，項梁率江東子弟八千人渡江而西，一路擴大聲勢，項梁指揮的軍隊，增加到六七萬人。渡過淮河到下邳，秦嘉另立景駒爲楚王，想抗拒項梁，項梁攻擊秦嘉，秦嘉敗死，軍隊投降。這時項梁確悉陳勝已死，便召楚軍諸將到薛（今山東境內）開會商議善後，沛公劉邦也是赴會的一份子。於是項梁立楚懷王之孫名心的爲楚懷王，而自號爲武信君，使沛公和項羽向西進兵略地，在雝丘

（開封的杞縣）大破秦軍。項梁自己又在定陶（山東曹州）再破秦軍，因此輕視秦軍而有驕色，結果秦將章邯大破楚軍於定陶，項梁戰敗而死。當時被滅六國，都已叛秦復稱王。章邯既敗楚軍，卽北渡黃河攻擊趙王，趙軍大敗，被圍鉅鹿城（河北平鄉）。楚懷王卽以宋義爲上將軍，（號卿子冠軍）項羽爲次將。范增爲末將，率兵救趙。宋義行至安陽，留四十六日不進，項羽便矯稱楚王令誅之，自爲上將軍渡河救趙，一戰而建立起他的覇業來。

但是秦軍尚未全垮，主將章邯仍與項羽相持未戰。這時已是秦二世三年。趙將陳餘給章邯的一封信，動搖了章邯的戰志，終於使章邯戰敗而投降。這封信，彷彿是戰國策中文字。茲抄錄史記原文如下：

白起爲秦將，南征鄢郢，北阬馬服，攻城略地，不可勝計，而竟賜死。蒙恬爲秦將北逐戎人，開楡中地數千里，竟斬陽周。何者？功多秦不能盡封，因以法誅之。今將軍爲秦將三歲矣，所亡失以萬數，而諸侯並起滋益多。彼趙高素諛日久；今事急，亦恐二世誅之。故欲以法誅將軍以塞責，使人更代將軍以脫其禍。夫將軍居外久，多內隙，有功亦誅，無功亦誅。且天之亡秦，無愚智皆知之。今將軍內不能直諫，外爲亡國將；孤特獨立而欲常存，豈不哀哉！將軍何不還兵與諸侯爲從約共攻秦，分王其地，南面稱孤：此孰與身伏鈇質，妻子爲僇乎？

這又像書信，又像說辭，有戰國策的格調，經過司馬遷的删節，就比戰國策的文字更爲精簡。

章邯旣降，秦大勢已去。項羽統率着諸侯軍及秦降卒浩浩蕩蕩向關中進軍，將直搗秦京咸陽。中途因防秦降卒有變，竟一夜之間阬秦卒二十餘萬人於新安城南。但出於項羽意料之外的，是沛公劉邦早已乘虛先入關破咸陽，派兵守住函谷關。這樣，惹得項羽大怒，破關直入，擬卽擊沛公。於是有沛公親赴新豐向項羽解釋的鴻門宴插曲的精彩描寫。這時趙高已弒二世，立子嬰爲王，秦王子嬰又殺趙高而降於沛公。項羽到達咸陽，收其貨寶婦女，殺子嬰，屠城，燒宮室，火三月不滅。秦既亡，項羽爲天下主，分地立諸將相爲王，尊懷王心爲義帝，而自立爲西楚霸王，東歸彭城（今徐州）。沛公劉邦亦得巴、蜀、漢中地，立爲漢王。

自陳勝起義，三年而亡秦，項羽獨霸天下。再五年項羽便失敗，漢王劉邦稱帝。這秦楚之際的五年，是楚（項）漢（劉）之爭的局面。楚霸王項羽要和漢王劉邦鬪力，劉邦却祇和他鬪智：

楚漢久相持，未決，丁壯苦軍旅，老弱罷轉漕。項王謂漢王曰：『天下匈匈數歲者，徒以吾兩人耳，願與漢王挑戰決雌雄，毋徒苦天下之民父子爲也。』漢王笑謝曰：『吾寧鬪智，不能鬪力。』項王令壯士出挑戰。漢有善騎射者樓煩，楚挑戰三合，樓煩輒射殺之。項王大怒，乃自被甲持戟挑戰。樓煩欲射之，項王瞋目叱之。樓煩目不敢視，手不敢發，遂走還入壁，不敢復出。漢王使人閒問之，乃項王也。漢王大驚。於是項王乃卽漢王相與臨廣武間而語。漢王數之，項王怒，欲一戰。漢王不聽；項王伏弩射中漢王。漢王傷，走入成皐。

項王戰無不勝，漢王幾次受挫遇險。可是漢王會鬪智，最後勝利，却屬於漢王。垓下一役，終於把這位蓋世英雄西楚霸王打垮，烏江自刎而死。項羽本紀垓下之圍的描寫，是史記中最精彩的片段，比左傳的任何戰役更寫得生動有致。

項羽本紀最成功之處，是把這位暴興驟滅的狂飇人物寫得有聲有色，像生龍活虎般呈現眼前，而把漢王對照着寫，兩人性格，尤見深刻顯露：

項王已定東海，來西與漢俱臨廣武而軍；相守數月。當此時，彭越數反梁地，絕楚糧食。項王患之，爲高俎，置太公其上；告漢王曰：『今不急下，吾烹太公。』漢王曰：『吾與項羽俱北面受命懷王，約爲兄弟。吾翁卽若翁；必欲烹而翁，則幸分我一桮羹！』項王怒，欲殺之。項伯曰：『天下事未可知。且爲天下者不顧家。雖殺之，無益，祇益禍耳。』項王從之。

這節原在前舉鬭力鬭智節之前，兩節相聯，我們依次連讀兩節，非但項王的猛鷙任性，漢王的陰狠深沈，兩個不同的性格，在言語動作中充分表現出來，而且格外突出了。

鴻門之宴的揷曲，更是一個非常成功的短篇小說，非但有完密的結構，曲折的情節，而且把其中登場人物的項羽、劉邦、范增、張良、項伯、樊噲等，都寫得栩栩如生，一一活躍紙上。我國散文寫人敍事的技術，到史記已發展至登峯造極的地步了。

司馬遷能採用古代不同的材料，鎔鑄成他自己的史記，猶如冶雜鐵於一爐，鍊出來極純的精鋼。他採用古書資料，並不拘於照錄原文，遇有當時已難懂的字句，則加以譯改。寫當代人物，則常記俗語以存眞。例如陳勝旣王，種田的舊伴趕去看他，看見王者的殿堂帷帳，便驚呼曰：『夥頤，涉之爲王沈沈者！』（陳涉世家）讀來只見其眞切生動，並不覺得俚俗。所以班固批評史記稱其：『辨而不華，質而不俚。其文直，其事核，不虛美，不隱惡。』不認爲有俚俗之病。

以藝術的觀點來看史記，史記雖分一百三十篇，可各個作爲一件獨立的藝術品來欣賞，而合一百三十篇來欣賞，更是一件別具匠心的偉大藝術的傑構。作一比喻；一部史記是一座完整的圓明園，百三十篇的紀、傳、書，等於園中的亭、臺、樓、閣，十表等於園中交通的路徑。由這許多的亭、臺、樓、閣，配合成整個圓明園的美，而每一座亭、臺、樓、閣，又能各顯其獨自的美。司馬遷的撰寫史記，有其整個構想的設計，而每一篇的寫作，又各自作爲一件完美的藝術品來精心雕塑。每篇各有其主題，而且爲配合其主題，往往各有其特具的文筆，例如封禪書的主題是寓諷刺於飄飄欲仙之中，便多半用惝怳之筆，讓人彷彿也到了煙雲飄渺的蓬萊仙境；屈賈列傳寫懷才不遇的忠臣之憂怨，就用潺湲悠揚纏綿悱惻的辭賦的筆調；酷吏列傳寫酷吏以苛刻殘酷爲能事來求進，史公也就板起法官的鐵面無私的臉來，用冷酷無情的文筆來拷打酷吏們的靈魂，他拷問的結果，審查出最可惡的始作俑者張湯來，最後追究出一個更大的罪魁獎勵酷吏的明主漢武帝來。反之，他寫談言微中可以解紛的滑稽列傳，便以輕鬆之筆，露出一副幽默的笑臉來。項羽本紀的主題是寫一個狂飈時代的代表人物，而他的文筆，也時時像狂風暴雨般縱橫馳驟，嗚咽叱咤。

史記的句調和風格，後來成爲唐宋古文家模擬的對象。司馬遷運用長短句法，十分靈活。最短的句子只一二字，却很有力。例如：『項羽之卒可十萬，淮陰先合，不利，却。』（高祖本紀）『張儀之來也，自以爲故人，求益，反見辱，怒。』（張儀列傳）最長的句子二十二字，不嫌累贅，反顯得勁健：『而李園女弟初幸春申君有身而入之王所生子者遂立。』（春申君列傳）長短句相間，錯落有致，則可得疏朗參差之美：『南登瑯琊，大樂之，留三月。乃從黔首三萬戶瑯琊臺下。復十二歲，作瑯琊臺，立石刻，頌秦德，明德意。』（秦始皇本紀）

史記着意於造句，往往同一史事，兩處互見，而字句差異，值得我們比較研究。例如記楚懷王入秦，楚世家是：『懷王子子蘭勸王行，曰：「奈何絕秦之歡心？」於是往會秦昭王。』而屈賈列傳則爲：『懷王稚子子蘭勸王行：「奈何絕秦歡？」懷王卒行。』前者祇報導事實而止，後者在子蘭上加一『稚』字，則更顯那意見的不必重視，懷王竟聽信，足見其昏憒。『奈何絕秦之歡心』一句，縮減爲『奈何絕秦歡』，語意更純粹而聲調更沈痛。末句改成『懷王卒行』四字，則更灌注了作者個人的感情進去，强調了懷王的不該『行』。這就是史記簡潔生動，筆底生情之處。

又，駢偶之句，有對稱之美。但句句駢偶，則文氣不暢。史記中多寓駢於散的句法，例如：『試爲我著秦所以失天下，吾所以得之者何，及古成敗之因。』(酈生陸賈列傳) 古文家力避駢偶，稱這爲『意偶而筆不偶』『筆單而氣雙』之法。

韓愈以『雄深雅健』爲史記風格之特色。蘇轍則說：『其文疏蕩，頗有奇氣。』劉熙載以爲史記像王獻之的書法那樣『逸氣縱横』，並說：『子長精思逸韻，俱勝孟堅』。姚祖恩曰：『其文洸洋瑋麗，無奇不備。』那是說他有各種的風格。但他又以『逸品』目史記。我們細加體味，司馬遷的風格，是十分雄健，而又疏蕩有逸韻的。所以劉熙載論韓愈歐陽修的學史記說：『太史公文，韓得其雄，歐得其逸。雄者善用直捷，故發端便見出奇；逸者善用紆徐，故引緒乃覘入妙。』至於柳宗元的『參之太史，以著其潔』，他自認祇學得史記的簡潔，其實柳文的最成功處，也是得龍門的逸韻的。

史記的註解最著名的是晉裴駰集解，唐司馬貞索隱，張守節正義，合稱史記三家註。唐以後還有很多人給史記作校註考證，日本瀧川龜太郎彙集各家成史記會註。最近施之勉更作讀史記會註考證札記。

## 二、班固和他的漢書

漢書的作者班固，字孟堅，扶風安陵（今陝西咸陽縣東）人，生於東漢光武帝建武八年（公元三二）卒於和帝永元四年（公元九二）享年六十一。他的父親班彪，因司馬遷的史記，自武帝太初以後闕而不錄，繼踵其書，著有史記後傳六十五篇。班固五歲時隨父至洛陽，九歲誦詩賦，即能寫文章。十六歲入大學，博覽羣書，二十三歲丁父憂，返安陵守喪，承繼他父親的事業，在家私續父書，開始撰寫漢書，因此惹禍。其弟班超至洛陽上書申辯，引起明帝注意，賞識班固的著作，而又因禍得福，給他官做，終於私撰變爲官撰，教他繼續撰寫。後漢書記其事曰：『固博貫載籍，九流百家之言，無不窮究。所學無常師，不爲章句，舉大義而已，性寬和容衆，不以才能高人，諸儒以此慕之。父彪卒，歸鄉里，固以彪所續前史未詳，乃潛精研思，欲就其業；既而有人上書顯宗，告固私改作國史者，有詔下郡，收固繫京兆獄，盡取其家書。先是扶風人蘇朗，僞言圖讖事，下獄死。固弟超恐固爲郡所覈考，不能自明，乃馳詣闕上書，得召見，具言固所著述意。而郡亦上其書，顯宗甚奇之，召詣校書部，除蘭臺令史，與前睢陽令陳宗，長陵令尹敏，司隸從事孟異，共成世祖本紀。遷爲郎，典校秘書，固又撰功臣平林新市公孫述事，作列傳載記二十八篇奏之。帝乃復使終成前所著書。固以爲漢紹堯運，以建帝業，至於六世史臣，乃追述功德，私作本紀，編於百王之末，廁於秦項之列，太初以後，闕而不錄，故探撰前記綴集所聞，以爲漢書。起元高祖，終於孝平王莽之誅，十有二世，二百三十年，綜其行事，傍貫五經，上下洽通，爲春秋考紀表志傳，凡百篇。固自永平中，始受詔，潛精積思，二十餘年，至建初中乃成。當世甚重其書，學者莫不諷誦焉。』

漢書凡一百卷，依史記體例，分爲帝紀十二、表八、志十、列傳七十，共八十多萬字。不同之處，祇在史記是古今通史，而漢書是西漢的斷代史，和史記的世家，漢書併入列傳，史記的『書』漢書改稱『志』而已。

班固在做蘭臺令史時，兼作辭賦，章帝建初四十年（公元七九）諸儒會白虎觀，議五經同異，他又寫了白虎通德論。和帝永元元年（公元八九）車騎將軍竇憲出征匈奴，去塞三千里，大破北匈奴，追之至漠北，勒石燕然山紀功。時班固任中護軍，隨軍北征，參議軍機。石上所刻封燕然山銘，又是班固的大手筆。永元四年，竇憲因外戚宦官的內部傾軋紛爭，坐罪被殺。班固因寃家陷害牽連下獄，瘐死獄中。事實上班固死時，他的漢書，祇是大體完成，其中八表及天文志未就，是和帝命其妹班昭整理完成的。而天文志又曾經馬續的修訂。

漢書雖爲斷代史，而其中古今人表上及古代人物，藝文志敘述古代學術源流，網羅古今著作，記下了當時皇家藏書全部目錄，因此後來的批評家，指責他體例不純。其實這是漢書補史記之不足，藝文一志，對研究學術史的貢獻尤大。漢書與史記齊名，其文筆，大體上也是追踵史記的。但漢書是官書，記事比較嚴正，又東漢文風已漸趨向駢偶，漢書也受其感染。所以一般的批評是：『司馬文奇，班氏文正；司馬尙散，班氏尙整。』

漢書中武帝以前大多抄錄史記原文，像陳勝項羽列傳，卽合併史記項羽本紀陳涉世家兩篇略事刪節而成。其中記鴻門宴祇剩簡略數語。所記鉅鹿之戰，祇改動數字，也就不及史記的神滿氣足。例如史記原文爲：『楚戰士無不一以當十』，漢書刪一字爲『楚戰士無不一當十』，便見遜色。但像東方朔列傳，則比史記中褚少孫所補爲精詳，李廣蘇建列傳所附李陵蘇武傳，則更可比美龍門。陳石遺論李陵傳云：『漢書李廣傳後之李陵傳，即欲繼美太史公之李廣傳也。中叙陵苦戰一大段，直逼史記淮陰侯傳項羽本紀。傳末悽惋處，直兼伍子胥，屠岸賈二事情景。』又云：『班孟堅王貢兩龔鮑傳，首先歷舉古來自潔之士，次歷舉當時清名之士，以爲王吉輩發端，傳中插入邴漢、邴曼容等，傳末復旁及諸清名之士，此班書之規模史記孟荀列傳者。』這便是漢書文筆追蹤史記的佐證。

胡適之也稱贊漢書充分採用當日民間活的語言，以爲東方朔傳、外戚傳，多是白話，樸實眞切的描寫，也能像史記一樣把當時人物的精神口吻，刻劃得有聲有色，活躍眼前。

今摘錄朱買臣傳一節於左，以見漢書文字的一斑：

> 初，買臣免待詔，常從會稽守邸者寄居飯食。拜爲太守，買臣衣故衣，懷其印綬，步歸郡邸。直上計時，會稽吏方相與羣飲，不視買臣。買臣入室中，守邸與共食。食且飽，少見其綬。守邸怪之，前引其綬，視其印，會稽太守章也。守邸驚，出語上計掾吏。皆醉，大呼曰：『妄誕耳！』守邸曰：『試來視之。』其故人素輕買臣者入視之，還走，疾呼曰：『實然！』坐中驚駭，白守丞。相推排陳，列中庭拜謁。買臣徐出戶。有頃，長安廄吏乘駟馬車來迎，買臣遂乘傳去。

漢書注家甚多，唐朝顏師古彙集各家所注精華，成爲一書，最爲流行。清末王先謙作漢書補注，爲歷代漢書研究的結晶。今人楊樹達施之勉，對漢書王氏補注，均有新的補正，更爲精博。

## 三、三國志與後漢書

史記、漢書、後漢書、三國志，世稱四史，是依照所寫歷史年代先後而排列。若照作者年代而論，三國志的作者陳壽是西晉時代人，後漢書作者范曄已是南朝宋代人。陳壽死於晉惠帝元康七年（公元二九七），一百年後到東晉安帝隆安二年（公元三九八）范曄始生，而後漢書的成書年代，更要比三國志遲上一百五十年光景，所以我們寫文學史，是應該先講了三國志，然後再談後漢書的。

三國志的作者陳壽（公元二三三至二九七年），字承祚，蜀國巴西安漢（今四川南充）人，生於後主建興十一年，少好學，師事同郡譙周。周仕蜀爲光祿大夫，著有五經論、古史考等書。陳壽也曾任蜀爲二百石的官觀閣令史。當時諸葛亮已死，宦者黃皓弄權，大臣咸曲附之，壽獨不屈，屢遭譴黜。及蜀亡晉武帝篡魏（公元二六五），文壇領袖張華愛其才，舉爲孝廉，除著作郎，編『蜀相諸葛亮集』二十四篇奏之。晉武帝於太康元年（公元二八〇）平吳，魏蜀吳三國皆亡，中國統一於晉，於是陳壽有三國志的撰寫。華陽國志後賢傳曰：『吳平後，壽乃鳩合三國史，著魏蜀吳三國志。』史通外篇古今正史亦云：『至晉受命，海內大同，著作陳壽，集三國史，撰爲三國志。』當時夏侯湛著魏書，見壽所作，便毀己書而罷。張華極爲推許，謂壽曰：『當以晉書相付耳。』壽仕晉官至治書侍御史（六百石掌法律），丁母憂去職。惠帝元康七年病卒，年六十五歲。所撰除三國志六十五卷外，尙有古國志五十篇，益都耆舊傳十篇。壽卒後梁州大中正尙書郎范頵等上表曰：『三國志辭多勸戒，明乎得失，有益風化。雖文艷不如相如，而質實過之。』請予采錄。於是詔下洛陽令就家寫其書，遂爲官史。

陳壽三國志內容計魏志三十卷，包括四紀二十六列傳；蜀志十五卷、吳志二十卷，則僅列傳。合共六十五卷。所記自漢末大亂，經三國分裂，至晉武帝統一天下，約百年間事。其書採國語體例，魏、蜀、吳三志並列，惟仍以魏爲正統，那是因爲晉受魏禪，陳壽雖蜀人，於晉初作此書，不得不如此，且於魏晉篡奪事，也不能不爲之廻護。自宋朱熹撰通鑑綱目，以蜀漢爲正統，從此大家對陳壽三國志多所譏評。但當時孫盛撰陽秋，魚豢撰魏略，虞溥撰江表傳，張勃撰吳錄，均不及壽書遠甚。劉勰文心雕龍史傳篇所以評論云：『及魏代三雄，紀傳互出，陽秋、魏略之屬，江表、吳錄之類，或激抗難徵，或疏濶寡要。惟陳壽三志，文質辨洽，荀（勗）張（華）比之於遷、固，非妄譽也。』晉書陳壽傳論贊亦曰：『丘明既歿，班、馬迭興，奮鴻筆於西京，騁直詞於東觀。自斯以降，分明競爽，可以繼明先典者，陳壽得之乎？江漢英靈，信有之矣！』清人趙翼，亦稱其剪裁斟酌，下筆不苟，參訂他書，而後知其矜愼。

三國志記事力求扼要，且在與潘（岳）陸（機）並世，駢文勃興的時代，不爲感染，而尙能保持左傳史記的作風，爲散文第一時期的尾聲。但三國志文筆畢竟太簡略，因此文氣不足，也很少生動的描寫。劉宋時裴松之爲作補注，引書一百四十餘種，注文多過原文三倍，近人沔陽盧弼著三國志集解，引據繁博，藝文印書館有影印本，可供參考。

三國志中諸葛亮關羽等傳，可以比美史記漢書，茲節錄關羽傳一節於下，以見一斑：

先主西定益州，拜羽董督荆州事。羽聞馬超來降，舊非故人，羽書與諸葛亮問超人才可誰比類。亮知羽護前，乃答之曰：『孟起（馬超字）兼資文武，雄烈過人，一世之傑，黥（布）彭（越）

之徒，當與益德（張飛字）並驅爭先，猶未及髯之絕倫逸羣也。』羽美鬚髯故亮謂之髯。羽省書大悅，以示賓客。

羽嘗爲流矢所中，貫其左臂，後創雖愈，每至陰雨，骨常疼痛。醫曰：『矢鏃有毒，毒入於骨，當破臂作創，刮骨去毒，然後此患乃除耳。』羽便伸臂令醫劈之，時羽適請諸將，飲食相對，臂血流離，盈於盤器，而羽割炙引酒，言笑自若。

後漢書的作者范曄（公元三九八至四四五年），字蔚宗，順陽（今河南淅川縣東）人。他的曾祖父范汪，祖父范寧，父親范泰，都擅儒學，的確是書香門第，又加他自小好學，所以少年時代便已博涉經史，善爲文章，又通曉音律。他父親范泰，官至車騎將軍。東晉安帝義熙十年，蔚宗年十七，州官辟他爲主簿，未就。後仕劉氏，爲宋武帝劉裕的相國掾，彭城王義康的冠軍參軍，轉任右軍參軍，入補爲尚書外兵郎，秘書丞、尚書吏部郎等官。至宋文帝元嘉元年（公元四二四），彭城太妃卒，他夜間飲酒甚酣，便開北牖以聽挽歌爲樂，因而被黜，外放爲宣城太守。後又升遷爲左衛將軍，太子詹事。因外甥謝綜的關係，與魯國孔熙先交往。元嘉二十二年（公元四四五）與熙先謀擁立彭城王義康，事洩被殺，年四十八。

范曄左遷宣城時，鬱不得志，乃於公暇刪訂諸後漢書爲一家之作。現在我們查考隋書、舊唐書兩經籍志，和新唐書藝文志的記載，在范曄之前，有關後漢史的作者，便有東漢劉珍、吳謝承、晉薛瑩、司馬彪、劉義慶、華嶠、謝沉、張瑩、袁山松、袁宏、張璠等十一家。但自蔚宗書成，諸家皆廢。

(一) 蔚宗後漢書所記，以東漢光武帝建武元年（公元二五）開始，截止於漢獻帝建安二十五年（公元二一二〇）一百九十五年間事。凡十紀、十志、八十列傳。他因罪被殺時，十志尚未完成，後來梁劉昭爲之作注，方採用司馬彪的續漢書八志三十卷補足。後人合刊爲一百二十卷。

范曄後漢書的優點，王鳴盛在十七史商榷卷六十一加以評論曰：『貴德義，抑勢利；進處士，黜奸雄。論儒學則深美康成（鄭玄），褒黨錮則推崇李（膺）杜（密）。宰相多無述，而特表逸民；公卿不見采，而惟尊獨行。』公認其書詞采壯麗，叙事峻潔，簡鍊而周密，別具剪裁，持論公允，爲正史中傑作。范曄於獄中與甥姪書，也曾自述其旨趣與甘苦云：『吾雜傳論，皆有精意深旨。至於循吏以下及六夷諸序論，筆勢縱放，實天下之奇作，贊自是吾文之傑思，殆無一字空設。』他自認此書通行，應有賞音之人，這樣自負，也並無過當之處。今舉光武帝紀所載光武以數千人擊潰王莽百萬大軍的昆陽之戰爲例：

嚴尤說王邑曰：『昆陽城小而堅，今假號者在宛，亟進大兵，彼必奔走，宛敗昆陽自服。』邑曰：『吾昔以虎牙將軍圍翟義，坐不生得以見責讓，今將百萬之衆，遇城而不能下，何謂邪？』遂圍之數十重，列營百數，雲車十餘丈，瞰臨城中，埃塵連天，鉦鼓之聲數百里。或爲地道衝輣橦城，積弩亂發，矢下如雨。城中負戶而汲。王鳳等乞降不許。（王）尋（王）邑自以爲功在漏刻，意氣甚逸。

六月己卯，光武遂與營部俱進，自將步騎千餘，前去大軍四五里而陳。尋邑亦遣兵數千合戰。光武奔之，斬首數十級。諸部喜曰：『劉將軍平生見小敵怯，今見大敵勇，甚可怪也。且復居前，請助將軍。』光武復進，尋邑兵却，諸部共乘之，斬首數百千級。連勝，遂前。時伯升拔宛已三日，而光武尙未知。乃僞使持書報城中云：『宛下兵到』，而陽墮其書，尋邑得之不憙。諸將旣經累捷，膽氣益壯，無不一當百。光武乃與敢死者三千人從城西水上衝其中堅。尋邑陳亂，乘銳崩之，遂殺王尋。城中亦鼓譟而出，中外合勢，震呼動天地。莽兵大潰，走者相騰踐奔殪百餘里間。會大雷風，屋瓦皆飛，雨下如注，滍川盛溢，虎豹皆股戰，士卒爭赴，溺死者以萬數，水爲不流。王邑、嚴尤、陳茂，輕騎乘死人度水逃去。

這是後漢書中最精彩的文字。前一節寫昆陽漢軍乞降而不許，後一節寫光武以少擊多逐漸勝利的經過。這兩節寫得旣經濟，又生動，直逼史記。查王莽派王尋王邑將百萬大軍前來時，曾綜叙軍容之盛曰：『王莽徵天下能爲兵法者六十三家數百人，並以爲軍吏，選練武術，招募猛士，旌旗輜重，千里不絕。時有長人巨無霸，長一丈，大十圍，以爲壘尉；又驅諸猛獸、虎、豹、犀、象之屬，以助威武；自秦漢出師之盛，未嘗有也。』但這裏巨無霸的戰鬬，六十三家的作用，都一字不提，衹提了下落不明的『虎豹皆股戰』五字，便算交代過去。以不交代爲交代，文筆的節省，再沒有比這更經濟的了。衹是我們總覺得後漢書的文字，還缺少了些什麼，比不上史記。後漢書缺少些什麼呢？缺少了龍門的逸韻。

四史自班固漢書起，其論贊已染駢儷色彩，至後漢書而益濃。范曄所自負的，其實也就在這方面。現在通行的後漢書，爲唐章懷太子李賢的注本，而以清王先謙集解本，最爲完備。今人施之勉，更爲王氏集解作證疑。

# 作品欣賞

## 一、鴻門之宴

司馬遷

楚軍夜擊坑秦卒二十餘萬人新安城南❶，行略定秦地❷；函谷關有兵守關❸，不得入。又聞沛公已破咸陽❹，項羽大怒，使當陽君等擊關❺；項羽遂入，至於戲西❻。沛公軍霸上❼，未得與項羽相見。沛公左司馬曹無傷使人言於項羽曰❽：『沛公欲王關中❾，使子嬰爲相❿，珍寶盡有之。』項羽大怒，曰：『旦日饗士卒⓫，爲擊破沛公軍。』當是時，項羽兵四十萬，在新豐鴻門⓬；沛公兵十萬，在霸上。范增說項羽曰⓭：『沛公居山東時⓮，貪於財貨，好美姬；今入關，財物無所取，婦女無所幸，此其志不在小！吾令人望其氣，皆爲龍虎，成五采，此天子氣也⓯！急擊勿失！』

楚左尹項伯者⓰，項羽季父也，素善留侯張良⓱。張良是時從沛公；項伯乃夜馳之沛公軍，私見張良，具告以事，欲呼張良與俱去，曰：『毋從俱死也！』張良曰：『臣爲韓王送沛公⓲，沛公今事有急，亡去不義，不可不語。』良乃入，具告沛公。沛公大驚曰：『爲之奈何？』張良曰：『誰爲大王爲此計者？』曰：『鯫生說我曰⓳：「距關，毋內諸侯⓴，秦地可盡王也。」故聽之。』良曰：『料大王士卒足以當項王乎？』沛公默然，曰：『固不如也，且爲之奈何？』張良曰：『請往謂項伯，言「沛公不敢背項王」也。』沛公曰：『君安與項伯有故？』張良曰：『秦時與臣遊，項伯殺人，臣活之。今事有急，故幸來告良。』沛公曰：『孰與君少長㉑？』良曰：『長於臣。』沛公曰：『君爲我呼入，吾得兄事之。』張良出，要項伯㉒；項伯卽入見沛公。沛公奉巵酒爲壽㉓，約爲婚姻，曰：『吾入關，秋毫不敢有所近，籍吏民㉔，封府庫，而待將軍。所以遣將守關者，備他盜之出入與非常也。日夜望將軍至，豈敢反乎？願伯具言臣之不敢倍德也㉕！』項伯許諾，謂沛公曰：『旦日不可不蚤自來謝項王㉖。』沛公曰：『諾！』於是項伯復夜去。至軍中，具以沛公言報項王。因言曰：『沛公不先破關中，公豈敢入乎？今人有大功而擊之，不義也，不如因善遇之。』項王許諾。

沛公旦日從百餘騎來見項王，至鴻門，謝曰：『臣與將軍戮力而攻秦，將軍戰河北，臣戰河南，然不自意能先入關破秦，得復見將軍於此，今者，有小人之言，令將軍與臣有郤㉗。』項王曰：『此沛公左司馬曹無傷言之；不然，籍何以至此㉘？』項王卽日因留沛公與飲：項王、項伯東嚮坐，亞父南嚮坐——亞父者，范增也。——㉙，沛公北嚮坐，張良西嚮侍。范增數目項王㉚，舉所佩玉玦以示之者三㉛。項王默然不應。范增起，出召項莊謂曰㉜：『君王爲人不忍，若入前爲壽㉝，壽畢，請以劍舞，因擊沛公於坐，殺之；不者㉞，若屬皆且爲所虜！』莊則入爲壽，壽畢，曰：『君王與沛公飲，軍中無以爲樂，請以劍舞。』項王曰：『諾！』項莊拔劍起舞；項伯亦拔劍起舞，常以身翼蔽沛公，莊不得擊。於是張良至軍門見樊噲㉟。樊噲曰：『今日之事何如？』良曰：『甚急！今者項莊拔劍舞，其意常在沛公也。』噲曰：『此迫矣！臣請入，與之同命！』噲卽帶劍擁盾入軍門，交戟之衛士欲止不內㊱；樊噲側其盾以撞，衛士仆地。噲遂入，披帷西向立㊲，瞋目視項王㊳，頭髮上指，目眦盡裂㊴。項王按劍而跽曰㊵：『客何爲者？』張良曰：『沛公之參乘樊噲者也㊶。』項王曰：『壯士！賜之巵酒！』則與斗巵酒；噲拜謝，起，立而飲之。項王曰：『賜之彘肩㊷！』則與一生彘肩。樊噲覆其盾於地，加彘肩上，拔劍切而啗之㊸。項王曰：『壯士！能復飮乎？』樊噲曰：『臣死且不避，巵酒安足辭？夫秦王有虎狼之心，殺人如不能舉，刑人如恐不勝，天下皆叛之。懷王與諸將約曰㊹：「先破秦入咸陽者王之。」今沛公先破秦，入咸陽，毫毛不敢有所近，封閉宮室，還軍霸上，以待大王來。故遣將守關者，備他盜出入與非常也。勞苦而功高如此，未有封侯之賞；而聽細說，欲誅有功之人，此亡秦之續耳！竊爲大王不取也。』項王未有以應曰：『坐！』樊噲從良坐。

坐須臾，沛公起如厠，因招樊噲出。沛公已出，項王使都尉陳平召沛公㊺。沛公曰：『今者出，未辭也，爲之奈何？』樊噲曰：『大行不顧細謹，大禮不辭小讓。如今人方爲刀俎㊻，我爲魚肉，何辭爲？』於是遂去，乃令張良留謝。良問曰：『大王來何操㊼？』曰：『我持白璧一雙，欲獻項王；玉斗一雙㊽，欲與亞父。會其怒，不敢獻，公爲我獻之。』張良曰：『謹諾？』當是時，項王軍在鴻門下，沛公軍在霸上，相去四十里。沛公則置車騎，脫身獨騎，與樊噲、夏侯嬰、靳彊、紀信等四人㊾，持劍盾步走，從酈山下道芷陽間行㊿。沛公謂張良曰：『從此道至吾軍，不過二十里耳；度我至軍中，公乃入。』沛公已去，閒至軍中，張良入謝，曰：『沛公不勝桮杓(51)，不能辭；謹使臣奉白璧一雙，再拜獻大王足下；玉斗一雙，再拜奉大將軍足下。』項王曰：『沛公安在？』良曰：『聞大王有意督過之(52)，脫身獨去，已至軍矣。』項王則受璧，置之坐上。亞父受玉斗，置之地，拔劍撞而破之，曰：『唉！豎子不足與謀(53)，奪項王天下者，必沛公也，吾屬今爲之虜矣！』沛公至軍，立誅殺曹無傷。

【註釋】❶楚軍卽項羽之軍隊。新安城，在今河南新安縣西。❷略定：攻取平定。❸函谷關：戰國秦置，當由豫入秦通路。故關在今河南省靈寶縣西南。東自崤山，西至潼津，大山中裂，絕壁千仞，形勢險要，有路如槽，深險如函，故名，亦稱崤函。關城在谷中，秦法：「日入則閉，鷄鳴則開。」❹沛公：劉邦，起兵於沛（故城在今江蘇沛縣東。）自立爲沛公。咸陽：秦國都，在今陝西咸陽縣東二十里。❺英布時爲當陽君，爲羽部將。初，楚懷王與諸將約：「先入關者王之」。時劉邦定關中，遣將軍閉函谷關，不讓項羽進來，項羽怒曰：「沛公欲反耶？」即令軍發薪一束，欲燒關，關乃開門。事見楚漢春秋。❻戲西即戲水之西。戲：水名，西流入渭，在今陝西臨潼縣東。❼軍：作動詞用，即屯駐的意思。霸上，也作灞上，在今陝西西安市東，即白鹿原。❽左司馬：軍官名。❾王：作動詞用讀爲旺ㄨㄤ，王關中，卽稱王於關中。❿子嬰：秦始皇太子扶蘇的兒子，趙高殺二世，立子嬰爲秦王。子嬰殺趙高，沛公兵至，遂降。後爲項羽所殺。⓫旦日：明日。饗：設盛宴請客。⓬新豐鴻門：新豐縣的鴻門亭，在今陝西臨潼縣東，開阪通道，形如門，俗稱項王營。⓭范增：按增係居鄛縣東北五里人。項梁起兵攻秦，增投效軍中當謀士。梁死後，佐項羽，爲人有奇計。⓮山東：指華山以東的地方。⓯天子氣：晉書天文志：「天子氣內赤外黃，四方所發之處，當有王者。……或如龍馬，或雜色，鬱鬱衝天者皆帝王之氣。」⓰左尹：楚官名。項伯：名纏，字伯，項羽的叔父。⓱張良：字子房，其祖與父相韓五君，韓亡後乃陰謀反秦。後佐劉邦，封爲留侯。留，縣名，故城在今江蘇沛縣東南。⓲張良擁立韓國公子橫陽君做韓王，收復故土一部。韓王命良隨劉邦入武關，擊敗秦軍。⓳鯫：音鄒ㄗㄡ，本指小魚，鯫生是小人的意思。⓴內：音義都同納。㉑孰：誰；少長：年少或年長。㉒要：音夭ㄧㄠ，邀約。㉓卮：音支ㄓ，酒器。卮酒猶一杯酒。爲壽：恭祝健康長壽。㉔籍吏民：調查戶口，登記在簿籍上。籍在此作動詞用。㉕倍：同背。倍德謂違背恩德。劉邦得項梁援助以成軍；項羽擊敗秦主力軍，邦得乘虛襲據關中，是項氏有恩德於邦。㉖蚤：同早。㉗郤：同隙。有郤謂有嫌隙隔閡。㉘籍：項羽之名。㉙亞是次，亞父是說尊敬之如父輩。㉚數：音朔ㄕㄨㄛ，屢次。目是以目示意。㉛玉玦：是半環形的佩玉。玦與決同音，范增示意項羽下決心殺劉邦。㉜項莊：項羽堂弟。㉝若：你。㉞不：同否。㉟噲：音快ㄎㄨㄞ。樊噲：沛縣人，本爲屠狗者，後從劉邦起兵，以戰功封舞陽侯。㊱戟：兵器。內：同納。㊲披帷：掀開帷幕。㊳瞋：音琛ㄔㄣ，瞋目是張目怒視。㊴眦：音字ㄗˋ，眼角。㊵跽：音忌ㄐㄧˋ，跪。古人席地而坐；起身則膝着地如跪，項羽見樊噲入，頗感驚異，故按劍起。㊶參乘：乘音剩ㄕㄥˋ，參乘也作驂乘、陪乘。古乘車將帥居左，御者居中，陪乘居於車右。㊷彘：音至ㄓˋ，彘肩卽猪前腿。㊸啗：同啖，音旦ㄉㄢˋ。啗啖本有別，說文通訓定聲：「自食爲啖，食人爲啗。」後二字通用，均有自食食人二義。㊹懷王卽楚懷王，爲死於秦之楚懷王之孫名心者，項梁爲收人心立之，仍稱爲懷王。餘見注⑤。㊺都尉：官名。陳平：陽武人（陽武在今河南陽武縣東南。）家貧，好奇計，先從項梁，後投劉邦，輔成帝業。㊻俎是庖廚所用案板。㊼操：攜帶。㊽玉斗：玉製的盛酒飲器。㊾夏侯嬰：漢沛人。劉邦微時友人，從攻秦軍，以功後封滕公，後進封汝陰侯。靳彊：曲沃人，以功後封汾陽侯。紀信：漢書作紀通，劉邦親信。以後項羽圍滎陽急，信自請乘黃屋車，冒充漢王劉邦以誑楚。漢王乘間出走，項羽怒，遂將紀信燒死。㊿酈山：即驪山，在陝西臨潼縣東二里，秦始皇葬此。芷陽：秦縣名，漢改爲霸陵，故城在今陝西西安市東。間行：從偏僻小道行走。(51)桮：同杯。杓：音芍ㄕㄠˊ與勺通，桮杓是飲酒的器具。在此代表酒，不勝桮杓即酒喝太多，支持不住。(52)督過：督飭責備。(53)豎子：小東西，無知之人，長者斥呼幼者之稱。

## 【語譯】

楚方的軍隊在新安城南，把秦投降過來的兵士二十多萬人漏夜給攻擊活埋了，就要攻取平定秦國本土；函谷關有兵把守，不能進去。又聽說沛公已攻破咸陽，項羽氣極了，就派當陽君英布等一班人馬去攻開關口，項羽纔得進去，一直到達戲水的西邊。沛公駐兵在霸上，還沒有和項羽見面。沛公的左司馬曹無傷派人去跟項羽說：『沛公想在關中稱王，教子嬰做宰相，珍奇寶物都爲他所有了。』項羽非常生氣，說：『明天設宴犒勞兵士，爲的是要擊破沛公的軍隊。』這時候項羽的兵有四十萬，駐在新豐鴻門；沛公的兵有十萬，駐在霸上。范增勸項羽說：『沛公在山東的時候，貪財物，好女色；而今進得關來，不要財物，不愛婦女，這看起來他的志向可不小呀！我派人去望望他那一帶的氣象，都成龍虎的樣子，有五采顏色，這是天子的氣象，要趕緊去打，不要失去機會！』

楚國左尹項伯這個人，是項羽的叔父，素來和留侯張良很要好。張良這時跟隨沛公，項伯就在夜裡跑到沛公營裡去，私下和張良見面。把項羽要打沛公的事完全告訴了他，想叫張良和他一同離開，說：

『不要跟他一起死呀！』張良說：『我本是爲韓王送沛公，沛公如今有危急，逃走是不合道義的，不能不告訴他。』張良就進去詳細地告訴了沛公。沛公非常驚訝，說：『這可怎麼辦呢？』張良說：『誰爲大王出這個主意的？』沛公說：『有一個小子對我說：「把守住關口，不要讓其他諸侯進來，秦國舊地就可都是你的了。」所以聽了他。』張良說：『料想大王的軍隊足以敵當項王嗎？』沛公沉默了一會兒說：『當然敵不過他，可又怎麼辦呢？』張良說：『請讓我去跟項伯說：「沛公是不敢違抗項王的。」』沛公說：『你怎麼和項伯有交情？』張良說：『在秦朝的時候，他和我交遊，項伯殺了人犯死罪，我救了他，現在有緊急的事情，所以幸虧他來告訴我。』沛公說：『你們兩個誰大？』張良說：『他比我大』。沛公說：『你喊他進來，我好拜他做大哥。』張良出去邀請項伯；項伯就進來見沛公。沛公端着酒向他敬酒致意，約定和他做兒女親家，說：『我進到關來，絲毫財物都不敢動，登記戶口，封存府庫，等待項將軍來。所以派將把守關口，是爲了防備其他盜賊的出入和意外之事的發生啊！日夜地盼望將軍來到，那裡敢反叛呢？希望你詳細說明我是不敢背叛項將軍恩德的呀！』項伯答應了，對沛公說：『明天可不能不早些親自來對項王解釋！』沛公說：『好的。』於是項伯又在當夜離去。到了軍營，就把沛公的話都報告給項王，順便說：『沛公不先攻破關中，你豈是敢進來嗎？現在人家有了大功勞，反而去打他，是不義的呀！不如就此好好對待他。』項王答應了。

第二天，沛公帶了一百多人馬來見項王。到了鴻門，解釋說：『我和將軍合力攻打暴秦，將軍在河北作戰，我在河南作戰。可是我也沒想到竟能先進了關攻破秦，能夠又在這裡見到將軍。如今有小人從中說壞話，使將軍和我有了誤會。』項王說：『這是你的左司馬曹無傷說的，不然，我怎麼會誤會到這樣呢！』項王當天就留下沛公吃酒：項王、項伯面向東方坐着，亞父面向南坐着—亞父就是范增——沛公面向北坐着，張良面向西方陪侍着。范增屢次遞眼色給項王，再三地擧起他所佩帶的玉玦暗示他。項王默默地沒有反應。范增起來，走出去叫項莊來跟他說：『君王爲人仁慈，不忍心下手，你上前去敬酒，敬完了酒就請求舞劍爲樂，趁機就座上把沛公殺了。否則，你們都將被他俘虜了！』項莊就進去敬酒，敬完了酒說：『君王和沛公宴飲，在軍中沒有什麼可娛樂的，請讓我舞劍助興吧！』項王說：『好！』項莊拔劍舞起來，項伯也拔劍舞起來，常常用身體擋住沛公，項莊就不得下手。此時張良就到軍營門口去見樊噲。樊噲說：『今天的事情怎樣？』張良說：『非常危急！此刻項莊在舞劍，看他的意思總是要殺掉沛公呢！』噲說：『這實在緊迫極了！請讓我進去和他拚命！』噲就帶着劍，拿着盾牌走進軍門。交叉着戟的衛士們要阻止他不准他進去，樊噲就把盾牌向兩旁猛撞，衛士被撞倒地上。樊噲就進去，掀開帷幕，面向西站着，瞪大着眼睛看項王，頭髮豎起來，眼眶子都裂開了。項王按着劍跪着腿想站起來，說：『來客是做什麼的？』張良說：『他是沛公的陪乘樊噲。』項王說：『眞是壯士，給他酒喝！』就給他一斗酒，樊噲行禮拜謝，起來，站着把酒喝了。項王說：『給他豬腿吃！』就給他一隻生豬腿，樊噲把盾放在地上，把豬腿擱在盾上，拔出劍來切着吃。項王說：『壯士！還能喝嗎？』樊噲說：『我連死都不逃避，一杯酒又有什麼可推辭的呢！那秦王有虎狼般的心腸，殺人唯恐不能全殺掉，刑罰人惟恐不能都刑罰到，所以天下的人都背叛了他。當初懷王和諸將領約好說：『首先攻破秦進入咸陽的就在那裡稱王。』現在沛公先攻破秦，進了咸陽，一點兒東西都不敢要，封閉了宮室，把軍隊調回覇上，好等待大王來。所以派將領把守關口，是爲了防備其他盜賊的出入以及意外事情的發生呀！這樣地勞苦而又功高，沒有得到封侯的賞賜，反而聽信小人的閒話，想殺死有功的人，這祇是亡秦的後繼者而已，我認爲大王是不會這樣做的！』項王沒有話回答他，祇說：『坐下！』樊噲就挨着張良坐下。

坐了一會兒，沛公起來上厠所去，順便把樊噲叫出來。沛公已經出來了，項王就派都尉陳平去叫沛公回來。沛公說：『如今出來還沒辭行，怎麼好呢？』樊噲說：『辦大事顧不得小節目，行大禮用不着小謙讓。現在人家是刀俎，我們是俎上的魚肉，還辭什麼行？』於是決定就此離去，教張良留下道謝。良問道：『大王來時帶的什麼禮物？』沛公說：『我帶着兩塊白璧，想獻給項王，一對玉斗，想送給亞父，正趕上他生氣，不敢獻出，你替我給他們吧！』張良說：『好的。』這時候，項王的軍隊駐在鴻門一帶，沛公的軍隊駐在覇上，相離有四十里。沛公就留下車子，自己騎一匹馬好脫身而去。還有樊噲、夏侯嬰、靳彊、紀信等四個人拿着劍和盾步行跟着，從酈山的下面，取道芷陽的小路走。沛公對張良說：『從這條路到我們軍營，纔不過二十里，估量我已到達軍中，你纔進去。』沛公已經抄近路到了軍中，張良進去道謝說：『沛公酒喝得太多，支持不住了，不能前來告辭，派我把兩塊白璧敬獻給大王，一雙玉斗敬贈給大將軍。』項王說：『沛公在那裡？』張良說：『聽說大王有意責備他，獨自逃脫而去，已到軍中了。』項王就接下白璧放在座位上；亞父接了玉斗放在地上，拔出劍來就把它擊破了，說：『唉！小孩子是夠不上共謀大事的，奪取項王天下的，必定是沛公了啊！咱們如今都要被他俘虜了！』沛公到了軍中，立刻殺死曹無傷。

## 【評解】

項劉鴻門之宴，這一歷史上戲劇性的挿曲，發生於秦二世三年（公元前二〇七年）冬天。經司馬遷精心地剪裁，靈活地描繪，簡直可以當作一篇最成功的現代短篇小說來欣賞。有人主張文學作品的敘事，要用力刻劃，細密地描寫，才能使讀者有觀感的滿足。但也有人主張留些空白讓讀者憑自己的推想去填補，則更具吸引力，而作品的地位也更高。我們曾說過左傳寫邲之戰，以「舟中之指可掬」爲晉軍混亂的頂點。左傳原文祇有「中軍下軍爭舟，舟中之指可掬也」兩句，何以爭奪船隻，會弄得船中可以用手撈出一把手指來，未加說明，要讀者自己去推想。所以大家都稱道其文的簡勁。但日人兒島獻吉郎中國文學通論却指出漢獻帝興平二年發生類似的事件。范曄寫後漢書獻帝本紀時却補充了兩句，寫成：『帝渡河，不得渡者爭攀船，船上人以刃櫟其指，舟中之指可掬也。』兒島獻吉郎說：『全是取左傳而發露其意義的，即爲左傳的注脚。』並同意金人王若虛的評論是對的。王若虛在滹南遺老集中論曰：『劉子玄（史通著者劉知幾）稱丘明之體，文雖缺略，理甚昭著。不言攀舟以刃斷指，而讀者自見其事。予謂此亦太簡，意終不完，未若獻帝紀之爲是也。』（文開按今本後漢書獻帝紀無此記載，董卓傳記其事，其文與兒島所引略異，爲：『爭赴舡者，不可禁制，董承以戈披之，斷手指於舟中者可掬。』）蓋先秦以刀簡著書，不若後來用紙筆的方便，故總以簡省文字爲尙。但太簡則文意難明，細密的描寫畢竟是進步的現象。像史記這篇鴻門宴的生動描寫，是最受讀者歡迎的。

這篇鴻門宴的優點很多。這本來是史記項羽本紀中的一個挿曲，自成段落，首尾分明，等於一篇獨立的文章，可以抽出單獨加以欣賞。這篇文字的寫法，像一篇現代的短篇小說，既着重情節的進展，又用力於人物的刻劃。小說的線索是從項羽范增商決第二天進攻劉邦，引出項伯的夜馳霸上，私見張良，要張良避禍，而轉移爲張良將項伯引見劉邦，劉邦拜託項伯說情。再轉移爲劉邦親赴鴻門向項羽解釋。於是展開鴻門宴緊張驚險場面的精彩描寫。劉邦既去，更以范增的劍破玉斗爲餘波。再由於項羽的洩漏曹無傷通敵，而以劉邦立誅曹無傷作結。在小說的情節的發展中，穿揷進了人物的描寫，把劉邦的窘迫，(窘迫中的隨機應變)張良的從容，范增的決斷，項羽的坦率，樊噲的豪邁，以及項伯的忠厚，一一活畫出來。這樣，全篇在緊張中進展，有如緊張大師希區考克導演的電影，緊緊地抓住了讀者的心理，毫不鬆懈，而成爲二千年前的一篇現代傑作。王平陵讚美這篇發揮想像力的動態的描寫，是司馬遷所發明的創作路線，正符合於西洋立體派的寫作藝術。

史記的高祖本紀、留侯世家、樊酈滕灌列傳中都曾叙及鴻門之宴。這事因項伯的忠厚項羽的坦率，劉邦未遇害，在項羽本紀中雖是揷曲，實在也可說是項羽成敗的關鍵，所以司馬遷在本篇中用力寫出了全部經過，而在他篇都只簡略地叙述。

可是在本篇中仍留有未交代的空白處等待讀者的推想去塡補的，項莊項伯的舞劍於何時停止，便是一例。

## 二、蘇武傳

班　固

武字子卿，少以父任❶，兄弟並爲郎❷。稍遷至移中廐監❸。時漢連伐胡，數通使相窺觀。匈奴留漢使郭吉、路充國等前後十餘輩❹。匈奴使來，漢亦留之以相當。天漢元年❺，且鞮侯單于初立❻，恐漢襲之。迺曰❼：『漢天子，我丈人行也❽。』盡歸漢使路充國等。武帝嘉其義，迺遣武以中郎將使持節送匈奴使留在漢者⑨，因厚賂單于，答其善意。

武與副中郎將張勝及假吏常惠等募士、斥候百餘人俱⑩。旣至匈奴，置幣遺單于⑪。單于益驕；非漢所望也。

方欲發使送武等，會緱王與長水虞常等謀反匈奴中⑫，——緱王者，昆邪王姊子也⑬；與昆邪王俱降漢，後隨浞野侯沒胡中⑭——及衛律所將降者⑮，陰相與謀，劫單于母閼氏歸漢⑯。會武等至匈奴。虞常在漢時，素與副張勝相知，私候勝，曰：『聞漢天子甚怨衛律，常能爲漢伏弩射殺之⑰，吾母與弟在漢，幸蒙其賞賜。』張勝許之，以貨物與常。後月餘，單于出獵，獨閼氏、子弟在。虞常等七十餘人欲發；其一人夜亡告之。

單于子弟發兵與戰，緱王等皆死，虞常生得。單于使衛律治其事。張勝聞之恐前語發，以狀語武。武曰：『事如此，此必及我，見犯迺死重負國⑱！』欲自殺。勝、惠共止之。虞常果引張勝。單于怒，召諸貴人議，欲殺漢使者。左伊秩訾曰⑲：『卽謀單于，何以復加⑳？宜皆降之。』單于使衛律召武受辭㉑。武謂惠等：『屈節辱命㉒，雖生，何面目以歸漢？』引佩刀自刺。衛律驚，自抱持武。馳召毉㉓，鑿地爲坎㉔，置熅火㉕，覆武其上，蹈其背以出血。武氣絕，半日復息。惠等哭，輿歸營㉖。單于壯其節，朝夕遣人候問武，而收繫張勝㉗。

武益愈。單于使使曉武，會論虞常㉘，欲因此時降武。劍斬虞常已，律曰：『漢使張勝謀殺單于近臣，當死。單于募降者，赦罪。』舉劍欲擊之，勝請降。律謂武曰：『副有罪，當相坐㉙。』武曰：『本無謀，又非親屬，何謂相坐？』復舉劍擬之，武不動。律曰：『蘇君，律前負漢歸匈奴，幸蒙大恩，賜號稱王，擁衆數萬，馬畜彌山，富貴如此。蘇君今日降，明日復然。空以身膏草野㉚，誰復知之?』武不應。律曰：『君因我降，與君爲兄弟；今不聽吾計，後雖欲復見我，尙可得乎?』武罵律曰：『汝爲人臣子，不顧恩義，畔主背親，爲降虜於蠻夷；何以汝爲見？且單于信汝，使決人死生，不平心持正，反欲鬬兩主，觀禍敗！南越殺漢使者，屠爲九郡㉛；宛王殺漢使者，頭懸北闕㉜；朝鮮殺漢使者，卽時誅滅；㉝獨匈奴未耳。若知我不降，明欲令兩國相攻，匈奴之禍，從我始矣。』

律知武終不可脅，白單于。單于益欲降之，迺幽武置大窖中，絕不飲食。天雨雪，武臥，齧雪與旃毛並咽之㉞，數日不死，匈奴以爲神。乃徙武北海上無人處㉟，使牧羝。『羝乳，乃得歸。』別其官屬常惠等，各置他所。

武卽至海上，廩食不至，掘野鼠，去屮實而食之㊱。仗漢節牧羊，臥起操持，節旄盡落。積五、六年，單于弟於軒王弋射海上。武能網紡繳，檠弓弩㊲。於軒王愛之，給其衣食。三歲餘，王病，賜武馬畜、服匿㊳、穹廬㊴。王死後，人衆徙去。其冬，丁令盜牛羊㊵，武復窮厄。

初，武與李陵俱爲侍中㊶。武使匈奴明年，陵降，不敢求武。久之，單于使陵至海上，爲武置酒取樂。因謂武曰：『單于聞陵與子卿素厚，故使陵來說足下，虛心欲相待。終不得歸漢，空自苦亡人之地，信義安所見乎？前長君爲奉車㊷，從至雍棫陽宮㊸，扶輦下除㊹，觸柱，折轅，劾大不敬，伏劍自刎，賜錢二百萬以葬。孺卿從祠河東后土㊺，宦騎與黃門駙馬爭船㊻，推墮駙馬河中，溺死，宦騎亡。詔使孺卿逐捕。不得，惶恐飲藥而死。來時太夫人已不幸，陵送葬至陽陵㊼。子卿婦年少，聞已更嫁矣。獨有女弟二人，兩女一男。今復十餘年，存亡不可知。人生如朝露，何久自苦如此？陵始降時，忽忽如狂，自痛負漢；加以老母繫保宮[48]。子卿欲不降，何以過陵？且陛下春秋高，法令無常，大臣無罪夷滅者數十家[49]，安危不可知，子卿尚復誰爲乎？願聽陵計，勿復有云！』武曰：『武父子無功德，皆爲陛下所成就，位列將，爵通侯。兄弟親近，常願肝腦塗地。今得殺身自效，雖蒙斧鉞湯鑊，誠甘樂之。臣事君，猶子事父也；子爲父死，無所恨。願勿復再言！』陵與武飲數日，復曰：『子卿！壹聽陵言！』武曰：『自分已死久矣！王必欲降武[50]，請畢今日之驩，效死於前。』陵見其至誠，喟然歎曰：『嗟乎！義士！陵與衛律之罪，上通於天！』因泣下霑衿，與武決去。陵惡自賜武[51]，使其妻賜武牛羊數十頭。

後陵復至北海上，語武：『區脫捕得雲中生口[52]，言太守以下[53]，吏民皆白服，曰「上崩。」』武聞之，南鄉號哭[54]，嘔血，旦夕臨數月[55]。

昭帝卽位數年[56]，匈奴與漢和親。漢求武等。匈奴詭言武死。後漢使復至匈奴，常惠請其守者與俱，得夜見漢使，具自陳過；教使者謂單于，言：『天子射上林中[57]，得雁，足有係帛書，言武等在某澤中。』使者大喜，如惠語以讓單于。單于視左右而驚，謝漢使曰：『武等實在。』

於是李陵置酒賀武，曰：『今足下還歸，揚名於匈奴，功顯於漢室，雖古竹帛所載，丹青所畫，何以過子卿！陵雖駑怯，令漢且貰陵罪，全其老母，使得奮大辱之積志，庶幾乎曹柯之盟[58]，此陵宿昔之所不忘也。收族陵家，爲世大戮，陵尚復何顧乎？已矣！令子卿知我心耳！異域之人，壹別長絕！』陵起舞，歌曰：

『徑萬里兮度沙幕，爲君將兮奮匈奴。路窮絕兮矢刃摧，士衆滅兮名已隤！老母已死，雖欲報恩將安歸！』

陵泣下數行，因與武決。

單于召會武官屬，前以降及物故，凡隨武還者九人。武以始元六年春至京師59，詔武奉一太牢60，謁武帝園廟61，拜為典屬國62，秩中二千石63，賜錢二百萬，公田二頃，宅一區。常惠、徐聖、趙終根皆拜為中郎，賜帛各二百匹。其餘六人老歸家，賜錢人十萬，復終身64。常惠後至右將軍，封列侯，自有傳。武留匈奴凡十九歲；始以彊壯出，及還，須髮盡白65。

【註釋】❶少以父任：蘇武的父親名建，屢次從大將軍衞青出擊匈奴，以功封平陵侯，歷任衞尉、游擊將軍、右將軍、代郡太守。漢有任子之法，二千石以上，得登用其子弟為郎。❷郎是宿衞侍從的官。漢時光祿勳屬官有議郎、中郎、侍郎、郎中，統稱為郎。武兄名嘉，弟名賢。❸移中廐監：官名。移中，廐名，栘音移ㄧ。廐即馬舍。❹郭吉、路充國：元封元年（西元前一一〇），武帝親率十八萬騎兵，巡邊到朔方郡，派郭吉為使者，到匈奴示威招降，單于大怒，將郭吉扣留。元封四年，匈奴派貴人使漢，病死。漢遣路充國送其喪歸匈奴；單于誤以為漢殺其使，因留路充國不放回漢。❺天漢元年：西元前一〇〇年。天漢，漢武帝的年號。❻且鞮侯單于：且鞮侯為呴黎湖單于之弟，於太初四年（西元前一〇一）多，立為單于。且音居，ㄐㄩ，鞮音低ㄉㄧ。❼迺：同乃。❽丈人行：丈人是尊敬的稱呼，行是行輩。❾中郎將：官名，秦置，漢仍之。❿假吏：猶言兼吏，權充使者的幕吏。常惠：太原人。募士、斥候：招募人充當士卒和斥候者。斥候是偵察敵情。⓫遺：音衞ㄨㄟˋ，贈送。⓬長水：地名，在今陝西藍田縣東北。⓭昆邪王：一作渾邪王，匈奴屬部的酋長，因和漢作戰不利，傷虜數萬人。單于要殺他，乃於武帝元狩二年秋，率餘衆四萬餘人降漢，封為濕陰侯。⓮隨浞野侯沒胡中：趙破奴九原人，元封三年（西元前一〇八）破車師，虜樓蘭王，封浞野侯。太初二年（西元前一〇三），率二萬騎兵，深入匈奴，被圍而降。沒是沉陷，跟隨趙破奴擊匈奴，兵敗而降。⓯衞律：本漢長水胡人，和協律都尉李延年友好。因延年薦擧，出使匈奴。使畢回朝，延年因罪抄家，律怕牽運，就出走北降匈奴，為單于所親信，封丁靈王。⓰閼氏：音胭肢ㄧㄢ ㄓ，是漢時匈奴的王后、王太后的稱號。⓱伏弩：埋伏弓弩手。⓲見犯迺死重負國：被匈奴侵奪冒犯纔就死，更對不起國家。⓳左伊秩訾：胡官之號，訾音紫

ㄒㄧˋ。⑳顏師古註：『意謂謀衞律而殺之，其罰太重』㉑受辭：對質的意思。㉒屈節辱命：屈辱了漢朝所授的旄節，有負國家所付的使命。㉓毉：同醫，醫生。㉔坎：坑，穴。㉕熅火：火無燄者。熅音ㄩㄣ。㉖輿：舉、扛。㉗收繫：收捕拘禁。㉘會論：會合審問。決罪曰論。㉙相坐：連坐。古代法律規定：凡犯重罪者，其同謀與親族並須牽連受刑。㉚膏草野：膏是肥腴潤澤的意思，作動詞用。㉛南越殺漢使者，屠爲九郡：南越，秦末趙佗所建國，據有今廣東、廣西、海南島，及安南東部地。武帝元鼎五年（西元前一一二），其相呂嘉反漢，殺其王趙興及漢使者，另立建德爲王。漢派兵征討，第二年，俘獲呂嘉及建德，平定南越。將其地分爲儋耳、珠崖、南海、蒼梧、鬱林、合浦、交趾、九眞、日南九郡。㉜宛王殺漢使者，頭懸北闕：大宛，西域國名，在葱嶺外，今蘇俄屬中亞細亞阿玆伯克卽其地。太初元年，漢派使者到大宛，求寶馬，與宛王爭論。宛王怒，派兵襲殺漢使。武帝乃出兵六十餘萬攻宛。宛人斬國王毋寡首，獻馬三千餘匹，漢軍乃還。宮門外的樓觀叫闕。北闕，在未央宮前。㉝朝鮮殺漢使者，卽時誅滅：元封二年（西元前一〇九），朝鮮發兵襲殺漢使者涉何。三年，漢發兵進圍朝鮮京城。夏，朝鮮人殺國王右渠來降。遂定朝鮮爲樂浪、臨屯、玄菟、眞番四郡。㉞齧：嚙。旃：同氈。㉟北海：爲匈奴北界，其外爲丁靈，卽今西伯利亞貝加爾湖。塞外遇大水澤，通稱爲海。㊱去屮實：去音曲ㄑㄩˇ，藏。魏志云：『古人謂藏爲去。』屮，古草字。㊲網紡繳檠弓弩：宋祁說：『網上當有結字。』繳，音斫ㄓㄨㄛˊ，生絲縷，所以繫矢以弋射的。檠，音鯨ㄑㄧㄥˊ，是說輔正弓弩。㊳服匿：漢書注引孟康語：『服匿如罌，小口大腹方底，用受酒酪。』㊴穹廬：卽氈帳。㊵丁令：亦作丁靈，胡人的別種。㊶李陵：字少卿，成紀人，李廣之孫。武帝時拜爲騎都尉，將兵五千人，自當一隊，出居延北，與單于遇戰，數敗之。會管敢亡降匈奴，說陵軍無後援，單于復益騎進攻，陵力竭投降。武帝聞之，族陵家。單于壯陵，以女妻之，封爲右校王。在匈奴二十餘年，元平元年（西元前七四）病卒。㊷長君爲奉車：長君指蘇武之兄嘉，官奉車都尉。㊸雍棫陽宮：雍，縣名，故城在今陝西鳳翔南。棫陽宮，在今扶風縣東北。棫音域ㄩˋ。㊹扶輦下除：卽扶輦車下除道。輦音撚ㄋㄧㄢˇ，天子坐車。㊺孺卿：武弟賢，字孺卿，爲駙馬都尉。河東，漢郡名，在今山西境。后土卽土神。㊻宦騎：主宿衞的宦官，宦者而爲騎兵。黃門駙馬，駙馬官名。駙，副也，掌管天子副車馬匹的官。黃門是宮門，在禁中管馬，故稱黃門駙馬。㊼陽陵：山名，在今陝西咸陽縣東。㊽保宮：漢監獄名。㊾大臣無罪夷滅者數十家：武帝晚年，聽信宦者讒言，與巫蠱獄，大臣上至丞相，下至列侯，前後坐巫蠱誅滅者數十家，連坐死者數萬人。㊿王：指李陵，因單于封李陵爲右校王。(51)陵惡自賜武：顧炎武解爲：『不欲自居名。』

(52)區脫：同甌脫，區音甌，邊界兩不相屬之棄地。雲中：漢郡名，今山西北部及綏遠南部地。生口，俘虜。(53)太守：官名，一郡的首長。(54)鄉：同嚮。(55)臨：卽喪哭。(56)昭帝：名弗陵，武帝之子，在位十三年。(57)上林：上林苑，舊址在今陝西長安縣西。(58)庶幾乎曹柯之盟：春秋時，魯將曹沫跟齊國打仗，敗了三次，失去許多土地。後來魯莊公和齊桓公在柯地會盟，曹沫乘機持匕首，刼桓公，使盡還魯地。陵言想乘機刼單于，如曹沫之立功自效。柯，地名，在今山東東阿。(59)始元六年：西元前八一年，始元是漢昭帝的年號。(60)奉一太牢：奉是敬持、進獻。牛、羊、豕具為太牢。(61)園廟：皇帝陵墓所在的廟。(62)典屬國：漢書百官表：『典屬國，掌歸義蠻夷。』蘇武在匈奴久，通外夷事，所以使他任此職。(63)秩中二千石：秩是俸祿。漢制：內自九卿、郎將，外至郡守、尉，皆秩二千石；分『中二千石、二千石、比二千石』三等。中二千石，月俸百八十斛穀。中是滿的意思。(64)復終身：免除徭役終身。復當除講。(65)須：同鬚。

## 【語譯】

蘇武字子卿，少年時代，因為父親做大官，所以兄弟們也都登用為宿衛侍從。後來他稍得升遷做到護守馬廄的官。

當時漢朝一連幾次討伐匈奴，屢次通使互相窺探觀察對方的情勢。匈奴扣留漢使者郭吉，路充國等前後有十幾人。匈奴派來的使者，漢朝也照樣把他們扣留起來。漢武帝天漢元年，匈奴君長且鞮侯剛卽位，怕漢兵去襲擊他，就說：『漢朝天子是我的長輩啊！』把漢使路充國等都放回來了。漢武帝嘉勉他的義舉，就派遣蘇武以中郎將的身份，叫他手持旄節，送匈奴被扣留在漢朝的使者回去，順便贈送很多財物給單于，以答謝他的好意。

蘇武和副使中郎將張勝，以及兼吏常惠等招募勇士和偵探一行一百多人一起前往匈奴。到了匈奴，把財物拿出來給單于，單于更加驕傲，這不是漢朝所希望的。

匈奴剛要派人送蘇武等回漢，却碰上了緱王和長水的虞常等在匈奴謀反事件——緱王是昆邪王姊姊的兒子，和昆邪王一起投降漢朝的，後來跟隨浞野侯率兵攻匈奴，又兵敗而流落匈奴——在此時衛律的部屬投降匈奴的虞常等人，互相陰謀要用武力威逼單于的太后閼氏歸順漢朝，恰巧蘇武等到了匈奴。虞常在漢朝的時候，一向和副使中郎將張勝是知交，他便私下問張勝，說：『我聽說漢天子很怨恨衛律，我能够替漢朝埋伏弓弩手射殺他。我的母親和弟弟都在漢朝，希望能受到賞賜。』張勝答應了他，便把貨物給虞常。一個多月以後，單于出外打獵，祇剩閼氏及子弟等在家。虞常等七十多人正要起事，其中一人漏夜逃走去報告單于。於是單于子弟興兵和他們作戰，緱王等都陣亡，虞常被活捉。

單于派衛律去處理這件事。張勝聽到這消息，恐怕先前和虞常所說的話洩漏，便把這情形告訴蘇武。蘇武說：『事情既已如此，這一定會連累到我，如果被匈奴侮辱冒犯了纔就死，便更對不起國家！』於是他要自殺，張勝常惠合力把他勸阻住了。虞常果然牽引到張勝，單于大怒，召集許多貴官商議要殺害漢朝使者。其中有位左伊秩訾說：『如果謀殺單于，又當處何刑？應該叫他們都投降纔對。』單于就叫衛律喊蘇武來對質。蘇武就對常惠等說：『屈辱了漢朝所授的旄節，辜負了國家所付給的使命，雖然活着，還有什麼臉面回漢朝去？』便拿起所佩帶的刀來刺殺自己。衛律大驚，親自擁抱着蘇武，火速找了醫生來；把地面鑿成個坑，放進沒有火燄的微火，把蘇武覆蓋在坑上面，用脚踩踏他的背部使流出瘀血來。蘇武斷了氣，半天以後又復活。常惠等哭着把他抬回營房。單于很賞識他壯烈的氣節，早晚都派人向蘇武問安。而把張勝拘禁起來。

蘇武的病情更好些了，單于就派人去開導他。會合審問虞常的罪，想借此機會使蘇武投降。旣已斬了虞常，衛律說：『漢朝的使者張勝謀殺單于的親近臣子，應當處死刑。但是如果能應單于的招募而投降的，就赦免他的罪。』舉起劍就要殺，張勝請求投降。衛律對蘇武說：『副使犯了罪，你應當連坐。』蘇武說：『我本來就沒有和他們同謀，又不是他的親屬，怎麼叫連坐？』衛律又舉起劍作要殺他的樣子，蘇武不爲動搖。衛律說：『蘇君啊，我衛律從前背叛了漢朝歸降匈奴，幸而受了單于的大恩，賜號封爲丁靈王，擁有了幾萬部衆，馬匹畜養滿山，富貴到這種地步。你要是今天投降，明天也能和我一樣。不然白白地死去，祇以身體去潤澤草野，又有誰會知道你的忠貞？』蘇武不回答。衛律說：『你要是肯依我的話投降匈奴，我便和你做結拜兄弟；現在你要是不聽我的計劃，以後雖然想再見我，那裡還能夠呢？』蘇武罵衛律說：『你做人家的臣子，不顧及恩義，背叛天子親人，做蠻夷的降將，我爲什麼要見你？而且單于信任你，使你決定人的生死，你還不平心主持公正，反而要挑撥漢天子和匈奴單于打鬪，坐看災禍。從前南越殺害漢朝的使者，被漢朝打平後分其地爲九郡；大宛王殺了漢朝的使者，被漢兵討伐，把他的頭割下來懸掛宮殿北門；朝鮮殺了漢朝使者，立卽就被漢朝派兵去滅掉。只有匈奴還沒有罷了。你知道我是不會投降的，明明在挑撥兩國互相攻打，匈奴的災禍，就從殺死我而開始了。』

衛律知道蘇武終於是不能威脅的，就報告單于。單于更加要使他投降，就把蘇武拘禁在一個大地窖裡，斷絕他的飲食。天下雪，蘇武躺着，嚼着氈毛和雪一起呑下去，好幾天都沒有死，匈奴以爲他是神。就把他遷移到北海沒有人煙的地方，叫他去放牧公羊，說：『等公羊生了小羊纔得回來』。把他的屬員常惠等，分別安置到別處去。

蘇武就被送到北海，糧食並不給他運去，他祇好掘地捉野鼠，收藏草實來充饑。他拿着漢朝的旄節牧羊，無論坐臥起立，沒有一刻不握在手裡的，以至於節上的犛牛尾毛都脫落了。經過了五、六年，單于的弟弟於軒王到北海弋射。蘇武會結網紡弋射用的絲線，校正弓弩，於軒王很喜歡他，就供給他衣食。三年多，王病了，就賞賜蘇武馬匹牲畜酒器氈帳等物。王死後，他的部衆遷徙他去。那年冬天，丁令人偸盜蘇武的牛羊，蘇武又窮困了。

當初，蘇武和李陵一同做侍中的官。蘇武出使匈奴的明年，李陵投降匈奴，不敢求見蘇武。過了很久，單于叫李陵到北海去，給蘇武設酒席作樂。順便對蘇武說；『單于聽說我和你一向交情深厚，所以叫我來勸說你，要想虛心對待你。你終是回不得漢朝了，徒然在無人地帶自討苦吃，你的信義那裡能够爲人所見呢？先前你的哥哥做奉車都尉的官，隨從天子到陝西鳳翔的棫陽宮祭神，扶着天子的坐車從殿階門屏之間下去，撞到宮柱，折斷了車槓，以大不敬論罪，拔劍自殺而死。天子賜錢二百萬做喪葬費。你的弟弟隨從天子到河東郡祭祀后土祠，宦騎和黃門駙馬爭奪船隻，駙馬被推墮河中淹死了，宦騎畏罪逃亡，天子命令你弟弟去追捕。追捕不到，惶恐得喝下毒藥自殺而死。我來匈奴時，你的老太太已不幸去世，我曾送葬到陝西陽陵山。你的太太年紀輕，聽說已經改嫁了。家中祇剩下了你的兩個妹妹，兩個女孩和一個男孩，如今又隔了十多年，他們的生死存亡不得而知。人生像早晨的露水一樣短促，又何必長久這樣自討苦吃？我剛投降時，精神恍惚，就像發狂似的，自己痛心辜負漢朝；再加上老母被拘囚在保宮獄裡。你的不願投降，有什麼好過我的地方？況且當今天子年紀已高，法令沒有常規，大臣們無罪而被誅滅的有幾十家，安危難於逆料。你還要爲什麼人這樣守下去呢？希望你聽從我的計謀，不要再說什麼了！』蘇武說：『我父子們無功無德，都是蒙受了天子的栽培纔有所成就，位列將官，賜爵封侯，我們兄弟和親近的人，常常願意肝腦塗地爲國犧牲。現在得殺身報效的機會，雖然遭受斧劈鍋烹，也甘心樂意。臣子服事君上，等於兒子服事父親；兒子爲父親而死，沒有怨恨。希望你別再說了！』李陵和蘇武喝了幾天酒，又說：『子卿啊！再聽我一句話！』蘇武說：『我自分已經死了很久了，你大王一定要我投降，就請盡了今天的歡樂，效命死在你面前！』李陵見他一片至誠，喟然長歎說：『唉！義士！我和衛律的罪，大得上通於天了！』因此哭泣得眼淚沾濕了衣襟，向蘇武告別而去。李陵不好意思用自己的名義賞賜蘇武，就叫他太太送給蘇武牛羊幾十頭。

後來李陵又到北海邊，告訴蘇武：『在邊境兩不管地帶捕得雲中郡的俘虜，他說從郡守以下，官民都穿白衣戴孝，據說：「當今天子駕崩。」』蘇武聽了，面朝南方大聲號哭，弄到吐血，早晚盡禮哀哭了幾個月。

漢昭帝卽了位，幾年之後匈奴和漢朝和睦通婚姻，漢朝要求放還蘇武等人，匈奴詭稱蘇武已死。後來漢朝使者又到匈奴，常惠向匈奴請准和看守他的人一起往見漢朝使者，纔得在夜晚見到漢使，詳細自陳經過。教使者對單于說：『天子在上林狩獵，射到一隻雁，脚上繫有用帛寫的信，說蘇武等人在某處水澤中。』使者大喜，照常惠的話責問單于。單于看着左右的人，心中驚慌起來，向漢使謝罪說：『蘇武等人實在還活着。』

於是李陵擺設酒席慶賀蘇武說：『現在你回去，可說是聲名宣揚於匈奴，功勞顯赫於漢室，雖然古代史書竹帛上所記載的，畫家用丹青所畫的，有那個能勝過你蘇子卿！我李陵雖才劣膽怯，假使漢朝能寬赦我的罪，保全我的老母，使我有機會能奮勉洗雪大恥，也許能像曹沫的刼持齊桓公訂下收復失地的盟約而立功自效，這是我一直不忘懷的啊！可是漢朝沒收我家產，殺滅我家人，使我受到當代最大的殺戮之刑，我還有什麼好顧慮的呢？罷了！祇讓你知道我的心跡就是了！流落他鄉的人，這次一分別，永遠不能再見面了！』李陵起來舞劍，唱歌道：

『一直渡過喲萬里的沙漠，做天子的將領喲奮戰匈奴。道路斷絕了，箭盡刀折；部隊消滅了，聲名狼籍！老母都死了，縱使想報恩喲，教我回到那兒去！』

李陵哭泣，淌下幾行眼淚，就和蘇武告別。

單于召集蘇武屬下的官員會面，過去因爲有的投降，有的已死亡，能跟隨蘇武返國的共有九人。蘇武於漢昭帝始元六年春天回到京師，天子詔令蘇武奉持了牛羊豕太牢一套，去拜謁武帝陵廟。蘇武被拜爲典屬國的官，俸祿滿二千石，賜錢二百萬，公田二百畝，住宅一區。徐聞、常惠、趙終根都拜爲中郎，賜帛各二百匹。其餘六人告老回家，每人賜錢十萬，終身免除徭役。常惠後來升到右將軍，封爲列侯，另自有傳。蘇武留在匈奴共十九年，當初以强壯之年出使，到回來時，頭髮鬍鬚全白了。

**【評　解】**

蘇武魂銷漢使前，古祠高樹兩茫然。
雲邊雁斷胡天月，隴上羊歸塞草烟。
回日樓臺非甲帳，去時冠劍是丁年。

茂陵不見封侯印，空向秋波哭逝川。

——溫庭筠：蘇武廟

蘇武與張騫是漢武帝時無獨有偶的兩位堅苦卓絕的著名外交官。論功績，張騫鑿空西域，斷匈奴右臂，開創了歷史的新局面，非蘇武所可較量。所以在漢書中，班固特為張騫立傳（與李廣利合傳），而蘇武傳祇是李廣蘇建傳的附錄。可是同一作者寫下的兩傳，其文學價值，極其懸殊。蘇武傳却要比張騫傳高上十百倍。這是什麼道理呢？

有人說，這是因爲蘇武的人格特別偉大，所以蘇武的傳記寫得特別動人，因而班固這篇文章也就特別有價值。

這話說得似是而非。蘇武不屈被羈，牧羊無人的北海上，被折磨了十九年，始終茹苦無怨，守節不渝，威逼利誘，百般勸降，毫不動搖。其堅貞不拔之志，固足以光耀史册，垂教萬世，爲班固的文章生色。可是張騫百折不撓的人格，也不輸於蘇武，而且他那種活潑潑地履險如夷的開創精神，更是蘇武所無。他一開始便勇敢地應募，擔當了冒險偷越匈奴出使月氏的艱鉅任務，他雖被匈奴捕獲，羈留十餘載，還是持漢節不失，終於設法伺隙脫走，經大宛、康居，而到達目的地月氏，並特訪大夏國。回程中又爲匈奴所得，被羈歲餘，隨機應變，始得再度逃亡歸漢。去時百餘人，惟二人得還。其歷盡艱險，可想而知。但因月氏已無志於對匈奴報仇，張騫出使月氏，勞而無功。可是他並不灰心，第二次他又出使烏孫，終於帶着烏孫使者返漢報聘。三年後他帶去分別到大宛、康居、月氏、大夏等國通使的副使，也陸續與各國人士俱來通好，纔建立大功，開創了前所未有的新局面。班固記下了張騫這樣人格偉大勞苦功高的事跡，但他的張騫傳，在文學上的地位並不高。

蘇張兩人同樣有偉大的人格，艱苦卓絕的事蹟，而兩傳所得成就懸殊，這主要是由於蘇傳有特寫，張傳則太簡略。我們讀蘇傳，蘇武出使匈奴的情形，非但能一一翔實筆錄，而且用特寫的技巧，刻劃得十分生動，眞切感人。蘇武罵衛律的一段，已很精彩。又用英勇名將李陵來作陪襯，在兩人的對話中，顯出李陵的身份，要比蘇武矮了一大截，由李陵的口中說出：『嗟乎！義士！陵與衛律之罪，上通於天！』更烘托出蘇武的人格，格外來得偉大！而最後寫李陵送別時插入起舞作歌一段，尤見文心蕩漾，有無比的韻致，使讀者眞正有可歌可泣的實感。這與史記項羽本紀寫垓下一闋，同樣地妙絕千古！由於漢書裡有李陵這隻歌，便有幾首古詩，被附會爲蘇李的贈答，收入昭明文選。更有人套用李陵蘇武兩傳的事蹟，代替李陵撰寫了文情並茂的答蘇武書。此後歷代的作品中，有對蘇武李陵共鳴的詩文產生，前舉唐詩蘇武廟一首，即其一例。到元明戲曲盛行，也有描繪蘇武事蹟的劇本產生。這篇蘇武傳，對後世的影響如此的深遠，在文學史上的地位，當然也特別高。民國初年，曾經有人提倡血淚文學，說文章要寫得有血有淚。我們得說，像漢書蘇武傳這種文，可作爲血淚文學的代表作了。

班固用生動的特寫，有力地表現出了蘇武偉大人格的主題來，因而引發了一般讀者的共鳴，非但對蘇武表示崇敬表示同情，像上舉溫庭筠的詩，還要爲他未得封侯而抱不平。這足以證明班固撰寫蘇武傳的成功，發生影響力之大。其實我們更應爲張騫抱不平的。因爲張騫雖有通西域的大功，並未因此而封侯。他第一次出使月氏回來，祇拜爲大中大夫，那是因爲和蘇武一樣，祇有勞績，而無功績。但他第二次出使烏孫回來，仍祇拜爲職掌接待賓客的大行之官。他的封爲博望侯，是因隨大將軍衛青出擊匈奴時知水草處的微小軍功。但不到三年，他的侯爵又被取消了。漢書張騫傳記其經過全文如下：『騫以校尉從大將軍擊匈奴，知水草處，軍得以不乏，迺封騫爲博望侯。是歲，元朔六年也。後二年，騫爲衛尉與李廣俱出右北平擊匈奴，匈奴圍李將軍，軍失亡多，而騫後期當斬，贖爲庶人。』就是因爲太簡略，不易引起讀者的共鳴。尤其張騫出使西域沿途的驚險，一字未提，在匈奴被羈十餘年也祇寫了『持漢節不失』一句，沒有把他這十餘年保持漢節的艱苦情形詳細地寫出，最爲可惜。這也就是寫歷史的難處，不比寫小說可以憑作者自己的想像來發揮，缺乏史料，祇好從闕。而且有些史料，不可採用，像張騫乘槎循黃河上天遇見天孫織女這種神話性的傳說，又祇好淘汰。所以寫歷史必須蒐羅廣博，像司馬遷周遊南北，探看古蹟，採訪遺聞，他的史記，也就寫得特別生動，後來每一皇帝當時便給他寫實錄和今天報紙用特寫新聞或專訪報導等來充實史料，以及當事人的回憶錄自傳等的撰寫，便是充實史料的辦法，這些也是我們欣賞歷史散文應有的認識。

## 三、黃憲傳

范曄

黃憲，字叔度，汝南愼陽人也❶。世貧賤，父爲牛醫。潁川荀淑至愼陽❷遇憲於逆旅時年十四，淑竦然異之，揖與語，移日不能去，謂憲曰：『子，吾之師表也。』既而前至袁閎所❸，未及勞問❹，逆曰❺：『子國有顏子❻，寧識之乎？』閎曰：『見吾叔度邪！』

是時，同郡戴良❼，才高倨傲，而見憲未嘗不正容，及歸，罔然若有失也。其母問曰：『汝復從牛醫兒來邪？』對曰：『良不見叔度，不自以爲不及；既覩其人，則瞻之在前，忽焉在後，固難得而測矣。』

同郡陳蕃、周擧常相謂曰❽：『時月之間❾，不見黃生❿，則鄙吝之萌，復存乎心。』及蕃爲三公⓫，臨朝歎曰⓬：『叔度若在，吾不敢先佩印綬矣⓭。』

太守王龔在郡⓮，禮進賢達，多所降致，卒不能屈憲。

郭林宗少游汝南⓯，先過袁閎，不宿而退；進往從憲，累日方還。或以問林宗，林宗曰：『奉高之器⓰，譬諸汎濫⓱，雖清而易挹⓲；叔度汪汪，若千頃陂⓳，澄之不清，淆之不濁，不可量也！』

憲初擧孝廉⓴，又辟公府㉑，友人勸其仕，憲亦不拒之，暫到京師而還㉒，竟無所就。年四十八終，天下號曰『徵君』㉓。

論曰：黃憲言論風旨㉔，無所傳聞；然士君子見之者，靡不服深遠，去玼吝㉕；將以道周性全，無德而稱乎㉖！余曾祖穆侯㉗，以爲憲隤然其處順㉘，淵乎其似道㉙。淺深莫臻其分，清濁未議其方。若及門於孔氏㉚，其殆庶乎！故嘗著論云。

【註釋】❶汝南愼陽：汝南，漢郡名。愼陽，漢侯國名，後爲縣，屬汝南郡，故城在今河南正陽縣北四十里，因在愼水之北而得名。❷荀淑：字季和，後漢潁州郡潁陰縣（河南許昌）人，博學高行，爲當時名賢李固、李膺等的老師，後被擧爲賢良方正，官至朗陵侯相，卒於漢桓帝建和三年（公元一四九）❸袁閎：字夏甫（惠棟曰：案汝南先賢傳：袁宏字奉高，一作閎。）汝南汝陽（河南商水）人，與黃憲不同縣，苦身修節，累次徵擧，不應，以耕學爲業，爲當時賢士。（見後漢書袁閎傳，一本作袁閬；閬，字奉高，汝南愼陽人，與黃憲同縣，曾任汝南郡（河南禹縣）功曹，名高當時。❹勞問：人初見面，多先問候彼此起居情形，或說些應酬話，或慰問路途辛苦，叫做勞問，勞音澇玆。❺逆曰：迎面便說。❻子國有顏子：子國猶言子邦，貴郡貴地的意思。顏子，顏回，春秋魯人，聰明好學，安貧樂道，是孔子門下弟子中德行最高的賢者，此用顏子比況黃憲。❼戴良：字叔鸞，愼陽人，才氣高達，論議駭俗，自視極高。舉孝廉不就，又辟司空府不到，卻退隱山中，優游不仕，英名遠播，老少懷慕。（事見後漢書逸民傳。）❽陳蕃：字仲舉，汝南平輿（河南汝南）人，爲人清正廉潔，峻直無私，爲漢名臣。桓帝延熹八年（公元一六五）官太尉。靈帝立，爲太傅，執掌朝政。漢末士人，崇尚氣節，完全是受他的影響，建寧元年（公元一六八），以謀誅宦官，事敗被殺，年七十餘。（事見後漢書陳蕃傳）周舉：字宣光，汝南汝陽人，才學廣博，爲人清高中正。歷官諫議大夫、侍中、河內太守、光祿勳，卒於漢桓帝建和三年（見後漢書周舉傳）。惠棟說：「案世說及袁宏紀，皆作周子居。汝南先賢傳：『周乘，字子居，汝南安城人，天資聰明，高峙嶽立，非陳仲舉、黃叔度之儔，則不交也。爲太山太守，甚有惠政。』❾時月之間：三月爲一時。❿生：漢時稱儒者爲生。猶今言『先生』。⓫三公：漢官制以太尉、司徒、司空爲三公。⓬臨朝：執掌國政。⓭印綬：綬是絲帶子，繫掛印環用的。漢制：太尉金印紫綬。⓮王龔：字伯宗，山陽高平（山東鄒縣）人，漢安帝建光二年（公元一二二）爲汝南太守，好才愛士，引進郡人黃憲、陳蕃等，憲不屈，蕃就吏職，龔厚禮待之，由是後進知名之士，莫不歸心。（事見後漢書王龔傳）。⓯郭林宗：郭太，字林宗，介休（山西介休）人，爲當時名學者，高士，博通羣籍，居家教授，門下弟子至數千人，遊洛陽，名震京都（事見後漢書郭太傳）。⓰郭太別傳：『時林宗過薛恭祖，恭祖問曰：「聞足下見袁奉高，車不停軌，鑾不輟軛；從叔度久彌（超過）信宿。」』按奉高，一說指袁閬，上文袁閎應作袁閬，一說奉高卽袁閎字。參看註③。⓱氿濫：水之小者。氿音軌ㄍㄨㄟˇ。⓲挹：以器汲水謂之挹。⓳千頃陂：一頃是一百畝。陂，音皮ㄆㄧˊ，池。此句形容黃憲才器的廣大深遠。⓴孝廉：爲漢朝地方政府拔舉人才的科目之一。漢武帝時始設。漢書武帝紀『舉孝廉』註：『孝謂善事父母者，廉謂清潔有廉隅者。』㉑辟公府：辟音避ㄅㄧˋ，徵召。公府，爲太尉、司空、司徒三公之府。辟公府，是說受三公府徵召入京。㉒京師：東漢首都在今河南洛陽。㉓徵君：謂黃憲爲有才德人士，經朝廷徵聘者。㉔風旨：風采與意志。風，包括氣宇儀態。㉕玼吝：同疵吝，毛病、過失。㉖道周性全，無德而稱：謂道周備，性全一，其德大而難名。㉗穆侯：范曄曾祖父，名汪，字玄平，官至安北將軍，謚曰穆侯（晉書有傳）。㉘隤然其處順：隤音頹ㄊㄨㄟˊ，隤然，柔順的樣子。處順，謂其處身能順應自然之理。㉙淵乎其似道：淵，深靜的樣子。㉚及門於孔氏：及門，受業門下之意。孔氏，指孔子。

## 【語譯】

黃憲，字叔度，東漢汝南郡愼陽縣人，世代貧賤，父親是個牛醫生。潁川人荀淑到了愼陽縣，在旅館裡遇到黃憲——那時他纔十四歲——荀淑一見就非常驚異地激賞他，作揖行禮之後就跟他談話，直談到太陽西移了，還捨不得離去。他對黃憲說：『您實在可以做我的模範表率啊！』後來荀淑到袁閎的寓所去，還沒來得及寒暄問候，迎面就說：『你們郡裡有位顏子，認識他嗎？』袁閎說：『你一定是見過我們的叔度了吧？』

那時候，同郡的戴良，才氣高，態度傲慢，然而見到黃憲却從來沒有不端正儀容的。及至回到家裡，總是恍恍惚惚好像失掉了什麼似的。他的母親問他道：『你又是從牛醫的兒子那裡回來吧？』戴良答道：『我不看到叔度，還不以爲自己不如他；及至看到了他的人，就覺得他好像是在前頭，忽然又像在後頭了，實難測度他的偉大。』

同郡的陳蕃、周擧兩人也常常互相說：『祇兩三個月之間不見到黃先生，卑鄙慳吝的念頭就又存在內心裡了。』及至陳蕃做了太尉，執掌朝政的時候，感歎地說：『叔度要是還在，我就不敢先掛這金印紫綬了。』

太守王龔在郡的時候，用禮數延攬賢能通達的人才，很多人都被他所羅致，終不能使黃憲低頭屈就。

郭林宗小時候到汝南遊歷，先去拜訪袁閎，沒過夜就走了；去看黃憲，住幾天纔回去。有人就把這事問林宗，林宗說：『奉高的器識，可比作小水，雖然清澈却容易汲取；叔度是又深又廣，好像千頃大的池沼，澄它不會清，攪它不會渾，是不可測量的啊！』

黃憲起初被地方選擧爲孝廉，後來又受三公府的徵聘，朋友勸他出來做官，黃憲也不拒絕。但一到京城就回來了，終於沒就任何官職。四十八歲過世，天下一般人都稱他是位學德兼備的『徵君』。

史家評論說：關於黃憲的言論和風儀旨趣的資料，沒有流傳下來；然而當時政府官員，社會人士，凡是見到他的，沒有人不受他深遠影響而去掉了自己的缺點，豈是因爲他道德完美，天性純全，沒有一種美德可以恰當地稱讚他吧！我的曾祖父穆侯，認爲黃憲能溫和地處身順應自然，淵深得像含有大道理。淺深之探測，使人摸不着他的分際；清濁之分辨，使人無從議論他的究竟。如果能受業於孔子門下，或許會成爲大賢人呢！所以我嘗試着寫這篇傳記來論定他。

**【評解】**

後漢書列傳第四十三，係周燮、黃憲、徐穉、姜肱、申屠蟠五人的合傳，本篇卽自此合傳中抽出。黃叔度是東漢名人，但他既無著作流傳，生平言論行事之詳，後世亦無可查考，不得已，范曄就記下他同時的名士公卿學者荀淑陳蕃周擧袁閎戴良郭林宗等對他傾心崇敬的情形，來烘托出他道德的周備，心性的完美，以見他必有過人之處，而爲之立傳。這就是范曄寫後漢書用力之所在，也就是後漢書主要特點之一，而這也是後漢書最値得我們欣賞的地方。

# 第五講　散文第一時期（下）

## 文學史敍述

### 一、諸子散文總述

講完歷史散文，再講諸子散文。

諸子散文，亦稱哲理散文。諸子散文偏重記言，所記都是古代學者的言論，這位學者的主張，就記在這本書裡，所含哲理的成分特別多。這許多的言論，有些由他的弟子或再傳弟子和他的行事一起記錄下來。也有些由他自己記下，或全部是他自己所寫的論文。

從前，將我國古書分爲經、史、子、集四大類。子類就是古代學者的言論集。但孔子、孟子旣被尊爲聖人，記載孔子言行的論語，和記載孟子言行的孟子，便不被目爲子書，而列入經類，成爲十三經之一。儒家的著作，只剩荀子揚雄等書，列入諸子類。就是說，記載儒家正統學者言論的書，比道家的老莊，墨家的墨子，法家的申不害、商鞅、韓非，雜家的呂不韋、劉安，要高超一等。只有非正統的荀子揚雄等人的著作，才與別種學派的著作等量齊觀。

查將圖書分爲甲乙丙丁四部，或經史子集四部的分類法，始自晉朝荀勗，到唐朝長孫無忌撰隋書，採用這四分法寫經籍志而成爲傳統的分法。漢朝人的書籍分類法，則以劉歆的七略爲準則。七略分輯略、六藝略、諸子略、詩賦略、兵書略、術數略、方技略七類。班固撰漢書藝文志，卽採此七略省掉輯略而用其六略。其中六藝略以易、書、詩、禮、樂、春秋六藝的經傳爲本，而附以論語、孝經和爾雅等小學(文字學)成九種。而戰國策和陸賈所著楚漢春秋，司馬遷所著史記等均附於春秋書目中。諸子略則分儒、道、陰陽、法、名、墨、雜、農、小說等九家。其中儒家書目爲孟子、孫卿子（卽荀子）、董仲舒、劉向、揚雄等人的著作。六藝而成九種，爲後世尊論語、孝經、爾雅爲經書所本，當時六藝固包括所有歷史著作，孟子一書也還只是諸子儒家五十三家中的一家之言，隋書經籍志也仍列孟子於子部，要到宋朝孟子才被尊爲經。

現在我們打破經貴子賤的觀念，將代表孔孟思想的論語孟子和諸子書排在一起來敘述。依照年代的先後，先講先秦諸子論語、老子、墨子、孟子、莊子、荀子和韓非子，再講兩漢雜家劉安的淮南子，儒家董仲舒的春秋繁露，揚雄的太玄法言等書。至於諸子中的名家陰陽家等，均略而不論。

這裏我們順便要一提的，是諸子以先秦爲盛，到漢武帝推尊孔子罷黜百家，立五經博士而諸子衰，所以此後子書不再有獨創的新見解，到揚雄的太玄法言已成諸子的尾聲。我們講諸子散文，也只到西漢爲止。還有漢書藝文志雖把劉向所編新序、說苑、列女傳等書列入諸子略儒家之中，其實這些書都不是闡說哲理的，却是歷史散文的一種。漢書補註曰：「本傳采傳記行事著新序說苑凡五十篇，又採取詩書所載賢妃貞婦興國規條可法則及孼嬖亂亡者序次爲列女傳凡八篇」。所以隋書經籍志雖仍把新序說苑列爲子部儒家，但列女傳一書已列入史部雜傳。因此，我們講諸子散文非但以儒家的論語開頭，也以儒家揚雄的太玄法言來結尾。而且諸子散文從歷史散文分化出來，最後到西漢末年，也仍以揚雄同時的劉向之新序說苑列女傳等書回歸歷史散文，所以我們只將諸子散文作爲歷史散文的旁支別系來叙述。

## 二、論　語

論語是記載孔子言論最可靠的一部書。從這部書裏，可以看到孔子的本來面目，體會到孔子的眞性情。漢書藝文志曰：『論語者，孔子應答弟子時人，及弟子相與言而接聞於夫子之語也。當時弟子各有所記；夫子旣卒，門人相與輯而論纂，故謂之論語。』當時弟子各有所記，時間應該在春秋末年；整理編輯成書，則已在孔子死後數十年。有若、曾參的門人是主要編輯者，所以書中對有若曾參稱爲有子曾子。

周公制禮作樂，以維繫周代的封建制度。但到春秋時代，貴族們已不能遵守禮制，而且也漸漸地不懂禮儀，成爲禮樂崩壞的紊亂局面。因此孔子針對時弊，主張要『復禮』，同時教導一批嫻熟禮儀的學生來供應各國所需。接受教育，本來是貴族子弟的特權。但孔子『有教無類』，（衞靈公第十五）也收受平民子弟做他的學生。從此中國的教育向平民開放，平民受教育的也有參與政治的機會。孔子是中國第一位大教育家，被尊奉爲『先師』。論語裏記載着他恢復禮治的主張和措施。他說：『道之以政，齊之以刑，民免而無恥；道之以德，齊之以禮，有恥且格。』（爲政第二）恢復禮治，應先從『正名』着手。

子路曰『衞君待子而爲政，子將奚先？』子曰：『必也正名乎！……名不正，則言不順；言不

順，則事不成；事不成則禮樂不興；禮樂不興，則刑罰不中；刑罰不中，則民無所措手足。』（子路第十三）

正名就是不越禮，各人按照名分去做，國君做得像個國君，臣子做得像個臣子。所以：

齊景公問政於孔子。孔子對曰：「君君，臣臣，父父，子子。」（顏淵第十二）

孔子的復禮，非但是政治的主張，而且也成爲個人的修養。他以復禮教導他的學生。他賦予古代的禮制以一種精神的中心，這精神的中心叫做『仁』，這『仁』字也便成爲孔子學說的中心，成爲他要傳播要推行的『道』：

顏淵問仁，子曰：『克己復禮爲仁。一日克己復禮，天下歸仁焉。爲仁由己，而由人乎哉？』顏淵曰：『請問其目。』子曰：『非禮勿視，非禮勿聽，非禮勿言，非禮勿動。』顏淵曰：『回雖不敏，請事斯語矣。』（顏淵第十二）

子曰：『參乎！吾道一以貫之。』曾子曰：『唯。』子出，門人問曰：『何謂也？』曾子曰：『夫子之道，忠恕而已矣！』（里仁第四）

忠恕卽仁之兩面。孔子在答子貢的問話時說：『夫仁者己欲立而立人，己欲達而達人。能近取譬，可爲仁之方也矣。』（雍也第六）以立人達人來完成自己，這是積極的忠。他答仲弓的問仁則說：『己所不欲，勿施於人。』（顏淵第十二）這是消極的恕。綜合忠恕是推己及人的『仁』也就是孔子一貫的『道』。而『仁』的最簡單的解釋是『愛人』：

樊遲問仁，子曰：『愛人』（顏淵第十二）

孔子的學說很簡單，但要澈底瞭解，實在很不容易。因爲論語不是一部有系統有條理的書，每章所記孔子的言行，又只是零星的，短短的幾句，只忠實地記錄下來。弟子們並不加以說明與潤色。所以簡約質樸，成爲論語的特色。這一方面是由於當時物質環境的拙劣和文書工具的貧弱，仍在孔子著春秋的時代，因此論語也和春秋相仿，僅能記述要點，細節則有賴於口頭的解釋；一方面也是由於當時哲學思想甫告萌芽，還未到百家爭鳴，彼此竭力辯論的程度，因此其文字也無長篇的議論。可是論語的記事，比起春秋來已較爲生動活潑，多傳神之筆。例如記孔子周遊列國時的途中遇隱者長沮桀溺的情形：

長沮桀溺耦而耕，孔子過之，使子路問津焉。長沮曰：『夫執輿者爲誰？』子路曰：『爲孔丘。』曰：『是魯孔丘與？』曰：『是也。』曰：『是知津矣。』問於桀溺，桀溺曰『子爲誰？』曰：『爲仲由。』曰：『是魯孔丘之徒與？』對曰：『然。』曰：『滔滔者，天下皆是也，而誰以易之？且而與其從辟人之士也，豈若從辟世之士哉！』耰而不輟。子路以告，夫子憮然曰：『鳥獸不可與同羣，吾非斯人之徒與而誰與？天下有道，丘不與易也。』（微子第十八）

這一章把長沮桀溺的神情態度，表露無遺；孔子的慨嘆，更使我們在千載之下，如見其人，如聞其聲。使我們領會到他一生栖皇的心跡。

論語的文句，雖大多只是三言兩語，各自獨立，不相連貫，但其雋永處，讀來其味無窮。只有印度詩哲泰戈爾的漂鳥集，可以比美，舉例二則如下：

子曰：『天何言哉！四時行焉，百物生焉。天何言哉！』（陽貨第十七）

子在川上，曰：『逝者如斯夫！不舍晝夜。』（子罕第九）

錢賓四先生更說：『讀論語，其中有片言隻語，使人終身受用者。』我們也舉二例如下：

子曰：『見賢思齊焉，見不賢而內自省也。』（里仁第四）

子曰：『君子病無能焉，不病人之不知己也。』（衛靈公第五）

論語有三種古本：㈠魯論語二十篇，漢初魯人伏生所傳；㈡齊論語二十二篇，齊人膠東盧勝所傳，較魯論語多『問王』『知道』二篇；㈢古論語二十一篇，魯恭王得於孔氏壁中，原爲蝌蚪文字，東漢大儒鄭玄校注論語，依魯論語本，而以齊、古兩本參考。梁皇侃更爲作義疏。今日通行的是朱熹集注本。十三經注疏所採係魏何晏集解，宋邢昺疏。而以清人劉寶楠的論語正義二十四卷（有江寧刻本、續經解本、四部備要本）集名物訓詁研究的大成。近年錢賓四先生又用新方法新見解著論語要略及論語新解。日人下村湖人著論語故事，根據論語寫深入淺出的小說廿八篇，也可供讀論語的參考。

## 三、老　子

老子道德經五千言（據王弼注本爲五千二百八十字），其文和論語一樣簡約而精粹。但論語兼記孔子的言行，道德經只是老子的語錄，不及老子的行事。

據史記老子列傳，老子與孔子同時，姓李名耳，字聃，楚國苦縣厲鄉曲仁里（在今河南鹿邑縣東）人，曾爲周守藏室之史，孔子曾問禮於他。史記並記其著書經過曰：『老子修道德，其學以自隱爲務。居周久之，見周之衰，迺遂去而至關。關令尹喜曰：『子將隱矣，彊爲我著書。』於是老子迺著書上下篇，言道德之意五千餘言而去，莫知其所終。』但接下去又說：『或曰老萊子亦楚人也，著書十五篇，言道家之用……』又說：『自孔子死之後二百二十九年，而史記周太史儋見秦獻公……儋卽老子，或曰非也。世莫知其然否。』於是民國以來，老子的時代問題，發生了劇烈的論爭。我們就孟子闢楊墨而不及老子，以及觀察現存這本道德經內容，其思想的複雜矛盾，可斷定此書已有戰國時道家、法家、陰陽家的增益，而完成於戰國末年。但其中間或用韻語的部分，可以解釋是早期哲人避免筆錄的困難，因而利用韻語將其心得凝縮爲口訣的遺風。而莊子天下篇載有：『老聃曰：知其雄，守其雌，爲天下谿。知其白，守其辱，爲天下谷。』等句，所引與今本老子頗有出入。今本老子第二十四章，所載則爲：

『知其雄，守其雌，爲天下谿。爲天下谿，常德不離，復歸於嬰兒。知其白，守其黑，爲天下式。爲天下式，常德不忒，復歸於無極。知其榮，守其辱，爲下天谷。爲天下谷，常德乃足，復歸於樸……。』

我們很可相信，天下篇所引爲早期老子的原文，而現存的老子，則爲其後加以擴充的改本。

至於孟子書中攻擊當時流行的損及儒家的異說而不及老子，我們的解釋是古代的隱者，本來以『自隱爲務』，不露姓名，所謂『老子』只是孔子以來三百年間隱居的老年哲人的通稱，道德經五千言，就是三百年間多少位隱居老人語錄的總輯。所以有共同的觀念，亦有其各別的見解。孟子時此書尚未輯成而通行。但這一流派的思想已很占勢力，孟子所闢『爲我』的楊朱，也是早期隱者中偶露其姓名與主張的一人。因此孟子卽以楊朱爲隱士派的代表而加以攻擊。所以孟子說：『楊墨之言盈天下；天下之言，不歸楊則歸墨。』而後世楊朱的流派無傳述，楊朱的主張也不得其詳，可考見的只有三條，那是孟子說的：『楊子取爲我，拔一毛而利天下不爲也。』呂氏春秋所稱：『陽生貴己』和淮南子中『全生保眞，不以物累形，楊子之所立也。』列子本身是僞書，其中楊朱篇不足採信。

老子書中有些地方，似在闡說陰陽之學，教人以柔克剛等處世之道。而其歸趣在順應自然，以至於史記所稱的『無爲自化，淸靜自正。』所以要主張『絕仁棄義』『絕聖棄智』『絕巧棄利』，反對繁縟的禮儀而『使民復結繩而用之』，恢復那上古時代『隣國相望，鷄犬之音相聞，民老死不相往來』的『小國寡民』政治。老子被尊爲道家的鼻祖，莊子思想，從早期老子思想發展而來，而後世隱逸詩人的作品，都深染老莊道家的色彩。

司馬談六家要旨論道家（老子）云：『其事易爲，其辭難知。』『其事易爲』謂秉要執中，無爲而無不爲。『其辭難知』，則謂文義深奧，難於透澈明白。可是有些章節也並不難懂，例如：

『天下莫柔於水，而攻堅强者，莫之能勝，其無以易之。弱之勝强，柔之勝剛，天下莫不知，莫能行。』（第六五章）

江海所以能爲百谷王者，以其善下之，故能爲百谷王……以其不爭，故天下莫能與之爭。』（第五十章）

非但將宇宙間的至理，說得淺顯易解，而且也是絕妙的散文。老子書後世注家甚多，以王弼的注解最出名。今人嚴靈峯的老子章句新編，亦極具匠心。張起鈞的『老子哲學』，則將老子的哲學用科學的方法作有系統的闡述。

## 四、墨　子

論語老子的文辭，都仍保留在簡約的形式中，自墨子一書開始，諸子散文便展現了論辯的形式。書中並對論辯文的方法，發表了許多重要的意見。

春秋末年，政治混亂，社會劇變，孔子第一個提出他一套救世的主張來。但在當時孔子便遇到了長沮桀溺老子等隱士派冷嘲熱諷的教訓，後來隱士派中的楊朱，並發表人人『爲我』，高潔自愛，可以天下太平的消極主張，墨子提倡他的兼愛非攻，人人大公無私，彼此澈底地相利相愛和平相處的積極辦法來。於是孔子的學說，受到左右夾攻。至此楊墨之言盈天下，儒家的聲勢，大爲動搖，而一時間儒家也顯得黯然無光了。

墨子姓墨名翟，魯人，大約生於孔子逝世之年，卒於孟子出生前十餘年（約當公元前四七九至三八五年）他曾做過宋國的大夫，但他出身貧賤，原來只是一個手藝高强的工匠，他的技術，比工匠的祖師公輸般更高超。但他有救世之志，並不以此自足，他勤奮向學，習儒家之業，仍感不滿，乃上考史傳，矯正時弊，自創一種學說，以勤勞天下，利濟萬民的夏禹爲理想人物。初講學於魯，與魯人巫馬子、公孟子衛程繁等論辯，以後聲譽日大，信徒日衆，先後周遊宋、衛、楚、越、魏、齊等國，和宋國的關係尤深。楚惠王用公輸般，造攻城的雲梯等器械，準備侵略宋國。墨子使其弟子禽滑釐三百人助宋防守，自己從魯國出發，趕到楚國去阻止，不顧脚上起泡難行，走了十天十夜，到達郢都，說以攻宋之不義，並和公輸般表演攻守之術。其弟子記其事曰：『公輸般九設攻城之機變，子墨子九距之。公輸般之攻械盡，子墨子之守圉有餘。公輸般詘。』（公輸第五十）終於打消了楚國攻宋之舉。

墨子的和平運動，解決了當時不少國際間的糾紛，事跡可考的還有他去見齊王，打消了齊國攻魯之計，去楚國說服執政的魯陽文君，打消了楚國攻鄭的野心。楚惠王五十年（公元前四三九年）墨子又至楚都獻書，楚王讚其書而不採用他的主張，擬以書社五里封給他，他不受而去。越王以車五十乘赴魯迎接他，許封以故吳地五百里，他也因越王不能用其學，辭謝不往。晚年曾至齊見田和，說以非攻之義。墨子極爲老壽，他死後孟勝繼承爲墨家領袖，稱『鉅子』，權力極大。繼孟勝做鉅子的有田襄子，腹䵍等人。

墨子是一個實行苦行來熱心救世的宗教家。孟子說他『摩頂放踵利天下爲之。』他講兼愛非攻，信鬼神信天志，同時又是澈底的功利主義者，主張薄葬非樂。這些思想反映到文學上，變成了尙質與實用的文學觀。墨子文辭質樸而少雕飾，引詩多改爲散文，引古書多改爲當代語。文字雖不華美，而條理謹嚴，說理明暢，墨學最講究方法，開我國名學的先導。其學說的立論，採首尾一貫的論理形式。後世的論辯文，幾乎都採取這種式樣與方法。漢書藝文志，著錄墨子七十一篇，今存十五卷五十三篇。所亡十八篇中八篇目錄尙存。這五十三篇是墨學叢書，非一人一時所著。或出墨子弟子所記，或由墨家後學續作，或由秦漢人附入。其中尙賢、尙同、兼愛、非攻、節用、節葬、天志、明鬼、非樂、非命、非儒等篇爲墨子主張的中心，亦卽全書的精華。耕柱、貴義、公孟、魯問、公輸等篇，係墨家後學所記墨子生平言論行事。經上下、經說上下。大取小取等篇，則爲墨家的名學等專著。

玆擧兼愛上一節爲例，以見一斑：

聖人以治天下爲事者也，必知亂之所自起，焉能治之；不知亂之所自起，則不能治。譬之如醫之攻人之疾者然，必知疾之所自起，焉能攻之；不知疾之所自起，則弗能攻。治亂者何獨不然？必知亂之所自起，焉能治之；不知亂之所自起，則弗能治。聖人以治天下爲事者也，不可不察亂之所自起。

墨學自秦始皇焚書坑儒後，卽一蹶不振。兩漢以來，甚少讀其書者，其書亦多脫誤，幾於不可句讀。淸乾嘉間治墨子者始漸多。淸末孫詒讓集各家研究成果爲『墨子間詁』，斷制精嚴，最爲美備。民國以來，尤多闡揚墨學之專著。

## 五、孟子

戰國時儒家式微，得孟子出而重振。

孟子名軻，字子輿，戰國時鄒（今山東鄒縣）人。約生於周烈王四年（公元前三七二），卒於周赧王二十六年（公元前二八九）壽八十四。他幼年喪父，受賢母仉氏的良好家庭教育，努力向學，終成一代大儒。孟子曾受業於子思的門人。子思是孔子之孫，孔子學生曾參的學生。孟軻以孔子學說的繼承者自命。他闡揚孔子學說，以雄辯來抨擊當時流行的楊朱，墨翟，縱橫家，農家等的主張和爲人。他遊歷宋，滕，梁，齊，魯等國，希望遇到一位賢君重用他，好發展他治國平天下的抱負。孔子言仁，孟子加一義字言仁義。孔子只說：『性相近也，習相遠也。』（論語陽貨篇）孟子進而言性善，以爲「人皆可以爲堯舜」（孟子告子篇）孔子主張尊君崇禮，以恢復舊秩序，而孟子却以民本思想主張『民貴君輕』，謳歌『湯武革命』，中民權而重民生。當時齊宣王梁惠王等正努力於富國强兵來爭城略地，而孟子却輕視霸道，主張施行王道的仁政。他一見梁惠王，便對他說：『王何必曰利，亦有仁義而已矣。』（梁惠王上篇）但當時『天下方務於合縱連橫，以攻伐爲賢。』（史記孟子荀卿列傳）他們以爲孟子的主張，迂濶而不切實際，雖加尊禮，不加重用。於是孟子退而講學與弟子萬章公孫丑等仿照論語著書七篇，記下他遊說時君的問答，與人辯論的言辭，和對門人闡說儒家的精義。今本孟子共三萬五千二百廿六字，考其內容，大約是由其弟子萬章公孫丑等所編撰，一部分曾經孟子親自刪訂過，而全書的完成，在梁襄王逝世（公元前二九六年）以後。

孟子之文，雄肆豪駿，重氣勢，多議論翻騰的長篇，風格與論語迥異。讀來令人陶醉在那波瀾反覆辭鋒犀利的趣味裏。像梁惠王篇的言仁義，滕文公篇的闢楊墨，告子篇的辨性善，離婁篇的法先王，都是氣勢縱橫文采瞻美的絕妙文字。我們就舉首篇首章爲例：

孟子見梁惠王。王曰：『叟！不遠千里而來，亦將有以利吾國乎？』孟子對曰：『王何必曰利？亦有仁義而已矣！王曰何以利吾國，大夫曰何以利吾家，士庶人曰何以利吾身；上下交征利，而國危矣！萬乘之國，弑其君者，必千乘之家。千乘之國，弑其君者，必百乘之家。萬取千焉，千取百焉，不爲不多矣！苟爲後義而先利，不奪不饜。未有仁而遺其親者也，未有義而後其君者也，王亦曰「仁義」而已矣，何必曰利？』

這段駁梁惠王重利的文字，行文神滿氣足，議論精警透闢，眞有萬丈的光芒在放射出來。孟子有時不用嚴正的議論，却出之以幽默風趣的譬喻，於是又給人以輕鬆的歡樂，會心的微笑。像牽牛過堂下，宋人揠苗助長，齊人妻妾諸章，那種滑稽與諷刺，眞是巧妙之至！

齊人有一妻一妾而處室者，其良人出，則必饜酒肉而後反。其妻問所與飲食者，則盡富貴也。

其妻告其妾曰：『良人出，則必饜酒肉而後反，問其與飲食者，盡富貴也；而未嘗有顯者來。吾將瞯良人之所之也。』蚤起，施從良人之所之。徧國中無與立談者。卒之東郭墦間之祭者，乞其餘。不足，又顧而之他。此其爲饜足之道也。其妻歸，告其妾曰：『良人者，所仰望而終身也。今若此！』與其妾訕其良人，而相泣於中庭。而良人未之知也，施施從外來，驕其妻妾。由君子觀之，則人之所以求富貴利達者，其妻妾不羞也而不相泣者，幾希矣！（離婁篇第六十一章）

這簡直是一篇幽默小說，後來唐人雜說之類蓋仿此。蘇洵在上歐陽翰書中說：『孟子之文，語約而意盡，不爲巉刻斬絕之言，而其鋒不可犯。』說得最爲中肯，但孟子書中也有理論薄弱，甚或跡近漫罵之處。例如滕文公篇云：『楊氏爲我，是無君也；墨氏兼愛，是無父也。無父無君，是禽獸也。』含血噴人，罵人畜生，未免有失辯論的風度。然讀者往往不覺其病，那是得力於文章的氣勢，增加了文章的力量，引人入勝，因此疏忽了他的弱點之故。

朱自清略讀指導舉隅，稱道孟子說理，暢達詳盡，是一部鋪排的記言體，其中更有設寓的記言。即舉梁惠王上篇第一章爲鋪排之例，舉離婁下篇齊人乞墦一章爲設寓之例。他分析孟子說理方法，共有五種：㈠逐層疏解，㈡不憚反覆，㈢多用排語，㈣插入譬喻，㈤重言申明。舉例如下：

㈠逐層疏解：孟子見梁惠王章『萬乘之國弒其君者』『不奪不饜』若干語，只是上文『上下交征利而國危矣』的意思，不過說得更明白一點。又如告子下『五霸者三王之罪人也』章，開首提出『五霸者，三王之罪人也；今之諸侯，五霸之罪人也；今之大夫，今之諸侯之罪人也。』三個判斷，以下便逐一說明，說明完畢而文字也完畢。

(二)不憚反覆：說了正面，再說反面。說了反面，又回到正面。這可說是正反合辯證法的應用。發展而爲後來作文起承轉合的訣竅。但孟子說理，不只是正反合，有時是不憚反覆的。例如公孫丑上仁則榮章，先提出『仁則榮，不仁則辱』的原則，以下『今惡辱而居不仁』與原則不相應，是反面；『如惡之莫如……』與原則相應，才是正面；可是『今國家閒暇』又說到反面去了。

(三)多用排語：例如梁惠王上齊桓晉文之章的『爲肥甘不足於口與？輕煖不足於體與？抑爲采色不足視於目與？聲音不足聞於耳與？便嬖不足使令於前與？』列擧種種嗜欲。又如梁惠王下所謂故國者章從『左右皆曰賢』到『然後殺之』，語作三排，其意無非說任賢誅罪，一切得從民意。

(四)揷入譬喩：用具體事例來顯明抽象的理論。齊桓晉文章的『緣木求魚』，滕文公上滕定公薨章的『君子之德，風也；小人之德，草也。』都是單純的譬喩。梁惠王上寡人之於國也章以戰喩爲政，公孫丑下孟子之平陸章以受人之牛羊喩牧民，這是更具啓發性的譬喩。至於所謂設寓，像『齊人乞墦』『宋人揠苗助長』彷彿眞有那故事似的，並不明白表示所說是譬喩，這便是原始的寓言。

(五)重言申明：梁惠王上首章開頭說『何必曰利？』結尾又說『何必曰利？』滕文公下夫子好辯章，結尾重申開頭的『予豈好辯哉？予不得已也。』都是例子。

孟子原爲子書之一，漢書藝文志載孟子十一篇。東漢末長陵趙岐，始加校訂注釋，趙岐判斷：『外書四篇：性善，辨文，說孝經，爲政。其文不能閎深，不與內篇相似，似非孟子本眞，後世依倣而作也。』卽行删去，後卽失傳，故現在流傳的孟子僅七篇。唐朝韓愈始推崇孟子，以爲直承文、武、周公、孔子的道統。到北宋孟子大行，宋儒將孟子性善，養氣諸說，推衍爲性理之學。蘇洵最喜歡孟子之文，爲之評解文法，稱『蘇批孟子』。有人託名孫奭作孟子疏，蔡謨，蘇轍都曾注孟子。仁宗嘉祐中刻石經，定爲十三經的一種。今十三經孟子注疏十四卷，即採用趙岐注及依託之孫奭疏。南宋孝宗淳熙中，朱熹作孟子集註，始與論語，大學，中庸，並稱爲四書。其後以清儒焦循作孟子正義，爲趙注作疏解，最爲精博。近人吳闓生著有孟子文法讀本。

## 六、莊子

先秦哲理散文，從論語簡短的嘉言懿行的記錄，發展成墨子、孟子說理詳盡反覆論辯的篇章，文體大變。開始讓諸子文學，從記傳體蛻化爲論說體，脫離歷史散文而獨立。墨子說理已善用譬喻，孟子更偶然出之寓言的方式，到莊子專採寓言的方式來說理與論辯，就又給哲理散文別開生面，另闢了一種高超的境界。莊子富於想像力，善用幽默的寓言，使他的文筆，擺脫了作文的常軌，自由地馳騁於無人之境，以形成他散文的特殊風格，而得在中國文學史上佔據了一個特別重要的地位。

關於莊子的生平及其著作，史記老子韓非列傳云：『莊子者，蒙人也，名周。嘗爲蒙漆園吏。與梁惠王、齊宣王同時。其學無所不闚，然其要本歸於老子之言。故其著書十餘萬言，大抵率寓言也。作漁父、盜跖、胠篋、以詆訾孔子之徒，以明老子之術。畏累虛、亢桑子之屬皆空語無事實。然善屬書離辭，指事類情，用剽剝儒墨。雖當世宿學，不能自解免也。其言洸洋自恣以適己，故自王公大人不能器之。楚威王聞莊周賢，使使厚幣迎之，許以爲相。莊周笑謂楚使者曰：『千金，重利；卿相，尊位也。子獨不見郊祭之犧牛乎？養食之數歲，衣以文繡，以入大廟。當是之時，雖欲爲孤豚，豈可得乎？子亟去，無汚我。我寧游戲汚瀆之中自快，無爲有國者所羈，終身不仕，以快吾志焉。』

莊子與梁惠王、齊宣王同時，則亦與孟子同時，惟其生卒年月無可查考。只知他曾和惠施往來，又死在惠施之後。馬夷初作莊子年表，起周烈王七年（公元前三六九年）迄赧王二十九年（公元前二八六年）他的年齡和壽數，都與孟子差不多，（只小三歲，也活八十四歲）兩人雖都曾到過梁都，但似乎未曾相遇，而且未批評對方。兩人都是當時有名的學者，未見面是可能的。當時正値儒墨道各爭長短互相排斥的年代，孟莊沒有互相批評，是令人疑惑難解的！我們可以這樣解說，孟子視莊子也是楊朱之徒，距楊亦卽距莊子；莊子『剽剝儒墨』，儒家但擧孔子，卽已包括孟子。所以兩人不必指名直斥也。

漢書藝文志諸子略載有莊子五十二篇，晉郭象選取三十三篇作注，存六萬五千二百十三字，其餘被删除的十九篇卽失傳。三十三篇又分輯爲內篇七，外篇十五，雜篇十一。大約內篇七篇爲莊子所自撰，其餘外雜等篇是他學生和後學所附加。

道家老莊並稱，老子一書尊稱爲道德經，莊子書則尊稱爲南華眞經，莊子天下篇尊老聃爲博大眞人，莊子亦被唐玄宗奉爲南華眞人。但老莊思想並不一致。老子說有無，莊子說是非；老子主清靜，莊子主自由；老子無爲而無不爲，講求處世之術，衍爲後世之權術；莊子則是順天安命的達觀思想，從齊萬物一死生，而臻於『心齋』『坐忘』絕對逍遙的境界，獲得心靈的歸宿，衍爲後世之遊仙一派。

莊子書中除輯錄莊子言論外，也記載莊子的事蹟，史記所載楚威王迎莊周爲相事，莊子外篇秋水第十七所記比史記簡略，而更能表現莊子神態。其文曰：

莊子釣於濮水，楚王使大夫二人往先焉，曰：『願以境內累矣。』莊子持竿不顧，曰：『吾聞楚有神龜，死已三千歲矣，王巾笥而藏之廟堂之上。此龜者，寧其死爲留骨而貴乎？寧其生而曳尾於塗中乎？』二大夫曰：『寧生而曳尾塗中。』莊子曰：『往矣！吾將曳尾於塗中。』

而文字更妙的是接下去記莊子往見梁相惠施一段：

惠子相梁，莊子往見之。或謂惠子曰：『莊子來，欲代子相。』於是惠子恐，搜於國中，三日三夜。莊子往見之，曰：『南方有鳥，其名鵷鶵，子知之乎？夫鵷鶵發於南海，而飛於北海，非梧桐不止，非練實不食，非醴泉不飲，於是鴟得腐鼠，鵷鶵過之，仰而視之曰：『嚇！』今子欲以子之梁國嚇我邪？』

以幽默的寓言來表明心迹，故事的表面很輕鬆，而鴟鳥的一嚇，非但描摹得生動鮮活，而且極盡冷嘲之能事。下一嚇字作及物動詞用，亦妙。再底下一段記濠上莊惠魚樂之辯，可證莊子之善辯。

至於史記稱：『其言洸洋自恣以適己』，則內篇的逍遙遊，齊物論，養生主等篇，以及外篇秋水等，最足代表。擧例言之，逍遙遊開頭的：『北冥有魚，其名爲鯤，鯤之大不知其幾千里也。化而爲鳥，其名爲鵬，鵬之背不知其幾千里也。怒而飛，其翼若垂天之雲……鵬之徙南冥也，水擊三千里，搏扶搖而上者九萬里，去以六月息者也』這是洸洋自恣的寓言。而齊物論末段：『昔者，莊周夢爲胡蝶，栩栩然胡蝶也。自喩適志與，不知周也。俄然覺，則蘧然周也。不知周之夢爲胡蝶與？胡蝶之夢爲周與？周與胡蝶則必有分矣，此之謂物化。』這是莊子適己的自述。秋水篇開頭河伯海若一大段對話，是洸洋自恣的寓言，而後段濮水垂釣等幾節，則是弟子記莊子的適己。

自司馬遷在史記裏對莊子的文章藝術加以贊揚以來，後世的文人，對莊子的奇妙文章，一致推崇。

明代胡應麟說：『莊周文章絕奇，而理致玄眇，讀之未有不手舞足蹈，心曠神怡者。』清人金聖歎批才子書十部，把南華經列爲第一。近人章炳麟服膺莊子，稱其爲先秦諸子第一。易君左也說：『莊子一書恣態橫生，極波譎雲詭之致，使人讀之迷離恍惚，心曠神怡，與天地同遊，和萬物一體。以文辭論，是諸子中首選。』張起鈞說：『讀南華經好像聽音樂，那快慢的節奏，高低的旋律，節節引人入勝，使人不得不跟着莊子，進入一種飄然的忘我境界。甚至忘掉去想文句的意思。』又說：『莊子的文章都是歸納性的。他東說一句，西說一句，毫無組織，全無結構，使你有點恍惚，使你感覺離奇；於是你一句一句的讀下去，最後你才發覺他每一句話都像一根鞭子，擊在你內心的癢處，使你感覺到的是一陣快感。他的整部書，可說都是由寓言湊成的。這些寓言雖然都是虛設的，然而每個寓言，都有它無窮的意味。他東拉一個寓言，西扯一個寓言，無非要來襯托出他心中奧妙的想法。這些想法，有的是憤世疾俗，有的是玩世不恭，有的是冷諷，有的是熱嘲；可是披上了寓言的糖衣後，非但我們感覺不出其中的尖刻，而且覺得非常親切；卽使自己也被嘲諷，却覺得別有一番滋味在心頭呢！』劉大杰則說：『莊子是戰國時代的大思想家，同時也是最優秀的散文家。他有傑出的天才，超人的想像，高尙的人格與浪漫的感情。文字到了他的手裏，成了活動的玩具，顚來倒去，離奇曲折，創造了一種特有的文體。這樣的文體，在中國有了二千多年，從沒有一個人能够摸擬能够學得像樣。他的文章也採取各種論辯的方法，然又氣勢縱橫，辭藻華麗，一點也不板滯。同時他又不顧一切的規矩，使用豐富的字彙，倒裝重疊的句法，奇怪的字眼，巧妙的寓言，使他的文字，格外靈活，格外新奇，格外有力量。墨子的文失之沉滯，孟子的文失之顯露，莊子的文却沒有這種弊病，偶爾翻閱，自然覺得有些艱苦，但當你的字義和意思瞭解以後，讒之，乃去齊南適楚。楚考烈王八年（公元前二五五年），楚相春申君以荀卿爲蘭陵令（蘭陵在今山東嶧縣境），因移家於蘭陵。考烈王卒，春申君被李園所殺，荀卿亦被廢。晚年著書講學以終。其弟子韓非、李斯、張蒼等，以文章政治著於世。魯人毛亨，齊人浮丘伯，則傳其經學，爲漢初名儒。

荀卿所著書流傳者共三十二篇，漢劉向校訂，名爲孫卿新書，分十二卷。漢書藝文志列入諸子略，名爲孫卿子。唐人楊倞始爲作注，改稱荀卿子。宋儒推重孟子，因荀卿性惡之說，與孟子性善說歧異，加以抨擊，故其學說不爲人重視。清朝諸子學頗盛，研究荀子的也不少，王先謙綜合各家校注成荀子集解二十卷，汪子編有荀子年表一卷。民國以來諸子學更盛，陳大齊著有荀子學說一書。他分析荀子學說出發於三個基本觀點，以構成其學說的體系。第一，天是無可取法的。荀子說：『天能生物，不能辨物也。……宇中萬物生人之屬，待聖人然後分也。』（禮論篇）『從天而頌之，孰與制天命而用之？』（天論篇）至此儒家的畏天敬天法天思想，一變而爲制天用天。荀子不依據天道以建立人道，是荀子學說的一大特色；第二，人的特色在於有義辨與能群。荀子說：『人之所以爲人者，何已也？曰：以其有辨也。……辨莫大於分，分莫大於禮。』（非相篇）『禽獸有知而無義，人有氣、有生、有知，亦且有義，故最爲天下貴也。力不若牛，走不若馬，而牛馬爲用，何也？曰：人能群，彼不能群也。人何以能群？曰：分。分何以能行？曰：以義。』（王制篇）人的異於禽獸，在於㈠有辨，㈡有義，㈢能群。辨是分別是非，所以辨與義可合爲義辨。而人的所以能群，也有賴於義辨。荀子在論述思想、道德、政治時，無不以發揮義辨的功能爲其理論的基礎。義辨是理智作用，這形成了荀子的理智主義；第三，人性是惡的。荀子說：『人之性惡，其善者僞也……故聖人化性起僞，僞起而生禮義。』（性惡篇）荀子把

## 八、韓非子

荀子是崇禮的儒學大師，而他的弟子韓非，却一變而爲法家的權威。

法家本是在儒道墨三大學派以外，到戰國後期，才異軍突起與各派思想分庭抗禮的新學派。但法家思想的起源，可追溯到春秋中期輔佐齊桓公稱覇的管仲，主要是記載管仲學說的管子一書。不過管子書，並非管仲所著或管仲當時的人所記，而係出於後人的僞託，只能代表戰國時代法家思想的醞釀。這部書，一方面摭拾了些管仲所遺留下的名言讜論，像：『倉廩實而知禮節，衣食足而知榮辱。』和『禮義廉耻，國之四維，四維不張，國乃滅亡』等教訓，更加以發揮；一方面又把許多與管仲無關的富國强兵的辦法附會上去，而成爲法家最早的書。孔子就管仲尊王攘夷，挽救了『南夷與北狄交，中國不絕若線』（公羊傳中語）危機的功績來說，一再讚美他：『如其仁！如其仁！』『微管仲，吾其披髮左衽矣！』（論語）。而孟子反對當時許多政客不擇手段，專在富國强兵以圖覇上用力，因此提倡王道，反對覇道，一變而曰：『仲尼之徒，無道桓文之事者。』（孟子梁惠王）

戰國時代，推行法制來富國强兵，最有成效的是秦孝公所重用的衛人商鞅。他以『信』與『嚴』來提倡守法精神。他重賞移木北門者以立信，太子犯罪，則黥其師傅以樹威。這樣賞罰分明，全國上下，在法律之前，一律平等。於是施行嚴刑峻法十年，而秦國大治。（漢書藝文志列法家商君書二十九篇，今本目錄二十六篇中缺二篇，實得二十四篇。）又有鄭國的賤臣申不害，主張權術，他做了韓昭侯的國相，能使韓國介於齊楚兩强之間而保持均勢。他認爲人主操縱臣下必須要有陰謀，要有計慮，要不動聲色。還有齊國稷下的愼到，主張威勢，認爲人君要有威權，使他成爲恐怖的對象，以鎭壓人民。史記稱愼到著十二論，今存愼子七篇。商君重『法』，申不害重『術』，愼子重『勢』。以老子『無爲而治』，荀子『性惡』與墨子『尙同』等學說爲根據，而把商、申、愼三種思想融合起來，完成法家學說的思想系統的，便是荀子的學生韓非。

韓非是韓國的公子，約生於韓釐王五年（周赧王三十五年，公元前二八一年）死於秦始皇十四年（公元前二三三年）。他與楚人李斯同受學於大儒荀卿。當時韓國國勢削弱，韓非口吃，不善言談，乃以書諫韓王，韓王不能用。遂發憤著書，寫下了『孤憤』『五蠹』『說難』等十餘萬言，攻擊當時政府『所養非所用，所用非所養』，而主張極端的功用主義，要國家變法圖强，重刑罰而去無用的蠹虫。後來秦始皇讀到了大爲讚歎說：『嗟乎！寡人得見此人與之遊，死不恨矣。』李斯把韓非是誰告訴始皇，始皇想收用他，遂急攻韓。韓王因使韓非入秦，說存韓的利益。李斯是韓非的同學，自知才學不如，唯恐始皇重用韓非，便進讒言說韓非忠於韓國，不會爲秦出力，不如坐以罪名殺了他，以免後患。始皇就把韓非下雲陽獄。韓非欲自陳訴，不得見。李斯私下送去毒藥，誘令自殺。等到始皇想到要赦免他時，他已經死了。韓非竟被同學陷害，應驗了他『說難』『難言』的慨嘆。後來李斯爲秦相，用韓非的主張執政，始皇滅六國，統一天下。但法家嚴刻，急功近利，商鞅李斯，固都不得好死，秦朝也只十來年便崩潰了。

漢書藝文志列法家韓非子五十五篇，其中雖有後人附入者，大部分出於韓非自著。韓非子文，緻密深切，勁悍明快。先秦諸子散文，至此在形式、句法、乃至辭藻，都已完成了極成熟獨立的單篇，而爲極具戰鬪性的辯論文字。梁啓超稱其：『機鋒側出，直入壁壘，而立於不敗之地。』韓非立論雖多偏狹處，因其曲譬善喩，仍能引人入勝。像『以子之矛攻子之盾』『守株待兎』等寓言，都很有名。後世諸葛亮、蘇洵、張居正等的學術文章，皆深有得於此書。柳宗元、王安石、吳汝綸等亦皆以學韓非文著名。韓非文多駢偶句，而內外儲說，又爲連珠體所昉。其中許多小故事的輯錄，妙趣橫生，又像印度佛教的百喩經。

今擧難勢篇第一節爲駢偶句之例：

愼子曰：飛龍乘雲，騰蛇遊霧。雲罷霧霽，而龍蛇與螾螘同矣，則失其所乘也。賢人而詘於不肖者，則權輕位卑也；不肖而能服於賢者，則權重位尊也。堯爲匹夫，不能治三人；而桀爲天子，能亂天下。吾以此知勢位之足恃而賢智之不足慕也。夫弩弱而矢高者激於風也，身不肖而令行者得助於衆也。堯教於隸屬而民不聽，至於南面而王天下，令則行，禁則止。由此觀之：賢智未足以服衆，而勢位足以任賢者也。

所引愼子之言，卽比愼子原文，更爲工整而有力。

更擧外儲說左上數節爲類似後世連珠體，又似印度百喩經之例：

鄭縣人卜子，使其妻爲袴，其妻問曰：『今袴何如？』夫曰：『象吾故袴。』妻因毀新令如故袴。

鄭縣人有得車軛者，而不知其名，問人曰：『此何種也？』對曰：『此車軛也。』俄又復得一，問人曰：『此是何種也？』對曰：『此車軛也。』問者大怒曰：『曩者曰車軛，今又曰車軛，是何衆也？此女欺我也。』遂與之鬪。

鄭縣人卜子妻之市，買鼈以歸。過潁水，以爲渴也，因縱而飲之，遂亡其鼈。

鄭人有欲買履者，先自度其足，而置之其坐，至之市而忘操之。已得履，乃曰：『吾忘持度，反歸取之。』及反市罷，遂不得履。人曰：『何不試之以足？』曰：『寧信度，無自信也。』

韓非子注解以北魏劉昞注最古，已亡佚。現以清王先愼所撰韓非子集解二十卷，最爲通行，仍保存五十五篇。近人陳啓天撰有韓非子校釋（中華書局出版），則更後來居上。又輯錄韓非子參考書輯要一書，頗便於讀者的參考。

## 九、呂氏春秋、淮南子

第一時期散文主流的歷史散文，盛於先秦，到漢朝的史記而發展達於極頂。諸子散文也盛於先秦，但到莊子、韓非，而至雙峯並峙之奇景。到漢朝已無以爲繼，不再有新的發展。在哲理方面，可以一讀的，西漢有劉安的淮南子，董仲舒的春秋繁露，揚雄的太玄，法言等書；東漢則只有王充的論衡一書而已。但論衡長於批評，而缺乏哲理的建樹，諸子哲學，實在到東漢已衰歇了。

淮南子又名鴻烈書，漢書藝文志列爲雜家。講到雜家，我們還得補述一下戰國末年的雜家呂氏春秋。藝文志所稱雜家，是既非闡述以前那一學派之書，而又非開創新學說的著作，只是駁雜地「兼儒墨，合名法」的綜合之書。這種駁雜的綜合之書，無以名之，稱爲雜家。而呂不韋的呂氏春秋二十六卷，爲雜家中最著名的書。

呂不韋本陽翟大賈，識秦國公子楚於邯鄲，助之回國，立爲太子。太子楚卽位，是爲莊襄王。莊襄王以不韋爲相，封文信侯。莊襄王在位三年卽死，其子政嗣位，卽秦始皇，始皇尊不韋爲仲父，總攬朝政。不韋羅致食客三千人，欲合百家以著書，遂成呂氏春秋。始皇八年（公元前二三九年）書成，布咸陽市門，懸千金其上，延諸侯遊士賓客，有能增損一字者予千金。蓋藉以收攬衆譽，別有用心。秦自孝公用商鞅以來，以法家學說治國，而形成專制政體。呂氏春秋的完成，略後於韓非的著書，其政治思想，以道家爲體，以儒家爲用。倡導君主委政於賢能，以行德治，而反對專制政體以及法家的嚴刑黷武等秦國的傳統政策。呂不韋遭始皇之忌，書成後四年（始皇十二年，公元前二三五年）自殺而死。

淮南子著者劉安，是漢高祖庶子淮南厲王長的長子，生於漢文帝元年（公元前一七九年）。厲王驕盈，圖謀不軌，被文帝流放西蜀，途中絕食而死。文帝憫之，封其四子爲列侯。十六年，長子安襲父爵，進封爲淮南王，建都壽春（今安徽壽縣）。其弟二人亦進爵爲衡山王廬江王。安爲人好讀書鼓琴，不喜弋獵狗馬馳騁，頗行惠政，安撫屬民，甚負時譽。他招致賓客方術之士數千人，研究各種學術，編輯書籍。他的文章學識很受武帝器重，每召見，談論政治得失，方技賦頌，昏暮然後出，但也不免因而招猜忌。他爲防備萬一，也盛作軍備，一面派員偵察長安的動靜，作隨時應變的措施。結果朝廷得到謀反的告密而窮治其事，劉安遂於元狩元年（公元前一二二年）自殺，年五十八歲。

漢書淮南衡山王傳，載安「作爲內書二十一篇，外書甚衆。又有中篇八卷，言神仙黃白之術，亦二十餘萬言。」藝文志諸子十家中，雜家有淮南內二十一篇，淮南外三十三篇，今僅存高誘注內書二十一篇。高誘敘其著書經過曰：「初，安爲辨達，善屬文，皇帝爲從父，數上書召見。孝文皇帝甚重之，詔使爲離騷賦，自旦受詔，日早食已。上愛而秘之。天下方術之士，多往歸焉。於是遂與蘇飛、李尙、左旲、田由、雷被、毛被、伍被、晉昌等八人，及諸儒大山、小山之徒，共講論道德，總統仁義，而著此書。其旨近老子，淡泊無爲，蹈虛守靜，出入經道。言其大也，則燾天載地；說其細也，則淪於無垠，及古今治亂存亡禍福，世間詭異瓌奇之事。其義也著，其文也富，物事之類，無所不載。然其大較，歸之於道，號曰鴻烈。鴻大也，烈明也，以爲大明道之言也。」由此可知淮南子內容的確很駁雜，但其「旨近老子」與呂氏春秋相似，而我們也可以說呂氏春秋至淮南子二書中間一段約一百年，是老子思想反抗法家而漸占優勢的時期。（漢書淮南衡山王傳有：「安初入朝，獻所作內篇」。史記謂安於建元二年入朝，則武帝建元元年卽公元前一四〇年，內篇已有定稿）自建元二年（公元前一三九年）董仲舒進獻「天人三策」主張尊孔子黜百家，建元五年（公元前一三六年）置五經博士以後，才轉移爲儒家的天下。而兩書都是與門客合作的百科全書，且不韋與淮南兩人自殺的下場也都相似。

呂氏春秋雖說千金不易一字，哲理與文字都無甚發展。淮南子的宇宙論可以一述。原道訓曰：

夫道者，覆天載地，廓四方，折八極，高不可際，深不可測，包裹天地，禀授無形，源流泉浡，冲而徐盈，混混汩汩，濁而徐清，故植之而塞於天地，橫之而彌於四海，施之無窮，而無所朝夕，舒之幎於六合，卷之不盈於一握，約而能張，幽而能明，弱而能強，柔而能剛，橫四維而含陰陽，紘宇宙而章三光。

這是和老莊相同的本體論。至於本體的發展爲現象，則別有新方式的展開，且甚爲詳明。天文訓曰：

天地未形，馮馮翼翼，洞洞灟灟，故曰太始。太始生虛霩，虛霩生宇宙，宇宙生元氣。元氣有涯垠，清陽者薄靡而爲天，重濁者凝滯而爲地。清陽之合專易，重濁之凝竭難；故天先成而地後

> 定。天地之襲精爲陰陽，陰陽之專精爲四時，四時之散精爲萬物。積陽之熱氣久者生火，火氣之精者爲日。積陰之寒氣爲水，水氣之精者爲月。日月之淫氣，精者爲星辰。天受日月星辰，地受水潦塵埃。昔者共工與顓頊爭爲帝，怒而觸不周之山，天柱折，地維絕。天傾西北，故日月星辰移焉；地不滿東南，故水潦塵埃歸焉。天道曰員，地道曰方。方者主幽，員者主明。明者吐氣者也，是故火曰外景；幽者含氣者也，是故水曰內景。吐氣者施，含氣者化；是故陽施陰化。天地之偏氣，怒者爲風；天地之合氣，和者爲雨。陰陽相薄，感而爲雷，激而爲霆，亂而爲霧。陽氣勝則散而爲雨露，陰氣勝則凝而爲霜雪。毛羽者，飛行之類也，故屬於陽；介鱗者，蟄伏之類也，故屬於陰。日者，陽之主也，是故春夏則群獸除，日至而麋鹿解；月者，陰之宗也，是以月虧而魚腦減，月死而蠃蛖膲。火上蕁，水下流；故鳥飛而高，魚動而下。物類相感，本標相應；故陽燧見日則燃而爲火，方諸見月則津而爲水，虎嘯而谷風至，龍舉而景雲屬，麒麟鬬而日月食，鯨魚死而彗星出，蠶珥絲而商弦絕，賁星墜而勃海決。

這種有系統的宇宙論，本來是哲理的解釋，中間忽插一段共工顓頊爭帝的神話，與前後文不類，可見其爲門客合輯其文不純之跡象。又精神訓曰：

> 古未有天地之時，惟像無形，窈窈冥冥，芒芠漠閔，澒濛鴻洞，莫知其門。有二神混生，經天營地，孔乎莫知其所終極，滔乎莫知其所止息。於是乃別爲陰陽，離爲八極。剛柔相成，萬物乃形。煩氣爲蟲，精氣爲人。是故精神，天之有也；而骨骸者，地之有也。精神入其門，而骨骸反其根，我尚何存？……夫精神者，所受於天也；而形體者，所禀於地也。故曰，一生二，二生三，三

生萬物。萬物背陰而抱陽，沖氣以爲和。故曰，一月而膏，二月而胅，三月而胎，四月而肌，五月而筋，六月而骨，七月而成，八月而動，九月而躁，十月而生。形體以成，五臟乃形。是故肺主目，腎主鼻，膽主口，肝主耳。外爲表而內爲裏，開閉張歙各有經紀。故頭之員也象天，足之方也象地。天有四時，五行，九解，三百六十日，人亦有四支，五臟，九竅，三百六十節。天有風雨寒暑，人亦有取與喜怒。故膽爲雲，肺爲氣，脾爲風，腎爲雨，肝爲雷，以與天地相參也，而心爲之主。是故耳目者，日月也；血氣者，風雨也。日中有踆烏，而月中有蟾蜍。日月失其行，薄蝕無光；風雨非其時，毀折生災；五星失其行，州國受殃。夫天地之道，至紘以大，尙又節其章光；愛其神明；人之耳目，曷能久勤勞而不息乎！精神何能久馳騁而不旣乎！

這將人與宇宙的關係及人在宇宙中的地位，作詳細的思考而描述了出來。天地是一大宇宙，人身則係一小宇宙。最後詮言訓曰：

稽古太初，人生於無，形於有，有形而制於物；能反其所生，若未有形，謂之眞人。眞人者，未始分於太一者也。

眞人「反其所生」，「未始分於太一」，得道的眞人能與天地萬物爲一體。歷史上記載着淮南子劉安自殺而死，後來道教的書，便得傳說着淮南王一人得道，雞犬升天了。

## 一〇、春秋繁露

春秋繁露的作者董仲舒是廣川人（今河北省棗强縣），其生卒年月，漢書本傳未言及，但云「年老」「壽終於家」。蘇輿作董子年表，起文帝元年（公元前一七九年）止武帝太初元年（公元前一〇四年）。仲舒治春秋，下帷發憤，潛心研究，三年不窺園。在他的學生中，資格淺的只能跟資格老的學習，往往有沒見過老師一面的。在漢景帝時他已做博士，德高而望重。武帝即位，舉賢良對策，仲舒上天人三策，推明孔氏，抑黜百家。武帝採納，自此儒家獨尊。而「仲舒治公羊春秋，推始陰陽，爲儒者宗。」（漢書五行志）。武帝以仲舒爲江都王劉非的輔相，能以禮義匡正之。後轉任中大夫。他研究天人之故，撰寫災異記，寓意勸戒，以爲天災地變，皆出天意欲以警醒當朝。其中解釋在賢良對策的前一年，遼東高廟及長陵園殿失火的意義，打好草稿，還待修正，被他的同事主文偃偷去奏呈武帝，並進讒言。於是武帝召集儒生，徵求他們對此書意見。仲舒的學生呂步舒，不知是他老師的著作，斥其內容荒唐，因此法庭判仲舒死罪。武帝雖予特赦，仲舒從此絕口不再談災異。此後仲舒又做了一時期縱恣不法的膠西王的輔相，稱病辭歸。朝廷遇大事難決，便派一位使者到他家中去向他討教，他依據經義回答，從不標新立異。漢代立學校之官，州郡舉茂材孝廉，都出於仲舒的建議。他著有疏奏百二十三篇，研究春秋的著作數十篇，但現存的只有文集一卷，春秋繁露十七卷。

董仲舒是把漢初黃老盛行的局面，轉變爲孔子獨尊的大儒。他對孟荀的性善性惡論，有新的看法。春秋繁露卷十深察名號篇中，他根據孔子「惟上智與下愚不移」的話，駁孟荀的性論，而開闢他自己的「性三品說」：

聖人之性，不可以名性，斗筲之性，亦不可以名性，性者中民之性也。米出禾中，而禾未可全爲美也。善出性中，而性未可全爲善也。繭有絲而繭非絲也，卵有雛而卵非雛也。故謂性未盡善。

上智聖人的性善爲一品，下愚斗筲的性惡爲一品，而中民的性未盡善又爲一品，而說：「名性不以上，不以下，以其中名之。」中民的性何以未盡善？他說：

身之有性情也，若天之有陰陽也。言人之質而無其情，猶言天之陽而無其陰也。

性的表現於外的爲仁，情的表現於外的爲貪。但是「天地之所生謂之性情，性情相與爲一瞑，情亦性也。」所以「天兩有陰陽之施，身亦兩有貪仁之性。」這樣發展陽氣的仁性，以控制陰氣的貪性，就有待於教育。他在繁露卷十實性篇說：

中民之性，如繭如卵。卵待覆二十日而後雛，繭待繰以涫湯而後能爲絲。性待漸於教訓而後能爲善。善，教訓之所然也，非質樸之所能至也。

他以「性禁情爲教」，這樣他修正了孟荀的性論，而其重視個人的修養和教育的功能，結果與孟荀同，不違於孟荀的主張。他以「正其誼不謀其利，明其道不計其功」教導江都王，收到了教育的實效。

董仲舒的天人合一論，是繼承淮南子宇宙論的發展，春秋繁露人副天數篇曰：

天以終歲之數成人之身，故小節三百六十六，副日數也。大節十二分，副月數也。內有五臟，副五行也。外有四肢，副四時數也。乍視乍瞑，副晝夜也。乍剛乍柔，副冬夏也。乍哀乍樂，副陰陽也。

漢朝思想家，大多深染陰陽家學說的影響的，董仲舒一方面承接了儒家的傳統精神，但一方面用陰陽五行的道理來解釋人事。春秋繁露就是這樣一本著作，不僅限於解釋孔子春秋一書的意義。戰國大儒，沾染了縱橫氣，漢代大儒，免不了陰陽家色彩，宋明大儒，都受佛學影響，這是時代的特徵。班固稱董仲舒爲「純儒」，不見得確當。但他「尊儒」的功勳，「正誼明道」的精神，確實不愧爲一代大儒。

## 一一、太玄、法言

太玄和法言的著作者揚雄，字子雲，蜀郡成都人。少年時卽好學，博覽多識。漢書列傳第五十七稱其「爲人簡易佚蕩，口吃不能劇談，默而好深湛之思。清淨亡爲，少嗜欲，不汲汲於富貴，不戚戚於貧賤，不修廉隅，以徼名當世。家產不過十金，乏無儋石之儲，晏如也。自有大度，非聖哲之書不好也；非其意，雖富貴不事也。」年四十餘，大司馬王音始召爲郞。至哀帝時作黃門侍郞，以病致仕。王莽時，復被召爲大夫。並撰劇秦美新一文來捧王莽，後人惜之。天鳳五年（公元十八年）卒，年七十一。推算起來，他出生於宣帝甘露元年（公元前五十三年）。

揚雄常治文字語言學，著有方言，訓纂等書。他善作詞賦，成帝時召對，奏甘泉，長楊等賦，多模仿司馬相如。但晚年認爲這是雕蟲小技，壯夫不爲也，輟不復爲。於是仿易經著太玄十卷，仿論語著法言十卷。

揚雄是儒家的折衷派學者，他擬易的太玄，其本體論是雜糅周易老子學說而成。而倫理道德，則根據儒學。他自述曰：「老子之言德道也，吾有取焉；其槌提仁義，絕滅禮樂，吾無取焉。」「玄」在老子學說中是宇宙的最高原理的道體。現象界的一切，都由這本體的實在顯化出來。老子第三章說：「玄之又玄，衆妙之門」，而揚雄就說：「夫玄也者，天道也，地道也，人道也。」（太玄卷十）老子以「一生二，二生三，三生萬物」爲玄體顯化爲現象的過程，揚雄亦曰：「玄有一道，一以三起，一以三生。……以三生者，參分陽氣，以爲三重，極爲九營。是爲同本離生，天地之經也。旁通上下，萬物并也。」（太玄卷十）作一、三、九、二十七的三重發展。他在哲學方面，沒有什麼新的貢獻，他的特點是：西漢的今文經學家，都深染陰陽家色彩，作「非常可怪」之論，而西漢末年，緯書讖書更盛行，他却能持老易的自然主義的宇宙觀人生觀，有轉移風氣的意義。但他的太玄講象數之學，仍未能完全脫離陰陽家的見解。

太玄文字晦澀，仿論語的法言則比較流暢，雖不如論語的雋永，却頗有風味，擧例如下：

或問近世社稷之臣，曰：「若張子房之智，陳平之悟，絳侯勃之果，霍將軍之勇，終之以禮樂，則可謂社稷之臣矣。

或問：「公孫弘董仲舒孰邇？」曰：「仲舒，欲爲而不可得者也；弘，容而已矣。」

或問近世名卿，曰：「若張廷尉之平，雋京兆之見，尹扶風之絜，王子貢之介，斯近世名卿矣。」（淵騫卷第十一）

他在法言書中對迷信的事都加反對。他駁斥神仙長生之說曰：

有生者必有死，有始者必有終，自然之道也。（君子卷十二）

他以復興儒家自任，而以孟子自比：

古者楊墨塞路，孟子辭而闢之，廓如也。後之塞路者有矣，竊自比於孟子。（吾子卷第二）

但對孟荀性善性惡說，則又加以折衷，修正爲善惡混：

人之性也善惡混，修其善則爲善人，修其惡則爲惡人。（脩身卷第三）

在中國文學史上，揚雄是擬古作家的第一人。摹擬的風氣，就從他開始。

## 一二、其他哲理散文

在諸子散文同時期所完成的哲理散文，還有易經的十翼，和禮記中大學、中庸、禮運三篇，都是儒家的重要典籍，在中國思想史上都有最重要的地位，因此對此後中國文學作品也發生了很大的影響，這裏不克詳述，就只附帶提起一筆。

# 作品欣賞

## 一、子路曾晳冉有公西華侍坐章

論語

子路、曾晳、冉有、公西華侍坐❶。子曰：「以吾一日長乎爾❷，毋吾以也❸！居則曰❹：『吾不知也。』如或知爾，則何以哉❺？」

子路率爾而對曰❻：「千乘之國❼，攝乎大國之間❽，加之以師旅❾，因之以饑饉❿，由也爲之，比及三年⓫，可使有勇，且知方也⓬。」夫子哂之⓭。

「求，爾何如？」對曰：「方六七十，如五六十⓮，求也爲之，比及三年，可使足民⓯；如其禮樂，以俟君子。」

「赤，爾何如？」對曰：「非曰能之，願學焉。宗廟之事⓰，如會同⓱，端章甫⓲，願爲小相焉⓳。」

「點，爾何如？」鼓瑟希——鏗爾⓴，舍瑟而作㉑，對曰：「異乎三子者之撰㉒。」子曰：「何傷乎？亦各言其志也。」曰：「莫春者，春服既成，冠者五六人，童子六七人，浴乎沂，風乎舞雩，詠而歸。㉓」夫子喟然歎曰：「吾與點也㉔。」

三子者出，曾晳後。曾晳曰：「夫三子者之言何如？」子曰：「亦各言其志也已矣！」曰：「夫子何哂由也？」曰：「爲國以禮；其言不讓，是故哂之。」「唯求則非邦也與？」「安見『方六七十，如五六十』，而非邦也者？」「唯赤則非邦也與？」「宗廟會同，非諸侯而何？赤也爲之小，孰能爲之大？」

【註釋】❶四人皆孔子學生：子路，姓仲名由，字子路，又字季路，魯國卞人。正直好勇，通政事，善治兵。後來在衞國做官，因反對孔悝廢立衞君，被殺。曾晳，姓曾名點，字晳，魯國南武城人，曾參之父。冉有，姓冉名求，字子有，魯國人，擅長財賦工作，爲季氏家臣。公西華，姓公西，名赤，字子華。魯國人，擅長外交禮儀之事。孔子曾派他出使齊國。❷據史記仲尼弟子列傳：子路少孔子九歲，冉有少孔子二十九歲，公西華少孔子四十二歲，一日長乎爾爲孔子謙虛之言意在鼓勵學生，勿因孔子較他們年長而不肯發言。以，因。爾，你們。❸朱注：「言我年雖少長於汝，然汝毋以我長而難言。」鄭玄本「以」作「已」字，謂「毋以我長之故，已而不言。」已，止。❹居卽平居之時。❺朱注：「則汝將何以爲用也。」❻率爾：輕率莽撞的樣子。❼乘：音剩ㄕㄥˋ，車輛單位。千乘之國卽謂有一千輛兵車的國家。❽攝：迫。古代百乘之國是小國。千乘之國是諸侯之國（不大不小國家）攝乎大國之間，卽夾在大國的中間。❾師旅：軍隊。古時以兩千五百人爲師，五百人爲旅，此指戰爭而言。❿五穀不熟曰饑，蔬果無收曰饉。老子第三十章：「師之所處，荊棘生焉；大軍之後，必有凶年。」意謂戰爭之後，必因此而遇荒年。⓫比及：及至，到了。⓬知方：知道向義。謂使民知道向義，爲國家出力效死。⓭哂：音審ㄕㄣˇ，微笑。⓮方六七十，如五六十：方：四方。指春秋時，國土周圍六七十里或五六十里的小國。如，或。王制：「公侯方百里，伯七十里，子男五十里。」⓯足民：人民生活富足。⓰宗廟之事：鄭玄、朱熹注，皆以爲是宗廟裏祭祀之事。胡紹勳拾義，以爲此處指朝聘而言。⓱如會同：如：或，作連接詞用。諸侯相見曰會同。同：會合。⓲端章甫：端：禮服。古代禮服端正無殺（音晒ㄕㄞˋ）故曰端。其色玄，又名玄端。章甫：禮帽名。⓳相：贊禮官。諸侯間朝聘會盟，都需要有言語之才，長於禮樂的人爲贊禮的「相」。古以卿爲大相，士、大夫爲小相。⓴鏗：音坑ㄎㄥ，鏗爾是鏗然一聲，形容瑟聲突然停止。㉑舍：通捨，放下、推開的意思。作：站起來。㉒異乎三子者之撰：撰：朱注：「具也。」謂與子路、冉有、公西華三人所具的志趣不同。但鄭玄本「撰」作「僎」字；僎音全ㄑㄩㄢˊ，言之善也。曾晳自謙，謂己不如三子所言之善也。㉓莫春……歸：莫通暮，漢包氏曰：「暮春者，季（晚）春三月也；春服既成，衣單、袷（夾）之時；我欲得冠者五六人，童子六七人，浴於沂水之上，風涼於舞雩之下，歌詠先王之道，歸於夫子之門。」朱熹及一般注家，大體沿用此說。古時男子二十歲行冠禮；冠者稱成年人；童子，指未冠的孩子。沂水，出魯城（山東曲阜）東南泥丘山。沂水北對雩門；門南隔水有雩壇（見水經泗水注），為魯國人祭天祈雨的壇；因設祭時有樂舞，又叫「舞雩」。壇上多樹蔭，可乘涼。這段是曾皙說他自己的志趣，喜歡在暮春時候，春衣做成了，同成人和孩子到沂水去玩水洗澡，再到舞雩壇下吹風乘涼，然後大家一路上唱唱歌，高高興興的回去。說只求眼前生活的快樂，無意功名事業，有遺世出塵之意。㉔與：贊與。

【翻　譯】

（有一天）子路、曾皙、冉有、公西華四個人陪侍着孔夫子閒坐。夫子說：「以為我的年紀比你們大一點（在我面前不敢說話），不要因為我年紀大呀！（儘管說吧！）你們平常總是說：『沒有人知道我啊！』要是有人知道你們，那末你們又有什麼本領可用呢？」

子路毫不思索地立卽回答道：「一個有千輛兵車的國家，夾在兩個大國之間，外邊有敵人來侵犯，內部接着又鬧饑荒，讓我仲由去治理這樣的國家，等到三年之後，就可使全國人民有勇武精神，而且知道向義，肯為國家效死了。」夫子微微一笑。

「求啊！你怎麼樣呢？」（冉求）回答說：「一個周圍有六七十里或五六十里大的小國，要我冉求去治理的話，到了三年，就可使人民生活富足；至於禮樂的教化，那就要等待才德兼備的君子了。」

「赤啊！你怎麼樣呢？」（公西華）回答說：「不敢說我能做什麼，只是願意學習學習：宗廟裡祭祀的事情，或者諸侯會盟的時候，我願意穿上玄端禮服，戴上章甫禮帽，做一個小小的贊禮者。」

「點啊！你怎麼樣呢？」（曾皙）把鼓瑟的聲音緩慢下來，然後鏗然一聲放下瑟，站了起來。回答說：「我和三位同學所具有的志願不一樣。（如照鄭玄注翻譯，則是：我沒有三位同學所說的那麼好。）」夫子說：「那又何妨呢？也只不過各人說說自己的志願呀！」（曾晳）就說：「當晚春三月的時候，袷衣單衣都做好了，邀約五六個青年人，六七個小孩子，到沂水去洗個澡，再到舞雩壇的樹下吹吹風，然後吟着詩，唱着歌回來。」夫子歎一口氣說：「唉！我贊成點啊！」

子路、冉有、公西華三個人出去了，曾晳在最後。曾晳就問孔子說：「那三位同學所說的話怎樣呢？」（夫子）說：「也不過各人說說自己的志願吧了！」（曾晳）說：「老師爲什麼笑仲由呢？」（夫子）說：「治國要禮讓，他說話太不謙虛，所以笑他。」（曾晳又說）「那冉求所說的志願，不是治理邦國大事的嗎？」（夫子說）：「怎見得周圍六七十里或五六十里的，不是邦國呢？（只是冉求自己謙虛罷了。）」（曾晳又說）：「那麼赤所說的，不也是治理邦國的事嗎？」（夫子說）「宗廟祭祀，列國會盟，不是諸侯的事情是什麼？赤只願做小相，那誰又能做大相呢？」

**【評解】**

這是先進篇二十七章中的一章，也是論語中記孔子與弟子對話比較長的一章，寫得活潑而生動，讀之可見他們師生日常生活的一斑。

宋賢曾出題「尋孔顏樂處」，其答案孔子的樂處是：

子曰：「飯疏食，飲水，曲肱而枕之，樂亦在其中矣！不義而富且貴，於我如浮雲。」（論語述而篇）

顏淵的樂處是：

子曰：「賢哉回也！一簞食，一瓢飲，在陋巷；人不堪其憂，回也不改其樂。賢哉回也！」（論語雍也篇）

聖人惟以修道行道爲其職志。孔顏之樂，非因得疏食、飲水、簞瓢、陋巷也；然亦非因富貴利祿，乃樂於道也。惟樂於道，則亦安於貧耳。此孔顏安貧樂道的性情，可以體會得出。「鞠躬盡瘁」的諸葛亮，也就是躬耕南陽，高臥不起的隱士；我們也該記得他「淡泊以明志，寧靜而致遠」的話。

孔子曾栖栖遑遑，周遊列國，尋覓他行道的機會，他的弟子，也大多有志於用世，但孔子也表明心跡說：「天下有道，丘不易也。」（論語微子篇）他的周遊列國，是出於不得已，我們讀了這一章，可以明白，大道旣行，固可享結伴春遊之樂，而大道未行，也未嘗可以抹殺浴沂風雩的休閒生活。孔子的贊成曾點，我們該細細玩味的。

林語堂論幽默，指出幽默有廣義和狹義之分，格調高低之別。廣義的幽默，包括一切使人發笑的文字，連鄙俗的笑話在內。但狹義的格調最高的幽默，僅是「會心的微笑」之一類。他說：「這種笑是和緩溫柔的，是出於心靈的妙悟。訕笑嘲謔是自私，而幽默却是同情的。幽默的情境是深遠超脫，不會怒，只會笑，是基於道理的滲透。」而他所欣賞的孔子，是「吾與點也」幽默自適的孔子。論語中這章就是林氏所說：「有相當的人生觀，滲透道理，說話近情的人的幽默作品」。

## 二、非攻上　墨子

今有一人，入人園圃❶，竊其桃李，衆聞則非之，上為政者得則罰之。此何也？以虧人自利也。至攘人犬豖雞豚者❷，其不義又甚入人園圃，竊桃李。是何故也？以虧人愈多❸，其不仁茲甚❹，罪益厚。至入人欄廄❺，取人馬牛者，其不義又甚攘人犬豖雞豚。此何故也？以其虧人愈多。苟虧人愈多，其不仁茲甚，罪益厚。至殺不辜人也❻，拕其衣裘❼，取戈劍者，其不義又甚入人欄廄，取人馬牛。此何故也？以其虧人愈多。苟虧人愈多，其不仁茲甚矣，罪益厚。當此，天下之君子❽，皆知而非之，謂之不義；今至大為攻國，則弗知非，從而譽之，謂之義；此何謂知義與不義之別乎❾？

殺一人謂之不義，必有一死罪矣。若以此說往❿，殺十人，十重不義，必有十死罪矣；殺百人，百重不義，必有百死罪矣。當此，天下之君子，皆知而非之，謂之不義；今至大為不義攻國，則弗知而非，從而譽之，謂之義。情不知其不義也⓫，故書其言以遺後世；若知其不義也，夫奚說書其不義以遺後世哉⓬？

今有人於此，少見黑，曰黑；多見黑，曰白；則必以此人為不知白黑之辯矣。少嘗苦，曰苦；多嘗苦，曰甘；則必以此人為不知甘苦之辯矣。今小為非，則知而非之；大為非攻國，則不知而非，從而譽之，謂之義。此可謂知義與不義之辯乎？是以知天下之君子也！辯義與不義之亂也！

【注釋】❶園圃：園圃是種植果樹蔬菜的場所，有藩籬的謂之園。❷攘：音瓤ㄖㄤˊ，竊取。豖是豬，豚是小豬。❸苟虧人愈多：舊本無此句。依孫詒讓墨子間詁說，據下文增。❹茲：與滋通，益、更的意思。❺欄廄：欄是養牛馬的圈牢。廄：音臼ㄐㄧㄡˋ，是馬舍。❻不辜人：無罪的人。❼拕：舊本作「拖」，依畢沅校本改「拕」。拕即拖本字，是奪的意思。❽君子：舊本無「子」字，依畢沅校本增。❾何：與「可」古通。❿若以此說往：若以此說「推論」。⓫情：古與「誠」字通，實在的意思。⓬奚說：猶言「何由」。

【翻　譯】

現在有一個人，到別人園子裏，偷摘桃兒和李子，大家知道了就說他不對，被治安人員捉住就處罰他。這爲什麼呢？因爲他是虧損別人來利自己啊。至於偷盜人家的猪狗雞的，他的不義比到人家園子裡偷桃李的更大。這是什麼緣故呢？因爲他損害人的利益更多。如果損害人的利益更多，他的不仁就更利害，罪過也就更大。至於到別人的牛欄馬房裡，牽走人家馬牛的，他的不義比偷猪狗鷄的更大。這是什麼緣故呢？因爲他損害人家的利益更多的關係。假如損害別人的更多，他的不仁也就更利害，罪過也就更大。至於殺沒罪的人，奪走他的衣服，搶走他的武器的，他的不義又比到人家牛欄馬舍偷馬牛的人大。這是什麼緣故呢？因爲他損害別人的利益更多。如果虧損別人更多，他的不仁就更利害，過錯也就更大。對於這種情形，天下的君子都知道是不對的，叫做不義；現在到了最大的不義，攻打別人的國家，就不知道不對，反而稱贊他，說是合理；這可以說懂得義和不義的分別嗎？

殺一個人，叫作不義，一定要判一個死罪。假如照這種說法推論，殺十個人就是十重的不義，必定判十個死罪了；殺一百個人是一百重的不義，必定判一百個死罪了。對於這情形，天下的君子都知道是不對，叫作不義；現在到了最大的不義，攻打別人國家，就不知道不對，反而稱贊他，說他合理。實在不知道這是不義，所以他們記下攻伐的話傳給後人。假若他們知道這是不義的事，還爲什麼記這種不義的事傳給後人呢？

現在有個人，看到一點黑，就說是黑的；看到很多黑，反而說是白的了；那一定會認爲這個人是不知道黑白的分別了。嘗到一點苦，便叫苦；嘗到很多苦，反而說甜；那一定會以爲這個人是不懂得甜和苦的分別了。現在做點小壞事，就知道說他不對；做大壞事，去攻打人的國家，就不知道他不對，反而稱贊他，說這是合乎義理的。這可算是懂得義和不義的分別嗎？由此可知天下的君子們，辨別義和不義是很混亂的啊！

【評　解】

墨子書，同一篇名，往往分上中下三篇，闡說同一命題，而各自獨立成篇。本篇卽非攻上中下三篇中的上篇。

先秦散文，到墨子始講求論理學。墨子的文章，長於推理。他能將一件大家認爲合理的事，用推理的方法，指出其不合理之點，使大家不得不重新考慮，承認原來觀念的錯誤，而贊同他的看法。他的辯論，是用邏輯的方法，層層推理十分高明。這篇非攻上，便是範例之一。

墨子兼愛的學說，儘管有其缺點和流弊，但他非攻的主張，是無可非議的。而他身體力行，不惜一切犧牲，有組織的來提倡和平運動，來實行他的反侵略主義，以實現他救世的抱負，更表現了他無比的偉大人格。

我們讀其書，想見其爲人，對這位世界上最早的反侵略主義的實行家，不由不生出無限的崇敬之心來。

## 三、人皆有不忍人之心章

孟子

孟子曰：「人皆有不忍人之心❶。先王有不忍人之心，斯有不忍人之政矣❷。以不忍人之心，行不忍人之政，治天下可運之掌上。

「所以謂人皆有不忍人之心者：今人乍見孺子將入於井❸，皆有怵惕惻隱之心❹。非所以內交於孺子之父母也❺，非所以要譽於鄉黨朋友也❻，非惡其聲而然也❼。

「由是觀之：無惻隱之心，非人也；無羞惡之心，非人也；無辭讓之心，非人也；無是非之心，非人也。

「惻隱之心，仁之端也；羞惡之心，義之端也；辭讓之心，禮之端也；是非之心，智之端也。人之有是四端也，猶其有四體也。有是四端而自謂不能者，自賊者也；謂其君不能者，賊其君者也。

「凡有四端於我者，知皆擴而充之矣，若火之始然❽，泉之始達。苟能充之，足以保四海；苟不充之，不足以事父母。」

**【注釋】**❶不忍人之心：即仁心。❷不忍人之政：即仁政。❸乍：忽然。❹怵：音觸ㄔㄨˋ，怵惕是驚懼的樣子。惻隱是憐憫同情。❺內：今作納ㄋㄚˋ，內交即結交。❻要：音夭ㄧㄠ，求。❼其聲：如不怵惕惻隱則有不仁之聲。❽然：同燃。

**【翻譯】**

孟子說：「凡人都有不忍心讓別人受罪的仁心。古代的帝王因爲有不忍心讓別人受罪的仁心，所以就能施行不忍心害人的仁政。本着不忍心害人的仁心，施行不忍心害人的仁政，那麼治理天下就如運轉在手掌上的容易了。

「我之所以說人都有不忍讓別人受罪的仁心之原因：譬如現在有人忽然看見一個小孩子就要跌到井裡去了，那無論怎樣的人，都會有一種驚懼和憐憫的心。他的所以這樣做，並不是想要結交那小孩子的父母，也不是想在鄉黨鄰里之間求得好的名譽，更不是怕別人罵他沒有憐憫心才這樣做的。

「由此看來：沒有同情憐憫的心，就不是人；沒有羞恥厭惡的心，就不是人；沒有辭謝禮讓的心，就不是人；沒有辨別是非的心，就不是人。

「所謂同情憐憫的心，是仁的發端；羞恥厭惡的心，是義的發端；辭謝禮讓的心，是禮的發端；辨別是非的心是智的發端。一個人有這仁、義、禮、智的四端，就像具有四肢一樣。有了這四端而自己說他不能往這四方面去做的，那就是甘心傷害自己的人；若說他的國君不能順這四端去做的，就是傷害他國君的人。

「凡是具備有這四端在我心裏，更知道去推廣擴充它，那就好像火之開始燃燒，泉水之開始湧出。假如能够推廣擴充出去，足以保全天下；假如不能擴充，那就連自已的父母都不能奉養了。」

【評解】

這是孟子書中公孫丑篇二十三章的第六章。

孟子曰：「人之異於禽獸者幾希？」從生物學上說，人類也是動物的一種。異於禽獸的主要點，只有腦與手兩樣東西。就憑這腦與手的異於禽獸，才建立了人類的社會文化，使人類成爲動物中的靈長類，而有「人爲萬物之靈」的說法。孟子的性善說，就着重於人類頭腦的特殊作用。人類的有惻隱之心、羞惡之心、辭讓之心、是非之心，是人類腦子裏所具備的本性。卽良能與良知，總名爲良心。這四者，其他動物並非完全沒有，但只有人類四者全備。這四者是仁、義、禮、智四善端，我們若能擴而充之，便成聖人。所以孟子說：「人皆可以爲堯舜。」孟子在二千多年前就能客觀地觀察分析人禽之異，舉出這四善端來創立他的性善學說，讓人生努力，知其確切趨向，這是劃時代的偉大貢獻。但我們也必須明白，人性只是有善端，並非已善，教育的誘導，個人的修身，便成爲推進人類文化的重要課題了。

## 四、養生主❶

莊子

吾生也有涯，而知也無涯❷。以有涯隨無涯，殆已❸！已而爲知者，殆而已矣！爲善無近名，爲惡無近刑。緣督以爲經❹，可以保身，可以全生❺，可以養親，可以盡年❻。

庖丁爲文惠君解牛❼，手之所觸，肩之所倚，足之所履，膝之所踦❽，砉然❾，嚮然❿，奏刀騞然⓫，莫不中音；合於桑林之舞⓬，乃中經首之會⓭。文惠君曰：「譆⓮！善哉！技蓋至此乎？」庖丁釋刀對曰：「臣之所好者道也，進乎技矣。始臣之解牛之時，所見無非牛者。三年之後，未嘗見全牛也。方今之時，臣以神遇⓯，而不以目視，官知止而神欲行⓰。依乎天理⓱，批大郤⓲，導大窾⓳，因其固然；技經肯綮之未嘗⓴，而況大軱乎㉑？良庖歲更刀，割也㉒；族庖月更刀㉓，折也㉔。今臣之刀十九年矣，所解數千牛矣，而刀刄若新發於硎㉕。彼節者有間，而刀刄者無厚；以無厚入有間，恢恢乎其於遊刃㉖，必有餘地矣。是以十九年，而刀刃若新發於硎。雖然，每至於族㉗，吾見其難為，怵然為戒㉘，視為止，行為遲，動刀甚微，謋然已解㉙，如土委地㉚。提刀而立，為之四顧，為之躊躇滿志㉛；善刀而藏之㉜。」文惠君曰：「善哉！吾聞庖丁之言，得養生焉㉝。」

公文軒見右師而驚曰㉞：「是何人也？惡乎介也㉟？天與？其人與㊱？」曰：「天也，非人也，天之生是使獨也㊲。人之貌有與也㊳，以是知其天也，非人也。」

澤雉十步一啄㊴，百步一飲，不蘄畜乎樊中㊵；神雖王㊶，不喜也㊷。

老聃死㊸，秦失弔之㊹，三號而出㊺。弟子曰：「非夫子之友邪？」曰：「然。」「然則弔焉若此，可乎？」曰：「然。始也吾以為其人也，而今非也㊻。向吾入而弔焉，有老者哭之，如哭其子；少者哭之，如哭其母。彼其所以會之㊼，必有不蘄言而言，不蘄哭而哭者：是遁天倍情，忘其所受㊽，古者謂之遁天之刑㊾。適來㊿，夫子時也(51)；適去(52)，夫子順也。安時而處順，哀樂不能入也，古者謂是帝之縣解(53)。」指窮於為薪，火傳也，不知其盡也(54)。

【註釋】❶養生主：謂養生之道，以此為主。❷涯：畔岸，引申為邊際。❸殆：危險。已：助詞。過商侯曰：歐陽子「萬事勞其形，百憂感其心」二語，便是「以有涯隨無涯」註脚。❹緣督以為經：緣中道以為常法。緣是順。督：本脈名，位於人體脊骨中。王夫之曰：「身後之中脈曰督。緣督者，以清微纖妙之氣，循虛而行，止於所不可行，自順以適得其中。」經是常法。❺生：讀為性，指性靈。❻盡年：享盡天與之年，不致夭折。❼庖丁：掌廚丁役。一說廚役丁姓或丁名，庖音袍ㄆㄠˊ。文惠君：崔譔以為指梁惠王。梁惠王，戰國魏武侯子，名罃。自安邑徙都大梁，僭稱王。解：剖分。❽膝之所踦：踦：一足。膝舉則足單，故曰踦。言屈一膝以案之。踦音奇ㄑㄧ，又音倚ㄧˇ。❾砉然：皮骨相離聲。砉音貨ㄏㄨㄛˋ。❿嚮然：謂聲之應和。嚮同響。⓫騞然：刀解物聲。騞音砉ㄏㄨㄛˋ。⓬桑林：商湯樂名。⓭經首之會：經首：唐堯樂咸池樂章名。會：指節奏。⓮譆：音嬉ㄒㄧ，讚歎聲。⓯神遇：縱手放意，無心而得，謂之神遇。⑯官知止而神欲行：官，指官能，如耳主聽，目主視是。成玄英疏：「眼等主司，悉皆停廢，從心所欲，順理而行。」⑰天理：肌肉之天然組織。⑱批大郤：批，擊也。郤，同隙。大郤，謂空間縫隙。⑲導大窾：導是循順。窾，當作款，空虛處。謂循順其骨節空處下手。⑳技經肯綮之未嘗：技，當作枝，謂枝脈，卽小血管。經，謂經脈，卽大靜脈，亦卽大血管。肯，附着於骨之肉。綮，音慶ㄑㄧㄥˋ，謂結處。嘗，試也，遇也。言枝經肯綮皆有礙於遊刄者，然技術高妙，未嘗遇之。㉑軱：音孤ㄍㄨ，槃結骨，大而易見者。㉒歲更刀，割也：以刀割筋肉，故每年必更刀。㉓族庖：普通庖人。族是衆。㉔折也：因以刀折骨之故。㉕新發於硎：方用磨刀石磨好。硎音刑ㄒㄧㄥˊ，磨刀石。㉖恢恢乎：寬廣貌。㉗族：骨節交錯聚結處。㉘怵然：恐懼貌。怵音觸ㄔㄨˋ。㉙謋然：解脫貌，開也。謋音貨ㄏㄨㄛˋ。㉚如土委地：如土置於地，毫無蹤跡。㉛躊躇滿志：躊音愁ㄔㄡˊ，躇音除ㄔㄨˊ，躊躇謂從容自得。滿志，謂心志悠然自足。㉜善：拭也。㉝得養生焉：王先謙集解：「牛雖多不以傷刀，物雖雜不以累心，皆得養之道也。」㉞公文軒：姓公文，名軒，戰國宋人。右師：官名，亦宋人。㉟介：受偏刖之刑失一足曰介。㊱天與，其人與：刖一足由於天命還是由於人事？與同歟，疑問助詞。㊲獨：偏刖一足曰獨。㊳有與：兩足並行曰有與。兩足並行由於天命，則刖一足亦當由於天定。㊳雉：鳥類，形似鷄，棲平原草叢中，食穀及蟲類，善走，不能久飛。㊵不蘄：同不期，謂不希望。樊是籠子，用以畜鳥。㊶王：俗作旺ㄨㄤˋ，盛也。㊷不喜：言籠中飮啄，神雖不勞，非鳥所樂。㊸老聃：老子，姓李，名耳，字聃，楚苦縣厲鄉（今河南鹿邑縣東）人。曾爲周守藏室史。此言老聃死係寓言。㊹秦失：人名，失一作佚，音逸ㄧˋ。㊺號：有聲無淚曰號。㊻始也吾以爲其人也，而今非也：馬其昶莊子故曰：「氣還太虛，則與天合。」始來弔慰，以悲人死。旣意識死已還歸自然，其悲遂止。㊼所以會之：所以會聚於此。「之」指靈前。㊽遯天倍情，忘其所受：遯，又作遁，逃避也。倍，背也。謂逃避天理，違反人情，忘其秉受於天之本性。㊾遁天之刑：違反天理應得之懲罰。悲所不必悲，是自尋苦痛。㊿適來：偶然而來，謂生非己意。(51)夫子：指老聃。(52)適去：偶然而去，謂死非己意。(53)帝之縣解：帝，指天。縣同懸，掛也。懸解者，以生爲懸掛，以死爲解脫；蓋指同死生，忘得失之境界。(54)指窮於爲薪；火傳也，不知其盡也：指薪以爲火，此薪旣盡，卽窮於所指，惟火自在也。錢穆曰：薪喻有涯之生，火喻大道。佛典以神形喻薪火，非莊子本旨。王夫之曰：「形成而神因附之，形敝則神舍之而去。寓於形，謂之神，不寓於形，天而已矣。」亦通。

【翻譯】

我們的生命有限期，而知識却是沒有窮盡的。以有限的生命去追求無窮的知識，危險極了！這樣還自以爲很有知識了，那就更危險了！不要爲了追求名譽故意去做好事；不要存心做壞事去觸犯刑法。順着自然的正道走，才可以保住身體，成全性靈，奉養父母，享盡天年。

廚師替文惠君宰牛，手所碰到的，肩膀所靠的，脚所踩的，膝蓋所抵住的，嘩啦一聲，皮骨分離，刀的聲音赌赌響，都有節拍，就像演奏商湯的桑林舞曲，又像唐堯的經首樂章。文惠君說：「啊！眞好哇！手藝精到這樣嗎？」廚師放下刀回答說：「臣下所喜歡的是宰牛的道理，不只是技術了。我最初宰牛的時候，所看到的是一條完整的大牛。三年以後，所看到的就不是整個的牛了。到了現在，我只用精神領會，而不用眼睛看了，耳目器官都不用只憑精神感覺去做。順着肌肉的天然組織，打開空膛，順著有窟窿的地方，照着原有的路線；就連小血管、大血管、骨頭上的筋肉，都從沒碰到過，何況大槃結骨呢？好廚師，每年換一把刀，因爲是用刀割筋肉；一般廚師，每月換一把刀，因爲他們是用刀砍骨頭。現在我這把刀用了十九年了，所殺的牛也有幾千頭了，然而刀刃却像剛磨過的。因爲牛身上的骨節有空隙，而我的刀刃非常之薄；用這麼薄的刀切進空隙的地方，寬寬綽綽的，刀子有足夠的空隙自由活動了。所以我用了十九年，而刀刃還像剛磨過的一樣。雖然如此，有時候遇到骨節交錯的地方，我也覺得不容易辦；就小心謹愼，視線專注，行動緩慢，刀子很慢地移動，嗤啦一聲，骨肉就分離了，像泥土掉在地上，看不見什麼痕跡。這時候我就提着刀站着，四下瞧瞧，感到心滿意足；再把刀子擦乾淨，收了起來。」文惠君說：「好哇！我聽了廚師的話，懂得養生的道理了。」

公文軒看到右師很驚訝地說：「這是什麼人呀？怎麼割去一隻脚？是天命呢？還是人爲的呢？」右師回答說：「是天命，不是人爲的。是天意使我一隻脚。別人有兩隻脚，那是由於天命，那末我一隻脚也不是出於人爲的了。」

沼澤地帶的野鷄，走十步才找到一口食吃，走一百步才找到一口水喝，也不願意被養在籠子裡；在籠子裡雖然也神氣活現，到底是不舒服哇！

老聃死了，秦失前去弔喪，只乾哭了三聲就出來。有個學生問他說：「您不是老師的朋友嗎？」秦失說：「是的。」學生說：「那麼，像這樣弔喪可以嗎？」秦失說：「可以呀。起先我以爲他是人，現在知道他已經不是人，而是還歸自然了。剛才我進去弔喪的時候，有老年人哭他，好像哭自己的兒子，有年輕人哭他，好像哭自己的母親。他們之所以都來這裡集合，一定有不想說而情不自禁不得不說，不想哭而情不自禁不得不哭的；這就是逃避自然，違反人情，忘了天給的本性了，古人把這叫做違反自然所應得的刑罰。老先生偶然來到這世上，只是應時而生；偶然離開這世界，也是順自然的變化而去。安於時機的進展，順着自然的變化，悲哀喜樂的情緒就不能進到心裏了，古人稱這是上天對人所受束縛的大解放。手拿着燃燒的柴，柴有燒光的時候；可是火却一直傳下去，沒有窮盡的時候。

## 【評　解】

養生主是莊子內篇七篇之一，莊子講求養生之道，以此爲主。全文可分五段：第一段說爲人能順應自然法則，才可以成全性靈，享盡天年；第二段以庖丁解牛比喻養生。庖丁宰牛雖多而不傷刃，就像吾人應物多而不累心。這必須「依乎天理，因其固然」；第三段以安於殘廢比喻養生。吾人一切不幸，由於天命，既由天命，則亦無所怨悔；第四段以澤雉不入樊籠比喻養生，樊中飲啄，非鳥所樂，吾人亦當淡泊自適，以求性靈的自由，而不以人賊天；第五段以達觀死生爲養生的最高理解。而以養生之道將傳之無窮作結。

本篇庖丁解牛一段，是莊子書中有名的寓言故事。寫來酣暢淋漓，形容盡緻，文章達於化境，最足代表莊子寫作技巧。

## 五、勸學篇（節選）

荀子

君子曰：學不可以已❶。青，取之於藍❷，而青於藍；冰，水爲之，而寒於水。木直中繩❸，輮以爲輪❹，其曲中規❺，雖有槁暴❻，不復挺者，輮使之然也。故木受繩則直，金就礪則利❼；君子博學而日參省乎己，則知明而行無過矣❽。故不登高山，不知天之高也；不臨深谿，不知地之厚也；不聞先王之遺言，不知學問之大也。干越夷貉之子❾，生而同聲❿，長而異俗，敎使之然也。……

吾嘗終日而思矣，不如須臾之所學也。吾嘗跂而望矣⓫，不如登高之博見也。登高而招，臂非加長也，而見者遠。順風而呼，聲非加疾也，而聞者彰⓬。假輿馬者⓭，非利足也⓮，而致千里。假舟楫者，非能水也，而絕江河⓯。君子生非異也，善假於物也。

南方有鳥焉，名曰蒙鳩⓰，以羽爲巢，而編之以髮，繫之葦苕⓱；風至苕折，卵破子死，巢非不完也，所繫者然也。西方有木焉，名曰射干⑱，莖長四寸，生於高山之上，而臨百仞之淵⑲；木莖非能長也，所立者然也。蓬生麻中，不扶而直⑳；白沙在涅，與之俱黑㉑。蘭槐之根是爲芷㉒，其漸之滫㉓，君子不近，庶人不服㉔。其質非不美也，所漸者然也。故君子居必擇鄉，遊必就士，所以防邪僻而近中正也。物類之起，必有所始；榮辱之來，必象其德㉕。肉腐出蟲，魚枯生蠹㉖；怠慢忘身㉗，禍災乃作。强自取柱㉘，柔自取束㉙；邪穢在身，怨之所構㉚。施薪若一，火就燥也㉛；平地若一，水就溼也。草木疇生㉜，禽獸群焉，物各從其類也。是故質的張而弓矢至焉㉝；林木茂而斧斤至焉㉞；樹成蔭而衆鳥息焉；醯酸而蜹聚焉㉟。故言有召禍也，行有招辱也，君子愼其所立乎㊱。

積土成山，風雨興焉㊲；積水成淵，蛟龍生焉㊳；積善成德，而神明自得㊴，聖心備焉。故不積蹞步㊵，無以至千里；不積小流，無以成江海。騏驥一躍，不能十步；駑馬十駕，功在不舍㊶。鍥而舍之㊷，朽木不折；鍥而不舍，金石可鏤㊸。螾無爪牙之利㊹，筋骨之强，上食埃土，下飲黃泉，用心一也。蟹六跪而二螯㊺，非蛇、蟺之穴㊻，無可寄託者，用心躁也㊼。是故無冥冥之志者㊽，無昭昭之明㊾；無惛惛之事者，無赫赫之功㊿。行衢道者不至(51)；事兩君者不容。目不能兩視而明；耳不能兩聽而聰。螣蛇無足而飛(52)；梧鼠五技而窮(53)。詩曰：「尸鳩在桑，其子七兮。淑人君子，其儀一兮。其儀一兮，心如結兮(54)。」故君子結於一也。

昔者，瓠巴鼓瑟而流魚出聽；伯牙鼓琴而六馬仰秣(55)。故聲無小而不聞；行無隱而不形(56)。玉在山而草木潤；淵生珠而崖不枯(57)。爲善不積邪(58)？安有不聞者乎？

學惡乎始？惡乎終？曰：其數則始乎誦經(59)，終乎讀禮(60)；其義則始乎爲士，終乎爲聖人(61)。眞積力久則入(62)，學至乎沒而後止也。故學數有終，若其意則不可須臾舍也。爲之，人也；舍之，禽獸也。故書者，政事之紀也；詩者，中聲之所止也(63)；禮者，法之大分，類之綱紀也(64)。故學至乎禮而止矣。夫是謂道德之極。禮之敬文也(65)，樂之中和也(66)，詩書之博也(67)，春秋之微也(68)，在天地之間者畢矣。

君子之學也，入乎耳，箸乎心(69)，布乎四體，形乎動靜，端而言，蝡而動(70)，一可以爲法則。小人之學也，入乎耳，出乎口；口耳之間，則四寸耳(71)，曷足以美七尺之軀哉？古之學者爲己，今之學者爲人(72)。君子之學也，以美其身；小人之學也，以爲禽犢(73)。故不問而告，謂之傲(74)。問一而告二，謂之囋(75)。傲，非也；囋，非也；君子如嚮矣(76)。

**【註釋】** ❶已：止。❷青取之於藍：藍，草名，高一、二尺，葉互生卵形，可製染料，俗名靛青。❸木直中繩：中，音仲ㄓㄨㄥˋ，是合的意思。繩，指木匠畫直線用的墨線。❹輮以爲輪：輮通揉，浸木於水，復薰以火，使之彎曲曰輮。曲木可以做車輪。❺其曲中規：中音仲ㄓㄨㄥˋ，合。其，指輪。規是圓規，木匠用以畫圓的器具。❻槁暴：槁是枯乾。暴同曝，曬。❼金就礪則利：金指刀劍等金屬製器。礪是磨刀石，利是快。❽日參省乎己……行無過矣：參同「三」字。省是反省、省察。乎是介詞，作「於」講。知同智。論語學而：「曾子曰：吾日三省吾身，爲人謀而不忠乎？與朋友交而不信乎？傳不習乎？」❾干越夷貉：干，本作邗，音寒ㄏㄢˊ，故地在今江蘇省江都縣。魯哀公九年爲吳國所併，故吳又稱干夷。越國故地在今浙江省杭州一帶。夷，指東夷，原居今山東、江蘇北部一帶。貉同貊，音莫ㄇㄛˋ，指東北夷，在今東北九省及朝鮮地方。❿生而同聲：生時哭聲相同。⓫跂而望：舉起腳跟遠看。跂音企ㄑㄧˋ，舉踵。⓬彰：明顯、清楚。⓭假輿馬：憑藉車馬而行。⓮利足：猶言健步善走。⓯絕江河：橫度爲絕。王念孫以爲江河本作江海。海與里爲韻。⓰蒙鳩：一名鷦鷯，似黃雀而小，長三寸許，喙尖善鳴。蒙者，愚昧無知的意思。⓱葦苕：苕，音條ㄊㄧㄠˊ，是葦花，黃色，成長條狀。⓲射干：射音葉ㄧㄝˋ，射干是藥用草名，一名烏扇，高一、二尺。陶弘景云：「花白莖長，如射人之執竿。」⓳仞：八尺曰仞。⓴蓬生麻中，不扶而直：蓬草高尺餘，枝條散亂。麻莖挺直。蓬生麻中，爲麻叢所圍，不扶自直。㉑白沙在涅，與之俱黑：涅音聶ㄋㄧㄝˋ，是泥，或說是染黑物的礬石。㉒

蘭槐之根是爲芷：蘭槐是香草。苗名蘭茝（ㄔㄞˇ），根名芷。白芷，藥名，一名蘭茝，亦名澤香，主長肌膚，潤色，可作面脂。㉓其漸之滫：漸是浸漬（ㄗˋ）。滫音修ㄒㄧㄡ，是溺（ㄋㄧㄠˋ）。此句意指香草浸漬於溺中。一說滫是久泔（ㄍㄢ），就是陳舊的淘米泔水。㉔庶人不服：庶人是平民。服是佩用。㉕榮辱之來，必象其德：象是形容。榮辱的來臨，表示一個人的道德修養。㉖蠹：音杜ㄉㄨˋ，蛀蟲。㉗怠慢忘身：懈怠傲慢不知修身、立身。㉘强自取柱：楊倞（ㄌㄧㄤˋ）說，凡物强則以爲柱而任勞。王引之以爲「柱」當讀爲「祝」，祝斷也。物强則自取斷折。㉙柔自取束：柔物則取以爲束。㉚邪穢在身，怨之所構：邪穢是邪惡。構是結的意思。㉛施薪若一，火就燥也：施是陳列。若一，是均平的意思。火就燥，是火向乾燥的地方燒。㉜疇生：同類叢生。疇是同類。㉝質的：質是射侯，猶今言箭靶；侯是射布，張之以受矢。的音地ㄉㄧˋ，是正、鵠（ㄍㄨˇ），皆鳥名。畫正於布上，棲鵠於皮上，以爲射者目標。㉞斧斤：斧頭和斫刀。㉟醯：音希ㄒㄧ，醋。蜹，音瑞ㄖㄨㄟˋ，亦作蚋，蚊類，形略似蜂，色黑，胸背膨大如球，翅濶，吸食哺乳動物之血。幼蟲生於汚水中。㊱所立：指所學。㊲積土成山，風雨興焉：古人以爲大山主風雨。風從谷生，雲自岫出。㊳蛟龍：古代傳說的大爬蟲類，生於大海深淵。㊴神明自得：謂自通於神明。㊵蹞步：蹞音傀ㄎㄨㄟˇ同跬。蹞步，半步。㊶駑馬十駕，功在不舍：駑馬，最慢的馬。馬晨駕車行，晚脫軛休息，叫做一駕。十駕，指十日的行程。舍是休止。荀子修身篇：「夫驥一日而千里，駑馬十駕，則亦及之矣。」㊷鍥：音妾ㄑㄧㄝˋ，刻。㊸鏤：雕刻。㊹螾：同蚓，蚯蚓。㊺蟹六跪而二螯：跪是足。蟹有足五對（文中六當作八），第一對變形如鉗，叫做螯。㊻蛇蟺：虵卽蛇字，蟺同鱓，音善ㄕㄢˋ，似鰻，無鱗，腹部黃色，俗稱黃鱔，棲水岸泥窟中。㊼用心躁也：言蟹性浮躁，不能專一。㊽冥冥：專默精誠之謂。下文「惛惛」意同。㊾昭昭：明顯。㊿赫赫：顯盛。(51)衢道：爾雅：「四達謂之衢」。衢道，猶言歧道。衢音渠ㄑㄩˊ。(52)螣蛇：郭璞註爾雅，以爲龍類，能興雲霧，飛遊其中。亦名騰蛇，飛蛇。螣音騰ㄊㄥˊ。(53)梧鼠五技而窮：梧鼠形似松鼠，也作鼯鼠。棲於樹穴中，晝伏夜出，吃果實樹芽。五技而窮，謂能飛不能上屋，能緣不能窮木，能游不能渡谷，能穴不能掩身，能走不能先人。技能雖多而皆不能精。(54)尸鳩在桑六句：見詩經曹風鳲鳩篇。原詩刺曹君用心不一。尸鳩，也作鳲鳩，就是布穀鳥。撫養七子，晨從上而下，晚從下而上，平均如一。淑人是善人。儀指儀式、行義，可象可法的意思。善人君子執義當如尸鳩之專一。執義專一則用心堅固，故曰心如結。結是堅定。(55)瓠巴……仰秣：瓠巴，伯牙，皆古名音樂家。列子湯問篇：「瓠巴鼓琴，鳥舞魚躍。」韓詩外傳：「昔伯牙鼓琴，而潛魚出聽；瓠巴鼓瑟，而六馬仰秣。」狀妙音感物之深。琴七弦，瑟二十五弦。「流」通「游」字，大戴禮作「沈」字。仰秣，仰首食草，傾耳聽聲也。56形：顯現。形之於外。57崖不枯：崖是岸。枯是枯燥。58邪：同耶，疑問助詞。59數：同術，指治學方法。經謂詩經、書經。60禮：謂曲禮、儀禮。按荀子所謂禮，乃一切人生規範之總稱。61其義則始乎為士，終乎為聖人：義是意義、目標。荀子分學人為士、君子、聖人三等。儒效篇說：「積善而全盡，謂之聖人。」「積禮義而為君子。」62眞積力久則入：眞是誠。力是力行。入謂能深入於學。63詩者中聲之所止：詩經樂章止於中正和平。64禮者，法之大分也，類之綱紀也：法是法度。類是法理，可以觸類引申者。王制篇：「其有法者以法行，無法者以類舉。」楊倞注：「禮所以為典法之大分，統類之綱紀。類謂禮法所無，觸類而長者，猶律條之比附。」65禮之敬文：禮所以教敬與文采。周旋揖讓以示敬，車服分等級以為文。66樂之中和：樂以教中正和悅。67詩書之博：詩經，書經可以使人博學，廣知風土民情、語言博物、歷史政令。68春秋之微：春秋褒貶沮勸多微辭。漢書藝文志：「昔仲尼沒而微言絕。」微言指精微要妙之言。69箸乎心：存置於心中。箸同著。70端而言，蝡而動：蝡是微動。言端莊而言，和緩而動。71則：韓愈以為則當作財，與「纔」字通。72古之學者為己，今之學者為人：語見論語憲問篇，孔子的話。朱熹註引程子曰：「為己，欲得之於己也；為人，欲見知於人也。」73禽犢：贈獻之禮物。禽指雁雉等。犢是小牛。小人以學問為進取之手段。74傲：傲慢輕躁。75囋：音贊ㄗㄢ，語聲繁碎。章炳麟新方言：「杭州謂多言無節為囋。」76如響：答問如響應聲。

## 【翻譯】

君子說：求學是不可以停止的。靛青，是從藍草提鍊出來的，而它的顏色卻比藍草更青；冰是由水變成的，它的溫度卻比水更冷。木材直得能合於墨線，揉曲起來可以做成車輪，它那彎曲的程度能合乎圓規，雖然曬乾了，也不會再挺直，這是「揉」使它改變成這樣的啊。所以木材經過繩墨就成為直的，刀劍經過磨礪就變成鋒利的；做君子的，要廣博的學習而且每天三次反省自己，他的智慧才會高明，行為也就沒有過失了。所以不登上高山，不知天有多高；不走近深谿，不知地有多厚；沒有聽過從前聖王留下的言論，就不知道學問的廣大啊。吳越夷貉那些地方的小孩，生下來哭的聲音都是一樣的，長大之後習俗便不相同了，是教育使他們這樣的啊。……

我曾經整天的空想，不如片刻的學習。我曾經擧起脚跟往遠處看，不如登上高處看得廣遠。在高處招手，胳臂沒有加長，而遠處却能看見。順着風向喊叫，聲音沒有加快，而能聽得淸楚。憑藉車馬而行的，並不是脚步快，却能走千里的路程。憑藉船隻的，並不是能游水，却能渡過江河。君子生性並不是和別人兩樣，只是善於假借學習啊。

南方有一種鳥，叫做鷦鷯，用羽毛做窩，用頭髮編結起來，掛在葦花上，風一來，葦花折斷，結果蛋破了小鳥死了，它的窩並不是造得不完善，只是所掛的地方使它這樣的啊。西方有種植物，叫做射干，莖長四寸，長在高山上，臨近幾百丈的深水，並不是莖長，而是生長的地方使它顯得很高了。蓬草生長在麻叢當中，不必扶它自然會直立；白沙放在皂礬裡，就會一齊變成黑的。蘭茝的根是白芷，把它浸過了尿水，君子不肯接近它，普通人也不願意佩用它。它的本質並不是不好，是所浸的東西把它變壞了啊。所以君子定居必得選擇鄉里，交遊一定接近士人，這是爲了防備邪惡而要接近中正啊。一切事物的產生，必定有個開始；榮譽和耻辱的來到，必定是看個人的德行。肉腐爛了才會生蟲，魚枯乾了才會生蛀；人怠惰傲慢，忘了修身，才會有災禍發生。剛强的自取易於折斷，柔弱的自取用作束縛；行爲歪邪，品德汚穢，是結怨仇的原因。平均置放木柴，火往乾燥的地方燒；一樣的平地，水向濕的地方流。雜草樹木同類的長在一起，飛禽走獸就會群聚在那裏，萬物都是各就其類的啊。所以掛起了箭靶和標的，弓箭就會來到；林木長得茂盛了，斧頭斫刀也就跟着來到；樹長得有蔭涼了，各種鳥兒就飛來休息；醋發酸了，蜹蟲就都飛來了。所以說話有招來災禍的，行爲有招來耻辱的，君子要謹愼他所學的啊。

堆積土成了山，風雨就從山上興起；聚積水成了海，蛟龍就在海裏生長；累積善行修成道德，自然就能通達於神明，聖心（內聖的工夫）也就具備了。所以不半步半步地累積起來，就不能到達千里的路；不滙聚小溪小河，就不能成就大江大海。千里馬一跳，不能遠過十步；慢馬走上十天，能够到達目的地，是由於牠不停地前進。只刻一下就停下來，就是朽木也不會斷的；刻起來不停止，就是金子石頭也可雕刻好。蚯蚓沒有銳利的爪牙，沒有堅强的筋骨，能够地上吃土壤，地下喝泉水，這是因爲牠用心專一啊。蟹有八隻足二隻大螯，不靠蛇鱔的洞穴，就沒寄身的地方，因爲牠用心浮躁啊。所以沒有專一的意志，就沒有明顯的成就；沒有精誠的事業，就不會有顯赫的功勳。只知往叉路上走的不能到達目的地，事奉兩個君主的，不會被人收容。眼睛不能同時看清楚兩樣東西；耳朵不能同時聽清楚兩種聲音。飛蛇沒有脚而會飛；鼯鼠有五種技能却樣樣不中用。詩經上說：「鳲鳩住在桑林裏，養了小鳥有七隻。早晚撫育，天天如一。善人君子，行儀也要眞純專一。行儀能够眞純專一，內心就能堅定不移。」所以君子要堅定不移啊。

從前，瓠巴鼓瑟，水裏的魚都出來聽；伯牙鼓琴，六匹吃着草的馬都仰起頭來欣賞。所以聲音無論多麼小，沒有聽不到的，行爲無論怎樣隱密，沒有不暴露的。山裏有玉石，連草和樹也顯得潤澤；水中產珍珠，連岸壁也不會乾枯。還是善行不夠多吧？哪有人不知道的呢？

求學問要從哪裏開始？到哪裏結束呢？可以說：方法是從讀經開始，到讀禮爲止；目標是從做士人開始，到成聖人爲終極。切實用功久了，就能深入，學到死才停止呢。所以求學問的方法有終了，至於求學的目標是片刻都不可放棄的啊。努力去做，就是人；捨棄停止，就是禽獸了。所以書經是記載政事的；詩經是中正樂章的總滙；禮經包括分類的法典和各種規制。所以可以學到禮爲止了。這就是道德的最高點。禮是敎人恭敬有節文，樂是敎人中正和悅，詩書是敎人知識淵博，春秋以微言明大義，天地間的學問，都在這裏了。

君子的求學問，由耳朵聽進去，存在心裡，散佈到四肢，表現在一動一靜之中，端莊說話，從容行動，處處都可做人的模範。小人的求學問，從耳朵進去，從嘴巴出來；嘴巴和耳朵之間的距離，不過四寸罷了，怎麼能美化七尺高的身體呢？古代的人求學問是爲自己求知，現在的人求學問是爲了使別人知道。君子求學問是在美化自身；小人求學問，是當做進身的禮物。所以不等問就告訴人家的，叫做傲慢；問一件回答二件，叫做囉嗦。傲慢是不對的；囉嗦也是不對的；君子是問什麼答什麼，像跟着聲音的反響。

【評　解】

這是荀子三十三篇的第一篇。四庫全書總目提要評其書云：「其書大旨在勸學，而其學主於修禮」，勸學篇在荀子書中的重要可知。

本篇作者專用譬喻來說明求學的可貴，以達成其勸學之目的。前兩段說明求學可以變化氣質，君子博學自省，方能知明而行無過，所以修身必假於學。中三段更說要擇鄉就士，愼其所立；並闡明求學必須有恆，方克有成。後兩段再就爲學的方法，加以詳細指導。全篇行文綿密周詳，辭義兼美，堪稱荀子散文的代表。

孟荀均喜引詩經爲證，荀文又間或穿插韻語，更覺別有風致。本篇「蓬生麻中，不扶而直」等句，卽其顯例。荀子文已有駢文氣息，亦可於本篇中見之。

## 六、和氏之璧

韓非子

楚人和氏得玉璞楚山中❶，奉而獻之厲王❷。厲王使玉人相之❸，玉人曰：「石也。」王以爲誑❹，而刖其左足❺。及厲王薨❻，武王卽位，和又奉其璞而獻之武王，武王使玉人相之，又曰：「石也。」王又以和爲誑，而刖其右足。武王薨，文王卽位，和乃抱其璞而哭於楚山之下，三日三夜，淚盡而繼之以血。王聞之，使人問其故曰：「天下之刖者多矣，子奚哭之悲也？」和曰：「吾非悲刖也，悲夫寶玉而題之以石，貞士而名之以誑❼；此吾所以悲也。」王乃使玉人理其璞而得寶焉❽。遂命曰：「和氏之璧。」

【註釋】❶和氏：卽卞和。玉璞：未經雕琢的玉。❷厲王：指楚國國君楚厲王。❸玉人：玉工。相：看，判斷。❹誑：音狂〔ㄎㄨㄤˊ〕，欺騙撒謊。❺刖：音月〔ㄩㄝˋ〕斷足，古肉刑之一。❻薨：音烘〔ㄏㄨㄥ〕，諸侯死曰薨。❼貞士：忠貞誠實的人。❽理其璞：把璞細心雕琢。

【翻　譯】

楚國人卞和在楚山中得到一塊未經雕琢的玉石，就捧去獻給厲王。厲王便叫玉工來判斷一下。玉工說：「是塊石頭哇。」厲王以爲卞和撒謊，就砍去他的左脚。等到厲王死了，武王卽位，卞和又捧着他的璞玉獻給武王。武王使玉工判斷，玉工又說：「是塊石頭哇。」武王又以爲卞和撒謊，就砍去他的右脚。武王死了，文王卽位，卞和就抱着他的璞玉在楚山下哭泣，哭了三天三夜，淚哭乾了接着哭出血來。楚王聽到了，就派人問他原因說：「天下被砍掉脚的多極了，你爲什麽哭得特別悲傷呢？」卞和說：「我並不是悲傷被砍掉脚呀！而是悲傷那明明是寶玉却說它是石頭。忠貞的人却說他是騙子。這是我所以悲傷的原因啊。」楚王就使玉工雕琢那塊璞而得到一塊寶玉。於是就把它命名爲「和氏之璧」。

【評　解】

這是韓非子五十五篇中第十三篇「和氏」的前段。韓非子的第十一篇是「孤憤」，第十二篇是「說難」。和氏可說是孤憤說難的補充。王先愼集解孤憤篇名下解曰：「言法術之士旣無黨與，孤獨而已，故其材用終不見明，卞生旣以抱玉而長號。韓公（指韓非）由之寢謀而內憤。」說難篇名下解曰：「夫說者有逆順之機，順以招福，而制禍。失之毫釐，差之千里，以此說之，所以難也。」和氏篇名無解。考和氏卽卞和，故和氏之璧亦稱卞和之璧。這段卞生抱玉而長號的故事，卽韓非爲孤憤說難所提的例證。和氏篇下段更擧「枝解吳起而車裂商君」的史事，以申孤憤說難之旨，而作結論曰：「當今之世，人主無（楚）悼王（秦）孝公之聽，此世所以亂無霸王也。」

我們讀了這篇和氏的節錄，覺其完全像一篇歷史散文，而且可說與國語中的片段無異。諸子散文固自歷史散文發展出來，而至戰國末年，諸子散文仍與歷史散文有密切的關係存在着，我們也是可以體味出來的。

# 第六講　漢賦時代

## 文學史敘述

### 一、漢賦的淵源與特徵

漢賦是漢朝文學的代表，兩漢文學以賦爲主流，也以賦爲其特徵，文壇上的重要作家，都以擅長作賦而享盛名。哲理散文到漢朝已趨衰落。歷史散文雖然要到西漢司馬遷的史記出而達最高峯，但此後歷史散文便納入史書的軌道而不復用力在文學創作方面有所發展，反之，寫史書的史學家却也都是寫賦能手。寫漢書的班固既是漢賦的名家，就是寫史記的司馬遷也長於作賦，漢書藝文志便載有司馬遷賦八篇，流傳到現在的仍有感士不遇賦一篇，被保存在藝文類聚中。而且史記漢書都很重視辭賦，史記將賈誼鵩鳥賦、司馬相如子虛上林賦等全文載入他們的本傳中，漢書也將甘泉、羽獵、上楊等賦載入揚雄本傳。漢人重賦，可見一斑。

劉勰文心雕龍詮賦篇曰：「賦也者，受命於詩人，拓宇於楚辭也。於是荀況禮、智，宋玉風、釣，爰錫名號，與詩畫境，六義附庸，蔚爲大國……漢初詞人，順流而作，陸賈扣其端，賈誼振其緒，枚、馬同其風，王、揚騁其勢。皐、朔已下，品物畢圖，繁積於宣時，校閱於成世，進御之賦，千有餘首。

討其源流，信興楚而盛漢矣。」

這裏說明，賦本是詩經六義之一，到戰國時代的楚辭，賦體有了新發展，而荀子也有以賦名篇的禮、智、雲、蠶、箴等作品，宋玉的風賦、釣賦等也正式稱爲賦，賦一躍而爲一種獨立的文體。而賦與詩便開始劃分開來，各自有其不同的境界。漢賦作家，初期有陸賈、賈誼，繼之有枚乘、司馬相如的宏揚其風氣，枚皋、東方朔、王褒、揚雄等的助長其勢力，至宣帝成帝時，便盛極一時，進呈的作品，多達一千餘篇，所以探尋其源流，賦淵源於楚辭，（甚至屈原的離騷及其作品也被稱爲賦）而盛行於漢代。分別言之，爲楚辭與漢賦，合而言之，則戰國兩漢是辭賦時代。王國維說得好：「凡一代有一代之文學，楚之騷，漢之賦，六代之駢語，唐之詩，宋之詞，元之曲，皆所謂一代之文學，而後世莫能繼焉者也。」（宋元戲曲史序）我們再加上一句說：這代表各時代的文學，都從前一代的代表文學演變而來，漢賦之源於楚辭，卽其一例。

以上是劉勰探討漢賦淵源的敘述，劉氏的意見，我們並不完全同意，而且也說得太籠統。現在我們試加分析，漢賦是怎樣的作品？有什麼特徵？分析淸楚了，再根據其特徵去討尋其淵源，所得便會較爲明確。

第一，我們可以說，漢賦是詩的散文化，其散文化的過程，則當以楚辭爲橋梁。詩經大多是整齊的四言詩，楚辭則大多以兩句一長一短爲句調，而漢賦除採用楚辭式句調外，更有時用韻，有時不用韻。因此漢賦可說是詩的散文化，也可說是散文化的詩。這樣說來，漢賦淵源於詩騷是對的。但荀賦也是詩經演變爲漢賦的一座橋梁，而荀賦與楚辭的關係不很明顯。荀賦還保存詩經四言詩的形式，中間有插入散文化的長句，所以荀賦從四言詩脫胎爲賦體的痕跡最深，且爲漢賦逐漸脫却楚辭式句調的先聲。因此我們可以說：漢賦的第一特徵是詩的散文化，從詩經演變成散文化的過程，有二條途徑，其一是楚辭，而其二便是荀賦。班固說：「賦者，古詩之流也。」漢賦正是詩經的流變。古時詩篇原來是伴樂歌唱的，春秋時期朝會聘問的賦詩，還是如此，史記載孔子正樂，三百篇皆弦歌之。但楚辭則趨向於朗誦。到漢朝三百篇的樂譜已經失傳，漢人只能誦詩而不復歌詩。散文化的賦，當然只能朗誦，漢書藝文志云：「不歌而誦謂之賦。」一句話就道出了漢賦的這一特徵。

第二，本來詩經時代，賦是六義之一，其解釋是直陳其事謂之賦。直陳其事則偏向於敘事與說理，可是漢賦雖偏重敘事說理，其敘事往往是寓言式的假託，荀賦假設與王問答而詠物說教，賈誼假借鵩鳥以自傷，司馬相如揑造子虛來諷諭，都是寓言式的故事。所以鍾嶸詩品說：「直書其事，寓言萬物，賦也。」由直陳其事演變到寓言式的諷諭，這是漢賦的第二個特徵。

漢賦第三個特徵是由鋪張的描寫，形成鋪張揚厲的風格，而且特別注意於麗詞雅義的工夫。劉熙釋名曰：「賦，敷也，敷布其義謂之賦。」而敷布其義的方法却是鋪采。所以劉勰詮賦說：「賦者，鋪也；鋪采摛文，體物寫志也。……原夫登高之旨，蓋睹物興情，情以物興，故義必明雅；物以情觀，故詞必巧麗。麗詞雅義，符采相勝，如組織之品朱紫，畫繪之著玄黃。文雖新而有質，色雖糅而有本。此立賦之大體也。」劉勰說賦是鋪：第一步是賦的本義鋪敘，就是直陳其事；第二步是鋪張，鋪張的描寫，就是現代的所謂特寫；第三步更進而鋪采，就是「詞必巧麗」，要着力於麗詞的運用。司馬相如自述漢賦的作法在於「合纂組以成文，列錦繡而爲質，一經一緯，一宮一商，此賦之跡也。」(見西京雜記)要文似錦繡，其詞當然得「巧麗」才行。而麗詞又得配以雅義才相稱，所以劉勰以雅義與麗詞並擧。因此，我們說：漢賦的第三個特徵，便是在鋪張的描寫時顯出「麗詞雅義」的工夫來，以建立中國文學的古典主義。而結果其流弊是趨向於名物與詞藻的堆砌，僻文與奇字的淵博，成爲脫離社會人生的一種貴族文學。

漢賦的這一特徵，來自戰國策中縱橫家的游說之辭。我們在前面歷史散文的國策一節，已經加以叙述，而且指出這「麗詞雅義」的特徵，就是以後發展爲六朝駢體文的前奏。可是這一鋪張的描寫，在楚辭中也有出現，招魂與大招篇裏東南西北的描寫，更明顯地被司馬相如子虛賦所模仿。所以漢賦的這一特徵，可說也有兩個源頭：其一是散文的國策；另一是韻文的楚辭。

現在我們再抄錄荀子的箴賦。賈誼的鵩鳥賦、司馬相如的子虛賦(節錄)於下，以爲實例，並加以說明。

**荀卿箴賦**

有物於此，生於山阜，處於室堂。無知無巧，善治衣裳。不盜不竊，穿窬而行。日夜合離，以成文章。既能合從，又善連衡。下覆百姓，上飾帝王。功業甚博，不見賢良。時用則存，不用則亡。臣愚不識，敢請之王。王曰：此夫始生鉅，其成功小者邪？長其尾而鋭其剽者邪？頭銛達而尾趙繚者邪？一往一來，結尾以爲事；無羽無翼，反覆甚極。尾生而事起，尾邅而事已。簪以爲父，管以爲母。既以縫表，又以連裏。夫是之謂箴理。

**賈誼鵩鳥賦幷序**

誼爲長沙王傅，三年，有鵩鳥飛入誼舍，止於坐隅。鵩似鴞，不祥鳥也。誼既以謫居長沙，長沙卑溼，誼自傷悼，以爲壽不得長，乃爲賦以自廣。其辭曰：單閼之歲兮，四月孟夏；庚子日斜兮，鵩來余舍。止於坐隅兮，貌甚閑暇。異物來萃兮，私怪其故；發書占之兮，讖言其度。曰：野鳥入室兮，主人將去。請問于鵩兮：予去何之？吉乎告我，凶言其災；淹速之度兮，語予其期！鵩乃歎息，舉首奮翼。口不能言，請對以臆：萬物變化兮，固無休息；斡流而遷兮，或推而還；形氣轉續兮，變化而嬗；沕穆無窮兮，胡可勝言？禍兮福所倚，福兮禍所伏，憂喜聚門兮，吉凶同域。彼吳强大兮，夫差以敗；越棲會稽兮，勾踐霸世；斯游遂成兮，卒被五刑；傅說胥靡兮，乃相武丁。夫禍之與福兮，何異糾纆？命不可說兮，孰知其極？水激則悍兮，矢激則遠，萬物回薄兮，振盪相轉。雲蒸雨降兮，糾錯相紛。大鈞播物兮，坱圠無垠。天不可以預慮兮，道不可預謀；遲速有命兮，焉識其時？且夫天地爲鑪兮，造化爲工；陰陽爲炭兮，萬物爲銅；合散消息兮，安有常則？千變萬化兮，未始有極。忽然爲人兮，何足控摶？化爲異物兮，又何足患？小智自私兮，賤彼貴我；達人大觀兮，物無不可。貪夫狥財兮，烈士狥名；夸者死權兮，品庶每生。怵迫之徒兮，或趨西東；大人不曲兮，意變齊同；愚士繫俗兮，窘若囚拘；至人遺物兮，獨與道俱；衆人惑惑兮，好惡積億；眞人恬漠兮，獨與道息。釋智遺形兮，超然自喪，廖廓忽荒兮，與道翺翔，乘流則逝兮，得坻則止，從軀委命兮，不私與己。其生若浮，其死若休；澹乎若深淵之靜，泛乎若不繫之舟。不以生故自寶兮，養空而浮。德人無累，知命不憂，細故蔕芥，何足以疑？

## 司馬相如子虛賦

楚使子虛使於齊，王悉發車騎，與使者出畋。畋罷，子虛過姹，烏有先生亡是公存焉。坐定，烏有先生問曰：「今日田，樂乎？」子虛曰：「樂。」「獲多乎？」曰：「少。」「然則何樂？」曰：「僕樂齊王之欲夸僕以車騎之衆，而僕對以雲夢之事也。」曰：「可得聞乎？」子虛曰：「可。

「王駕車千乘，選徒萬騎，田於海濱。列卒滿澤，罘罔彌山。掩兔轔鹿，射麋脚麟，騖於鹽浦，割鮮染輪。射中獲多，矜而自功，顧謂僕曰：『楚亦有平原廣澤，游獵之地，饒樂若此者乎？楚王之獵，何與寡人？』僕下車對曰：『臣，楚國之鄙人也，幸得宿衞十有餘年，時從出游。游於後園，覽於有無。然猶未能徧覩也！又惡足以言其外澤者乎？』齊王曰：『雖然，略以子之所聞見而言之。』僕對曰：『唯！唯！

「『臣聞楚有七澤，嘗見其一，未覩其餘也。臣之所見，蓋特其小小者耳，名曰雲夢。雲夢者，方九百里，其中有山焉。其山則盤紆茀鬱，隆崇律崒，岑巖參差，日月蔽虧，交錯糾紛，上干青雲。……其東，則有蕙圃衡蘭……其南，則有平原廣澤……其西，則有湧泉淸池，激水推移，外發芙蓉蔆華，內隱鉅石白沙。……其北，則有陰林巨樹……其上，則有赤猨……其下，則有白虎玄豹……臣竊觀之，齊殆不如。』於是王默然無以應僕也。」

烏有先生曰：「是何言之過也？足下不遠千里來況齊國，王悉發境內之士，而備車騎之衆以出田，乃欲戮力致獲，以娛左右也。何名爲夸哉？……今足下不稱楚王之德厚，而盛推雲夢以爲高，奢言淫樂而顯侈靡，竊爲足下不取也。……先生又見客，是以王辭而不能復，何爲無以應哉！」

以上荀賦一篇，漢賦兩篇，風格各異。荀賦爲以賦名篇的最初形態。首尾均採詩經四言體，中間

「王曰」以下一段用問答式，對漢賦均有影響，而假設與王問答，已由六義的直陳其事，進而爲漢賦寓言式諷諭的特徵開其端。而荀賦假設問答的方式，或受莊子寓言的影響。

賈誼的鵩鳥賦的借題發揮與採用問答式，與荀賦相似而略變之。但其句調則全部是楚辭的形式。司馬相如子虛賦是漢賦成熟期的作品，漢賦的三個特徵都具備。其或韻或散的句調，已擺脫楚辭的面貌，而建立起漢賦獨特的風格來。但其所受前代的影響，仍有明顯的跡象可以指證。⑴沿襲荀賦賈賦以來的問答式，而且更採用了國策中縱橫家那種說客的口吻來問答。那鋪張的描寫如：「王駕車千乘，選徒萬騎」，「列卒滿澤，罘罔彌山，掩兎轔鹿，射麋脚麟」等句調，絕似國策中蘇秦見齊宣王所說的：「齊地方二千里，帶甲數十萬……其民無不吹竽鼓瑟，擊筑彈琴，鬪鷄走犬……舉袂成幕，揮汗成雨，家敦而富，志高而揚。」非但鋪張，而且「詞必巧麗」「句必明雅」，無形中都是講求對仗的駢語。⑵子虛對雲夢鋪張的描寫，用其東其南其西其北其上其下，分別寫上下四方的景物，則是楚辭招魂：「東方不可以託些，長人千仞……南方不可以止些，雕題黑齒……西方之害，流沙千里些……北方不可以止些，增冰峨峨，飛雪千里些……君無上天些，虎豹九關，啄害下人些……君無下此幽都些，土伯九約，其角觺觺些……」的翻版。⑶子虛賦外表上是直陳其事的叙事式，實際並無其事，只是一則寓言，連子虛、烏有、亡是公都並無其人，全文的主題只在「今足下不稱楚王之德厚，竊爲足下不取也」兩句的諷諭。這也是荀賦等寓言以說教的承襲。

這一節本來是要講漢賦的淵源的，但漢賦的特徵不明，則其淵源也難詳，所以我們反過來先分析其特徵，然後再探求其源流。最後歸納所得，列表如下：

漢賦特徵淵源表：

(1)由直陳其事到寓言式諷諭 —— 詩經 —— 荀賦 → 漢賦

(2)由四言詩到詩的散文化 —— 詩經 —— 楚辭 → 漢賦

(3)由鋪張的描寫到麗詞雅義 —— 國策 —— 楚辭 → 漢賦

附記：章學誠文史通義云：「古之賦家者流，原本詩騷；出入戰國諸子：假設問對，莊列寓言之遺也；恢廓聲勢，蘇張縱橫之體也；排比諧隱，韓非儲說之屬也；徵材聚事，呂覽類務之義也。」溯源於詩騷，而謂亦受先秦散文的影響。並列舉：(1)假設問對是莊子列子的遺風；(2)恢廓聲勢是縱橫家的體裁；(3)排比諧隱是韓非子的屬類；(4)徵材聚事，是呂氏春秋的義法；而不及荀子。但我們則於詩騷外，散文方面僅舉國策一書，卽漢賦散文化的淵源，不溯及莊列韓呂。蓋章氏所舉乃風格相似之書，未認其爲淵源之所在；而我們僅就漢賦特徵溯其源，莊子假設問對寓言式諷諭的特徵，又爲荀賦所吸收，漢賦係循荀賦途徑而發展，故不舉莊子。茲附記數語，以供讀者參考，恕不詳析。

## 二、漢賦的背景

漢賦的興盛，自有其背景。茲將其歷史的背景和地理的背景分述如下：

先從歷史的背景講：

第一，文體發展的背景：

戰國末年，歷史散文與哲理散文極爲發達。而楚辭荀賦，已逐步走上詩歌散文化之路。到漢朝，詩經的伴樂歌唱已經失傳，楚辭也只有專家能朗誦。於是文學發展便順着這路線走上創造混合詩與散文的一種朗誦的文體的途徑去。於是有這非詩非文，亦詩亦文的漢賦產生。（換言之，漢賦是詩與散文的混血兒。）

第二，經濟政治的背景：

漢初承平，經文景時代的休養生息，國力充沛，武宣時代，便不能不有所作爲。於是對外用兵，擴充地盤，同時搜羅遠方的珍奇以供享受；對內提倡學術，獎勵文藝，文治武功，名利雙收。而生活的享受，精神的滿足，也各有發展。宮殿的建築，則大興土木；虛榮的渴求，則行封禪大典，祭望山川，巡遊天下。一面懷着神仙的夢想，一面又縱情於田獵歌舞，酒色犬馬之慾。於是這新文體在帝王的倡導下大盛，在這種背景裡賦予這新文體以絢麗的彩色。漢賦便成爲一種以歌功頌德，鋪張揚厲的筆調，來描寫那些宮殿、田獵、神仙、京都的壯麗偉大的情狀，以襯托出大漢帝國的繁華與天子的威嚴來。天子以此取樂，作者以此邀寵，也因此而使這種作品，雖以諷諫爲標榜，實則已成只求贍麗典雅的古典主義的貴族文學，完全脫離實際的社會人生，而只成爲貴族的娛樂品而已。漢書枚皐傳：「皐不通經術，爲賦頌，好嫚戲，以故得媟黷貴幸。」王褒傳：「上數從褒等游獵，所幸宮館，輒爲歌誦，第其高下，以差賜帛。議者多以淫靡不急。上曰：『不有博奕者乎？爲之猶賢乎已。辭賦大者與古同義，小者辯麗可喜。辟如女工有綺縠，音樂有鄭衛，今世俗猶皆以此娛悅耳目，辭賦比之，尚有仁義風諭，鳥獸草木多聞之觀，賢於倡優博奕者遠矣。』頃之，擢褒爲諫議大夫。」擧此兩例，可見一斑。

第三，利祿考試的背景：

漢賦的興盛，利祿引誘的力量，實最爲重要。初期是少數國君的獎勵提倡。吳王劉濞、梁孝王劉武、淮南王劉安等都愛好文學，招致四方名士，當時鄒陽、嚴忌、枚乘、司馬相如、淮南小山、公孫勝、韓安國之流，都在他們門下。從此文章有價：枚乘賦柳，賜絹五匹；相如賦長門，得黃金百斤，傳爲佳話。及武帝卽位，重視文人，司馬相如、東方朔、枚皋諸人，皆以辭賦得官。宣帝時王褒、張子僑，成帝時的崔駰，和帝時的李尤，也都以辭賦入仕途。於是獻賦考賦之擧，遂成風氣，班固兩都賦序云：

至於武、宣之世，乃崇禮官，考文章……若司馬相如、虞丘壽王、東方朔、枚皋、王褒、劉向之屬，朝夕論思，日月獻納，而公卿大臣御史大夫倪寬、太常孔臧、大中大夫董仲舒、太子太傅蕭望之等時時間作。……孝成之世，論而錄之，蓋奏御者千有餘篇。

西漢獻賦，東漢則進而考賦。張衡論貢擧疏云：

夫書畫辭賦，才之小者；匡理國政，未有能焉。陛下卽位之初，先訪經術；聽政餘日，觀省篇章，聊以游藝，當代博奕，非以教化取士之本。而諸生競利，作者鼎沸。其高者頗引經訓風諭之言；下則連偶俗語，有類俳優；或竊成文，虛冒名氏。臣每受詔於盛化，差次錄第；其未及者，亦復隨輩皆見拜擢。

這時政府非但考賦以取士，而且賦做得好，固可錄取，不及格的，照樣有官做。難怪作者鼎沸，而作品成績也日趨低下了。

第四，儒家理論的支持：

漢武尊經重儒，學術思想界都受儒家的支配。漢儒對於作賦，均力予支持。司馬遷撰史記，於司馬相如傳贊中固然說「相如雖多虛辭濫說，然其要歸，引之節儉，此與詩之諷諫何異？」班固評楚辭的大作家屈原，極表不滿，說他露才揚己，爲人不遜，爲臣不忠，批評他作品牽涉神怪，不合經傳，有違聖敎。但他對賦却認爲是有意義有價值的作品，他說：「或以抒下情而通諷諭，或以宣上德而盡忠孝，雍容揄揚，著於後嗣，抑亦雅頌之亞也。」（兩都賦序）而且漢代大儒如揚雄、班固、張衡諸人，均爲大賦家，後世對漢賦成就的評價雖不很高，但當時在文壇上却是一枝獨秀的文體。

現在再講地理背景：

漢初文壇上的散文大作家，如賈誼、鼂錯、董仲舒、司馬遷等，都是黃河流域的人。而漢賦興起有力的作家如司馬相如、枚乘父子、嚴忌父子、王褒、揚雄等，都是長江流域人氏。他們樹南方之詞壇，翻騷賦的新調，以與北方文學分道揚鑣，分庭抗禮。漢賦的崛起，實在可說是漢代南方文學伸長於北方，而風靡於全國的一種文風。易君左氏有類似的見解，這一點我們是參考易氏意見而寫成。

## 三、漢賦的分期與作品

漢賦的發展可分爲四期：⑴形成期，⑵全盛期，⑶模擬期，⑷轉變期。

**（一）形成期**　自漢高祖至武帝初年，六七十年間是漢賦的形成期。在這期間，政治初平，政府採用黃老無爲政策的休養期，文學創作，完全籠罩在楚辭的氣氛之中，賦體作家，初有陸賈，接着是賈誼、枚乘相繼而起。三人最爲有名，而以枚乘作爲此期的殿後，他對漢賦的貢獻也最大。和枚乘一起的，還有嚴忌、鄒陽、路喬如、公孫詭、公孫乘、羊勝、韓安國等人，也都是吳梁二國的遊士。只是他們的作品不多，步屈宋的後塵，無甚特色。嚴忌的哀時命，比較有名，所以我們僅將陸、賈、嚴、枚四人加以敍述：

⑴陸賈楚人，是兼儒術的縱橫家之流。他從高祖定天下，運籌帷幄，折衝樽俎，是漢初功臣。漢書藝文志載其有賦三篇，並與枚皋、朱買臣、司馬遷、揚雄、朱宇等廿一人列爲第二類而居其首。（藝文志所列第一類爲屈原、宋玉、賈誼、枚乘、司馬相如、淮南王、劉向、王褒等二十人；第三類爲孫卿、李思、路恭等二十五人）其賦應有特色，他的三篇賦早經失傳，已難於憑空推測。但知其人乃蘇張縱橫家之流，則其賦亦恢廓聲勢，導漢賦入於鋪張揚厲之途者歟？

⑵賈誼（公元前二〇〇－一六八）洛陽人，他有豐富的學識，卓越的政見，也是一位傑出的散文作家。他崇拜屈原，有抱負，而與屈原同其命運。初爲太中大夫，文帝不能重用，把他流謫到長沙去。他鬱鬱不得志，在那裏寫下了有名的鵩鳥賦和弔屈原賦。後來雖被召回，拜爲梁懷王太傅，不幸梁王墮馬而死，於是他自傷爲傅無狀，哭啼以終，享年僅三十三歲。

藝文志載賈誼賦七篇，今存惜誓、弔屈原、鵩鳥、旱雲賦等數篇。前兩篇的形式與情調，雖都出於楚辭，但哀人所以自哀，弔人亦以自弔，在作品裡發揮了他特有的個性和眞實的感情，幾乎是屈原的再世，極爲動人，與純粹模擬之作不同。旱雲賦則是楚辭體的詠物賦，以長篇文字鋪寫一物，技巧已圓熟，可視爲荀賦的發展。可是他對漢賦發展最有貢獻的却是鵩鳥賦。這是一篇採用散文的問答式而又兼自然的韻律，富於道家思想的說理作品。有了漢賦的新風格，可說是繼承荀賦轉變楚辭的漢賦先鋒，所缺只有漢賦那種誇張的描寫和贍麗的詞藻而已。一般推斷，楚辭中的卜居、漁父等產生的時間，都後於此作。

(3)嚴忌，會稽人。本姓莊，後人避明帝諱，才這樣稱呼。他先事吳王濞，後遊梁，和鄒陽枚乘等居梁孝王門下，漢書藝文志稱他有賦二十四篇，傳下來的祇有編在楚辭中的哀時命一篇。他的兒子嚴助，藝文志說他有賦三十五篇，却一篇也未流傳下來。

(4)枚乘，淮陰人，他在漢賦形成期的地位比賈誼更重要。他和嚴忌等同爲吳王梁王的詞客，景帝時做過弘農都尉。武帝卽位，慕名徵召，但他已年老，死於途中。藝文志載其有賦九篇，今存七發、柳賦、菟園賦，後二篇或疑爲僞作。可靠的只有七發一篇。七發雖未以賦名篇，却純粹是漢賦的體制。全篇是散文式的反覆問答體，演成一個楚太子有疾，吳客去問病的假托的故事，中間雖偶有楚辭式的詩句雜出，這正表現了漢賦形成期，難於完全脫離楚辭勢力的痕跡。比之賈誼鵩鳥，鵩鳥平實，而七發華美誇張；鵩鳥說理，而七發完全是叙事寫物。兩千多字的七節長篇，只是說明聲色犬馬之樂，不如聖賢之言的有益，以爲諷諭。漢賦的特點已全，漢賦至此而形成。其後傅毅、劉廣等相繼效法，撰成七諫、七哀、七激、七興、七依、七說、七觸、七擧諸作，在賦史上「七」竟成爲一種專體，可見我國文人模擬風氣之盛。茲抄錄七發第一、二兩節於下，以見其風格之大概。

楚太子有疾，而吳客往問之，曰：「伏聞太子玉體不安，亦少閒乎？」太子曰：「憊，謹謝客。」客因稱曰：「今時天下安寧，四宇和平，太子方富於年。意者，久耽安樂，日夜無極，邪氣襲逆，中若結轖，紛屯澹淡，噓唏煩酲，惕惕怵怵，臥不得瞑，虛中重聽，惡聞人聲，精神越渫，百病咸生，聰明眩曜，悅怒不平，久執不廢，大命乃傾。太子豈有是乎？」太子曰：「謹謝客！賴君之力，時時有之；然未至於是也。」

客曰：「今夫貴人之子，必宮居而閨處。內有保母，外有傅父，欲交無所。飲食則溫淳甘膬，脭醲肥厚。衣裳則雜遝曼煖，燂爍熱暑。雖有金石之堅，猶將銷鑠而挺解也，況其在筋骨之間乎哉！故曰：『縱耳目之欲，恣支體之安者，傷血脈之和。』且夫出輿入輦，命曰蹷痿之機；洞房清宮，命曰寒熱之媒；皓齒蛾眉，命曰伐性之斧；甘脆肥濃，命曰腐腸之藥。今太子膚色靡曼，四支委隨，筋骨挺解，血脈淫濯，手足惰窳；越女侍前，齊姬奉後，往來游讌，縱恣乎曲房隱間之中，此甘餐毒藥戲猛獸之爪牙也。所從來者至深遠，淹滯永久而不廢，雖令扁鵲治內，巫咸治外，尚何及哉！今如太子之病者，獨宜世之君子，博見強識，承閒語事，變度易意，常無離側，以爲羽翼。淹沉之樂，浩蕩之心，遁佚之志，其奚由至哉？」太子曰：「諾！病已，請事此言。」

**(二) 全盛期**　西漢武、宣、元、成時代，是漢賦成熟的全盛期。藝文志所載漢賦九百數十篇，作者七十餘人，十分之九是這時期的產品，盛況可見。武宣二帝，好大喜功，附庸風雅，一時文風大盛。元、成二世，繼其餘緒，作者不衰。有名的作家，爲司馬相如、淮南小山、嚴助、枚皋、東方朔、朱買臣、莊忽奇、吾丘壽王、劉向、王褒、張子僑諸人。武帝時大作家是司馬相如，其次是東方朔、枚皋；宣帝時則當推王褒。茲將四人略加敘述。

(1)司馬相如，字長卿，四川成都人，生於文帝初年，死於武帝元狩五年（公元前一一七年），活了六十多歲。是一個中國式風流才子的典型人物。他因口吃不善言詞，而寫得一手好文章，彈得一手好琴。憑着一曲鳳求凰，挑動了大富翁卓王孫守寡的女兒文君的心，居然跟他私奔了。憑他代失寵的陳皇后寫了一篇長門賦，感動了武帝，恢復了陳皇后的寵幸，於是得了黃金百斤的稿費。他初事景帝爲武騎常侍，不被重視。改從梁孝王游，化了一百天工夫寫了一篇子虛賦，描寫諸侯遊獵之盛，後來武帝讀了，大爲賞識，嘆息說：「朕恨獨不得與此人同時哉！」剛好楊得意在宮中做狗監，便報告說這是我的同鄉司馬相如作的。於是武帝召見他，他就進一步寫子虛的續篇鋪叙天子遊獵場面的上林賦獻上去，大得武帝歡心，給他郎官做。武帝好神仙，他就獻大人賦，讀得武帝飄飄然。他寫的美人賦却又是色情文學的傑作。賦裡寫懷春的少女：「弛其上服，表其褻衣，皓體呈露，弱骨豐肌，時來親臣，柔滑如脂……」描寫的細膩，作風的大胆，文字佳麗，香艷肉感而不浮濫，可說是這方面的絕妙聖品。藝文志載相如賦二十九篇，今存子虛、上林、大人、長門、美人、哀二世等六篇，其中尤以子虛、上林爲其代表傑作，也是漢賦的典型作品。從賈誼鵩鳥，枚乘七發，逐步從楚辭演變，至此而蛻化出漢賦獨特的體制來，而成爲漢賦固定的形式。

司馬相如在漢賦中據有最高的地位，揚雄說：「長卿之賦，非自人間來，其神化之所至耶！」又云：「如孔氏之門用賦也，則賈誼升堂，相如入室矣。」明王世貞亦云：「長卿之賦，賦之聖者。」因爲漢賦到了他，融合了各家的特質，建立了鋪采摛文極盡誇張而毫無內容的固定形式，後之作者，只能追隨他模擬他，而無法越出他的樊籬。但今日在我們看來，子虛上林這種作品，專用美麗的字句，盡其鋪寫誇張的能事，外表雖絢麗奪目，內容却空無所有。不僅寫作不容易，要才高學博的人花許多工夫才寫得像樣，就是讀起來也並不容易。晉人摯虞在文章流別論一文中批評說：「假象過大，則與類相遠；逸辭過壯，則與事相違；辯言過理，則與義相失；麗靡過美，則與情相悖。」劉勰也說：「宋玉景差，夸飾始盛；相如憑風，詭濫愈甚，故上林之館，奔星與宛虹入軒；從禽之盛，飛廉與鷦鷯俱獲。」這都是確切的評語。其實相如的賦以長門最有價値。賦中揣摩棄婦失戀的怨情，極爲成功。「忽寢寐而夢想兮，魄若君之在旁；惕寤覺而無見兮，魂廷廷若有亡；衆鷄鳴而愁予兮，起視月之精光……」等句，寫得何等纏綿悱惻！朱熹在相如諸賦中，就最賞識此篇。

(2)東方朔，字曼倩，平原厭次人。與司馬相如同時，他頗能寓諷諫於滑稽幽默之中。他的七諫，是一篇模擬的作品，用典抄襲太多，無特色可言。非有先生論、答客難二篇，實爲散文賦體，詼諧滑稽，頗能代表他的個性與才情，値得一讀。

(3)枚臯，字少儒，枚乘之子，武帝時爲郎，與司馬相如、東方朔爲當時賦家三劍客。他文思敏捷，作品特別多，藝文志載其賦有一百二十篇，但現在作品都已失傳。揚雄謂其長於飛書馳檄，而相如則優於高文典册。

(4)王褒，字子淵，蜀郡資中人，生年不詳，宣帝神爵元年（公元前六一年）卒。宣帝「頗作詩歌，欲與協律之事」，於是能爲楚辭的九江被公，高才的劉向、張子僑、華龍，音樂家趙定、龔德之流，齊於他手下。王褒也就在那時，得益州刺史王襄的奏薦，待詔於金馬門。帝所幸宮館，褒常作歌頌。後擢諫議大夫。皇太子疾，詔使褒等至太子宮與之娛樂，褒乃朝夕誦讀奇文及自己所作賦，至太子疾愈始歸。太子喜歡他的甘泉宮賦洞簫賦，令後宮貴人左右皆誦讀。神爵元年，褒上聖主得賢臣頌。這時宣帝頗好神仙，所以王褒於頌中言神仙之事。方士說益州有金馬碧鷄之寶，可以祭祀而得。這年三月，詔令王褒往求之，病死道中。

王褒是宣帝時的代表作家，善用駢儷對偶，開六朝絢爛之端。藝文志載其有賦十六篇。現存僅聖主得賢臣頌、九懷、四子講德論、洞簫賦、僮約、甘泉宮頌及碧鷄頌等作，大多是歌功頌德的文字，只有僮約和洞簫賦值得一提。僮約是白話的買奴券文，他向成都寡婦楊惠家用錢一萬五千串買了一名書僮，和這書僮訂約，擔任一切工作，寫得非常滑稽，其中「鼻涕長一尺」等句，逗人發笑，與東方朔先後媲美。洞簫賦上承賈誼旱雲，體製並無不同。旱雲雖鋪張得宜，再無荀賦簡陋隱晦之弊，但未曾刻意求美；洞簫則致力於表現的技巧，更到達精密細巧、清麗可誦的境地。賦中雜用駢儷句法，為六朝唯美文學埋下了種子。其次，洞簫極盡聲音和容貌本質與功用的鋪叙，成為詠物賦的範作，此後群加模仿，至六朝而尤盛。漢賦中馬融的琴賦、長笛賦、圍棋賦、樗蒲賦；蔡邕的琴、筆、彈棊、團扇等賦，都是這種作品。

茲錄洞簫賦一節於下，以見其風格：

朝露清冷而隕其側兮，玉液浸潤而承其根。孤雌寡鶴娛優乎其下兮，春禽群嬉翱翔乎其顛。秋蜩不食抱樸而長吟兮，玄猿悲嘯搜索乎其間。處幽隱而奧庰兮，密漠泊以獭猭。惟詳察其素體兮，宜清靜而弗諠。

**(三) 模擬期**　自西漢末年，到東漢中葉，是漢賦的模擬期。漢賦全盛期的相如、子淵，給漢賦鑄下了定型，後輩作家，無法跳出他們的範圍，因此模擬之風大盛。作家的知名者，有揚雄、馮衍、杜篤、班固、崔駰、李尤、傅毅等人，其中揚雄班固二人，獨具見地，學識又超越等倫，成績較佳，可為代表。

(1) 揚雄，字子雲，成都人。少而好學，博覽無所不讀，為一經學、小學、辭章兼長的大學者，我們在諸子散文中已予敘述。漢賦大作家都通小學，司馬相如的凡將篇，揚雄的方言與訓纂篇，班固的續訓纂，都是當代有名的字書。因為通了小學，那些奇文怪字，方可隨心應用，至今揚雄方言一書，還是研究古代語言文字學的一本重要參考書。成帝時揚雄先後獻甘泉、河東、羽獵、長楊四大賦，雖意存諷諫，而不見效果，於是棄辭賦，輟不復為。漢書藝文志載揚雄有賦十二篇，現均存，除四大賦外，尚有反離騷、廣騷、畔牢愁、蜀都、太玄、逐貧等六篇及不全之覆靈賦及酒賦。

揚雄的著作皆出於模擬，他於答桓譚論賦中說：「能讀千賦，則能為之。諺云：習伏衆神，巧者不過習者之門。」這正是他模仿主義的文學理論。他的甘泉、羽獵、長楊、河東四大賦，是擬相如的子虛、上林。反離騷、廣騷、畔牢愁是倣效屈原的離騷與九章。班固在傳贊中說他：「以為經莫大於易，故作太玄；傳莫大於論語，作法言；史篇莫善於倉頡，作訓纂；箴莫善於虞箴，作册箴；賦莫深於離騷，反而廣之；辭莫麗於相如，作四賦。皆斟酌其本，相與倣依而馳騁云。」真是中國第一位模擬專家。當時劉歆、范逡，對他表示敬佩，桓譚也說他文章絕倫。但揚雄自已對於辭賦，在體驗中已經覺悟，知道這種古典的宮廷文學，只是一種雕蟲小技，說有諷諫作用，也只是騙人的美名，實在並無益於世道人心，反之，作者的人格，在帝王視之，却有類俳優。他說：「詩人之賦麗以則，詞人之賦麗以淫。」一味誇張，不可爲法。元人祝堯在其所著古賦辨體中說：「詩人之賦，以其吟咏性情也。其情不自知而形於詞，其詞不自知而合於理。情形於詞，故麗而有則；詞合於理，故則而有法。如或失於情，尚詞而不尚意，別無興趣之妙，而於則也何有？……漢代詞賦，專取詩中賦之一義以爲賦，復取諷中贍麗之詞以爲詞，若情若理，有不暇及，故其爲麗也，異乎風騷之麗，而則之與淫遂判矣。」這把揚雄的意見，發揮得更加透徹了。但是揚雄並不能糾正當時的風氣，而且他畢竟是一個模仿主義者，缺乏創新的精神，他對辭賦也只有消極的批評與放棄，連積極地作改革的意念也不曾有過。

(2)班固，字孟堅，扶風安陵人。（公元三二年—九二年）是一位史學兼長文學的作家。我們在歷史散文中已予敘述。他的漢書，與司馬遷的史記，並稱爲中國歷史文學的雙璧，他在賦史上也有重要地位。他和司馬相如、揚雄、張衡，被稱爲漢賦四傑。他的代表作是兩都賦，其形式組織，雖完全模仿相如的子虛上林，其內容則爲敘述漢代的東西兩京，與兩漢作家流行的游獵宮殿不同，而是寫京都賦的開創者。此後張衡有二京賦，晉代左思有三都賦，都因以京都爲題材而享盛名。因爲他們能把中國的錦繡河山以及豐盛的文物描寫出來，自有其價值在。而在文學史上，也便應有其特殊的地位了。其餘還有幽通、典引、答賓戲等篇，也是模擬之作。幽通倣屈原離騷，典引倣相如封禪，答賓戲倣東方朔答客難，均缺乏新意，一點沒有新氣象可言。我們要知道，模擬主義正是貴族的古典文學的特質，所以當時他們非但不以模擬爲病，而且正以模擬得形似見長哩！

**（四）轉變期**　漢初政治採黃老無爲政策，不提倡文學，儒生亦不得勢，吳梁二王招集文士，漢賦獲滋養，枚乘七發，始見成形。嗣後國力充沛，人民富庶，武帝好大喜功，開獻賦之路，宣帝繼繩，於是司馬稱雄，東方、枚臯爲輔，子淵受知於宣帝，漢賦達於全盛。西漢末年，漢賦定型，揚雄專事模擬，歎詞人之賦麗以淫；東漢模擬之風未衰，孟堅作兩都，稍改題材，略有新意。安順之間，獻賦進爲考賦，而詞人已濫，或且相窃成文。張衡步武兩都，構思十年而成二京，不脫模擬。但是時宦官外戚爭權，國勢日衰，儒人仕進之途險惡，每思退隱。加以帝王貴族奢侈成習，橫征暴歛，社會民生，日益窮困，所謂「國王驕奢，不遵典憲；又多豪右，共爲不軌。」（張衡傳）於是道家思想抬頭，賦風亦由張衡而轉變，其思玄賦雖仍襲班固幽通，其歸田、髑髏兩賦，則以精美短篇，抒情述懷，發揮其清靜自由之老莊思想，一反以往漢賦模擬長篇鉅製之傳統。此後桓靈之世，而有黨錮之獄，繼之以天下大亂，社會殘破。於是趙壹之刺世疾邪賦、禰衡之鸚鵡賦，更爲短賦生光，而漢祚遂絕，漢賦亦終止於此。漢賦轉變期之賦人，尚有馬融、王逸、王延壽、蔡邕、邊讓等人，略而不叙。僅以張衡趙壹禰衡三人爲代表叙述之。

⑴張衡，字平子，南陽西鄂人。生於章帝建初三年（公元七八年）卒於順帝永和四年（公元一三九年）衡通五經，貫六藝，精天算，善屬文。和帝永元中舉孝廉，不行，連辟公府，不就。時天下承平日久，王侯以下，莫不踰侈，衡作二京賦因以諷諫，精思傅會，十年乃成。安帝雅聞衡善術學，徵拜郎中，再遷爲太史令，作渾天儀，著靈憲算罔論，言甚詳明。順帝陽嘉元年（公元一三二年）復造候風地動儀，完成其科學上的兩大成就，衆皆服其妙。後遷侍中，順帝引在帷幄，諷議左右。嘗問衡天下所疾惡者，宦官懼其毀己，皆共目之。衡乃詭對而出。閹豎恐終爲其惡，遂共讒之。衡常思圖身之事，以爲

吉凶倚伏，幽微難明，乃擬班固幽通作思玄賦，以宣寄情志。順帝永和初，出爲河間相。視事三年，郡中大治。永和四年卒，著有周易訓詁，遺文數十篇。他的賦除二京思玄外，尙有南都、歸田、髑髏、羽獵等篇。而以歸田、髑髏最能代表漢賦的轉變。此外尙有五言詩同聲歌、定情歌；七言詩四愁，也是五七言古詩創始時期的重要文獻。

我們前面說過，模擬期的揚雄認識漢賦的缺點，不能改革，只消極地放棄作賦，張衡是有創造精神的，在科學上他精研曆算而有渾天儀地動儀的創造，在文學上他也能從模倣轉變出創造來。歸田、髑髏兩賦，成爲漢賦轉變的劃時代作品。其意義有四：⑴篇幅由長篇鉅製，轉變爲短小篇章；⑵內容由宮殿遊獵京都等貴族生活轉變爲個人胸懷與理想；⑶作風由堆砌誇飾、鋪采摛文變爲平淺自然，流暢清麗；⑷句法由散行轉變爲對偶工整。從此，漢賦自古典的貴族文學一變而爲個人言志的作品。魏晉六朝的賦篇卽循此途徑而發展，哲理文學和田園文學也由此發軔。魏晉文學的玄風，陶淵明的田園詩，均由平子啓其端緒。

⑵趙壹，字元叔，漢陽西縣人，爲人狂傲不羈，不爲鄉里所容，屢次犯罪幾死，而終不屈服，作窮鳥賦以自遣。靈帝光和初，舉郡上計，時司徒袁逢受計，計吏皆拜伏，壹獨長揖。逢斂袵下堂，延置上座，問西方事大悅，坐者屬目。往造河南尹羊陟，陟與語，大奇之，乃與袁逢共稱荐之，名動京師。後十辟公府，並不就。著賦、書、論等十六篇。今存窮鳥賦、迅風賦、刺世疾邪賦、報皇甫規書等篇。其中以刺世疾邪賦最爲突出。在賦中他用最積極的態度，攻擊的方式，憤激熱烈的情緒，去暴露當時政治的黑暗混亂，官吏的腐敗無耻，人情風俗的勢利與敗壞，以及人民生計的窮困和自己心情的憤恨。賦中

「富貴者稱賢，文籍雖滿腹，不如一囊錢」即人情風俗的描寫。而「乘理雖死而非存」，這種句子，却是一個偉大人格的表現，一個有節氣革命家的表現，與張衡的消極而退隱的情緒，又迥然不同。

(3)禰衡，字正平，平原般縣人。他是東漢末年有名的憤世嫉俗的狂傲才士，獻帝興平中避難荆州，建安初，孔融荐之於曹操。曹操欲見之，而衡自稱狂病不肯往，數有恣言，操忿，召爲鼓史以辱之，反爲衡所辱。後又坐門外以杖箠地大罵，操欲殺之，恐人議其不能容人，遣人送與劉表，表又送與江夏太守黃祖，黃祖父子敬禮之。時黃祖長子射大會賓客，有獻鸚鵡者，射擧巵於衡曰：「願先生爲之賦，使四座咸共榮觀。」衡因爲賦，筆不停輟，文無加點，辭采甚麗，其才高思捷有如此者。後以言語不遜，觸怒黃祖，祖性躁急，欲加箠，衡大罵，祖恚甚，遂令殺之。射徒跣來救，不及。祖亦悔之，乃厚加棺斂。時衡年二十六，其文章多亡云。

禰衡的鸚鵡賦清麗順暢，算是一篇精美的詠物小賦，但細讀更知是一篇隱藏寓意的佳作。我們看下面這一段：

「女辭家而適人，臣出身而事主；彼賢哲之逢患，猶棲遲以羇旅；矧禽鳥之微物，能訓擾以安處？眷西路而長懷，望故鄉而延佇；忖陋體之腥臊，亦何勞于鼎俎？嗟祿命之衰薄，奚遭時之險巇？豈言語以階亂？將不密以致危。」

簡直是借物以自況，寄意以申情。而遭時險巇，終以言語階亂，遭殺身之禍，惜哉！

## 四、漢賦的餘緒

由於漢代辭賦的講求詞麗義雅，影響於六朝文學無論詩與文都趨向於唯美主義，我們在前面已屢次舉例說明。而自魏晉六朝以下，辭賦這一文體依然流行，這可認爲是漢賦的餘緒，而且自東漢中葉，漢賦鉅製一變而爲漢賦小品以後，辭賦的形式仍跟隨着時代的移轉，也在不斷地演變。所以我們在敍述漢賦的歷史時，順便將其餘緒，略加敍述。

簡單地說，漢賦至魏晉六朝，演變爲駢賦，或稱俳賦，而漢賦開始被目爲古賦。到唐代以賦試士，又有律賦的產生，到宋朝打破駢賦律賦的束縛，以散文作賦，又有文賦的提倡。玆將魏晉六朝的駢賦，唐宋的律賦文賦，略述於下：

(1)魏晉六朝駢賦　漢賦自東漢中葉以後，在張衡趙壹彌衡等的筆下，以新的形式與精神予以改革以後，魏晉六朝人所作的賦，在整個文壇趨向唯美文學潮流中，格外講求於字與詞的對仗，進而做到句駢字偶的地步，被稱爲駢賦或俳賦。魏代的賦，仍與漢末的賦相彷，可以曹植爲代表。他的洛神賦，最爲有名，其他如出婦、幽思、慰子、愁思諸賦，也都是抒寫個人情懷的小品，以淸淺的字句，表現出一種親切而濃厚的情趣來。與鋪張堆積歌訣頌美的漢賦，大異其趣，其成就在彌衡以上。其次要提起的是王粲的登樓、思友、寡婦諸賦，曹丕論建安七子，就說：「王粲長於辭賦」，其實建安七子，正像曹操一樣，都是漢末文人，因爲他們是附曹份子，所以習慣上他們的作品被列爲魏晉文學。晉朝重要的賦作家，西晉有潘岳、陸機、左思等人。潘岳的閒居、秋興、悼亡等篇，以情韻飃逸勝；陸機的文賦、豪士、浮雲等篇，以穠麗稱；左思三都賦的長篇鉅製，洛陽爲之紙貴，是追踪正統漢賦的廻光返照。東晉作家當推陶潛，他的詩完全無駢儷氣息，但他的辭賦，却是東晉駢賦的代表。歸去來辭一篇，膾炙人口，確實是千古傑作；感士不遇賦、閒情賦也各有其情趣。南北朝時駢賦已到成熟期，其代表的作品，有鮑照的蕪城；謝莊的月賦；江淹的恨賦、別賦、泣賦、倡婦自悲賦；梁武帝的蕩婦秋思賦、鴛鴦賦、對燭賦；庾信的哀江南賦、蕩子賦、傷心賦、小園賦、春賦等篇。

(2)唐宋律賦文賦　孫松友遊賦篇云：「自唐迄宋，以賦造士，創爲律賦，用便程式，新式以製題，險難以立韻，課以四聲之切，幅以八韻之風……然後銖量寸度，與帖括同科。」唐代爲攷試便於評閱起見，便倣照律詩，將應試的賦體，規定其格律與用韻，於是駢賦更進而爲機械式的律賦。因爲這律賦只是考試的工具，不論其題材與內容，均無價值，所以雖到宋代取士，仍沿用律賦，像歐陽修、蘇軾等大作家，都攷試過律賦，他們也沒有寫出有生命的律賦作品來。反之，他們因從事古文運動，感覺連駢賦也應予以解放，於是他們以古文的筆法來寫賦：歐陽修寫出了他有名的秋聲賦；蘇軾的前後赤壁賦更與古文無異。這種類似古文的賦，稱爲文賦。追溯到唐朝，則白居易杜牧所作賦，已開其端：白居易的動靜交相養賦，已像說理的散文；杜牧的阿房宮賦，也是韻散相間而與古典的漢賦不同的作品。文賦像蘇軾的後赤壁，已消失了賦的特徵，賦也至此而衰竭，不再在文學史上佔有重要地位。

# 作品欣賞

## 一、子虛賦

司馬相如

楚使子虛使於齊，齊王悉發境內之士，備車騎之衆[1]，與使者出田[2]。田罷，子虛過詑烏有先生[3]，而無是公在焉[4]。坐定，烏有先生曰：「今日田，樂乎？」子虛曰：「樂。」「獲多乎？」曰：「少。」「然則何樂？」曰：「僕樂齊王之欲夸僕以車騎之衆[5]，而僕對以雲夢之事也[6]。」曰：「可得聞乎？」子虛曰：「可。

「王駕車千乘，選徒萬騎，田於海濱。列卒滿澤，罘罔彌山[7]。掩兔轔鹿[8]，射麋腳麟[9]，鶩於鹽浦[10]，割鮮染輪[11]。射中獲多[12]，矜而自功[13]。顧謂僕曰：『楚亦有平原廣澤，游獵之地，饒樂若此者乎[14]？楚王之獵，何與寡人[15]？』僕下車對曰：『臣，楚國之鄙人也，幸得宿衞十有餘年，時從出游。游於後園，覽於有無。然猶未能徧覩也。又惡足以言其外澤者乎？』齊王曰：『雖然，略以子之所聞見而言之[16]。』僕對曰：『唯，唯！

「『臣聞楚有七澤，嘗見其一，未覩其餘也。臣之所見，蓋特其小小者耳，名曰雲夢。雲夢者，方九百里。其中有山焉。其山則盤紆、岪鬱[17]，隆崇、嵂崒[18]，岑巖參差[19]，日月蔽虧[20]，交錯糾紛，上干青雲，罷池陂陁[21]，下屬江河[22]。其土，則丹、青、赭、堊[23]，雌黃、白坿[24]，錫、碧、金、銀[25]，衆色炫燿，照爛龍鱗[26]。其石，則赤玉、玫瑰[27]，琳、瑉、琨、珸[28]，瑊玏、玄厲[29]，瑌石、武夫[30]。其東，則有蕙圃[31]，衡、蘭、芷、若、射干[32]，穹窮、昌蒲[33]，江離、麋蕪[34]，諸蔗、猼且[35]。其南，則有平原廣澤。登降陁靡(36)，案衍壇曼(37)。緣以大江，限以巫山(38)。其高燥，則生葴、菥、苞、荔(39)，薛、莎、青薠(40)。其卑溼，則生藏莨、蒹、葭(41)，東蘠、雕胡(42)，蓮藕、菰蘆(43)，菴閭、軒芋(44)。衆物居之，不可勝圖。其西，則有湧泉清池，激水推移，外發芙蓉、菱華(45)，內隱鉅石白沙。其中，則有神龜、蛟、鼉(46)，瑇瑁、鼈、黿(47)。其北，則有陰林巨樹(48)，楩、柟、豫、章(49)，桂、椒、木蘭，蘖離、朱楊，樝、梸、梬、栗，橘、柚芬芳(50)。其上，則有赤猿、蠼、猱(51)，鵷鶵、孔、鸞(52)，騰遠、射干(53)。其下，則有白虎、玄豹，蟃蜒、貙豻(54)，兕、象、野犀，窮奇、獌狿(55)。

「『於是乃使專諸之倫(56)，手格此獸。楚王乃駕馴駮之駟(57)，乘雕玉之輿(58)，靡魚須之橈旃(59)，曳明月之珠旗(60)，建干將之雄戟(61)，左烏嘷之雕弓(62)，右夏服之勁箭(63)，陽子驂乘(64)，纖阿爲御(65)，案節未舒(66)，即陵狡獸(67)，轔邛邛，蹵距虛(68)，軼野馬而轊騊駼(69)，乘遺風而射游騏(70)。儵眒淒浰(71)，雷動熛至(72)，星流霆擊(73)，弓不虛發，中必決眥(74)，洞胷達腋(75)，絕乎心繫(76)，獲若雨獸(77)，揜草蔽地(78)。於是楚王乃弭節裴回(79)，翱翔容與(80)，覽乎陰林，觀壯士之暴怒，與猛獸之恐懼，徼谻受詘(81)，殫睹衆物之變態(82)。於是鄭女曼姬(83)，被阿錫(84)，揄紵縞(85)，襍纖羅(86)，垂霧縠(87)，襞積褰縐(88)，紆徐委曲，鬱橈谿谷(89)，衯衯裶裶(90)，揚袘卹削(91)，蜚纖垂髾(92)，扶與猗靡(93)，噏呷萃蔡(94)，下摩蘭蕙，上拂羽蓋(95)，錯翡翠之威蕤(96)，繆繞玉綏(97)。縹乎忽忽(98)，若神仙之仿佛(99)。於是乃相與獠於蕙圃(100)，媻珊勃窣(101)，上金隄(102)，揜翡翠，射鵕鸃(103)，微矰出，纖繳施(104)，弋白鵠，連駕鵝(105)，雙鶬下，玄鶴加(106)。怠而後發，游於清池。浮文鷁(107)，揚桂枻(108)，張翠帷，建羽蓋(109)。罔瑇瑁，鉤紫貝(110)，摐金鼓(111)，吹鳴籟(112)，榜人歌(113)，聲流喝(114)。水蟲駭，波鴻沸(115)，涌泉起，奔揚會(116)。礧石相擊，硠硠礚礚(117)。若雷霆之聲，聞乎數百里之外。將息獠者，擊靈鼓(118)，起烽燧(119)。車案行，騎就隊(120)。纚乎淫淫(121)，班乎裔裔(122)。於是楚王乃登陽雲之臺(123)，泊乎無為，澹乎自持(124)，勺藥之和具(125)，而後御之。不若大王終日馳騁而不與，脟割輪淬(126)，自以為娛。臣竊觀之，齊殆不如。』於是王默然無以應僕也(127)。」

烏有先生曰：「是何言之過也。足下不遠千里來況齊國(128)，王悉發境內之士，而備車騎之衆，以出田。乃欲戮力致獲，以娛左右也。何名為夸哉！問楚地之有無者，願聞大國之風烈(129)，先生之餘論也(130)。今足下不稱楚王之德厚，而盛推雲夢以為高(131)，奢言淫樂而顯侈靡，竊為足下不取也。必若所言，固非楚國之美也。有而言之，是章君之惡(132)；無而言之，是害足下之信(133)。章君之惡，而傷私義，二者無一可。而先生行之，必且輕於齊而累於楚矣(134)。且齊東陼巨海(135)，南有琅邪(136)，觀乎成山(137)，射乎之罘(138)，浮勃澥(139)，游孟諸(140)。邪與肅愼為鄰(141)，右以湯谷為界(142)。秋田乎青丘(143)，傍偟乎海外(144)，吞若雲夢者八九。其於胷中，曾不蔕芥(145)。若乃俶儻瑰偉(146)，異方殊類，珍怪鳥獸，萬端鱗萃(147)，充仞其中者(148)，不可勝記。禹不能名(149)，契不能計(150)。然在諸侯之位，不敢言游戲之樂，苑囿之大。先生又見客(151)，是以王辭而不復(152)，何為無用應哉(153)！」

**【註釋】**

❶子虛賦文句，史記漢書所載與文選所載，各有出入，此處所採，為史記所載。此句文選為：王悉發車騎；漢書為：齊王悉發車騎。❷田：文選作畋，打獵。❸詑：漢書作姹，文選作奼，陶紹曾認為當作奼，音差ㄔㄚ，誇誑也。❹按子虛、烏有先生、無是公，均為作者虛構之人物。所謂子虛，虛言也；烏有先生，烏有此事也；無是公，無是人也。在字漢書文選均作存。据瀧川龜太郎考證，「而無是公在焉」是豫為上林賦作地，楊得意奏子虛時，或無此六字。❺夸：通誇。❻雲夢：澤藪名。亦作大夢，夢亦作瞢。爾雅釋地：「楚有雲夢」。按古雲夢本為二澤，分跨

今湖北省境大江南北。江南爲夢，江北爲雲，面積廣八九百里，今湖北省高山縣以南，枝江縣以東，蘄春縣以西，及湖南省北部邊境華容縣以北，皆其區域。後世淤成陸地，遂併稱之曰雲夢。❼罘：音浮ㄈㄨˊ兔罟。罔卽網。彌：覆。❽揜兔轔鹿：揜卽掩，覆也。兔小只須用罝羅掩之。轔：音林ㄌㄧㄣˊ，以車輪輾過。❾射麋腳麟：麋：鹿同類而稍大，牡青黑色，牝褐色。腳：漢書作格。謂持引其腳。麟：說文「大牝鹿也。」❿鶩於塩浦：鶩漢書文選皆作鶩，音務ㄨˋ，顏師古曰：「鶩謂亂馳也。」塩埔：海邊地多塩鹵，故稱塩浦。⓫割鮮染輪：鮮：生肉。染：濡。染輪謂血灑兩輪。郭嵩燾曰：案「割鮮染輪」與下「獲多」句相應，言割鮮多而血浸漬，兩輪爲之斑也。普賢按此句蓋應上「轔鹿」句，轔鹿謂車輪輾鹿，致兩輪血漬斑斑似染也。⓬「射中獲多」者爲齊王，上文「獲多乎曰少」係子虛獲少。「射中獲多，矜而自功」總結上文「揜兔……染輪」數語。⓭矜而自功：鄭玄禮記注曰：矜自尊大也，謂自誇其功大。⓮饒樂：富於樂趣或富饒快樂。荀子脩身：「饒樂之事則能讓。」塩鐵論授時：「百姓饒樂。」⓯何與：卽何如。漢書文選何作孰。文選人下有乎字。⓰漢書無而字。⓱盤紆茀鬱：茀音弗ㄈㄨˊ，盤紆茀鬱，形容山勢盤曲竦起。⓲隆崇嵂崒，嵂漢書作律，文選作嵂。康熙字典：嵂，勒沒切，同硉，又音義皆通峍。集韻、韻會、正韻皆音律ㄌㄩˋ；崒音翠ㄘㄨㄟˋ，嵂崒，山高峻貌。詩小雅：南山律律。註：高大貌。宋祈曰：漢書越本無「隆崇律崒」四字。王念孫曰：景祐本亦無此四字，而史記文選有之，疑皆後人所加也。⓳岑巖：漢書文選巖作崟，音吟ㄧㄣˊ，李善引郭注方言云：岑、崟：峻貌。⓴日月蔽虧：高山擁蔽日月，虧缺半見。王文彬曰：蔽，全隱也；虧，半缺也。山岑崟而參差，則日月或蔽或虧。㉑罷池陂陁：罷音疲ㄆㄧˊ，陂卽坡，陁，文選作陀，音駝ㄊㄨㄛˊ。玉篇：罷，極也。陂陁猶言靡迤，王文彬釋此句曰：「言極其所至，靡迤下盡也。」漢書王先謙補注，罷池卽陂陁，義同。㉒屬：音矚ㄓㄨˇ，連屬。此二句言水池之多廣，與江河相連。㉓丹：丹砂，卽今之朱砂。青，青雘，卽今之靛青。赭，赤赭，今之赤土。堊音惡ㄜˋ，白堊卽今之白土。㉔雌黃、白坿：漢書補注：沈欽韓曰：正義引藥對曰：雌黃出武都山谷。案吳氏本草經，雄黃產山之陽，然則雌黃生山之陰也。坿：音附ㄈㄨˋ。白坿，白石英。㉕錫、碧：錫，青金。碧，玉之青白色者。此處錫碧應作碧錫解，謂青白色之錫也。㉕衆色炫燿，照爛龍鱗：顏師古曰：言采色相耀，若龍鱗之間雜也。㉗赤玉：赤瑾。玫瑰，石珠，石之美好者。㉘琳、瑉、琨珸：漢書瑉作珉。琨珸，漢書文選皆作昆吾。琳，玉。瑉與珉同，石之美者。又石之次玉者。琨珸，河圖云：流州多積石，名昆吾石，鍊之成鐵，以作劍，光明如水精。㉙瑊玏玄厲：瑊音緘ㄐㄧㄢ，玏音勒ㄌㄜˋ，瑊玏：石之次玉者。玄厲：黑石，可用磨者。㉚碝石武夫：碝，漢書作礝，音輭ㄖㄨㄢˇ。武書作毒冒，音代妹ㄉㄞˋㄇㄟˋ，南海所產龜類動物，其甲有文可製簪珥等裝飾品。(48)陰林巨樹：陰，蔭之省。瀧川龜太郎考證：「文選巨作其，疑非。」(49)楩、枬、豫、章：楩音駢ㄆㄧㄢˊ，卽今之黃楩木。枬音南ㄋㄢˊ，今所謂楠木。豫，今之枕木。章，今之樟木。(50)桂、椒、木蘭，蘗離、朱楊，樝（音渣ㄓㄚ）、梸、楟（音影ㄧㄥˇ）、栗，橘、柚等皆木名。(51)赤猨、蠗、蝚：漢書文選無此四字。蠗音劬ㄑㄩˊ，蝚音柔ㄖㄡˊ，皆猿猴類。(52)鵷雛、孔、鸞：鵷音淵ㄩㄢ，鵷雛，鳳屬。孔，孔雀。鸞，鸞鳥。(53)騰遠射干：騰遠，虵（俗蛇字），或曰鳥名。射讀如葉ㄧㄝˋ，射干，獸名，似狐能緣木。(54)蟃蜒、貙、豻：蟃音萬ㄨㄢˋ，蜒音延ㄧㄢˊ。蟃蜒，大獸，長百尋。貙音初ㄔㄨ，獸名，似貍而大。豻音岸ㄢˋ，胡地野犬，似狐而小。(55)兕、象、野犀，窮奇、獌狿：漢書文選均無此二句。錢泰吉曰：獌狿與上蟃蜒複出。獌狿大獸，長八尺，似狸而長。蟃蜒指巨蟒。普賢按：兕音四ㄙˋ，犀之雌者。犀，音西ㄒㄧ，較象略小，角生鼻端，形狀似牛。窮奇，獸名，狀如牛而蝟毛，其音如嗥狗，食人。(56)專諸：春秋勇士，曾爲吳公子光刺吳王僚。文選是下有乎字，專作剸。(57)驒駁之駟：漢書文選駁作駮，音撥ㄅㄛ，駁駮通假，馬色不純曰駁。驒駁只是駮馬，虎見而伏，故出獵駕之。駟，四馬駕一車。(58)雕玉之輿：以玉飾輿而雕鏤之。(59)靡魚須之橈旃：靡，靡然，順勢而倒，狀旃之靡然而輕揚。橈旃卽曲旃。橈音撓ㄋㄠˊ。魚須，以鯨魚鬚爲旒旌。(60)曳明月之珠旗：以明月珠綴飾旗。(61)建干將之雄戟：干將，吳之善冶者，與歐冶子同師，後遂名其所造之寶劍曰干將。戟音幾ㄐㄧˇ古兵器，竿端附有枝狀之利刄。(62)左烏嗥之雕弓：漢書文選嗥作號。烏號，良弓名。淮南子原道：「射者扜烏號之弓。」注：「桑柘，其材堅勁，烏峙其上；及其將飛，枝必橈下，勁能復巢，烏隨之，烏不敢飛，號呼其上，伐其枝以爲弓，因曰烏號之弓也。一說黃帝鑄鼎於荆山鼎湖，得道而仙，乘龍而上，其臣援弓射龍，欲下黃帝不能也；烏，於也，號，呼也，於是抱弓而號，因名其弓爲烏號之弓也。」(63)右夏服之勁箭：服，盛箭器，夏后氏之良弓名繁弱，其矢亦良，卽繁弱箭服，故曰夏服。(64)陽子驂乘：陽子，伯樂。孫陽字伯樂，秦繆公臣，善御者。(65)纖阿：古之善御者，見楚辭。(66)案節未舒：案節猶弭節。未舒，言未盡意驅馳，卽依照普通節拍徐行。(67)狡獸：狡捷之獸。(68)轔邛邛，蹵距虛：漢書文選邛邛作蛩蛩。轔蹵二字互易。邛音窮ㄑㄩㄥˊ，邛邛，青獸名，狀如馬。距虛，一作駏驉，似驘（俗騾字）而小，牛父馬子。轔，轢也，車所踐也。蹵音促ㄘㄨˋ，蹋也。此極言車馬迅疾，雖至捷之獸，亦能蹴踐之也。(69)軼野馬而轊騊駼：漢書文選無而字。軼音迭ㄉㄧㄝˊ，突也。野馬似馬而小。轊讀爲躛，蹋也，躛轊二字並音衞ㄨㄟˋ，故字亦相通。騊駼音逃塗野馬。言突野馬而蹋騊駼也。四句皆上文所謂陵狡獸。(70)乘遺風而射游騏：漢書文選無而字。遺風，千里馬。騏，馬之青黑色者，蘇雪林有「子虛賦裏灼ㄓㄨㄛˊ，生絲縷。以繳係矰仰射高鳥謂之弋射。105鵠：音胡ㄏㄨˊ，水鳥名，其鳴聲鵠鵠。駕音加ㄐㄧㄚ，駕鵝，野鵝。106鶬：音倉ㄘㄤ，鳥名，似雁而黑，市呼爲鶬括。玄鶴，黑鶴，相鶴經云：鶴壽滿二百六十歲則色純黑。此數語謂弋射之妙，既中白鵠，而連駕鵝，又下雙鶬而加玄鶴也。107鷁音益ㄧˋ，水鳥名，色白，不畏風，形如鷺，古時常被畫於船頭，稱鷁首。108揚桂枻：漢書文選桂作旌，枻音曳ㄧㄝˋ，檝(楫)也。109翠帷羽蓋：以翠羽飾帷蓋。110罔：古網字。瑇瑁，漢書作毒冒。釣，文選作鉤。貝，水中介蟲，古以爲貨。紫貝，紫質黑文。111摐：音窗ㄔㄨㄤ，撞也。金鼓謂鉦。112籟：簫。113榜：音謗ㄅㄤˋ。榜人，船師，船長。歌，唱櫂歌。114聲流喝：喝讀如曖ㄞˋ，流喝卽欸乃之聲，若今歌之尾聲。115水蟲駭，波鴻沸：瀧川考證二句疑倒。鴻，大。沸音廢ㄈㄟˋ。二句謂魚鼈躍，濤浪作也。116揚會：浪濤。117漢書硠硠作琅琅。礧同磊。說文：磊，衆石也。又礧硌，大石。礧石相擊謂石大且多，水與相擊，琅磕作聲也。118靈鼓：六面鼓，擊之以警衆。119起烽燧：田獵亦舉烽火，此獵罷飭歸之事，猶之乎始田獵時。120案：依。行，列。隊，部。此言車騎鼓行之整肅。121纚：音屣ㄒㄧˇ，若織絲相連屬也。淫淫：漸進也。122班乎裔裔：漢書文選班作般，以次相連而行。裔裔：流行貌。二句均爲群行貌。123陽雲之臺：文選陽雲作雲陽，雲夢中高唐之臺宋玉所賦者。言其高出雲之陽也。124泊乎無爲，澹乎自持：文選泊作怕，澹作憺。泊澹皆安靜意。125勺藥：五味之和也。勺或作芍。顏師古曰：芍藥，草名，其根主安和五藏(臟)，又辟(避)毒氣，故合之蘭桂五味，以助調食，因呼五味和爲芍藥耳。126不若大王終日馳騁而不下輿，脟割輪淬：漢書文選而作曾，淬作焠。脟同臠音巒ㄌㄨㄢˊ，膞也。淬音翠ㄘㄨㄟˋ，染也。言臠割其肉擩車輪鹽而食之。此蓋以譏上「割鮮染輪」之言也。127文選王上有齊字。漢書文選無默然二字。(曾國藩曰：以上息獵) 128來況齊國：文選況作貺，言有惠賜也。129風烈：風采，教化。130先生謂子虛。131漢書高作驕。高謂高談。132文選無「有而言之，是章君之惡」九字，顏師古認係後人所加。133漢書惡下信下有也字。134文選李善注：使者失辭爲輕於齊，使非其人爲累於楚也。135齊東陼巨海：陼音渚ㄓㄨˇ，小洲曰陼。齊東臨大海爲陼也。136琅邪：山名，在密州東南百三十里。琅邪臺在山上。137觀乎成山：觀，游也。成山在萊州文登縣東北百八十里。138射乎之罘：之罘，山名，在牟平縣，此句謂射獵其上也。罘音浮ㄈㄨˊ或ㄈㄡˊ。139浮勃澥：澥音蟹ㄒㄧㄝˋ，海旁曰勃，斷水曰澥。140孟諸：宋之大澤，故屬齊。141肅愼：國名，在海外，齊北部接之。142湯谷：日所出。143秌卽秋字青丘：東方朔十洲記：長洲一名青丘，在南海辰巳之地，蓋今蓬萊諸島在海中者。144傍偟：漢書作徬徨。145其於：文選作於其。蔕芥：刺鯁也。曾不蔕芥，言不覺有也。蔕音ㄔㄞˋ。146俶儻瑰偉：俶儻，卓異也。瑰偉，琦玩也。漢書文選偉作瑋。147萬端鱗萃：漢書文選萃作崪，集也。如鱗之集，言其多也。148仞：文選作物，中下無者字。充仞，滿也。149禹爲堯司空，辨九州名山，別草木。150契：漢書文選均爲离，與契同，音謝ㄒㄧㄝ，契爲堯司徒，敷五敎，主四方會計。二語謂二人猶不能名計其數。151先生：指子虛。見客，見先生是賓客也。152復：答。153無用應：漢書文選均作無以應。（篇首至此，相如賦前半，武帝所驚歎。文選題曰子虛賦。以下召見之日所記奏，文選題曰上林賦。）

## 【翻譯】

楚國派子虛出使齊國，齊王就發動國內所有的軍隊，準備了衆多的車馬，和楚國使者一同去打獵。打獵完了，子虛就去對烏有先生大大地誇耀，無是公也在座。大家坐好了，烏有先生說：「今天打獵，開心嗎？」子虛說：「開心。」「獵獲多嗎？」「獵獲不多。」「那麼有什麼開心呢？」子虛說：「我所開心的是齊王想向我誇耀他車馬人員的衆多，而我却把敝國雲夢的事情來回答他。」烏有先生說：「可以說給我聽聽嗎？」子虛說：「可以。

「齊王率領着成千的車輛，挑選了上萬的馬隊，在海邊打獵。士卒排滿了草澤，羅網覆蓋了山嶺。網捕狡兎，車輾野鹿，射死大麋，拽倒鹿腿。馳騁在鹽灘上，又割裂獸類的鮮血，把車輪都染紅了。射中而獵獲的野獸很多，於是就驕誇他的功勞，看着我說：『楚國也有平坦的原野，廣大的草澤，馳騁射獵的地方像這樣饒於樂趣的嗎？楚王打獵，和寡人相比，又怎樣呢？』我就下車回答說：『臣下是楚國邊鄙地方的鄉下人，徼幸地做了十幾年王宮裡的警衛，時常隨從楚王出去遊覽－遊覽在後園之中－看一看敝國有些什麼東西。然而就是後園都還沒能全部看到，又怎能描述那些外圍較遠的水澤呢？』齊王說：『雖然這樣，就把你的所見所聞，略爲說說吧！』我恭謹地回答說：『是，是！

「『臣下聽說楚國有七個水澤，但臣下只曾見到一個，其餘的沒看到過。而臣下所見到的那個，却又是其中小之又小的，叫做雲夢。說起這個雲夢澤，周圍有九百里，當中有一些山。山勢盤曲而聳峙，高大而峻偉。峯頭高低相錯，遮蔽了日月的光輝，形勢更顯得錯落糾結，上達青天，下接深淵，迤邐蜿蜒，直連江河。那兒的土壤，有紅、靑、赭、白各色。又產雌黃、白坿、黃金白銀、淡靑的錫，各種顏色，閃爍照耀，像龍鱗般的燦爛生輝。那兒的石頭，有紅玉、石珠、琳、瑉、琨珸，瑊玏、玄厲，瑌石、武夫等美麗的寶石。在山的東面，有個香草園。其中有杜衡、蘭花、白芷、杜若、射干、川芎、昌蒲、江離、麋蕪、甘蔗、巴苴等各式各樣的香草。在山的南面，有平坦的原野，廣大的水澤。有起伏蜿蜒的丘陵，有低下寬平的盆地。以大江爲邊緣，以巫山爲界限。在高燥的地方，生長些葴、薪、苞、荔，薛、莎、靑蘋等植物。在低濕的地方，就生長藏莨、蘆、荻，東薔、雕胡，蓮藕、菰蘆，菴蕳、軒芋等植物。生產許許多多的東西，眞是無法描述。在山的西邊，就有湧流的泉水，匯爲清澈的池塘。水波激動蕩漾，水面開出蓮花和菱花，水底隱藏着大石和白沙。水裡有神龜、蛟、鼉，瑇瑁、鼈、黿等水產動物。在山的北面，有一片大樹蔭翳的森林，像楩、楠、豫、樟，桂、椒、木蘭、蘗離、朱楊，樝、梸、梬、栗和橘、柚等樹木，散佈着各種芬芳的香味。樹上面有赤猨、蠷、蝚、鵷鶵、孔雀、鸞鳥、騰遠、射干等攀援樹木的獸類和一些吉祥之鳥。樹底下有白虎、黑豹、蟃蜒、貙犴、兕、象、野犀，窮奇、獌狿等猛獸。

「『於是就派像專諸這樣的大力士，徒手和這些猛獸格鬥。楚王就駕着四匹伏虎的花馬，坐上裝飾着雕刻玉飾的車子。車上飄揚着用魚鬚爲旒旌的曲旃，搖曳着用明月珠裝飾的旗子。握着干將寶劍，左邊掛着烏號良弓，右邊裝着夏后名箭。伯樂做陪乘，纖阿做車夫，按照節拍緩緩而行，就可以陵駕一般狡捷野獸，像邛邛距虛等至捷之獸都可以蹴踐到。又可以突過野馬蹋過騊駼，乘着千里馬射擊游騏。迅速快捷像雷聲震動，像狂飈吹來，像流星掣過，像閃電轟擊。每一箭都不落空，必定會決裂野獸的眼眶，洞穿胸部通達腋下，斷絕心臟的脈絡。獵獲野獸之多，像上天落雨般，把原野草地都遮蔽起來了。於是乎楚王就放鬆馬繮，從容節拍，躊躇徘徊，安閒自得，到森林中去遊覽，欣賞壯士追逐猛獸時的暴躁憤怒，以及猛獸的恐嚇畏懼。最後猛獸精疲力竭，頹然就擒。這種種切切的行動姿態都被看到了。於是乎又有姣女美姬，披着細綢，拖着白絹，細緻的紗羅掛在身上，頭上垂着薄霧般的輕紗，裙腰縐褶，起伏有致，衣長及地，袖子揚起，整齊美麗，上衣垂帶，交叉飃逸，婉孌瀟洒，悉索有聲，走起路來，擦着蘭蕙香草，垂帶飃揚拂着羽飾的車蓋。錯雜的翡翠裝飾在威蕤旗上，繚繞着玉飾的旌旄。縹緲恍惚，像神仙一般。於是乎相偕到蕙圃去狩獵，到那兒匍匐而行，爬上金隄，捕捉翡翠，射獵鵕鸃，輕弓細箭弋射白鵠，又有野鵝、雙鶬、黑鶴都被射下。打獵疲倦了，然後就到淸池去盪船。在那兒浮動着畫有鷁首的船隻，擺動着用桂木做的槳，張開用翠羽裝飾的帷幔傘蓋。用網捉瑇瑁，用鈎釣紫貝，撞着鉦，吹着籥，船夫唱着歌，欵乃之聲，飃盪空中，魚鼈爲之驚嚇，在水中竄逃翻騰，興起了波濤大浪。水浪撞擊着成堆的大石，發出硠硠礚礚的聲音，就像雷霆萬鈞之勢，傳聞幾百里之外。將要停止射獵時，就敲擊靈鼓，點起鋒火，車排成行，馬列成隊，絡繹相連，成群前進。於是乎楚王就登上陽雲台，悠閒安靜，五味全備調和了來用膳，然後再駕車前進。不像大王整天在車上奔馳，就在車輪之間宰割野獸的肉來吃，而自以爲娛樂。臣下窃自觀察，貴國恐怕不如敝國。』於是乎齊王默默然無話回答我。」

烏有先生說：「怎麼說這種錯誤的話呢？足下不辭千里之遠來惠賜我們齊國，我們的大王就發動全國的車馬人員同你去狩獵，而是要合力多獲禽獸，使左右人員快樂的呀！怎麼能說是誇耀呢？所以要問楚地的有無，是想聽聽大國的風采敎化，和先生的高論呀！如今你不稱道楚王德行的富厚，反而極力推崇雲夢作爲你的高談，誇說一些淫靡娛樂的事情來炫耀貴大王的奢侈靡爛，我認爲你不會這樣做的。一定像你所說的，却就根本不是楚國的好處了。如果眞有此事而你說出來，是張揚你們大王的惡德；如果沒有此事而你說出來，是有損於你個人的信譽。張揚君上的惡德，或損害個人的信譽，都是不可以的。而你先生却如此做了，必定被齊國所輕視，也連累了楚國的聲譽。而且齊國東邊臨接大海，南邊有琅邪山，又可以到成山上遊覽，到之罘山上去射獵，到勃澥去泛舟，到孟諸去游樂。齊國東北邊和肅愼國斜接爲鄰，右邊以湯谷爲界。秋天到靑丘島上去打獵，在海外徘徊瀏覽。蓄水量像雲夢那樣大的廣澤有八九個，而我們從沒把這些放在心上。至於像那些珍奇玩好，各地的特產，珍怪的鳥獸，各種的水產，充滿其中的簡直無法記述。大禹不能一一定名，契也不能全部計算。然而我們在諸侯面前却不敢誇言游戲的快樂，和園子的廣大。先生又是客人，所以大王拒絕回答你，怎麼說是沒有可以回答的呢！」

【評 解】

漢賦以四傑爲宗，而漢賦四傑的代表作或推司馬相如的子虛、上林，揚雄的羽獵、長楊，班固的兩都，張衡的西京、東京等八篇。前四篇所寫是打獵的事，後四篇所寫是京都之盛。他們的特徵是「敷陳事實，舖展詞采」的作風，而奠定這作風的是子虛賦。子虛賦一經漢武帝的賞識，司馬相如便一擧成名，躍登當時文壇的領袖地位，也展開了此後士人以能賦爲仕進之途。漢朝的賦便特別發達，成爲當代文學的主流，而與後代的唐詩宋詞等並稱。所以子虛賦在中國文學史上是一篇極佔重要地位的著名作品。

司馬相如初仕漢景帝，景帝不喜辭賦，相如便辭去官職，投奔梁孝王，在梁作子虛賦。不料沒幾年梁孝王死了，相如便潦倒得一貧如洗。後來武帝接位，讀到子虛賦大爲激賞，說：「可惜我不得與這賦的作者同時！」他身旁的狗監楊得意聽了便說：「我的同鄉司馬相如，說這賦是他寫的啊！」武帝驚喜，召見相如，相如說：「這只是寫諸侯之事，未足觀，請讓我另寫天子游獵之賦。」於是作上林賦奏之，武帝大悅，用以爲郎。史記漢書將子虛、上林姊妹篇連在一起，載在司馬相如傳中。昭明文選才把亡是公陳說天子上林游獵之事另立一篇。所以後人推測子虛賦開頭「亡是公存焉」一句，非相如游梁時原稿，是後來爲了使與上林賦前後連貫而增添的。

子虛賦可分爲五段，第一段叙楚使子虛陪齊王出獵歸來，應烏有先生的請求，講述他快樂的原因，爲全篇作一引子，引出以下二三四段子虛的話來；第二段叙子虛自述答應齊王講述楚國游獵的情形；第三段叙子虛誇張楚國雲夢澤的山水土石草木鳥獸之盛；第四段叙子虛誇張楚王游獵於雲夢的情形；第五段叙烏有先生對子虛的責難，而以「在諸侯之位，不敢言游戲之樂，苑囿之大」，楚國的使者「不稱楚王之德厚，而盛推雲夢以爲高，奢言淫樂而顯侈靡」的不足取，結出作賦的主旨來。

漢賦的四傑，都喜歡賣弄他們對於某方面知識的淵博，炫耀他們字彙的豐富。這種風氣，就從司馬相如的子虛賦開始，到晉朝左思的三都賦達於極點。這樣就免不了堆砌和誇張失實的毛病。但他們努力於特寫的技巧，也有很大的成就，不能不說是他們的貢獻。而且他們這種作品，雖生字很多，花點工夫把生字認識了，讀起來便覺酣暢淋漓，還是元氣充沛的。並不像後來有些六朝的作品，專門堆砌古典，毫無內容，失却了作品本身的生命力，便很少有價值可言了。我們試把子虛賦參照了史記漢書和昭明文選三書所載及其注解，譯成白話文，讀起來覺得很有風味，便可以作爲證明。

司馬遷在史記司馬相如列傳中對子虛上林，卽有所批評，他說：「子虛言楚雲夢所有甚衆，侈靡過其實。」左思三都賦序總評漢賦四傑詭濫不實也有所指摘，他說：「相如賦上林而引盧橘夏熟，揚雄賦甘泉而陳玉樹青葱，班固賦西都而歎以出比目，張衡賦西京而述以遊海若。（文開按以上四賦皆賦西京，而此四者均非西京所有）假稱珍怪以爲潤色，若斯之類，匪啻于茲。考之果木，則生非其壤，校之神物，則出非其所。於辭則易爲藻飾，於義則虛而無徵。」而自稱其十年精思的三都賦「其山川城邑，則稽之地圖，其鳥獸草木，則驗之方志。」日人瀧川氏史記考證說得好：「相如明著其指，曰子虛、烏有、亡是，是特主文譎諫之義爾，不必從地望所奠，土毛所產，而較有無也。」但是孔子論詩，於學詩可以興觀群怨外，也兼及「多識於鳥獸草木之名」，我們也不妨試將子虛賦中奇禽異獸查考出一些眞正的出處。其中像騊駼，出山海經，海外經曰：「北海內有獸，狀如馬，名騊駼。」山海經所載物固不足信，經中也明言騊駼爲北海之獸，則賦中當然只是借以形容楚王車行的迅疾。像孔雀產於印度，我國無此鳥，是大家知道的。像蟃蜒，郭璞曰：「大獸長百尋」。八尺爲尋，世上那有八百尺長的大獸，王先謙說百尋是一尋之誤，但曼延本有長義，八尺未爲長，蟃蜒从虫，應是長虫，當與从犬之獌狿有別。所以我們只能認爲是巨蟒之類了。至於瑇瑁乃海產動物，自非雲夢所有。犀與象則古人往往以爲我國有之。考尙書禹貢，揚州荊州都貢「齒革羽毛」，注云：「象有齒，犀兕有革，鳥有羽，獸有毛」。而史記貨殖列傳也說：「江南出枏、梓、薑、桂、金、錫、連、丹沙、犀、瑇瑁、珠璣、齒、革」考證曰：「楓本犀下有象字，與通志合。」漢書地理志卽根據尙書史記亦載揚州荊州貢「齒革羽毛」，而粤地「處近海多犀象毒冒珠璣銀銅果布之湊」，這已可見一斑。但我們讀世界地理，知道象和犀牛出產於非洲、印度、中南半島等地，我國無此產品，古人所見，實係域外運來。或云：我國古代本產象犀，只是後來絕種了，此說不可靠。因爲漢人許愼說文解字載曰：「象，南越大獸，長鼻牙，三年一乳，象耳牙四足尾之形。」「犀，南徼外牛，一角在鼻，一角在頂，似豕，从牛尾聲。」當然漢代中南半島也是我國領土，史記貨殖列傳所云江南，泛指長江以南，可以連中南半島也包括在內，所以下文又有「番禺亦其一都會也，珠、璣、犀、瑇瑁、果、布之湊」的記載。漢書地理志亦記粤地多犀象。但是司馬相如子虛賦中既云：「緣以大江」則所寫只在長江以北的雲澤一帶，夢澤也未寫到，所以賦中的象犀，仍然是夸飾之辭而已。

此外附帶一提的是子虛賦叙事條理淸楚，層次分明。例如第三段中寫雲夢所有，則以「其山」「其土」「其石」「其東」「其南」「其西」「其中」「其北」「其上」「其下」等爲綱領分述之。但中間句法看來雖整飭，其實「其中」係「其西」淸池之中，「其上」「其下」係「其北」陰林的上下。這樣綱與目並列，在形式上以目混綱，使人有陣勢壯濶的錯覺，這可說是漢賦中特異的筆法。「其東則有蕙圃」下，分叙「其高燥則」「其卑溼則」因句法稍變，我們就可一看而知「其東」是綱，「其高」

「其卑」是目。第四段寫楚王雲夢遊獵一段中的「覽乎陰林」「獠於蕙圃」等句，則爲與第三段前後呼應之處。

## 二、歸田賦

張衡

遊都邑以永久，無明略以佐時❶，徒臨川而羨魚，俟河清乎未期❷。感蔡子之慷慨，從唐生以決疑❸。諒天道之微昧，追漁父以同嬉❹。超埃塵以遐逝，與世事乎長辭❺。

於是，仲春令月，時和氣清❻，原隰鬱茂，百草滋榮❼，王雎鼓翼，鶬鶊哀鳴❽，交頸頡頏，關關嚶嚶❾。於焉逍遙，聊以娛情❿。爾乃龍吟方澤，虎嘯山丘⓫，仰飛纖繳，俯釣長流⓬，觸矢而斃，貪餌吞鉤⓭，落雲間之逸禽，懸淵沈之魦鰡⓮。

于時，曜靈俄景，係以望舒⓯，極般遊之至樂，雖日夕而忘劬⓰，感老氏之遺誡，將廻駕乎蓬廬⓱，彈五弦之妙指，詠周孔之圖書⓲，揮翰墨以奮藻，陳三皇之軌模⓳，苟縱心於物外，安知榮辱之所如⓴？

【註釋】❶言久滯京都爲官，無智略匡佐時局。❷漢書董仲舒傳：「臨淵羨魚，不如退而結網。」言徒託空想，不能實行。黃河多挾泥沙，水常混濁，古以河清爲祥瑞之事。易緯乾鑿度：「天降嘉應，河水先清。」俟河清乎未期謂要等天下太平、朝政清明，遙遙無期。❸戰國時燕人蔡澤，周遊列國從事政治活動，久無所遇，因請術士唐擧相面。唐擧熟視而笑曰：「先生尊容甚醜，吾聞聖人相貌不美，殆先生乎？」蔡澤知唐擧戲之，乃曰：「富貴吾所自有，吾所不知者壽也，願聞之！」唐擧曰：「先生之壽，從今以往者四十三歲。」蔡澤笑謝而去，謂其御者曰：「余如能得意，身懷金印，腰繫紫綬，食肉富貴，四十三年足矣。」後至秦，爲秦昭王所賞識，不久代范雎爲相。事見史記蔡澤列傳。說文：「慷慨，壯士不得志於心也。」此言仕不得志，故與蔡澤有同感。❹諒：信也。微昧，幽隱不明也。司馬遷悲士不遇賦曰：「天道悠昧。」嬉：樂也。屈原被放逐於湘沅之間，行吟澤畔，顏色憔悴，形容枯槁。漁父見而問之曰：「子非三閭大夫與？何故至於斯？」屈原告以放逐之故。漁父勸其隨波逐流，與世推移。屈原告以不能以潔白之身，沾汚世塵，寧赴湘流，葬於江魚腹中。漁父微笑，移船而去，乃歌曰：「滄浪之水清兮，可以濯吾纓；滄浪之水濁兮，可以濯吾足。」事見楚辭漁父篇。此言天道不明，欲追隨漁父為隱士。❺埃塵喻世務紛濁。二句謂將擺脫俗務，超然遠引。❻陰曆二月為「仲春」。令，善也。月稱令月，猶節稱佳節，時稱良辰。時和氣清，謂天氣溫和清明。❼原隰：原野下濕之地。鬱茂謂青葱茂盛。滋榮是滋長繁榮。❽王雎：即雎鳩。詩經周南關雎：「關關雎鳩，在河之洲。」朱熹集傳：「雎鳩，水鳥，一名王雎，狀類凫鷖，今江淮間有之。生有定耦而不相亂，耦常並遊而不相狎。」陸機疏：「雎鳩，大小如鴟，深目，目上骨露，幽州人謂之鷲。」清邵晉涵爾雅正義，以為魚鷹。鶬鶊：亦作倉庚，又名黃鸝，俗稱黃鶯。背灰黃色，腹灰白色，尾有黑羽。初春始鳴，聲宛轉清脆。❾頡音協ㄒㄧㄝˊ頏音杭ㄏㄤˊ，鳥飛而上曰頡，飛而下曰頏。關關：雌雄互相應和之聲。詩經小雅伐木：「鳥鳴嚶嚶。」箋：「嚶嚶，兩鳥聲也。」❿於焉逍遙：焉猶「是」，此也。言逍遙於此。逍遙，優游自得貌。聊以：姑且。娛情：使心情舒暢。⓫爾乃：承接連詞。方澤：大澤。言已從容吟嘯，如龍虎。春秋元命苞曰：「杓星高則羣龍吟。」淮南子天文訓：「虎嘯而谷風至，龍舉而景雲屬。」註：屬，會也。⓬仰飛纖繳：繳音卓ㄓㄨㄛˊ，以繩繫矢而射曰繳。列子湯問篇：「蒲且子之弋也，弱弓纖繳，乘風振之，連雙鶬於青雲之際。」此言以弱弓仰射飛鳥。長流：大河。⓭鳥遇到箭就死，魚貪吃食就上鉤。⓮沈：深也。淵沉，猶言「深淵」，因與上句「雲間」二字相對，故倒文用之。魦即「鯊」字，俗名「吹沙魚」，產溪澗中，長六、七寸，黃白色，有黑斑，鰭大，尾為團扇狀，口鰓廣大，常張口吹沙。鰡，魚名，魦屬。⓯曜靈俄景，係以望舒：曜靈，日也。楚辭：「曜靈安藏。」俄，斜也。望舒，御月之神。離騷：「前望舒使先驅兮。」景同影。二句言日漸斜，月漸升。⓰盤遊：盡情遊樂。忘劬：忘記疲勞。⓱感老氏之遺誡，將廻駕乎蓬廬：老子第十一章：「馳騁田獵，令人心發狂。」蓬廬，猶言茅舍，隱者之所居也。作者服膺老子，嘗作思玄賦，以申其志。此言感老子之遺誡，不敢縱情於遊獵，將回車歸家。⓲五絃之妙指：五絃，五絃琴也。妙指，精妙之指法。周、孔謂周公、孔子。⓳揮翰墨以奮藻：翰墨，猶言筆墨。翰，筆毫也。奮藻，大用辭藻。陳三皇之軌模：三皇之說不一，孔安國以伏羲、神農、黃帝為三皇。軌模，法度也。⓴物外：猶言世外。

安知榮辱之所如：班固漢書述賈鄒枚路曰：「榮如辱如，有機有樞。」劉德曰：「易曰：樞機之發，榮辱之主也，一張晏曰：「乍榮乍辱。如，辭也。」言榮辱兩忘。

【翻譯】

在京城遊宦了很久，沒有賢明的謀略可以幫助時局，徒然懷有空想，却不能實際去做。政治清明的日子不知要等到那一天。和蔡澤有同樣不得志的感慨，想找個算命的爲我定個主意。領會了天道的幽暗不明，想追隨漁父去快樂地隱居。擺脫塵世到遠處去，和世上的俗事永遠隔離。

於是在夏曆的二月，天氣溫和空氣清新。原野上青葱茂盛，各種野草都在滋榮生長。水鳥鼓動着翅膀，黃鶯哀憐地鳴叫。雙雙對對地飛上飛下，發出關關嚶嚶的聲音。在這情境下徘徊漫遊，姑且舒暢一下心情。於是就像龍在大澤中長吟，像虎在山丘上大叫。用弱弓仰射空中飛鳥，到大河低頭垂釣。鳥遇到箭就死，魚貪吃食就上鈎。射落雲間的飛禽，釣到深淵裏的魦鰡。

這時候，太陽漸漸西斜，月亮漸漸上升。盡量享受遨遊的快樂，雖然天黑了也不覺得疲勞。想到老子「田獵足以使人發狂」的教訓，就駕着車子回到茅屋。手指巧妙地彈着五絃琴，朗誦着周公孔子留下的書籍。揮動着筆墨可以盡情書寫，寫出那三皇的規章法度。只要放縱你的心情在俗事以外，那裏還管它什麼是光榮什麼是恥辱呢？

# 【附錄】

## 上林賦

司馬相如

無是公听然而笑曰：「楚則失矣，齊亦未爲得也。夫使諸侯納貢者，非爲財幣，所以述職也；封疆畫界者，非爲守禦，所以禁淫也。今齊列爲東藩，而外私肅愼，捐國踰限，越海而田，其于義故未可也。且二君之論，不務明君臣之義，而正諸侯之禮，徒事爭游戲之樂，苑囿之大，欲以奢侈相勝，荒淫相越，此不可以揚名發譽，而適足以貶君自損也。

「且夫齊楚之事，又焉足道邪？君未覩夫巨麗也，獨不聞天子之上林乎？左蒼梧，右西極，丹水更其南，紫淵徑其北，終始灞滻，出入涇渭，酆鎬潦潏，紆餘委蛇，經營乎其內，蕩蕩兮八川分流，相背而異態；東西南北，馳騖往來。出乎椒丘之闕，行乎洲淤之浦；經乎桂林之中，過乎泱漭之野；汩乎混流，順阿而下，赴隘狹之口，觸穹石，激堆埼，沸乎暴怒，洶湧滂潰，滭浡滵汩，偪側泌瀄。橫流逆折，轉騰潎洌；滂濞沆溉，穹隆雲橈，蜿灗膠盭，踰波趨浥，涖涖下瀨，批巖衝壅。奔揚滯沛，臨坻注壑。瀺灂霣墜，湛湛隱隱。砰磅訇礚，潏潏淈淈。湁潗鼎沸，馳波跳沫。汩急漂疾，悠遠長懷。寂漻無聲，肆乎永歸。然後灝溔潢漾，安詳徐回；翯乎滈滈，東注太湖，衍溢陂池。于是乎蛟龍赤螭，魱鰽螹離，鰅鱅魠，禺禺魶鱸，揵鰭掉尾，振鱗奮翼，潛處乎深巖，魚鱉讙聲，萬物衆夥，明月珠子，玓瓅江靡，蜀石黃碝，水玉磊砢，磷磷爛爛，采色澔汗，藂積乎其中。鴻鵠鷫鴇，鴐鵝鸀鳿，鵁鶄鶃目，煩鶩鷛渠，箴鴜鵁鸕，群浮乎其上。汎淫泛濫，隨風澹淡，與波搖蕩，奄薄草渚。唼喋菁藻，咀嚼菱藕。

「于是乎崇山巃嵸，崔巍嵯峨，深林巨木，嶄巖參嵯。九嵕巀嶭，南山峨峨。巖陁甗錡，摧崣崛崎，振溪通谷，蹇產溝瀆，谽呀豁閜，阜陵別隖，崴磈嵔瘣，丘虛崛礨。隱轔鬱壘，登降施靡，陂池貏豸，沇溶淫鬻，散渙夷陸，亭臯千里，靡不被築，揜以綠蕙，被以江離，糅以蘪蕪，雜以留夷。尃結縷，攢戾莎，揭車衡蘭，稾本射干，茈薑蘘荷，葴橙若蓀，鮮枝黃礫，蔣苧青薠，布濩閎澤，延曼太原，離靡廣衍，應風披靡，吐芳揚烈，郁郁斐斐，衆香發越，肸蠁布寫，晻薆咇茀。

「于是乎周覽泛觀，瞋盼軋芴，芒芒恍惚，視之無端，察之無崖；日出東沼，入于西陂。其南則隆多生長，涌水躍波，獸則㺎旄獏犛，沈牛麈麋，赤首圜題，窮奇象犀。其北則盛夏含凍裂地，涉水揭河；獸則麒麟角端，騊駼橐駝，蛩蛩驒騱，駃騠驢贏。于是乎離宮別館，彌山跨谷，高廊四注，重坐曲閣，華榱璧璫，輦道纚屬，步櫩周流，長途中宿，夷嵕築堂，累臺增成。巖窔洞房，頫杳眇而無見。仰攀橑而捫天，奔星更于閨闥，宛虹拖于楯軒，青龍蚴蟉于東葙，象輿婉蟬于西清，靈圄燕于閒館，偓佺之倫，暴于南榮，醴泉涌于清室，通川過于中庭。盤石振崖，嶔巖倚傾，崛峨嶕嶫，刻削崢嶸，玫瑰碧琳，珊瑚叢生。瑉玉旁唐，玢豳文鱗，赤瑕駁犖，雜臿其間，晁采琬琰，和氏出焉。

「于是乎盧橘夏熟，黃甘橙楱，枇杷橪柿，亭柰厚朴，梬棗楊梅，櫻桃蒲陶，隱夫薁棣，榙遝荔支，羅乎後宮，列乎北園。貤丘陵，下平原，揚翠葉，杌紫莖，發紅華，垂朱榮，煌煌扈扈，照曜鉅野，沙棠櫟櫧，華氾檘櫨，留落胥餘，仁頻并閭，欃檀木蘭，豫章女貞，長千仞，大連抱，夸條直暢，實葉葰楙，攢立叢倚，連卷欐佹，崔錯發骫，坑衡閜砢，垂條扶疏，落英幡纚，紛容萷蔘，猗狔從風，瀏莅芔歙，蓋象金石之聲，管籥之音；偨池茈虒，旋還乎後宮，雜遝絫輯，被山緣谷，循阪下隰，視之無端，究之無窮。于是玄猨素雌，蜼玃飛𧓍，蛭蜩蠼猱，獑胡豰蛫，棲息乎其間；長嘯哀鳴，翩幡互經，夭蟜枝格，偃蹇杪顛。于是乎隃絕梁，騰殊榛，捷垂條，踔希閒，牢落陸離，爛漫遠遷，若此輩者數百千處，嬉遊往來，宮宿館舍，庖廚不徙，後宮不移，百官備具。

「于是乎背秋涉冬，天子校獵，乘鏤象，六玉虯，拖蜺旌，靡雲旗，前皮軒，後道游，孫叔奉轡，衞公參乘，扈從橫行，出乎四校之中。鼓嚴簿，縱獵者，河江爲阹，泰山爲櫓，車騎雷起，殷天動地，先後陸離，離散別追，淫淫裔裔，緣陵流澤，雲布雨施。生貔豹，搏豺狼，手熊羆，足壄羊，蒙鶡蘇，絝白虎，被班文，跨壄馬，淩三嵕之危，下磧歷之坻，徑峻赴險，越壑厲水。椎蜚廉，弄獬豸，格蝦蛤，鋋猛氏，羂騕褭，射封豕，箭不苟害，解脰陷腦，弓不虛發，應聲而倒。

「于是乘輿弭節徘徊，翱翔往來，睨部曲之進退，覽將帥之變態，然後浸潭促節，儵敻遠去，流離輕禽，蹴履狡獸，轊白鹿，捷狡兎，軼赤電，遺光耀，追怪物，出宇宙，彎蕃弱，滿白羽，射游梟，櫟蜚虡，擇肉后發，先中命處。弦矢分，藝殪仆，然后揚節而上浮，凌驚風，歷駭猋，乘虛無，與神具；躪玄鶴，亂昆雞，遒孔鸞，促鵕鸃，拂翳鳥，捎鳳凰，捷鵷鶵，揜焦明，道盡途殫，廻車而還。消搖乎襄羊，降集乎北紘，率乎直指，晻乎反鄉，蹷石闕，歷封巒，過鳷鵲，望露寒，下棠梨，息宜春，西馳宣曲，濯鷁牛首。登龍臺，掩細柳，觀士大夫之勤略，均獵者之所得獲，徒車之所轢轢，步騎之所蹂若，人臣之所蹈籍，與其窮極倦𠲿，驚憚讋伏，不被創刃而死者，他他籍籍，塡阬滿谷，掩平彌澤。

「于是乎遊戲懈怠，置酒乎昊天之臺，張樂乎轇輵之宇，撞千石之鍾，立萬石之虡，建翠華之旗，樹靈鼉之鼓，奏陶唐氏之舞，聽葛天氏之歌；千人唱，萬人和，山陵爲之震動，川谷爲之蕩波。巴渝宋蔡，淮南干遮，文成顚歌，族居遞奏，金鼓迭起，鏗鎗闛鞈，洞心駭耳。荆吳鄭衞之聲，韶濩武象之樂，陰淫案衍之音，鄢郢繽紛，激楚結風，俳優侏儒，狄鞮之倡，所以娛耳目，而樂心意者，麗靡爛漫于前，靡曼美色於後。若夫青琴宓妃之徒，絕殊離俗，妖冶嫺都，靚粧刻飾，便嬛綽約，柔橈嫚嫚，嫵媚姌嫋，曳獨繭之褕袘，眇閻易以戌削；便姍嫳屑，與俗殊服，芬芳漚鬱，酷烈淑郁，皓齒粲爛，宜笑的皪，長眉連娟，微睇綿藐，色授魂與，心愉于側。

「于是酒中樂酣，天子芒然而思，似若有亡。曰：『嗟乎！此大奢侈，朕以覽聽餘閒，無事棄日，順天道以殺伐，時休息于此；恐後葉靡麗，遂往而不返，非所以爲繼嗣創業垂統也。』于是乎乃解酒罷獵，而命有司曰：『地可墾闢，悉爲農郊，以贍萌隸；隤牆塡塹，使山澤之人得至焉。實陂池而勿禁，虛宮館而勿仞，發倉廩以救貧窮，補不足，恤鰥寡，存孤獨，出德號，省刑罰，改制度，易服色，革正朔，與天下爲更始』。

「于是歷吉日以齋戒，襲朝服，乘法駕，建華旗，鳴玉鸞，游于六藝之囿，騖仁義之塗，覽觀春秋之林。射貍首，兼騶虞，弋玄鶴，舞干戚，載雲罕，揜群雅，悲伐檀，樂樂胥，脩容乎禮園，翱翔乎書圃。述易道，放怪獸，登明堂，坐清廟，恣群臣，奏得失，四海之內，靡不受獲。于斯之時，天爲大說，鄉風而聽，隨流而化，芔然興道而遷義，刑錯而不用。德隆于三王，而功羨于五帝。若此，故獵乃可喜也。

「若夫終日暴露馳騁，勞神苦形，罷車馬之用，抗士卒之精，費府庫之財，而無德厚之恩，務在獨樂，不顧衆庶；忘國家之政，而貪雉兎之獲，則仁者不繇也。從此觀之，齊楚之事，豈不哀哉？地方不過千里，而囿居九百，是草木不得墾辟，而人無所食也。夫以諸侯之細，而樂萬乘之侈，僕恐百姓被其尤也。」

于是二子愀然改容，超若自失，逡巡避席曰：「鄙人固陋，不知忌諱，乃今日見教，謹受命矣。」

# 第七講　漢代樂府與民歌

## 文學史的敘述

### 一、樂府沿革與民歌的採集

漢代文學以賦爲主流，而漢賦是漢代的貴族文學，只表現了漢帝國的財富與威權，君主貴族們的好尙，以及高級文士們的學識辭章。在那些作品裏，看不到民衆的情感，社會生活的面貌。承接詩經國風與楚辭九歌等作品合樂歌唱而表現了社會生活面貌和吐露了民衆情感的，却是採自民間的樂府歌辭。這種民歌的形式是新創的，文字是質樸而生動的，題材是普遍平凡的人事現象，使我們現在讀了，對於當時民衆的歡樂悲苦，還能親切地體會與共鳴，可說是最有價値的表現人生的社會文學。

廣義的樂府，當然就是古代合樂而歌的辭章。詩經三百篇與楚辭九歌、招魂、大招等篇，都是樂府詩，但狹義的樂府的興起，得與詩經、九歌之類判然有別者，則自漢武帝正式設立樂府官署，仿照周代採詩之制，收集民間歌詞入樂歌唱始。樂府原爲秦時少府屬官。漢初仍秦舊制，歷惠、文、景三世，無所更張。史記樂書曰：「高祖崩，令沛得以四時歌儛宗廟。孝惠、孝文、孝景無所增更，於樂府習常隸舊而已。」漢書禮樂志亦曰：「漢房中詞樂，高祖唐山夫人所作也……孝惠二年，使樂府令夏侯寬備其簫管，更名曰安世樂。」這樂府令，仍只是周秦時代的樂官，掌管的是那些郊廟朝會的貴族樂章，這期間的樂府作品，只是詩經楚辭的模擬而已。

現在我們試檢查這期間的作品，最早的是漢高祖還沛時所作的「大風歌」，當時卽令沛中兒百二十人習唱而和，稱之謂「三侯之章」。其後沛兒皆令爲吹樂，有缺輒補，這是漢代樂府的開始。大風歌是楚辭體，原辭如下：

大風起兮雲飛揚，威加海內兮歸故鄉，安得猛士兮守四方？

其時叔孫通定禮樂，因奏樂人制氏的傳習，作「宗廟樂」；唐山夫人作「房中樂」十七章；遂有正式的樂歌。唐山夫人房中歌亦爲楚聲兼仿詩經，係郊廟樂章，鄭樵以爲婦人禱祀於房中，實誤。玆錄其第一章如下：

大孝備矣，休德昭明。高張四懸，樂充宮庭。芬樹羽林，雲景杳冥。金支秀華，庶旄翠旌。七始華始，肅倡和聲，神來宴娭，庶幾是聽。

此後惠帝令夏侯寬爲樂府令，備簫管於「房中樂」，改名「安世樂」；文帝作「四時舞」，以示天下安和；景帝采「武德舞」以爲「昭德」，以尊宗廟，代有製作，但乏佳作，聊備一格而已。

到武帝時，帝雅愛文藝音樂，才正式創立樂府官署，一面製作宗廟樂章，一面收集民間的歌辭入樂，並輸入外國樂曲，於是樂府詩便展開新局面，在文學史上發生了很大的價值。

漢書禮樂志：「至武帝定郊祀之禮……乃立樂府，采詩夜誦，有越、代、秦、楚之謳。以李延年爲協律都尉，多擧司馬相如等數十人，造爲詩賦，略論律呂，以合八音之調，作九章之歌。」漢書藝文志亦曰：「自武帝立樂府而采歌謠，於是有趙、代之謳；秦、楚之風。」李延年傳又曰：「李延年善歌，爲新變聲，是時上方興天地諸祀，欲造樂，令司馬相如等作詩頌，延年輒承意絃歌所造詩，爲之新聲曲。」

據上述史料，我們可知樂府的作品，約有兩種：一種是貴族文人所作的詩頌，很少佳作；一種是所收集的民間歌謠，漢書藝文志所載，有下列許多民歌：⑴吳、楚、汝南歌詩十五篇；⑵燕、代謳，雁門、雲中、隴西歌詩九篇；⑶邯鄲、河間歌詩四篇；⑷齊、鄭歌詩四篇；⑸淮南歌詩四篇；⑹左馮翊秦歌詩三篇；⑺京兆尹秦歌詩五篇；⑻河東蒲反歌詩一篇；⑼河南周歌詩七篇；⑽周謠歌詩七十五篇；⑾周歌詩二篇；⑿南郡歌詩五篇。總數爲一百三十八篇。這樣大規模的收集民間歌謠，對中國文學的貢獻之大，不問可知。至於外國輸入的樂曲，爲張騫通使西域，帶來了胡人的橫吹樂，傳其法於西京。惟僅得「摩訶兜勒」一曲，李延年因之更造新聲二十八解，用於軍中，此後胡樂傳入日多，給樂府的影響也很深。

武帝以後，樂府詩繼續盛行。到哀帝時，因爲他不喜歡這種俗樂，曾下令罷樂府官，將八百二十九人的樂府職員，減去了一半以上，計裁員四百四十一人，只留一部份人掌管郊廟燕會的樂章。但前此經過了一百多年的俗樂民歌的提倡，這些樂府官員的罷免，並不能阻止民歌勢力的發展。漢書禮樂志說：「然百姓漸漬日久，又不制雅樂，有以相變，豪富吏民，湛沔自若。」由此可知哀帝時樂府雖遭受挫折，並未中絕，俗樂民歌，已爲一般豪富吏民所愛好。所以現存宋郭茂倩所輯樂府詩集，仍多哀帝以後的平民作品。可惜的是藝文志所載民間歌謠一百三十八篇，後來大部分失傳了。現存的確定爲西漢作品的，公認的有相和歌辭中薤露、蒿里、和平陵東三曲。

茲抄錄於下，以便與漢初的詩經楚辭式的樂歌比較。

**薤露**

薤上露，何易晞！露晞明朝更復落，人死一去何時歸！

**蒿里**

蒿里誰家地，聚斂魂魄無賢愚。鬼伯一何相催促！人命不得少踟躕！

崔豹古今注：「薤露蒿里，並喪歌也。本出田橫門人。橫自殺，門人傷之，爲作悲歌。言人命奄忽，如薤上之露易晞滅也。亦謂人死魂歸於蒿里。至漢武帝時，李延年分爲二曲：薤露送王公貴人，蒿里送士大夫庶人；使挽柩者歌之，亦謂之挽歌。」

**平陵東**

平陵東，松柏桐，不知何人刼義公？刼義公，在高堂下，交錢百萬兩走馬。兩走馬，亦誠難，顧見追吏心中惻！心中惻，血出漉，歸告我家賣黃犢。

漢方義爲東郡太守，起兵討王莽，不克，見害，門人作歌以哀之。

但瑟調曲中如「豔歌行」句云：「翩翩臺前燕，多藏夏來見」，不言秋去春來，則武帝太初改曆以前詩，又饒歌中「上陵歌」句云：「甘露初二年」，則爲宣帝時作品。其他有作者名之「羽林郎」爲成帝時詩，「白頭吟」傳係卓文君作。而漢書藝文志詩賦略著錄有隴西歌詩，黃門倡歌，樂府中之「隴西行」（天上何所有），「黃門倡歌」（佳人俱絕世）也可能是西漢時作品。

降及東漢，雖未恢復武帝時樂府之官，然明帝分大樂爲四品，即(1)大予樂，郊廟上陵所用；(2)雅頌樂，辟雍鄉射所用；(3)黃門鼓吹，天子宴群臣所用；(4)短簫鐃歌（卽鼓吹曲），軍中所用。（後漢書禮儀志注引蔡邕禮樂志）鐃歌中卽有戰城南、有所思、上邪等許多民歌。可見樂府民歌，依舊流行。再加上文人的仿作日益增多，所以東漢時代的樂府詩，無論質與量，都很可觀。

## 二、漢代樂府中的社會詩

現在試就漢代樂府所存民歌中的社會詩予以敘述。

漢明帝時雖樂分四品，但現所存郭茂倩樂府詩集，所收樂府詩，起自漢代，以後魏晋南北朝以訖隋唐的樂府詩都被收錄，（琴曲雜歌並追輯至唐虞時代）四品分類已不能包容，所以重新分類，並把晋朝以來新興的吳聲等歌曲，唐朝詩人所作不伴樂演奏的新樂府等都另列出項目來，擴充四品爲十二類。其十二類名稱及所錄作品時代，具列如下：

一、郊廟歌辭—漢至五代

二、燕射歌辭—晋至隋

三、鼓吹曲辭—漢至唐

四、橫吹曲辭—漢至梁

五、相和歌辭—漢

(1)相和六引，(2)相和曲，(3)吟歎曲，(4)四弦曲，(5)*平調曲，(6)*清調曲，(7)*瑟調曲，(8)*楚調曲，(9)*大曲。（以上有*號者據梁啓超考證應改列入清商曲類）

六、清商曲辭—晉至隋

(1)吳聲歌曲（晉至隋）(2)神弦歌（南朝）(3)西曲歌（南朝）(4)雅歌（梁）

七、舞曲歌辭—漢至隋

(1)雅舞（漢至隋），(2)雜舞（漢至梁），(3)散樂（漢至齊）

八、琴曲歌辭—唐虞至隋唐

九、雜曲歌辭—漢至唐

十、近代曲辭—隋唐

十一、雜歌謠辭—唐虞至隋唐

十二、新樂府辭—唐

以上十二類中有名的社會詩第三類鼓吹曲中有：「戰城南」「有所思」「上邪」等篇；第五類相和歌中有：「烏生八九子」「薤露」「蒿里」「平陵東」「王子喬」等篇；第六類清商曲之清調曲中有：「相逢行」「董逃行」等篇；瑟調曲中有：「善哉行」「隴西行」「飲馬長城窟行」「上留田」「病婦行」「孤兒行」「公無渡河行」等篇；楚調中有：「泰山吟」「梁甫吟」等篇；大曲中有：「東門行」「西門行」「陌上桑」「艷歌行」「白頭吟」等篇；第九類雜曲中有：「驅車上東門行」「傷歌行」「悲歌行」「孔雀東南飛」「枯魚過河泣」等篇，其中並有馬援的「武溪深行」，辛延年的「羽林郎」，傅毅的「冉冉孤生竹」和張衡的「同聲歌」，宋子侯的「董嬌嬈」等篇。(不過雜曲所錄未必全部入樂，其有作者姓名的，大多係受民歌影響而作，已非眞民歌。第五類橫吹曲歌辭均失傳，現在可以考見的有「隴頭歌」和「十五從軍征」兩篇。

以上諸詩，其內容大別可分爲：㈠寫征戍之苦；㈡寫死亡之悲；㈢寫頹廢之感；㈣寫遊仙之想；㈤寫社會新聞五類。

㈠寫征戍之苦的爲「戰城南」「飲馬長城窟」「十五從軍征」「武溪深行」等詩。茲錄「戰城南」「十五從軍征」兩篇於下：

「戰城南，死郭北，野死不葬烏可食。爲我謂烏：『且爲客豪，野死諒不葬，腐肉安能去子逃。』水深激激，蒲葦冥冥，梟騎戰鬥死，駑馬徘徊鳴。梁築室，何以南？何以北？禾黍不穫君何食？願爲忠臣安可得？思子良臣，良臣誠可思，朝行出攻，暮不夜歸。」

「十五從軍征，八十始得歸。道逢鄉里人，家中有阿誰？遙望是君家，松柏冢纍纍。兔從狗竇入，雉從梁上飛。中庭生旅穀，井上生旅葵。烹穀持作飯，采葵持作羹。羹飯一時熟，不知貽阿誰？出門東向望，淚落霑我衣。」

前者用戰場特寫的鏡頭來揭發戰爭的殘暴，後者寫征人的故事作抽樣的報導，異曲而同工，都極深刻動人。

㈡寫死亡之悲的爲「薤露」「蒿里」「平陵東」「泰山吟」「梁甫吟」等篇，舉例已見前。

㈢寫頹廢之感的爲「烏生八九子」「西門行」「驅車上東門」「傷歌行」等篇。茲錄西門行一篇於下：

「出西門，步念之。今日不作樂，當待何時？（一解）夫爲樂，爲樂當及時。何能坐愁怫鬱，當復待來茲？（二解）飲醇酒，炙肥牛：請呼心所歡，何用解愁憂？（三解）人生不滿百，常懷千歲憂。晝短苦夜長，何不秉燭遊？（四解）自非仙人王子喬，計會壽命難與期！自非仙人王子喬，計會壽命難與期！（五解）人壽非金石，年命安可期？貪財愛惜費，但爲後世嗤。（六解）

這是上承詩經唐風山有樞思想的復現，是當時民衆人生觀的反映。

㈣寫遊仙之想的爲「王子喬」「長歌行」「董逃行」「善哉行」等篇。茲錄王子喬一篇於下，以爲代表。

王子喬，參駕白鹿雲中遨。參駕白鹿雲中遨。下遊來，王子喬，參駕白鹿上至雲，戲遊遨。上建逋陰廣里踐近高，結仙宮過謁三臺。（數句難讀）東遊四海五嶽，山過蓬萊紫雲臺。三王五帝不足令，令我聖明應太平。養民若子事父明。當究天祿永康寧。玉女羅坐吹笛簫，嗟行聖人遊八極。鳴吐銜福翔殿側。聖主享萬年，悲吟皇帝延壽命。（篇中頌聖及末祝延壽語，樂人所加。）

以上四類，均爲時代思潮的反映。

㈤寫社會新聞的最爲豐富，非但寫出社會的慘痛事件，也描繪了社會的衆生相。艷聞奇遇，以及瑣屑閒事，也形之筆墨，可說多采多姿，美不勝收。其中以「東門行」「孤兒行」「病婦行」「艷歌行」「上留田行」「相逢行」「陌上桑」「羽林郎」「隴西行」「孔雀東南飛」等篇最爲有名。茲錄「艷歌行」「陌上桑」兩篇，以見一斑：

翩翩堂前燕，冬藏夏來見。兄弟兩三人，流宕在他縣。故衣誰當補？新衣誰當綻？賴得賢主人，覽取爲吾組。夫壻從外來，斜倚西北眄。語卿且勿眄，水清石自見。石見何纍纍，遠行不如

歸。（艷歌行）

日出東南隅，照我秦氏樓。秦氏有好女，自名爲羅敷。羅敷善（一作憙）蠶桑，采桑城南隅。青絲爲籠係，桂枝爲籠鉤。頭上倭墮髻，耳中明月珠。湘綺爲下裙，紫綺爲上襦。行者見羅敷，下擔採髭鬚。少年見羅敷，脫帽（一作巾）著帩頭。耕者忘其犂，鋤者忘其鋤。來歸相怨怒，但坐觀羅敷。（一解）

使君從南來，五馬立踟躕。使君遣吏往，「問是誰家姝？」「秦氏有好女，自名爲羅敷。」「羅敷年幾何？」「二十尚不足，十五頗有餘。」「使君謝羅敷，寧可共載不？」羅敷前置辭：「使君一何愚！使君自有婦，羅敷自有夫。（二解）

「東方千餘騎，夫壻居上頭。何用識夫壻？白馬從驪駒。青絲繫馬尾，黃金絡馬頭。腰間鹿盧劍，可直千萬餘。十五府小史（玉臺作吏），二十朝大夫，三十侍中郎，四十專城居。爲人潔白晳，鬑鬑頗有鬚，盈盈公府步，冉冉府中趨。坐中數千人，皆言夫壻殊。」（三解）（陌上桑）

兩篇都是心理描寫的上乘之作。前篇「夫壻從門來，斜倚西北眄」，眞是刻劃入微。而後篇烘雲托月，更屬化工之筆。

其餘「東門行」是寫一極窮苦家庭的掙扎在飢餓線上，丈夫要挺而走險，而妻子哭勸其自愛共守的速寫；「孤兒行」敘寫一失去父母的孤兒爲兄嫂奴役的苦痛；「病婦行」是病婦臨死時顧念兒女飢寒而乞求親友的告白；「相逢行」寫貴族豪華奢逸生活，以與窮苦農民的對比；「隴西行」寫主婦善於持家和酬應賓客的有禮；「羽林郎」寫胡姬謝絕霍家奴的求愛而忠於前夫；「孔雀東西飛」寫建安年間廬江小吏焦仲卿和其妻蘭芝情死的悲劇。這些，都是漢代樂府中鮮活的民歌，大多無作者姓名，非但成爲反應當時社會生活的一面鏡子，而且藝術價值極高。其中尤以「孔雀東南飛」爲最偉大的作品。論其篇幅，計長達三五三句，共一七六五字。其句數較屈原離騷的三七五句，僅少二十二句。離騷是我國抒情第一長詩，而孔雀東南飛是叙事第一長詩。此詩故事非常動人，以質樸的五字句，作簡婉的叙述，親切的描寫，極爲成功。而且，寫出了人性衝突的所在，成爲超越時空的最偉大的作品。希腊悲劇傑作的構成，不是偶發事件，而是人性發展必然的結果。我們分析蘭芝的悲劇，也是如此。蘭芝既失歡於焦母，恩愛夫妻不得不拆散，於是人間的悲劇便開始展開；蘭芝回娘家後不見諒於其兄，而被逼嫁，於是終於發展爲人間大悲劇的鴛鴦殉情。這大悲劇構成於人性的兩個衝突的交叉點上。第一個衝突是婆媳之間；第二個衝突是兄妹之間。這兩個衝突不是東漢社會的特徵，唐、宋、明、清以迄現代仍在繼續上演，所以其本質是超越時間的，而且也是超越空間的。夫婦之愛與母子之愛很難得到平衡；夫婦之愛與骨肉間之愛亦然。中國人的五倫，要把父子兄弟兩倫作爲基點而擴充，所以處身大家庭中，不得不把夫婦之愛壓抑或隱藏，於是不善壓抑與隱藏的人，其家庭往往發生婆媳不和，兄弟爭產，兄逼妹嫁，兄嫂欺幼弟等事件出來。而婆媳衝突、兄妹衝突，在中國社會常表現爲顯性，西洋社會則以夫婦之愛爲基點而孤立起來組織小家庭，可以抹殺了父子兄弟之愛，因此婆媳衝突，兄妹衝突，只成隱性，並非沒有這種人性衝突的本質存在。我們知道文學起於苦悶的象徵，好的作品，大多是眞情的流露，而偉大的作品，更有其普遍性與永久性；所以能打破地域的界限與時代的觀念，超越時空而永遠爲人類所共享。樂府民歌之可貴，貴在其有眞情，沒有時空的限制而今日仍爲我們所愛讀。而孔雀東南飛更能把握到人性的衝突而成功地表現出來，且同時又不失其時代與地方的色彩，作爲綠葉來扶持這朶鮮艷的牡丹，所以在漢代的民歌中固然是鷄群的鶴立，而且應該是在世界文學史上可佔一席地的中國文學的代表作。歷來寫文學史的學者如劉大杰等，只注意漢代樂府民歌的時代性與社會性，而忽略其所表現的大多是人性的基本問題，因此可以超越時空而爲古今中外的讀者所愛好，能得每一個人的共鳴。

## 三、漢代樂府的遺風

漢代樂府民歌對中國文壇影響最大的是五言古詩七言古詩的相繼興起，和漢魏詩人作品淸眞風格的建立。這在下一講中要作特別的叙述。這裡所說的遺風，將從兩方面來略加叙述：第一，從魏晉南北朝文人的樂府擬作，到唐代演而爲不合樂的新樂府；第二，因漢代樂府的收集民歌，影響以後六朝民歌亦得以大量的受人賞識而保留下來。

**一、樂府擬作及其演變**：漢代樂府至東漢時文人受民歌影響，馬援所作「武溪深行」，傅毅所作「冉冉孤生竹行」，張衡所作「同聲歌」，辛延年所作「羽林郎」，宋子侯所作「董嬌嬈」，繁欽所作「定情詩」等，大多格調似民歌，已可說是民歌的仿作。至漢末魏初，曹氏父子，卽專門從事於古樂府之擬作，如「善哉行」「薤露」「蒿里」「上留田行」其原辭至今尙存，曹操曹丕的擬作，便可與原辭對看。其原辭已佚，而賴曹氏父子擬作得以窺見原作內容的，爲數最多。曹操一人擬作卽有「氣出唱」「精列」「度關山」「對酒」「短歌行」「塘上行」「秋胡行」「卻東西門行」「步出夏門行」「苦寒行」等十餘篇。其有名佳作，如曹操（武帝）的短歌行（四言體）苦寒行（五言體）；曹丕（文帝）的燕歌行（七言體）；曹植（陳思王）的野田黃雀行（五言體），怨詩行（五言體）；曹叡（明帝）的傷歌行（五言體）均是。其他如王粲等作家，亦群起仿效，陳琳的飲馬長城窟擬作，（五七言雜出）且似較古辭爲勝。其後魏晉南北朝作家，樂府擬作遂成風氣，例如「秋胡行」古辭已亡，而自曹操以來，魏晉南北朝作家，多有擬作，而以嵇康傅玄所擬最爲有名。

大概言之，樂府擬作，在魏則曹植、王粲爲工；晉則陸機爲工；南北朝則鮑照、謝靈運、蕭子顯、沈約、江淹、張正見、庾信、王褒等均有可觀；唐則李白、張籍爲勝。大抵其風格各隨其時代趨向以爲轉移，卽其主題亦未必與古辭盡同。

魏晉南北朝樂府作家，除從事擬作外，亦時增新曲，亦有擬作之未被之管絃者，至唐而有自製新曲不被管絃之新樂府產生，其目的不在歌唱，而在「上以補察時政，下以洩導民情」。正式提出這主張而以新樂府命名其作品的是白居易，他認爲杜甫的兵車行、麗人行、三吏（新安、石壕、潼關）三別（新婚、垂老、無家）等詩都是這種作品，而他自己寫有新樂府五十首，及秦中吟十首等諷諭詩。與白氏唱同調的有元稹張籍等人。至此新樂府雖已恢復周代國風採詩，漢代樂府採民歌的理論，其實旣不被之管絃，只是徒詩，則已與五七言古詩無別，樂府遺風亦至此而絕。此後與起類似樂府的作品，則名之曰長短句，曰宋詞，而不再稱爲樂府了。

**二、六朝民歌的特色**：六朝樂府，承漢代遺風，對民歌的保存頗爲有功。六朝民歌與漢代民歌不同之處，漢代民歌是社會情形的描寫，而六朝民歌則北方文學是英雄的氣概，南方文學是兒女的私情。互相對照，各極其妙。

南方文學的代表，首推起於東晉的子夜歌。大子夜歌云：

歌謠數百種，子夜最可憐。慷慨吐清音，明轉出天然。

這不但是子夜歌的總評，也可說是南方兒女文學的總論。子夜歌屬吳聲歌曲，共有好幾百首。今存子夜歌四十二首，而子夜四時歌七十五首，大子夜歌、子夜警歌各二首，子夜變歌三首，皆其變調。茲選錄數首於下：

子夜歌

宿昔不梳頭，絲髮被兩肩。婉伸郎膝上，何處不可憐？

始欲識郎時，兩心望如一。理絲入殘機，何悟不成匹！（匹爲「布匹」「匹配」之雙關語）

攬裙未結帶，約眉出前窗。羅裳易飄揚，小開罵春風。

長夜不得眠，明月何灼灼！想聞歡喚聲，虛應空中諾。

憐歡好情懷，移居作鄉里。桐樹生門前，出入見梧子。（梧子諧音爲「吾子」）

子夜四時歌

春林花多媚，春鳥意多哀，春風復多情，吹我羅裳開。

反覆華簟上，屏帳了不施，郎君未可前，待我整容儀。

自從別歡來，何日不相思？常想秋葉零，無復連條時。

塗澀無人行，冒寒往相覓。若不信儂時，但看雪上跡。

子夜警歌

情愛如欲進，含羞出不前。朱口發豔歌，玉指弄嬌弦。

子夜歌之外，尙有華山畿二十五首，懊儂歌十四首，讀曲歌八十九首，還有散曲無數，與子夜歌相仿，大多是艷麗的小詩。舉例如下：

碧玉歌

碧玉破瓜時，郎爲情顚倒；感郎不羞郎，回身就郎抱。

讀曲歌

打殺長鳴鷄，彈去烏臼鳥。願得連冥不復曙，一年都一曉。

懊儂歌

江陵去揚州，三千三百里；已行一千三，所有二千在。

懊惱奈何許！夜聞家中論，不得儂與汝。

華山畿

華山畿，君旣爲儂死，獨活爲誰施？歡若見憐時，棺木爲儂開！

未敢便相許，夜聞儂家論，不持儂與汝。

啼着曙，淚落枕將浮，身沉被流去。

相送勞勞渚，長江不應滿，是儂淚成許。

奈何許！天下人何限，慊慊只爲汝。

夜相思，風吹窗簾動，言是所歡來。

北方的英雄文學，自以木蘭辭爲代表作，此詩家喻戶曉，辭長不錄，茲選錄企喻歌、折楊柳歌、瑯琊王歌、隴上歌、李波小妹歌於下：

企喻歌

男兒欲作健，結伴不須多。鷂子經天飛，群雀兩向波。

折楊柳歌

健兒須快馬，快馬須健兒。蹕跋黃塵下，然後別雄雌。

瑯琊王歌

新買五尺刀，懸著中梁柱。一日三摩娑，劇於十五女。

隴上歌（記陳安兵敗被殺事）

隴上健兒曰陳安，軀幹雖小腹中寬，愛養將士同心肝。騄驄駿馬鐵鍛鞍，七尺大刀配齊鐶，丈八蛇矛左右盤。十盪十決無當前。百騎俱出如雲浮，追者千萬騎悠悠。戰始三交失蛇矛，十騎俱盪九騎留。棄我騄驄攀巖幽。天非降雨迨者休。阿呵嗚呼奈子何！嗚呼阿呵奈子何！

李波小妹歌

李波小妹字雍容，褰裳逐馬如卷蓬。左射右射必疊雙。婦女尙如此，男子安可逢？

# 作品欣賞

## 一、上　邪

上邪❶！我欲與君相知，長命無絕衰❷。山無陵❸，江水爲竭，冬雷震震，夏雨雪，天地合，乃敢與君絕！

【註釋】❶上：上蒼。上邪，呼天而誓之辭。或曰上指天子。❷長命猶言終身。無絕衰，乃無絕無衰之簡省，不斷絕不衰退也。❸漢劉熙釋名釋山：「大阜曰陵，陵，隆也，體隆高也。」

【今　譯】

天啊！我要和你親愛相知，終身不絕，永不衰弛。除非高山變平地，江水乾涸，冬天雷聲隆隆，夏天落雪，天和地都合了起來，才敢和你斷絕！

【評　解】

上邪爲漢樂府鼓吹曲辭之鐃歌。鐃歌係行軍時馬上所奏之軍樂。所用樂器以簫笳爲主，稱短簫鐃歌。古今樂錄載漢鼓吹鐃歌十八曲，字多訛誤，一曰朱鷺，二曰思悲翁……。第十五曰上邪，即此。清陳沆詩比興箋曰：「此忠臣被讒自誓之詞歟？抑烈士久要之信歟？凜凜然，烈烈然，而莊（述祖）氏謂男慰女之詞爲不稱矣，凡九句。」今人陸侃如曰：「此篇之爲誓詞，甚爲明顯。……或者是男女間的誓詞，正與歡聞變『沒命成灰土，終不罷相憐。』相同。」上邪之色彩與技巧很突出，清沈德潛評曰：「山無陵下共五事，重疊言之，而不見其排，何筆力之橫也。」張玉穀古詩賞析申其意曰：「此陳忠心於上之詩。首三，正說，意言已盡；後五，反面竭力申說，如此然後敢絕，是終不可絕也。疊用五事，兩就地維說，兩就天時說，直說到天地混合，一氣趕落，不見堆垛，局奇筆橫。」羅根澤則謂：「上邪亦能狀出沸熱之情感。」文開曰：「人之相知，貴相知心。上邪之自誓，似已毫無保留地奉獻了整個熱烈赤誠之心。可是既曰『欲與君相知』，則可見問題在未能相知。善讀詩者，當可在熱烈言詞的裡面，品嘗出悲苦的滋味來。」普賢曰：「上邪爲漢樂府所採民歌。或原爲男女間戀愛的誓詞，後採爲軍樂，轉爲鼓勵軍人效忠天子之歌。山無陵以下五事，彷彿世界末日的描寫。」

## 二、東門行

出東門，不顧歸❶；來入門，悵欲悲。盎中無斗儲❷，還視桁上無懸衣❸。（一解）

拔劍出門去，兒母牽衣啼❹：「他家但願富貴，賤妾與君共餔糜❺。（二解）

「共餔糜，上用倉浪天故❻，下爲黃口小兒❼。今時清廉，難犯教言❽，君復自愛莫爲非！（三解）

「今時清廉，難犯教言，君復自愛莫爲非！」「行，吾去爲遲！」「平愼行❾，望君歸！」（四解）

右一曲晉樂所奏古辭

出東門，不顧歸；來入門，悵欲悲。盎中無斗儲，還視架上無懸衣。拔劍出門去，舍中兒母牽衣啼：「他家但願富貴，賤妾與君共餔糜。上用倉浪天故，下當用此黃口兒。今……非……。」⑩「咄⑪！行，吾去爲遲。白髮時下難久居⑫。」

### 右一曲本辭

【註釋】❶顧：一作願。❷盎：音ㄤˋ，小口大腹瓦器。❸桁：音衡ㄏㄥˊ，衣架。❹兒母：世俗稱妻之辭，原本作兒女，此依本辭改。❺賤妾：妻對夫自稱之謙辭。餔：音ㄅㄨ，食。糜：粥。❻用：爲。倉：青色，通蒼。倉浪天猶言蒼天。❼古稱嬰兒爲黃口。唐開元志：「凡男女始生爲黃，四歲爲小。」❽教言：猶言教條，法令。❾平：平穩。愼：謹愼。平愼行，爲警戒之詞。❿今……非……妻啼泣戒夫，謂今之所爲，非善計，至此哽咽不成語，故但聞「今」「非」之聲也。⓫咄：音墮ㄉㄨㄛˋ，感歎之聲。⓬時下：猶言當今，目前。此刻出門，爲時已晚，而己已滿頭白髮，實不容再事拖延也。

## 【今譯】

當初出了東門，本不想再回到家裡。現在走進了家門，眞教人悵然悲悽。

檢視米缸裡沒有一斗半斛的存米，回頭看看衣架子空空的，連一件衣裳也沒得掛起。

這日子怎麼得過？只好拔了一把劍再衝出門去，屋裡孩子的媽却拉住了衣角直哭：「別家女人一心想丈夫有錢有勢，我却願意跟你一起喝薄粥。

「一起喝薄粥吧！上面要對得起老天爺，下面要爲我們的孩子積德。現在政治清明廉潔，法令觸犯不得。你要自愛，切不可爲非作歹！

「現在政治清明廉潔，法令觸犯不得。你要自愛，切不可爲非作歹！」

「還是走吧！已經出去晚了！」

「那末做事要平穩謹愼，希望你早早回來！」

【評解】

東門行爲漢樂府，宋郭茂倩樂府詩集列爲相和歌辭瑟調曲名，惟據宋書樂志載：「大曲十五曲，一曰東門，二曰西山。」則東門行應屬大曲。這裡所選是無名氏所作古辭，原作與改作並錄。本辭是漢時所採民歌之原作，但譜爲樂府時，則字句有所改動，故晉樂所奏，與本辭頗有出入。或以爲晉樂所奏係晉人之改作，蓋誤。原作與改作顯著的區別有三：第一是原作不分解，而改作分四解；第二是原作無叠句，而改作非但「共餔糜」叠一句，「今時清廉」以下且相連三句重叠；第三是改作與原作的意義也略有不同。

樂府之分解，猶詩經風雅的分章。張玉穀東門行賞析曰：「此貧士棄家出門，其婦始留繼送之詩。向來分解，殊屬割裂不安，今以鄙意自分段落。」照他的分段是（一）八句，總敘其夫出門情事；（二）十一句，皆婦婉留之辭。今時六句，反覆丁寧，以申戒之；（三）行吾去五字，乃夫答辭，一「行」字爲句；（四）末六字，又婦答辭。這是張玉穀對改作的賞析。據一般研究，樂府分解所以往往與文意不合，原因有二：其一是由於原詩本不分段，譜入樂曲後，即依樂曲節奏的起落分解，故其分解與文意的段落不合；其二是詩歌的節奏，原來不一定依文義而起落，故依詩歌節奏分解，即有文義割裂之感。東門行則屬於前者。現在我們原文依樂府詩集分四解。今譯則依文意來標點，並參酌譯文的節奏，分作七段。

東門行改作的增加疊句，照張玉穀的分析，是所以表現「反覆丁寧」之意。這就是沈德潛所評：「疊說一過，丁寧反覆之意。」但照我們的研究，除加強語氣，充實文意之外，也是爲配合樂曲的節奏而增加。檢閱樂府詩集所載曹丕苦寒行，係就其父曹操北上篇原詩譜爲樂府。北上篇本無疊句，而苦寒行爲便於歌唱遂依照一定的方式增加疊句，可知樂府詩的疊句，大多是爲配樂而加。附錄苦寒行第一解第二解與北上篇原文於下：

北上太行山，艱哉何巍巍！——太行山，艱哉何巍巍！羊腸坂詰屈，車輪爲之摧。（一解）

樹木何蕭瑟！北風聲正悲。——何蕭瑟！北風聲正悲。熊羆對我蹲，虎豹夾道啼。（二解）……

……——苦寒行晉樂所奏，曹丕改作。

北上太行山，艱哉何巍巍！羊腸坂詰屈，車輪爲之摧。樹木何蕭瑟！北風聲正悲。熊羆對我蹲，虎豹夾路啼。……——北上篇曹操原詩。

東門行改作與原作文義不同之處，在將原作結穴的夫詞「白髮時下難久居」改爲婦詞：「平愼行，望君歸。」和前婦詞「黃口兒」之下，將「今非」兩字補充爲「今時清廉，難犯教言，君復自愛莫爲非。」這一補充，潘重規認爲非原作之意。其評原作本辭之言曰：「此詩寫貧士之悲憤，賢妻之婉淑，沈鬱頓挫，眞令人廻腸盪氣，涕下沾襟，時政之溷濁，固不待煩言譏斥而可知矣。」由此，我們可以指出，原作反映民間的疾苦，貧士的悲憤，是民歌本色。而改作經官府加入「今時清廉」等句，一改而偏重於表現賢妻之婉淑明理，轉而爲代統治者勸導百姓安分守己的御用詩了。這一轉變，很爲巧妙，是值得我們注意的。所以我們欣賞東門行，單讀改作是不夠的，須得兩詩並觀才行。

此詩下筆卽不凡，沈德潛曰：「旣出復歸，旣歸復出，功名兒女，纏綿胸次，情事展轉如見。」詩中寫夫妻對話，尤爲精彩。胡適論短篇小說，說古詩「上山採蘼蕪」從棄婦口中補敘被棄經過，有最經濟的手腕，合於短篇小說的條件。我們也可以說：「東門行夫妻對話，尤勝採蕪棄婦。而橫斷面解剖所顯示片段的描寫，更像短篇小說中的傑作了。」

## 三、孤兒行

孤兒生，孤兒遇生①，命當獨苦！父母在時，乘堅車，駕駟馬。父母已去，兄嫂令我行賈②。南到九江，東到齊與魯。臘月歸來，不敢自言苦。頭多蟣蝨，面目多塵土③。大兄言辦飯，大嫂言視馬。上高堂，行取殿下堂④，孤兒淚下如雨。使我朝行汲，暮得水來歸。手爲錯⑤，足下無菲⑥。愴愴履霜⑦，中多蒺藜⑧。拔斷蒺藜腸肉中⑨，愴欲悲。淚下渫渫，清涕纍纍⑩。冬無複襦⑪，夏無單衣。居生不樂，不如早去，下從地下黃泉⑫。

春氣動，草萌芽。三月蠶桑，六月收瓜。將是瓜車⑬，來到還家。瓜車反覆⑭，助我者少，啗瓜者多⑮。願還我蒂⑯，獨且急歸⑰，兒與嫂嚴，當興校計⑱。

亂曰：里中一何譊譊⑲！願欲寄尺書⑳，將與地下父母：「兄嫂難與久居！」

【註釋】❶生：語助詞。張玉穀古詩賞析則斷此句爲：「孤兒遇，生命當獨苦。」釋曰：「言孤兒而生於世，亦孤兒之遭遇，其生命當獨苦也。」❷行賈：往來販賣，不設店肆的，叫行賈。❸樂府詩集卷三十八原文塵下無土字，此爲後人所加。潘重規樂府詩講稿：「此詩以苦、馬、賈、魯、土、雨爲韻，塵下疑脫土字。」❹行取：即行趣。趣通趨。漢書黃霸傳注：「古者屋之高嚴，通呼爲殿。」殿卽堂之高大者。爾雅釋宮：「堂上謂之行，堂下謂之步，門外謂之趨。」此言剛回家上高堂，兄命入內辦飯，嫂又吩咐出外料理馬四，奔走於殿堂上下，不知何所適從也。❺詩小雅鶴鳴：「他山之石，可以爲錯。」廣雅釋詁：「錯，磨也。」集韻：「錯，物理粗也。」此言汲水辛苦，乃至手指磨得粗造破裂如錯石也。❻禮記曾子問註：「菲，草履。」❼愴愴：悲傷。履，用腳踩。❽蒺藜：一種果實有刺之草。❾腸肉，爲腓腸肉之簡稱，指小腿上的肉，今俗云足肚。腓之言肥，脛骨後肉肥，似中有腸然者，故曰「腓腸」。❿渫渫：流貌。纍纍：相連不絕貌。⓫複襦：夾襖。⓬黃泉：掘地所見之泉，人死葬於地下，故以黃泉代死人居處。⓭將：扶持。將車：猶言駕車。⓮反覆：同翻覆。⓯啗：同啖，音淡ㄉㄢˋ，食。⓰蒂：蔕字俗作蒂，埤雅：「瓜之繫蔓處也。」求人歸還瓜蒂，以便向兄嫂報數。⓱獨且急歸：猶言且獨急歸。又王引之經傳釋詞：「獨，將也。」⓲與：興起，發生。一本作與。校計，同計較。⓳里：古以二十五家爲一里，此指孤兒所居里巷。譊，音撓ㄋㄠˊ，爭吵聲。言兄嫂責弟喧吵之聲洋溢里中也。⓴尺書：書信。古代書函長約一尺，故稱尺書。

【今譯】

孤兒啊！孤兒的遭遇啊！你的命運該特別痛苦！

父母在世時，坐堅固的車子，駕着四匹馬。父母一去世，哥哥嫂嫂就叫我去各地販賣貨物做生意。南邊到達九江，東邊到達山東齊魯之地。年底十二月才回來，自己不敢說一聲苦。頭上生了許多蝨子，臉上滿是塵土。大哥叫我快準備飯，大嫂叫我看馬去。剛上了大廳，又得奔走殿堂上下去工作。孤兒眼淚像雨一樣的落下。

早上叫我去打水，灌溉田地，直到傍晚才打完水回家。手磨破了，脚底下連草鞋也不給穿一雙。傷心地踩着霜走路。霜地裡有許多蒺藜，拔斷的蒺藜刺還留在小腿肉肚中，痛得要傷心悲啼。眼淚簌簌地流，清水鼻涕一把一把連連地擤。冬天連件短夾襖也沒有，夏天連單衣也沒得穿，日子過得毫無樂趣，還不如早早死去，到地下去跟父母黃泉相見吧！

春氣發動了，草芽萌生了。三月裡採桑養蠶，六月裡忙着收瓜。我駕着這輛瓜車，推回家去。瓜車翻倒了，來幫我扶車撿瓜的人少，來乘機搶瓜吃的人多。但願你們把瓜蒂還我，讓我趕快回去，哥哥嫂嫂很厲害，一定會計較得大吵大鬧的。

尾聲亂辭說：巷子裡怎麼這樣的喧嘩吵鬧呀！我眞想寄一封信，給地下的父母，說：「哥哥嫂嫂難於跟他們長久一起居住啊！」

【評解】

孤兒行爲漢樂府之瑟調曲，一名孤子生行，亦曰放歌行。樂府詩集云：「孤兒行，古辭，言孤兒爲兄嫂所苦，難與久居也。」朱乾曰：「放歌者，不平之歌也。孤兒兄嫂惡薄，詩人傷之，所以爲放歌也。」沈德潛曰：「極瑣碎，極古奥，斷續無端，起落無迹，淚痕血點，結掇而成。樂府中有此一種筆墨。」陳祚明曰：「下從地下黃泉句下，忽起一端，另寫時令，從氣及草，從草及桑，從桑及瓜，幾許屈曲。春氣動三字微跟地下黃泉，文情甚奇。將瓜車當是事實，詩正詠之。前此行賈行汲乃追寫耳。不然何獨於將車一小事如此細細詠歎耶。瓜車反覆，如見車翻瓜墮，纍纍滿地，衆共攫食。」潘重規曰：

「此篇兄嫂虐待孤弟之詞，眞所謂淚痕血點凝結而成者。瓜車反覆一段。尤令人有啼笑皆非之妙。杜甫詩：『公然抱茅入竹去，忍能對面爲盜賊』，似即從此化出。」李子德曰：「臘月始歸，三月蠶桑，六月收瓜。蓋歲無暇日矣。曰願還我蔕，將以蔕自明也。又云當興較計，則出蔕亦不足塞責。數句之中，多少曲折。」

本篇依張玉穀古詩賞析分作五段，今錄其說明如下：

「此見兄嫂虐使孤兒，代爲訴苦之詩。起三句，以孤兒命苦，總挈通章。下分三段寫：

「首段自父母句起，至淚下如雨，皆言行賈辛勤，歸來兄嫂不恤之苦；父母在時三句，題前反襯；父母已去二句，本段提筆。而惟因親沒，故兄嫂得以虐之，又是全篇點眼，直注亂中寄書地下意；南到四句，正敍遠賈晚歸之苦；頭多七句，接上不敢自言。言出門勞頓，兄嫂莫知，而風塵憔悴之形，亦應共見，乃辦飯視馬，使令迭來，上堂下堂，進退維谷，孤兒能不淚下如雨乎？曲折寫來，略作頓勢。

「次段自使我句起，至地下黃泉止，皆敍遠汲之苦；使我二句，接上直入，不更裝頭，總見無息暫休意；手爲五句，正敍遠汲手錯足傷之苦；淚下四句。頂悲字複說涕淚，補出無衣，多字應前臘月，夏字又領後六月也；居生三句，歸到不樂生，幸速死，本段束筆，恰又逗起亂意。

「三段自春氣句起，至當興校計止，敍收瓜覆車，兄嫂較計之苦；春氣四句，遙接前臘月履霜，由時序逐漸引起，以虛筆括過蠶桑，遞入收瓜本事，紆徐搖曳而來，與上截文法大變。上是直接法，此是脫接法；上是急受法，此是緩受法，各極其妙。將是五句，正敍收瓜將車車覆，勞而失誤之苦。助少啗多，眞堪一歎。願還四句，一面求人見憐，一面急歸告訴，見得此番較計，必定受苦異常，收足兄嫂之嚴，已將亂意喝起。

「亂語，有不必多言，拚得一死意。雖單項第三段中說，然全篇亦借以總收。書寄父母，直抱轉父母已去，下從地下黃泉等句，作呼應。兄嫂難與久居，則上文無數虐使，到頭結穴也。通體照應謹嚴，接落變換，敍次簡古，無美不臻。」

最後我們再研究一下本篇的用韻。因爲我國文字的讀音和用法，隨着時代逐漸有些變動，地域上也有南北的區分，正如陳第所說：「時有古今，地有南北，字有更改，音有轉移。」（毛詩古音考）所以歷代詩歌的用韻也就有些差異。一般說來，漢朝以前爲古音時代，隋唐以來爲詩韻時代，而現代的白話詩，應該是國音時代。大概古音時代的詩歌用韻很自由，可以每句有韻，也可以幾句一韻，也還沒有清楚的平上去入四聲之分。詩韻時代，則已有詩韻的規定，陰平、陽平、上、去、入的五聲，分得很清楚。通用的韻書，五聲共分一百多韻目。同一韻的字，都列在一個韻目之下，不可混用。到後來嚴格到做詩用韻要依韻書爲準，不能有一字出韻。在那一句用韻也有一定。至於現代的國音，已經沒有入聲，所以做白話詩不能照以往的韻書來押韻，應該改用國語注音爲標準。且用起韻來，四聲可以通押，句法也很自由。

孤兒行是古音時代的詩歌，現代研究古音的學者，還不能給古音訂出一定的韻目來，當然無法補訂一本古音時代的韻書或韻譜來給我們參考。所以我們仍只能借用詩韻時代的韻目來說明這篇孤兒行的用韻。沈德潛在古詩源中對孤兒行的用韻，有特別的說明。他說：「始用覺韻，次用支微齊韻，次用歌麻韻，次用霽韻，末用魚韻。」於是我們知道這裡支、微、齊三韻通用，歌麻兩韻也通用。我們先查上聲的七疊，則知沈意第一段三句僅第三句一「苦」字用韻，跨連到第二段去。我們要補充的是屬於下平（卽陽平）八庚的兩「生」字亦自爲韻。第二段屬疊韻的有賈、魯、苦、土、雨五字。我們要補充的是馬字古音不讀ㄇㄚˇ而讀ㄇㄨˇ，所以兩馬字亦可算疊韻。而挿在疊韻雨字句前的兩個下平七陽的堂字，亦自爲韻，古詩有這種用韻法。我們再查上平（卽陰平）的四支五微八齊，則知第三段中用韻之字爲歸、菲、藜、悲、纍、衣等字，除第二個藜字疊韻外，其餘都是兩句一韻，而最後三句則無韻。再查一下下平的五歌六麻，則知第四段前半段用韻字爲芽、瓜、車、家、多等字。而下半段則換韻爲去聲八霽的蒂、計兩字。最後亂辭中則上平六魚的書、居兩字爲韻。

孤兒行是訴說民間疾苦的血淚文學，也是漢樂府中民歌的代表作。

## 【附錄】

### 孔雀東南飛

漢末建安中，廬江府小吏焦仲卿妻劉氏爲仲卿母所遣，自誓不嫁。其家逼之，乃投水而死。仲卿聞之，亦自縊于庭樹。時人傷之，爲詩云爾。

孔雀東南飛，五里一徘徊。「十三能織素，十四學裁衣，十五彈箜篌，十六誦詩書。十七爲君婦，心中常苦悲。君既爲府吏，守節情不移。賤妾留空房，相見常日稀。雞鳴入機織，夜夜不得息。三日斷五匹，大人故嫌遲。非爲織作遲，君家婦難爲。妾不堪驅使，徒留無所施。便可白公姥，及時相遣歸。」

府吏得聞之，堂上啓阿母：「兒已薄祿相，幸復得此婦。結髮同枕席，黃泉共爲友。共事二三年，始爾未爲久。女行無偏斜。何意致不厚。」阿母謂府吏：「何乃太區區。此婦無禮節，擧動自專由。吾意久懷忿，汝豈得自由。東家有賢女，自名秦羅敷。可憐體無比，阿母爲汝求。便可速遣之，遣之愼莫留。」

府吏長跪告，「伏惟啓阿母：「今若遣此婦，終老不復取。」阿母得聞之，椎牀便大怒。「小子無所畏，何敢助婦語！吾已失恩義，會不相從許。」

府吏默無聲，再拜還入戶。擧言謂新婦，哽咽不能語。「我自不驅卿，逼迫有阿母。卿但暫還家，吾今且報府。不久當歸還，還必相迎取。以此下心意，愼勿違我語。」

新婦謂府吏：「勿復重紛紜！往昔初陽歲，謝家來貴門。奉事循公姥，進止敢自專！晝夜勤作息，伶俜縈苦辛。謂言無罪過，供養卒大恩。仍更被驅遣，何言復來還！妾有繡腰襦，葳蕤自生光。紅羅複斗帳，四角垂香囊。箱簾六七十，綠碧靑絲繩。物物各自異，種種在其中。人賤物亦鄙，不足迎後人。留待作遺施，於今無會因。時時爲安慰，久久莫相忘。」

雞鳴外欲曙，新婦起嚴妝。著我繡裌裙，事事四五通。足下躡絲履，頭上玳瑁光。腰若流紈素，耳著明月璫。指如削葱根，口如含朱丹。纖纖作細步，精妙世無雙。上堂謝阿母，母聽去不止。「昔作女兒時，生小出野里。本自無敎訓，兼愧貴家子。受母錢帛多，不堪母驅使。今日還家去，念母勞家裏。」却與小姑別，淚落連珠子。「新婦初來時，小姑如我長。勤心養公姥，好自相扶將。初七及下九，嬉戲莫相忘。」出門登車去，涕落百餘行。

府吏馬在前，新婦車在後。隱隱何甸甸，俱會大道口。下馬入車中，低頭共耳語。「誓不相隔卿，且暫還家去。吾今且赴府，不久當還歸。誓天不相負。」新婦謂府吏：「感君區區懷。君既若見錄，不久望君來。君當作盤石，妾當作蒲葦。蒲葦紉如絲，盤石無轉移。我有親父兄，性行暴如雷。恐不任我意，逆以煎我懷。」舉手長勞勞，二情同依依。

入門上家堂，進退無顏儀。阿母大拊掌，「不圖子自歸！十三教汝織，十四能裁衣，十五彈箜篌，十六知禮儀。十七遣汝嫁，謂言無誓違。汝今何罪過，不迎而自歸。」蘭芝慚阿母：「兒實無罪過。」阿母大悲摧。

還家十餘日，縣令遣媒來。云有第三郎，窈窕世無雙。年始十八九，便言多令才。阿母謂阿女：「汝可去應之。」阿女含淚答：「蘭芝初還時，府吏見丁寧，結誓不別離。今日違情義，恐此事非奇。自可斷來信，徐徐更謂之。」阿母白媒人：「貧賤有此女，始適還家門，不堪吏人婦，豈合令郎君！幸可廣問訊，不得便相許。」

媒人去數日，尋遣丞請還。說有蘭家女，承籍有宦官。云有第五郎，嬌逸未有婚。遣丞爲媒人，主簿通語言。直說：「太守家，有此令郎君。既欲結大義，故遣來貴門。」阿母謝媒人：「女子先有誓，老姥豈敢言！」

乃兄得聞之，悵然心中煩。舉言謂阿妹：「作計何不量！先嫁得府吏，後嫁得郎君，否泰如天地，足以榮自身。不嫁義郎體，其往欲何云？」蘭芝仰頭答：「理實如兄言。謝家事夫壻，中道還兄門。處分適兄意。那得自任專！雖與府吏要，渠會永無緣。登卽相許和，便可作婚姻。」

媒人下牀去，諾諾復爾爾，還部白府君：「下官奉使命，言談大有緣。」府君得聞之，心中大歡喜。視曆復開書，便利此月內。六合正相應，良吉三十日，今已二十七，卿可去成婚。交語速裝束，絡繹如浮雲。

青雀白鵠舫，四角龍子幡。婀娜隨風轉，金車玉作輪。躑躅青驄馬，流蘇金鏤鞍。齎錢三百萬，皆用青絲穿。雜綵三百匹，交廣市鮭珍。從人四五百，鬱鬱登郡門。

阿母謂阿女：「適得府君書，明日來迎汝。何不作衣裳，莫令事不擧。」阿女默無聲，手巾掩口啼，淚落便如瀉。移我琉璃榻，出置前窗下。左手持刀尺，右手持綾羅。朝成繡裌裙，晚成單羅衫。晻晻日欲暝，愁思出門啼。

府君聞此變，因求假暫歸。未至二三里，摧藏馬悲哀。新婦識馬聲，躡履相逢迎，悵然遙相望，知是故人來。擧手拍馬鞍，嗟嘆使心傷。「自君別我後，人事不可量。果不如先願，又非君所詳。我有親父母，逼迫兼弟兄。以我應他人，君還何所望！」府君謂新婦：「賀君得高遷。盤石方且厚，可以卒千年。蒲葦一時紉，便作旦夕間。卿當日勝貴，吾獨向黃泉。」新婦謂府吏：「何意出此言。同是被逼迫，君爾妾亦然。黃泉下相見，勿違今日言。」執手分道去，各各還家門。生人作死別，恨恨那可論！念與世間辭，千萬不復全。府吏還家去，上堂拜阿母。「今日大風寒，寒風摧樹木，嚴霜結庭蘭。兒今日冥冥，令母在後單。故作不良計，勿復怨鬼神。命如南山石，四體康且直。」阿母得聞之，零淚應聲落。「汝是大家子，仕宦於臺閣。愼勿爲婦死，貴賤情何薄。東家有賢女，窈窕艷城郭。阿母爲汝求，便復在旦夕。」

府吏再拜還，長歎空房中，作計乃爾立。轉頭向戶裏，漸見愁煎迫。其日牛馬嘶，新婦入靑廬。菴菴黃昏後，寂寂人定初。「我命絕今日，魂去尸長留。」攬裙脫絲履，擧身赴淸池。府吏聞此事，心知長別離。徘徊庭樹下，自掛東南枝。

兩家求合葬，合葬華山傍。東西植松柏，左右種梧桐。枝枝相覆蓋，葉葉相交通。中有雙飛鳥，自名爲鴛鴦。仰頭相向鳴，夜夜達五更。行人駐足聽，寡婦起徬徨。多謝後世人，戒之愼勿忘！

# 第八講　兩漢魏晉古詩

## 文學史的敘述

### 一、五七言古詩的興起

我國五言七言古詩，舊說五言始於李陵蘇武詩，七言起於漢武帝柏梁台詩，民國以來撰寫文學史的學者，分信古與疑古兩派，初期的學者，大多爲信古派，可以撰中國大文學史的謝旡量爲代表；五四運動以後，疑古之風日盛，後來的學者便卽一味疑古，五七言古詩起源舊說全部推翻，另立新說，可以撰中國文學發展史的劉大杰爲代表。茲先介紹謝、劉二氏主張於下：

(甲) 信古派謝書第三編中古文學史第四章第九節詩歌：

武帝既爲新聲，而當時始盛有五言七言之體。先是枚乘已作五言詩。然自來皆言五言始於蘇李，以古詩十九首中，有枚乘作者，特據玉台新詠耳。十九首果出蘇李前與否，未可知也，而七言及聯句之體，並出於是時。今略論之：

(一) **五言**：漢志不錄蘇李詩，隋始有漢騎都尉李陵集二卷。然河梁贈答，自古所傳，任昉曰：五言始自漢騎都尉李陵與蘇武詩，其來固已久矣。

元稹杜甫墓志曰：「蘇子卿李少卿之徒，工爲五言，雖文律各異，雅鄭之音亦雜，而詞意簡遠，指事言情，自非有爲而爲，則文不妄作。」秦少游云：「蘇李之詩，長於高妙。」

**（二）七言**：東方朔傳已有所作七言，今不可見矣。惟武帝柏梁詩，相傳爲七言及聯句之始。

柏梁詩元封三年作柏梁台，詔群臣二千石有能爲七言詩，乃得上坐。

日月星辰和四時，（帝）驂駕駟馬從梁來。（梁孝武王）郡國士馬羽林材。（大司馬）總領天下誠難治。（丞相石慶）和撫四夷不易哉。（大將軍衞青）刀筆之吏臣執之，（御史大夫倪寬）撞鐘伐鼓聲中詩。（太常周建德）宗室廣大日益滋。（宗正劉安國）周衛交戟禁不時。（衛尉路博德）總領從官柏梁台。（光祿勳徐自爲）平理請讞決嫌疑。（廷尉杜周）修飾輿馬待駕來。（太僕公孫賀）郡國吏功差次之。（大鴻臚壺充國）乘輿御物主治之。（少府王溫舒）陳粟萬石揚以箕。（大司農張成）徼道宮下隨討治。（執金吾中尉豹）三輔盜賊天下危。（左馮翊盛宣）盜阻南山爲民災。（右扶風李成信）外家公主不可治。（京兆尹）椒房率更領其材。（詹事陳掌）蠻夷朝賀常會期。（典屬國）枉枅欂櫨相枝持。（大匠）枇杷橘栗桃李梅。（太官令）走狗逐兔張罘罳。（上林令）齧妃女脣甘如飴。（郭舍人）迫窘詰屈幾窮哉。（東方朔）

按周頌學有緝熙於光明，七言之屬也。七言自詩騷外，柏梁以前，有甯封、皇娥、白帝子、擊壤、箕山、大道、狄水、獲麟、南山、采葛婦、成人、易水諸歌，俱七言。或曰始於擊壤，或曰已肇南山，或曰起自垓下。然兮哉類於助語，句體非全，惟甯封皇娥白帝諸歌，及句踐時河梁歌，略爲具體。然悉見於後人之書，疑是模擬之作。故自漢魏六朝，下及唐宋以來，迭相師法者，**實祖柏梁也**。

（乙）疑古派劉書第七章漢代的詩歌第三節五言詩的成長，討論五七言古詩的開始，先述(1)始於枚乘說。因枚乘是文景時代人，如據玉台新詠載枚乘雜詩九首（其中八首卽古詩十九首中詩）遂以爲五言詩之祖，決不會此後五言詩忽又中斷了，到東漢末年，再又興盛起來。(2)始於李陵說。舉前人疑李陵詩係僞作而判斷曰：「所舉的證據，雖極薄弱，而其觀點，却是合乎情理的。不過擬作時代，不會晚至齊梁，說是建安時代，較爲適當。」(3)西漢無五言詩說，他說：「西漢有五言詩，但是古詩十九首那樣完美的作品，西漢却沒有。」並據鍾嶸詩品：「舊疑是建安中曹王所製。」的話，斷定十九首全都產生於班固之後。又說：

「這種斷定，其中有一難題，便是「明月皎夜光」那首詩無法解決，此詩見文選古詩第七：「『明月皎夜光，促織鳴東壁。玉衡指孟冬，衆星何歷歷。白露沾野草，時節忽復易。秋蟬鳴樹間，玄鳥逝安適。昔我同門友，高擧振六翮。不念攜手好，棄我如遺跡。南箕北有斗，牽牛不負軛。良無磐石固，虛名復何益。』

「看詩中寫秋蟬促織的哀鳴，玄鳥的飛去，明是一首寫秋天景象的詩。但『玉衡指孟冬』一句如何解釋呢？李善注云：『春秋緯運斗樞曰：北斗七星第五曰玉衡。上云促織，下云秋蟬，明是漢之孟冬，非夏之孟冬矣。漢書曰：高祖十月至灞上，故以十月爲歲首，漢之孟冬，今之七月矣。』這解釋非常精確，沒有法子推翻他。古代曆法，代有不同。夏以正月爲歲首，正月爲寅月，故稱建寅，又稱夏正。殷以夏曆十二月爲歲首，十二月爲丑月，故稱建丑，周以夏曆十一月爲歲首，十一月爲子月，故謂建子。秦以夏曆十月爲歲首，十月爲亥月，故稱建亥。漢初承秦制，仍用秦曆。故詩中所說的孟冬十月，正合夏曆的七月，恰是初秋的景象，這樣一來，詩的文句便沒有矛盾了。到武帝太初元年，才廢秦曆，改用夏曆。因此，便可證明這一首詩的出生，一定是在武帝改曆之前。那末，他不僅是西漢的作品，並且又是枚乘李陵時代的作品了。

「在文學進化的歷史上，枚乘李陵的作品，我們是不能相信的，那末這一首詩，我們同樣不能相信。但在時令上，他却持着有力的證據。這又如何解釋呢？我想只有兩點。第一，此詩的原作，是出自武帝改曆以前，其形式字句，都是樂府民歌一類的雜言體，經過東漢建安文人的潤飾，才形成那樣完美的五言體。因此在時令上，還遺留着西漢初期的餘骸。

「其次，是政府宣佈改曆以後，這種事實還未遍及民間，因此民間還有沿用秦曆者。正如我們現在改用了陽曆多年，多少詩人詞客，還正在那裏做除夕中秋人日花朝一類的作品。這種現象，還不知道要繼續幾十百年，至於鄉村僻縣，絕不知道有陽曆這一回事，那是無須多說的。這時候人民的教育程度與交通的便利，比兩千年前的漢朝，當然是進步多了，但情形還是如此，那末我們這種推測，雖有過於想像之嫌，不是完全不可能的。

「我們雖是不承認枚乘李陵的作品，雖也不承認在西漢有古詩十九首那一類的詩歌。但我們仍是相信西漢時代已經有了五言詩。這種五言詩，是五言詩醞釀時代尚未完全成熟的作品，或是形式或是文字的技巧，都還帶有某種缺點或尚未發育完全的痕跡。」然後他舉戚夫人歌，李延年佳人歌等作證。並說：

「由西漢這種未成熟的五言體的演進，到東漢班固的詠史，是五言詩正式成立的一件主要史料。我們雖不能說班固以前再沒有人做過這種工作，但我們却可以相信五言詩到了班固時代，還只完成其外表的形式，沒有達到蘇李古詩那樣的文采。詠史詩雖沒有多大的文學價值，却有重要的歷史價值，現在把他錄在下面：

「『三王德彌薄，惟後用肉刑。太倉令有罪，就逮長安城。自恨身無子，困急獨煢煢。小女痛父言，死者不可生。上書詣闕下，思古歌雞鳴。憂心摧折裂，晨風揚激聲。聖漢孝文帝，惻然感至情，百男何憒憒，不如一緹縈。』

「班固以後，做這種新體詩的人自然就漸漸地多起來了。如張衡的同聲歌，秦嘉的贈婦詩，趙壹的疾邪詩，蔡邕的飮馬長城窟，酈炎的見志，孔融的雜詩，繁欽的定情詩，蔡文姬的悲憤詩，辛延年的羽林郎，宋子侯的董嬌嬈，都是有主名的完美的五言詩。其他如無名氏的古詩十九首以及擬託的蘇李詩一類的作品，大概也就在這時代產生了。由其文字的技巧，與五言詩的風格看來，這一批作品，是應該都出於詠史以後。

「『青青河畔草，綿綿思遠道。遠道不可思，夙昔夢見之。夢見在我旁，忽覺在他鄉。他鄉各異縣，展轉不可見。枯桑知天風，海水知天寒。入門各自媚，誰肯相爲言。客從遠方來，遺我雙鯉魚。呼童烹鯉魚，中有尺素書。長跪讀素書，書中竟何如。上有加餐食，下有長相憶。』（蔡邕飮馬長城窟，此篇或作無名氏之古辭，蔡另有翠鳥，亦爲五言。）

「由班固到蔡邕，在五言詩的藝術上的進步，有一條非常明顯的痕跡，由這一痕跡，我們更可瞭解文學演化的過程是漸進的，不是突變的。這些詩裏，古書中有的稱爲樂府，有的稱爲古詩，這些都無關重要，但我們要注意的，是張衡蔡邕之流都是作賦的古典文學的能手，但一作詩，就完全呈現着通俗文學的氣味，這無疑是受有當代樂府文學的影響的了。因了這種影響，使中國的詩歌，無論形式內容都得了新的生命，新的發展。胡適之氏說：『樂府這種制度在文學史上很有關係。第一，民間歌曲得了寫定的機會。第二，民間文學因此得有機會同文人接觸。第三，文人覺得民歌可愛，有時因文學上的衝動，忍不住要模倣民歌，因此他們的作品，便也往往帶着平民化的趨勢。』（白話文學史）這是說得極其確切的。我國的詩歌，自漢至唐，都脫離不了這種樂府文學的影響。

「由上面的叙述，關於漢代五言詩的進展，我們可以得到一個結論。西漢是五言的試驗和醞釀時期，班固張衡時代是五言的成立期，建安前後是五言的成熟與興盛。這種論斷，在好古者看來，自然不會滿意，然而我們爲得要尊重文學進展的歷史性，是必得要如此的。順便，我要在這裏提一提七言詩的問題，七言詩的成立，較五言爲遲。武帝時的柏梁聯句，傳爲七言之祖。但此詩眞實性久有人懷疑。再如高祖的大風歌，李陵的別歌，漢昭帝的淋池歌，和張衡的四愁詩，形式雖近乎七言，但句中多用兮字補足，明明是楚辭體的雜言，但在這裏已經呈現着七言詩體的醞釀狀態了。到了曹丕的燕歌行，才形成爲純粹的七言體。不過，當時作此種詩體者不多。故漢魏兩晉時代，只可看作是七言的醞釀試作期，而其正式的成熟，不得不待之於南北朝了。」

**（三）求眞派持平之論**：信古派先入爲主，甚少客觀的考察。其弊在於守舊；疑古派勇往直前，往往斷章取義，有隙卽攻，既經破壞，擅立新說，基礎不固，病在標新。試觀劉大杰對五言古詩始於枚乘說，枚乘五言，繼起無人，卽加否定，七言古詩始於曹丕，同樣繼起無人，則予認可，豈非自相矛眉！

於是持平之士，起而作求眞之探討。

持平求眞之法，在作全盤之考察，輔之以統計，以明客觀之事實。例如五七言古詩，濫觴於詩經。摯虞文章流別論，謂五言見於詩經者有召南行露之：「誰謂雀無角？何以穿我屋。」劉勰則云：「召南行露，始肇半章。」今人傅隸樸對詩經五言，作成統計，計斷句有三百五十七句，全章有三十六章（包括帶有兮字虛字之句），結論謂五言句形式已盛行於詩經，惟未注意全篇的五言。（見中國韻文概論一册一〇六面詩經五六七言句比較表）文開作全詩經字句統計，統計結果全詩經五言句共三九九句，而以魏風十畝之間全詩二章六句均爲五言，稱之爲五言之祖。（見詩經欣賞與研究四七一面及四七八面詩經字句統計表）十畝之間亦用兮字，不同於漢代五言古詩不用兮字以別於騷體，故尙與五言古詩有別。五言古詩之開始，仍當求之於西漢。詩經七言句傅氏統計得二十三句，文開統計則得二十五句，爲數亦不少。

漢代五言詩發展，方祖燊作全盤之探討，統計兩漢人所作五言詩共有二百八十餘首。其中無名氏古詩二十七首，無名氏樂府詩近三十首。五言歌謠諺語等可考者亦十五首。有名氏作品，西漢人所作三十餘首，建安前東漢人所作約二十首，建安時代一百六十餘首。（見方氏漢詩研究第一四五面至一四七面）探討結果爲：「五言詩體，創於西漢初，著於李陵蘇武，盛行於東漢建安時代。」「大概先流行於民間及倡優歌謠中，後來知識份子倣作，遂著名於世，發展至建安成爲風行一時之體，爲當時詩歌主流。」

方氏對劉大杰不承認古詩十九首中有西漢作品及李陵蘇武詩眞僞問題，撰「漢五言詩作者與時代問題的辨疑與新證」以檢討之。

歷來對古詩十九首時代，承認是兩漢之作。劉勰文心雕龍明詩篇說：「古詩佳麗，或稱枚叔（枚乘，西漢惠景時人）；其孤竹（冉冉孤生竹）一篇，則傅毅（東漢初人）之詞；比采而推，固兩漢之作乎。」李善注古詩十九首說：「古詩，蓋不知作者。或云枚乘，疑不能明也。詩云：『驅車上東門』（第十三首）又云：『游戲宛與洛』（第三首）此則辭兼東都，非盡乘作明矣。昭明以失其姓氏，故編在李陵之上。」洛陽是東漢的京都，上東門是洛陽城門名，因此李善認爲昭明將十九首編在李陵之上，表示這些作品都是早於李陵的枚乘所作，但第十三第三兩詩中旣有「驅車上東門」「游戲宛與洛」之句，應該是東漢作品，很明白的，十九首不全是枚乘作品了。後來更有人說：「『游戲宛與洛』篇內寫『洛中何鬱鬱，冠帶自相索。長衢羅夾巷，王侯多第宅。兩宮遙相望，雙闕百餘尺。』等句，明寫東漢洛陽的繁盛，西漢決無此景象。」（見中國之美文及其歷史一一二面）劉大杰更推而廣之，否認西漢有古詩十九首之類的作品，而認爲是蔡邕孔融蔡文姬等同時人的產品。

據方氏的考察，上東門是西漢初已有的城門名，則「驅車上東門」，也可以是西漢人的作品。西漢初高祖原欲定都洛陽，洛陽早就是王者的閭里。反之，東漢末董卓之亂，却把洛陽化爲灰燼。所以說這詩可以是西漢作品，却不可能是建安的曹（植）王（粲）所作或孔蔡同時人之作。而且劉大杰等對鍾嶸的話也是斷章取義。方氏云：「鍾嶸所謂古詩，也是指漢無名氏的作品。……他列古詩在上品卷首漢都尉李陵之前，並且說：『古詩，其體原出於國風，陸機所擬十四首，（十九首中「冉冉孤生竹」「去者日以疎」「生年不滿百」「凜凜歲云暮」「孟多寒氣至」「客從遠方來」六首以外十三首及枚乘「蘭若生春陽」一首）文溫以麗，意悲而遠，驚心動魄，可謂幾乎一字千金；其外『去者日以疎』（十九首之第十四）四十五首，雖多哀怨，頗爲總雜；舊疑是建安中曹、王所製。『客從遠方來』『橘柚垂華實』，亦爲驚絕矣；人代冥滅，而清音獨遠，悲夫！』十四首加四十五首，再加「客從遠方來」（十九首之第十八）「橘柚垂華實」，共六十一首。據此，可知當日鍾氏所見到無名氏的古詩很多。這些古詩的時代悠遠難詳，有部份作品前人疑爲建安時曹植、王粲所作。但他在分別評論各家作品時，又說：「魏文學劉楨，其源出於古詩。」「魏倉曹屬阮瑀……詩平典，不失古體。」由此，可知在鍾嶸的心目中，古詩的時代是遠比建安爲早，『漢、魏是有別的。』」

宋洪邁容齋隨筆五筆卷十四以「盈」字爲漢惠帝名，漢法觸君諱者有罪，七世之內當避諱，所以說：「若李陵詩：『獨有盈觴酒。』枚乘詩：『盈盈一水間。』（十九首之第十）二人皆在武、昭之世，而不避諱，又可知其爲後人之擬作，而不出於西京矣。」方氏舉明王世貞藝苑巵言載周嬰及駁洪邁的「臨文不諱」說以解釋西漢諸人多不諱盈字之故，以證枚李詩中有「盈」字，仍爲枚李詩。並對李陵蘇武詩詳加考證，以說明其非僞。又提出十九首中第十二「東城高且長」中既云歲暮，又曰秋草蟋蟀，第十六「凜凜歲云暮，螻蛄夕鳴悲」螻蛄也是秋蟲，這兩首都是武帝太初以前作品。蓋漢初虞姬答項王歌：「漢兵已略地，四面楚歌聲。大王意氣盡，賤妾何聊生！」已具五言形式。略後之戚夫人歌亦五言。漢世五言，先流行於民間歌謠，故摯虞說：「俳諧倡樂多用之。」虞姬戚夫人都是能歌善舞的人，她們作歌用五言體，一定是從民歌倡樂而來。五言在民間醞釀了很久，到枚乘（—公元前一四〇）時代，上距虞姬（—公元前二〇二），戚夫人（—公元前一九五），已達半世紀以上，有傑出的作者來運用，自會產生出成熟的作品來。把枚乘、無名氏、蘇武、李陵，以至西漢末班婕妤一連串的作品都抹殺是不公平的。至於說班固的詠史詩不好，那是他倫理敎化氣息太濃之故。就是後代名家，古詩十九首的擬作不下千百人，夠得上一半好的，一個都沒有。枚李以後五言詩不發達，這是受漢賦成爲正統主流，大家醉心作賦，無人倡導所限制。建安時曹操父子出來倡導作樂府歌詩，五言便一下子興盛，取代漢賦，這也是文學自然的發展。綜觀兩漢五言詩，源長流細，建安除外，也共有一百三十多首。其發展情形，頗爲自然合理。

關於七言詩的起源，方氏也探討武帝柏梁聯句，是否可靠。他寫了一篇「漢武帝柏梁臺詩考」探尋此詩何時被起疑？何以被疑？據淸錢曾讀書敏求記，此詩每句作者但稱官位，而不標名，標名氏的只有最後兩句的作者郭舍人與東方朔。藝文類聚中「作者官位」原注在每句上面，而宋朝韓元吉本古文苑中所載，已改在每句之下。到紹定年間章樵注古文苑，在官位之旁又另一行注作者名氏。例如第二句原注「梁王」，他又旁書「孝王武」，後來刻本與諸家選集，又删去一「王」字寫成一行爲「梁孝王武」。顧炎武發現章樵所注作者姓名好幾人不符。因爲柏梁臺詩作於元封三年，這時梁孝王劉武早已過世三十六年，這時的梁王，已是梁孝王的孫子平王劉襄。所以顧氏在日知錄指出柏梁臺詩不可靠。但近人丁福保在全漢三國晉南北朝詩緒言中，已指出謬誤在「章樵增注，妄以其人實之。」李曰剛更作「七言起於漢武柏梁考辨」以證柏梁詩之非僞。柏梁詩最早載西漢人所著東方朔別傳，後人編漢武帝集時也予採錄。晉辛氏編三秦記，載漢武柏梁舊事，均錄此詩，流傳便日廣。這樣，方祖燊又矯正了劉大杰文學發展史對柏梁爲七言之祖的否定。

現在關於五七言古詩的起源問題，可以獲得適當的解決，就是五言七言，都濫觴於三百篇，五言至西漢枚叔蘇李而成立，至建安年間而極盛；七言始於武帝時柏梁詩，至曹丕燕歌行而成立。這與信古派謝无量等的主張雖無甚出入，但這是考證求眞的結果，不是主觀的信古。

## 二、兩漢古詩

西漢第一個古詩作家，當推枚乘，枚乘的生平已在漢賦時代介紹過。這裏講他的五言古詩。徐陵玉臺新詠載有枚乘雜詩九首，除八首與昭明文選所載古詩十九首中詩相同外，另外一首是「蘭若生春陽」。他的這九首詩，得到了鍾嶸的讚美。鍾嶸稱陸機有擬作的古詩十四首，「文温以麗，意悲而遠；驚心動魄，幾乎一字千金。」鍾嶸所指的十四首古詩，就是枚乘詩九首，另外五首是古詩十九首中第三首「靑靑陵上柏」，第四首「今日良宴會」，第七首「明月皎夜光」，第十一首「廻車駕言邁」，第十三首「驅車上東門」。鍾嶸所評古詩共六十一首，除陸機擬過的十四首予以最高評價外，其餘「去者日以疏」（這首卽十九首中第十四首）等四十五首，就「頗爲總雜」。舊疑是建安年間曹植王粲所作的「客從遠方來」（卽十九首中第十八首）「橘柚垂華實」兩首，也是「驚絕」之作。

茲錄枚乘的「西北有高樓」（十九首的第五首）「東城高且長」（十九首的第十二首）於下，以見枚詩一斑：

西北有高樓，上與浮雲齊。交疏結綺窗，阿閣三重階。上有絃歌聲，音響一何悲！誰能爲此曲？無乃杞梁妻。清商隨風發，中曲正徘徊。一彈再三歎，慷慨有餘哀。不惜歌者苦，但傷知音稀。願爲雙鳴鶴，奮翅起高飛。（鳴鶴，玉臺作鴻鵠）

東城高且長，逶迤自相屬。迴風動地起，秋草萋已綠。四時更變化，歲暮一何速？晨風懷苦心，蟋蟀傷局促。蕩滌放情志，何爲自結束？燕趙多佳人，美者顏如玉，被服羅裳衣，當戶理清曲。音響一何悲？絃急知柱促，馳情整巾帶，沈吟聊躑躅。思爲雙飛燕，銜泥巢君屋。

這兩首都寫音樂的感人。前一首傷知音之稀，後一首則歎歲月飛逝，須及時行樂。前一首可推知枚乘古詩受民間樂歌的影響，後一首則追踪國風，所引「晨風」係秦風篇名，「蟋蟀」係唐風篇名，均爲周代名歌。清沈德潛評古詩十九首曰：「反覆低徊，抑揚不盡，使讀者悲感無端，油然善入，此國風之遺也。」枚詩八首可以當之。（枚詩另六首見作品欣賞）

古詩十九首中除枚乘八首外，可確指爲與枚詩同時作品者，尙有兩首，卽第七首「明月皎夜光」，第十六首「凜凜歲云暮」，共爲十首。被認爲東漢之作者四首，卽第八首「冉冉孤生竹」（東漢初年傅毅作）第十八首「客從遠方來」（疑是建安中曹王作）第三首「青青陵上柏」第十三首「驅車上東門」（涉及東都洛陽者）。其餘不辨其爲西漢抑東漢者，剩有第四首「今日良宴會」，第十一首「廻車駕言邁」，第十四首「去者日以疎」，第十五首「生年不滿百」，第十七首「孟冬寒氣至」，共五首。十九首蓋蕭統所選兩漢古詩中最佳作品，而以西漢之作爲多。太初改曆前枚乘等作品卽達十首，故列於李陵蘇武之前。茲再錄東漢作品「冉冉孤生竹」一首於下：

冉冉孤生竹，結根泰山阿。與君爲新婚，菟絲附女蘿。菟絲生有時，夫婦會有宜。千里遠結婚，悠悠隔山陂。思君令人老，軒車來何遲？傷彼蕙蘭花，含英揚光輝；過時而不采，將隨秋草萎。君亮執高節，賤妾亦何爲！

此詩不在十四首陸機擬作範圍內，但亦有好評，沈德潛曰：「悠悠隔山陂，情已離矣，而望之無已，不敢作決絕怨恨語，溫厚之至也。」此詩未婚妻怨其夫遲不迎親，開頭用比喻法，平平鋪敘，十二句皆爲「過時而不采，將隨秋草萎」兩句作勢。結句深一步，委婉而又自重其品，卽「溫厚」之處。

五言古詩大多受樂府詩影響，而文人所作古體詩也有播爲樂章的。所以古詩與樂府難於判分。十九首中第十三首入樂，卽稱「驅車上東門行」而傅毅這首詩在樂府中稱爲「冉冉孤生竹行」。

古詩十九首的總評，可以沈德潛的做代表：㈠十九首大率逐臣棄妻朋友，闊絕死生新故之感，中間或寓言，或顯言，反覆低徊，抑揚不盡。使讀者悲感無端，油然善入，此國風之遺也。」㈡「言情不盡，其情乃長，後人患在好盡耳。讀十九首，應有會心。」㈢清和平遠，不必奇闢之思，驚險之句，而漢京古詩，皆在其下。五言中，方員之至。」

枚乘之後，繼起有蘇李。李陵古詩文選收「與蘇武詩」三首，古文苑收「別詩」八首，其中二首不全。蘇武古詩文選收四首。（玉臺新詠錄留別妻一首卽文選「結髮爲夫妻」一首）古文苑收別李陵（雙鳧俱北飛）答詩（童童孤生柳）等二首，共存六首。六朝人一致認蘇李是漢代五言詩名家。梁任昉云：「五言詩創於漢都尉李陵與蘇武詩」（文章緣起）鍾嶸詩品自序也說：「逮漢李陵，始著五言之目。」又曰：「子卿（蘇武字）雙鳧……五言之警策。」到唐朝而公認五言起於蘇李。白居易與元九書云：「五言始於蘇李」獨孤及則說：「五言詩之源，生於國風，廣於離騷，著於李蘇，盛於曹劉。」只有宋人嚴羽，還注意到枚乘，也只說：「五言起於李陵蘇武，或云枚乘。」蘇李詩最爲人稱道的是相互贈別之章，各錄一首於下：

良時不再至，離別在須臾。屛營衢路側，執手野蜘蹰。仰視浮雲馳，奄忽互相踰；風波一失所，各在天一隅。長當從此別，且復立斯須。欲因晨風發，送子以賤軀。（李陵）

燭燭晨明月，馥馥我蘭芳。芬馨良夜發，隨風聞我堂。征夫懷遠路，遊子戀故鄉。寒冬十二月，晨起踐嚴霜。俯觀江漢流，仰視浮雲翔。良友遠離別，各在天一方。山海隔中州，相去悠且長。嘉會難再遇，歡樂殊未央。願君崇令德，隨時發景光。（蘇武）

李陵蘇武故事見第四講作品欣賞「蘇武傳」。

與蘇李同時期作品尚有李延年佳人歌，卓文君白頭吟。稍後有成帝時班婕妤團扇詩等，則均與樂府有關。

東漢明帝時班固的詠史詩，已見前文，順帝時張衡的同聲歌，桓帝時秦嘉的贈婦詩，都載於玉臺新詠；靈帝時趙壹的疾邪詩二首，均載後漢書趙壹傳中。玆錄蔡邕的翠鳥詩於下：

庭陬有石榴，綠葉含丹榮。翠鳥時來集，振翼修形容。回顧生碧色，動搖揚縹青。幸脫虞人機，得親君子庭。馴心托君素，雌雄保百齡。（蔡中郎集）

蔡邕以後入於建安時代，五言古詩在曹操曹丕父子的提倡之下，便如繁花怒放般頓呈一片燦爛景象。除曹氏父子及建安七子外，尚有繁欽、仲長統、蔡琰等人。

曹操（一五五—二二〇）以擅長擬樂府詩著名，前一講已論及，玆錄其建安十年北越太行山征高幹時所作苦寒行於下：

北上太行山，艱哉何巍巍！羊腸坂詰屈，車輪爲之摧。樹木何蕭瑟，北風聲正悲。熊羆對我蹲，虎豹夾路啼。谿谷少人民，雪落何霏霏！延頸長歎息，遠行多所懷。我心何怫鬱，思欲一東歸。水深橋梁絕，中路正徘徊。迷惑失故路，薄暮無宿棲。行行日已遠，人馬同時饑。擔囊行取薪，斧冰持作糜。悲彼東山詩，悠悠使我哀！

此詩寫出征行軍的艱苦，如在目前，而其悲壯蒼涼，卓絕千古！

曹丕（一八七—二二六）也以樂府詩揚名，今存二十二首。他的燕歌行二首，更是七言詩成熟的里程碑。茲錄第一首於下：

秋風蕭瑟天氣涼，草木搖落露爲霜。（一解）羣燕辭歸雁南翔，念君客遊多思腸。（二解）慊慊思歸戀故鄉，君何淹留寄他方？（三解）賤妾煢煢守空房，憂來思君不敢忘。（四解）不覺淚下霑衣裳，援琴鳴絃發清商。（五解）短歌微吟不能長，明月皎皎照我牀。（六解）星漢西流夜未央，牽牛織女遙相望，爾獨何辜限河梁？（七解）

他的古體詩存十八首，仍以五言爲主。例如：

乘輦夜行遊，逍遙步西園。雙渠相溉灌，嘉木繞通川。卑枝拂羽蓋，脩條摩蒼天。驚風扶輪轂，飛鳥翔我前。丹霞夾明月，華星出雲間。上天垂光彩，五色一何鮮。壽命非松喬，誰能得神仙？遨遊快心意，保己終百年。（芙蓉池作）

兄弟共行遊，驅車出西城。野田廣開闢，川渠互相經。黍稷何鬱鬱，流波激悲聲。菱芡覆綠水，芙蓉發丹榮。柳垂重蔭綠，向我池邊生。乘渚望長洲，羣鳥讙譁鳴。萍藻泛濫浮，澹澹隨風傾。忘憂共容與，暢此千秋情。（於玄武陂作）

這兩詩作於建安十五年築銅雀臺後。於時，鄴都日趨繁華，丕爲五官中郎將，立爲魏太子，常設酒讌客，遊賞園池，兩詩文采宛麗精綺，卽寫此時情景之作。陳倩父稱之曰建安體。其實唐人所追踪的建安風骨，在取其「淸眞」，「綺麗」則不足珍也。蓋建安詩能取樂府民歌眞樸之長，而棄其俚俗，故唐人貴其「淸眞」也。

曹丕的五言詩，以征吳時寫思鄉之情兩首雜詩爲最佳。王船山評謂：「可與『行行重行行』（古詩）『攜手上河梁』（李陵詩）狎主齊盟者。」這是曹丕追踪十九首與蘇李詩的產品，也才是表現建安風骨之作。雜詩二首照錄於下：

漫漫秋夜長，烈烈北風涼。展轉不能寐，披衣起彷徨。彷徨忽已久，白露沾我裳。俯視淸水波，仰看明月光。天漢廻西流，三五正縱橫。草蟲鳴何悲，孤雁獨南翔。鬱鬱多悲思，緜緜思故鄉。願飛安得翼？欲濟河無梁。向風長歎息，斷絕我中腸。

西北有浮雲，亭亭如車蓋。惜哉時不遇，適與飄風會。吹我東南行，行行至吳會。吳會非我鄉，安能久留滯？棄置勿復陳，客子常畏人！

建安七子的名稱來自曹丕的典論論文：

今之文人：魯國孔融、廣陵陳琳、山陽王粲、北海徐幹、陳留阮瑀、汝南應瑒、東平劉楨：斯七子者，於學無所遺，於辭無所假，咸以自騁驥騄於千里，仰齊足而並馳。

七人都在曹丕卽帝位前逝世，其詩文實在都是東漢末年作品。其中五言古詩，以劉楨最爲有名，其次是阮瑀、王粲，茲錄劉楨贈從弟三首於下：

汎汎東流水，磷磷水中石，蘋藻生其涯，華紛何擾弱。采之薦宗廟，可以羞嘉客。豈無園中葵？懿此出深澤。

亭亭山上松，瑟瑟谷中風；風聲一何盛，松枝一何勁。冰霜正慘愴，終歲常端正；豈不羅凝寒？松柏有本性。

鳳凰集南嶽，徘徊孤竹根，於心有不厭，奮翅凌紫氛。豈不常勤苦？羞與黃雀羣。何時當來儀？將須聖明君。

這些贈人之作，全用比體，蘋藻、山松、鳳凰，喻他的從弟，寄意超逸，絕世脫俗，非當時趨勢求利不重名節的文士可比，實爲短章佳作。

此外繁欽（一二一八年）以定情詩聞名，仲長統僅存寫老莊的述志詩二首。

蔡琰，字文姬，蔡邕之女，博學有才辯，妙解音律。初嫁衞仲道，夫亡無子，歸寧娘家。東漢末年，天下大亂，爲胡騎擄去，沒於南匈奴左賢王，在匈奴住了十二年，生了兩個兒子。曹操素與蔡邕善，悲其無嗣，派使者用金璧把她贖回，再嫁屯田都尉董祀。文姬感傷亂離，追懷悲憤，作詩二章，一爲五言體，一爲楚辭體，均見後漢書列女傳董祀妻傳。五言一首，長達五百四十字，爲不朽的長篇抒情敘事詩，與民歌孔雀東南飛爲無獨有偶之傑作。戴君仁先生撰有蔡琰悲憤詩考證一文，詳加考證，對於瞭解此詩很有幫助。另有胡笳十八拍一篇，載郭茂倩樂府詩集，疑是唐人作品。

## 三、魏晉古詩

五言古詩，到建安而興盛，入魏而曹植詩達於最高峯。曹植才高遭忌，有意立功而展翼無從。此後詩人大多高談玄學，轉入隱逸之途。正始年間，竹林七賢最負時譽，其中阮籍詠懷詩八十二首，寄興深遠，足堪代表。

西晉太康年間詩人，以三張二陸兩潘一左爲最有名，他們的詩，趨向於輕綺的作風，爲六朝唯美文學的開創者。

東晉詩人，早期有劉琨郭璞，郭氏以遊仙詩十四首別創一格；中期出現佛教詩人，以詩僧支遁爲代表；晚期陶淵明五言古詩達最高境界，亦爲兩漢魏晉五言古風之終結。此後中國文壇，便正式步入唯美文學時代。

首述曹植（一九二—二三二）。植字子建，生於獻帝初平三年，曹丕的同母弟，十來歲就會寫很好的文章，建安十七年（二一〇）他才十九歲，便以銅雀臺賦震驚當時。他在二十八歲以前的建安時代，也寫下了很多詩歌，遊覽公讌的，有公讌詩、侍太子坐、鬥鷄、當車以駕行、當來日大難、妾薄命等，正如謝靈運所稱是：「不及世事，但美遨遊」的詩。雖造語美麗，詞多修飾，句頗駢對，爲建安七子所不及，但這些前期作品，不足以代表子建的成就。他的傑作大多爲後期作品。正如曹丕的重要詩都作於建安時代，入魏的黃初年間，佳作較少，所以我們毅然以曹丕歸入東漢末的建安時代，而以曹植歸入魏初叙述。

建安二十五年（二二〇）正月，曹操卒，曹丕嗣爲魏王，因過去曹植曾和他爭位，就將曹植的黨羽丁儀兄弟二人藉故下獄。淸吳汝綸謂子建的野田黃雀行就作於此時。詩曰：

高樹多悲風，海水揚其波。利劍不在掌，結友何須多？不見籬間雀，見鷂自投羅。羅家得雀喜，少年見雀悲。拔劍捎羅網，黃雀得飛飛。飛飛摩蒼天，來下謝少年。

由詩中「利劍不在掌，結友何須多？」二句可見其心境非常沈重悲傷。

是年十一月，丕受禪即帝位，改元黃初，國號魏。植以漢獻帝遇害，發喪悲哭，丕更猜嫌。不久丕遣植與諸侯返國，植回臨淄，作鞞舞歌五首以頌丕。但是監國謁者灌均，希旨彈劾植「醉酒悖慢，刼脅使者」，東郡太守王機等多起來檢擧他，於是他連遭迫害。魏略云：「植入京謝罪，文帝不見；卞太后以爲自殺，對帝泣。及植負鈇鑕徒跣，詣闕下，帝猶嚴顏色，不與語。」劉義慶世說新語文學篇載文帝迫植作七步詩，尤悔篇又載：文帝將任城王曹彰毒死，又要殺植，卞太后云：「汝不得復殺我東阿！」（植於明帝太和三年始封爲東阿王，此乃劉義慶之疏忽。）植於黃初二年自臨淄貶安鄉（河北無極）侯，又改爲鄄城（山東濮縣）侯。三年改鄄成王，四年徙封雍丘（河南杞縣）王。是年，召他入京覲見，給他極大的安慰。他作責躬、應詔二詩，希望文帝起用他，建旗東征孫權，立功贖罪。但入朝結果，更加絕望，兄弟間感情並未好轉。任城王彰又在這時被毒死，曹植和白馬王彪離京東歸，監國使者又不讓他們兄弟同路共宿，感觸更深，滿懷憤慨，於是寫下了贈白馬王彪這篇七章八十句一氣呵成的傑作。黃初年間的作品還有雜詩四首、七哀詩、朔風詩、盤石篇、吁嗟篇等，也都是感人極深，膾炙人口的。這些詩的特色，和他前期建安年間應酬唱和，遊宴歌舞之詩，迥然不同，已是洗盡鉛華，歸趨眞樸，寫來委婉纏綿，寄託悠深，而又淸新感人，「淸眞」兩字，足堪當之。茲錄雜詩兩首於下：

高臺多悲風，朝日照北林。之子在萬里，江湖迥且深。方舟安可極？離思故難任。孤雁飛南遊，過庭長哀吟。翹思慕遠人，願欲託遺音。形影忽不見，翩翩傷我心。

南國有佳人，容華若桃李。朝遊江北岸，夕宿瀟湘沚。時俗薄朱顏，誰爲發皓齒？俯仰歲將暮，榮曜難久恃。

據陳祚明、黃節等推斷，這兩首都是懷念白馬王彪之作，「之子」「佳人」指彪而言。而七哀詩自然高妙，意味無窮，尤爲千古絕響。詩曰：

明月照高樓，流光正徘徊。上有愁思婦，悲嘆有餘哀。借問歎者誰？言是客子妻。君行踰十年，孤妾常獨棲。君若清路塵，妾若濁水泥。浮沈各異勢，會合何時諧？願爲西南風，長逝入君懷。君懷良不開，賤妾當何依？

這等詩，過去注釋都認爲是「思君」「望文帝悔悟」的寄託之作。近代學人，則認爲非曹植有意寄託，只是他的遭遇與心情，與棄婦相似，故於歌詠愁思閨怨詩中，無意間流露了自己身世之感，所以特別眞摯動人。蘭莊詩話曰：「子建詩質樸渾厚，春容雋永。風調非後人易到，陳子昂、李太白、慕以爲宗，信乎晉以下鮮其儷也！」

曹丕卒，子叡卽位，是爲明帝，對植較爲寬大。太和元年（二二七）改封植爲浚儀（河南祥符）王。二年，復還雍丘。三年改封東阿（山東阿城）。六年封陳王。六年間每欲求用，不果。魏書本傳說：「植每欲求別見獨談，論及時政，幸冀試用，終不能得。旣還，悵然絕望，遂發疾薨，時年四十一。」諡號思，葬於東阿魚山。

正始（魏廢帝芳年號）詩人，以竹林七賢之一的阮籍（二一〇—二六二）爲代表。籍字嗣宗，陳留尉氏人，阮瑀之子。容貌瓌傑，志氣宏放，常傲然獨得。他任性不羈，而喜怒不形於色。或閉戶讀書，數月不出，或登山臨水，經日忘返。博覽羣書，尤好老莊。嗜酒，能嘯，善彈琴。太尉蔣濟聞其才名，辟爲吏，勉強赴任，不久即謝病歸。後爲尚書郎，旋亦病免。曹爽秉政，召爲參軍，以病辭不就。籍本有濟世懷抱，時魏晉之際，政治黑暗，名士很少保全生命的，因此他不與世事，以酣飲爲常。司馬昭想爲其子炎求婚於阮家，他一醉六十日，不得言而止。後昭引爲大將軍從事中郎，他聽說步兵營人善釀，有貯酒三百斛，乃求爲步兵校尉。所以後人稱爲阮步兵。他雖厭惡禮教的束縛，放浪形骸，但秉性淳正，尤多孝行。母死，吐血數升，毀瘠骨立。能作青白眼，居母喪時，對一般弔客，均以白眼對之，只有嵇康齎酒挾琴而來，乃見青眼。因而禮法之士，疾之若仇。年五十四，卒於家。有阮步兵集十卷。其中以詠懷詩八十二首，寄興深遠，爲世所重。李善文選注說：「嗣宗身仕亂朝，常恐罹謗遇禍，因茲登詠，每有憂生之嗟。雖志在刺譏，而文多隱避。百代之下，難以猜測。故粗明大意，略其幽旨也。」唐陳子昂感遇詩，李白古風，皆受其影響。茲錄其詠懷三首於下：

夜中不能寐，起坐彈鳴琴；薄帷鑑明月，清風吹我襟。孤鴻號野外，翔鳥鳴北林，徘徊將何見？憂思獨傷心！（其一）

嘉樹下成蹊，東園桃與李；秋風吹飛藿，零落從此始。繁華有憔悴，堂上生荊杞；驅馬舍之去，去上西山趾。一身不自保，何況戀妻子？凝霜被野草，歲暮亦云已。（其三）

林中有奇鳥，自言是鳳凰，清朝飲醴泉，日夕棲山岡。高鳴徹九州，延頸望八荒，適逢高風起，羽翼自摧藏。一去崑崙西，何時復飛翔？但恨處非位，愴悢使心傷！（其七九）

竹林七賢中嵇康（二二三—二六二）字叔夜，官至中散大夫，善琴，其廣陵散一曲，不肯傳人，及遇害，竟成絕響。今存詩五十九首。劉伶，字伯倫，家貧好飲，常乘鹿車，携一壺酒，使人荷鍤隨之，曰：「死便埋我。」其妻勸令戒酒，因作酒德頌傳於世。其詩今存北芒客舍詩一首。其他山濤、向秀、阮咸、王戎四人，均無作品流傳下來。

竹林七賢以外，正始詩人，尚有應瑒之弟應璩（一九四—二五二）今存詩七首；何晏（—二四九）今存詩二首；傅玄（二一七—二七八）今存詩六十四首，較爲有名。

公元二六三年，司馬炎遣鍾會滅蜀；二六五年受魏禪，改元泰始，是爲晉武帝。二八〇年滅吳，三國統一，改元太康，二八九年司馬炎逝世，惠帝即位。太康僅十年，但爲西晉最盛時，詩人之多，且超過建安與正始。鍾嶸詩品云：「太康中，三張、二陸、兩潘、一左，勃爾復興，踵武前王，風流未沫，亦文章之中興也。」三張是張華、張載、張協；二陸是陸機、陸雲；兩潘是潘岳、潘尼；一左是左思。八人中以陸機（二六一—三〇三）潘岳（—三〇〇）左思（—三〇六）三人成就較高。

陸機字士衡，爲吳名將陸遜之孫，天才秀逸，辭藻宏麗，張華說他：「咀嚼英華，厭飫膏澤，文章之淵泉。」但過於重視形式美，專趨排偶，缺乏空靈矯健之氣，遂爲梁陳唯美文學之先聲。詩存一〇四首，錄其赴洛道中作一首於下：

總轡登長路，嗚咽辭密親，借問子何之？世網嬰我身。永歎遵北渚，遺思結南津。行行遂已遠，野塗曠無人。山澤紛紆徐，林薄杳阡眠。虎嘯深谷底，鷄鳴高樹巔。哀風中夜流，孤獸更我前。悲情觸物感，沉思鬱纏綿，佇立望故鄉，顧景悽自憐。

潘岳字安仁，是出名的美男子。少時挾彈出洛陽道，婦人遇之，皆連手縈繞，投之以果，至滿載而歸。岳辭藻絕麗，存詩十八首。大率「爛若舒錦，無處不佳」。抒情寫景，均有清麗悽惋的風格。其悼亡詩最有名，錄一首於下：

望廬思其人，入室想所歷。幃屛無髣髴，翰墨有餘跡。流芳未及歇，遺掛猶在壁。悵怳如或存，周遑忡驚惕。

左思字太冲，以構思十年成三都賦，競相傳寫，洛陽爲之紙貴，聞名於世。今存詩十四首，其中詠史八首，雄健俊邁，最爲傑出。招隱二首亦挺拔勁遒。謝靈運曾言：「太冲詩古今難匹。」王士禎以爲左思、劉琨、郭璞爲晉詩三傑。錄其詠史一首於下：

皓天舒白日，靈景耀神州。列宅紫宮裏，飛宇若雲浮。峨峨高門內，藹藹皆王侯，自非攀龍客，何爲欻來遊！被褐出閶闔，高步追許由；振衣千仞岡，濯足萬里流。

東晉早期詩人，以劉琨（二七〇—三一七）郭璞（二七六—三二四）兩人較傑出。

劉琨字越石，少年儁朗，以雄豪著聞。聞友人祖逖被用，卽與親故書云：「吾枕戈待旦，志梟逆虜，常恐祖生先吾着鞭。」後統諸軍奉迎惠帝於長安，以功封廣武侯。愍帝卽位，拜大將軍。元帝渡江，復加太尉，以琨與匹磾同討石勒遭忌，被匹磾縊殺，年四十八。琨富於血性，志存晉室，爲文悲涼酸楚，託意雄深，爲當時諸詩人冠。今存詩三首，錄其重贈盧諶如下：

功業未及建，夕陽忽西流；時哉不我與，去乎若雲浮。朱實隕勁風，繁英落素秋；狹路傾華蓋，駭駟摧雙輈。何意百鍊剛，化爲繞指柔！

郭璞字景純，博學有高才，精五行天文卜筮之術。西晉末，避地東南，王導深重之。元帝卽位，著江賦，文體雄偉，爲世所稱。曾註爾雅、方言、穆天子傳、水經、楚辭、子虛上林賦等。存詩二十二首，以遊仙詩十四首最著名，錄其二首於下：

翡翠戲蘭苕，容色更相鮮。綠蘿結高林，蒙蘢蓋一山。中有冥寂士，靜嘯撫清絃。放情凌霄外，嚼蕊挹飛泉。赤松林上遊，駕鴻乘紫煙。左挹浮丘袖，右拍洪崖肩。借問蜉蝣輩，寧知龜鶴年！

清溪千餘仞，中有一道士。雲生梁棟間，風出窗戶裏。借問此何誰？云是鬼谷子。翹跡企潁陽，臨河思洗耳。閶闔西南來，潛波渙鱗起。靈妃顧我笑，粲然啓玉齒。蹇修時不存，要之將誰使？

這可說是道語仙心的玄虛文學之代表。

支遁（—三六六）字道林，本姓關，陳留人。年二十五出家，入剡，於沃州小嶺立寺行道。晉哀帝時，在東安寺講道三年。太和元年卒。存詩十六首，以外來佛語闡說佛理，比喻精美，而富形象。其詠懷詩尤多玄妙之旨。選錄一首於下：

廓矣千載事，消液歸空虛。無矣復何傷，萬殊歸一途。道會貴冥想，罔象掇玄珠；悵快濁水際，幾忘映清渠。反鑒歸澄漠，容與含道符。心與理理密，形與物物疏。

陶淵明（三七二—四二七）一名潛，字元亮，潯陽柴桑人。他是屈原以後我國最偉大的詩人。他的偉大處是能夠將他的人生思想的全部，和他的作品溶成一片，在那裏活動着一個共同的生命，一個共同的靈魂，不像其他作家般作品和行爲分得開來，令人在那空隙裏發現着虛僞和做作。

淵明有煊赫的家世，他的曾祖是晉朝的名將陶侃，他的外祖父孟嘉也做過征西大將軍。但他們都是恬淡自守的人，沒有留給他許多財富，而他自己又是人品高尚，任眞自得的人，所以家貧如洗，不得不躬耕養母，有時還乞食鄰里。初以親老家貧，起爲州祭酒，不堪吏職，不久即自解歸。州招主簿，亦不就。時天下不寧，各地將帥，互起爭雄，淵明有澄清的抱負，往爲劉牢之的鎮軍參軍；復爲劉敬玄的建威參軍，均有才未展。義熙元年，任彭澤令，僅八十日，值郡遣督郵至縣，吏請束帶接見，他歎道：「我不能爲五斗米，折腰向鄉里小兒！」乃解印棄官回家，賦歸去來辭以見志。旋徵著作郎，不就。惟耕讀爲生，飲酒賦詩自樂，著五柳先生傳以自況。元熙中，刺史王弘慕其高風，親臨其舍，稱疾不見。弘每令人候之，密知其當往廬山，乃遣其故人龐遵齎酒先於半路要之。淵明遇酒，便引酌野亭，欣然忘進。弘乃出與相見，遂歡宴終日。弘後欲見，輒於林澤間候之。至酒米缺乏，亦時相贍贖。親朋好事，或載酒而往，淵明亦不辭。性愛菊，每採菊飲酒，亦樂而忘憂。不解音樂，而蓄素琴一張，弦徽不具。每朋酒之會，則撫而和之。曰：「但識琴中趣，何勞弦上聲！」宋元嘉四年卒，年五十六歲，世號靖節先生。有陶淵明集十卷傳世。其中四卷爲詩，計四言九題四十四章，五言四十八題一百十四首。

魏晉思想，是儒家失勢，佛老興盛的時代。而陶淵明是魏晉思想的淨化者，他的哲學文藝以及人生觀，都是浪漫的自然主義的最高表現。論者以爲在他的思想裏，有儒道佛三家的精華而去其惡劣的習氣。他有律己嚴正肯負責任的儒家精神，而不爲那種虛僞的禮法與破碎的經文所陷；他愛慕老莊那種清靜逍遙的境界，而不與那些頹廢荒唐的清談名士同流；他有佛家的空觀與慈愛，而不沾染一點下流的迷信色彩。因此我們在他的作品裏，時時發現各家思想的精義，而又不爲某家所獨占。在這種地方，就正顯出他思想背境的豐富和他作品的偉大。前人以渾金璞玉比擬淵明的眞率，他的和郭主簿第二首中詠松菊的「懷此貞秀姿，卓爲霜下傑」，可作他崇高人格和純潔生命的寫照。鍾嶸詩品，推他爲「千古隱逸詩人之宗」；楊龜山語錄評其詩曰：「淵明詩所不及者，冲澹深粹，出於自然」；劉朝箴也說：「平淡自得，無事修飾，皆有天然之趣」。但朱熹則說：「淵明詩，人皆說平淡，余看他自豪放。但豪放得來不覺耳！其露出本相者，是詠荆軻一篇，平淡底人，如何說得出這樣言語來？」蘇軾則說：「余於詩人，無所甚好，獨好淵明之詩。淵明作詩不多，然其詩質而實綺，癯而實腴，自曹劉鮑謝李杜諸人，皆莫及也。」

現代學者，都稱淵明爲田園詩人，他給後代詩人的影響很大：唐詩中王維得其清腴，孟浩然得其閒遠，儲光羲得其淳樸，韋應物得其冲粹，柳宗元得其峻潔，白居易得其冲瀟。而宋代的蘇軾、陸游、范成大、楊萬里等人，也都是有名的學陶的詩人。

淵明詩大概可分前後兩期，他前期志在澄淸，出仕爲社會服務，也爲解救他的貧困。他雖已對當時政治社會感着厭惡，但他的人生主旨，還沒到達決定的階段。在前期的詩創作裏，也時時流露出一種憤激和熱情，而飲酒的歌詠，詩中也極少。經曲阿、阻風於規林，就是他前期詩的代表：

弱齡寄事外，委懷在琴書。被褐欣自得，屢空常晏如。時來苟宴會，婉孌憩通衢。投策命晨裝，暫與園田疎。眇眇孤舟逝，綿綿歸思紆。我行豈不遙，登陟千里餘。目倦川塗異，心念山澤居。望雲慚歸鳥，臨水愧遊魚。眞想初在襟，誰謂形跡拘。聊且憑化遷，終返班生廬。（始作鎭軍參軍經曲阿）

自古歎行役，我今始知之。山川一何曠，巽坎難與期。崩浪聒天響，長風無息時。久遊戀所生，如何淹在茲！靜念園林好，人間良可辭。當年詎有幾，縱心復何疑？（庚子五月從都還阻風於規林）

詠荊軻云「惜哉劍術疎，奇功遂不成。其人雖已沒，千載有餘情！」也是這一期作品。

從三十四歲那年辭去彭澤令而退居山林以後的詩，是他後期的作品。這期間，他的生活安定了，心境靜寂了，因此藝術價值也最高：「問君何能爾？心遠地自偏。」這是他後期心境的告白。「居止次城邑，逍遙自閑止。坐止高蔭下，步止蓽門裏。好味止園葵，大歡止稚子。」（止酒）這是他後期生活的寫眞。胡仔云：「坐止於樹蔭之下，則廣廈華堂吾何羡焉？步止於蓽門之裏，則朝市深利吾何趨焉？好味止於園葵，則五鼎方丈吾何欲焉？大歡止於戲稚子，則燕歌趙舞，吾何樂焉？」要達到這種心境和生活的階段，是要經過長期的矛盾奮鬪的心情和痛苦的人生經驗的。他在歸去來辭裏坦白地描寫他這種心境生活的轉變過程和愉快。經過了這一轉變，他由苦悶的矛盾生活中，解放到逍遙自適的世界中了。於是美麗的自然，酒與詩文，成爲他靈魂的寄託者了。

我們除另選陶詩代表作來品味欣賞外，再抄錄其後期作品三首於下以結束本文：

迢迢百尺樓，分明望四荒。暮作歸雲宅，朝爲飛鳥堂。山河滿目中，平原轉渺茫。古時功名士，慷慨爭此場。一旦百歲後，相與還北邙。松柏爲人伐，高墳互低昂。頹基無遺主，遊魂在何方？榮華誠足貴，亦復可憐傷。（擬古）

人生無根蒂，飄如陌上塵。分散逐風轉，此已非常身。落地爲兄弟，何必骨肉親？得歡當作樂，斗酒聚比鄰。盛年不重來，一日難再晨。及時當勉勵，歲月不待人。（雜詩）

有生必有死，早終非命促。昨暮同爲人，今旦在鬼錄。魂氣散何之？枯形寄空木，嬌兒索父啼，良友撫我哭。得失不復知，是非安能覺？千秋萬歲後，誰知榮與辱？但恨在世時，飲酒不得

足。（擬挽歌辭）

# 作品欣賞

## 一、古詩十九首（選八）

### 一

行行重行行，❶與君生別離。❷相去萬餘里，❸各在天一涯。❹道路阻且長，❺會面安可知？胡馬依北風，❻越鳥巢南枝。❼相去日已遠，❽衣帶日已緩。❾浮雲蔽白日，❿遊子不顧返！⓫思君令人老，歲月忽已晚。⓬棄捐勿復道，⓭努力加餐飯。⓮（原列第一首）

【註釋】❶行行：繼續走而不停止。重：音蟲ㄔㄨㄥˊ陽平。作「重復」或「又」解。重行行，表示越走越遠。此句指對方的遠行。❷君：稱呼對方的代詞，同「您」。生別離：活着別離。俗所謂「生離死別」；人死不能見面，可以斷了念頭；活着不能見面，卻無法斷念，故比死別更加悽苦。楚辭有「悲莫悲兮生別離」句，或即此處所本。❸相去：相隔；也就是分離開的意思。❹涯：邊、隅。一涯也作一方講。❺阻：險。長：遠。❻胡馬：胡，是北方邊疆民族的通稱，約當今蒙古地，出產良馬，故稱「胡馬」。依：憑恃、依戀。❼越鳥：古時泛稱華南爲「百越」，越鳥即南方的鳥。巢：築巢，居住。這兩句都是比喻，表示自己和對方，相隔萬餘里，一在北胡，一在南越，像馬與鳥那樣不能見面，正是上文所說的「各在天一涯」了。但也含有希望對方歸來的意思，因禽獸都能惜故戀舊而不捨。吳越春秋：「胡馬依北風而立，越燕望海日而熙」，或即此處所本。❽遠：久。❾緩：寬鬆。此句表示因思念對方，身體消瘦，而覺衣寬帶長。古樂府歌亦有：「離家日趨遠，衣帶日趨緩。」句，與此相似。❿浮雲蔽白日：舊注，以白日比喻君王，以浮雲比喻奸臣，是指君王爲奸臣所蒙蔽。但若純照男女思念的抒情詩來看，應該解作「你的心本來是想回來的，可是不知道被什麼東西給蒙蔽而又轉變了，就像浮雲遮蔽了白日一般。」⓫遊子：出門在外的人；指對方。顧：念。顧返：想着回來。⓬歲月忽已晚：歲暮之意，或作「青春年華，忽已老大」解。⓭棄捐：同義複辭，現在都說「遺棄」。勿復道：不必再提。⓮加餐飯：多吃飯。此句語氣乃自己寬解，但亦含有寬慰對方之意。

【語譯】

你走了一程又一程地繼續不停，使我和你活生生分離！兩人相隔一萬多里路，各自在天的一邊。路途遙遠而關山險阻，不知道那一天再得會面？漠北來的馬依戀着北方的風，嶺南來的鳥築巢在向南的樹枝上，怎能忘却故土啊！相離一天比一天遠了，我消瘦得衣裳一天比一天寬鬆，帶子也一天比一天長起來。天上的浮雲，遮蔽了太陽，遠遊的人兒竟迷失了道路不想回家了！我想念你呀，把人都想老了，眼看着一年又完了，算了，算了罷，被遺棄的苦痛不必再說了，還是努力加餐，保重身體吧！

二

青青河畔草，鬱鬱園中柳。❶盈盈樓上女，❷皎皎當窗牖。❸娥娥紅粉妝，❹纖纖出素手。❺昔爲倡家女，❻今爲蕩子婦；❼蕩子行不歸，空牀難獨守。（原列第二首）

【註釋】❶鬱鬱：茂密貌。❷盈盈：輕巧貌。❸皎皎：明艷。❹娥娥：嬌美。❺纖纖：形容女子的手纖細柔美。❻倡家女：娼妓。❼蕩子：在外浪蕩不歸的男子。

【語譯】

河旁邊的草呀青又青，園子裏的楊柳呀密層層。樓上的女子呀多麼窈窕輕盈，靠窗兒一站呀艷光照人耀眼睛；塗脂抹粉呀打扮得好漂亮，伸出雪白的雙手呀眞細嫩。她呀，從前曾是倡家女，如今嫁作蕩子的妻；蕩子一去不回家呀，撇下了一張空床難獨守。

**三**

涉江採芙蓉❶，蘭澤多芳草。❷採之欲遺誰？❸所思在遠道。還顧望舊鄉，❹長路漫浩浩。❺同心而離居，憂傷以終老！（原列第六首）

**【註釋】**❶涉：徒步渡水曰涉。芙蓉：古稱荷花爲芙蓉，非今所指木本之芙蓉。❷風俗通：「水草交錯，名之爲澤。」蘭澤，生有蘭草的水澤地。❸遺：贈送給。❹舊鄉：故鄉。❺漫：長。浩浩：無窮盡。

**【語　譯】**

涉足到江水裏去採荷花，呀！水澤邊這麼多芬芳的蘭草。採了蘭草打算送給誰呢？唉！我所思念的人兒却在遙遠的途中。回頭眺望着故鄉，漫長的道路看不見盡頭。心心相印的伴侶分開在兩地居住，怕要一直憂傷到老死了！

**四**

庭中有奇樹，❶綠葉發華滋。❷攀條折其榮，❸將以遺所思。馨香盈懷袖，路遠莫致之。❹此物何足貢？❺但感別經時。❻（原列第九首）

**【註釋】**❶庭中：一作庭前。❷華：卽花。據爾雅：木本的花叫華；草本的花叫榮。但亦往往互用。滋：滋潤，繁盛。❸攀條：攀拉住枝條。❹致：送到。詩經衞風竹竿：「豈不爾思，遠莫致之。」❺貢：一作貴。經時❻：久也。

【語　譯】

庭院中有一株珍奇的樹，綠葉裏開放出許多鮮花。攀拉着枝條折下幾朵來，想把它送給我所思念的人兒。一股清香撲滿在我衣襟和袖子上。可是路太遠了，沒辦法把它送去。幾朵花那裏值得特別奉獻？只是啊覺得離別得太久了而想念之情實在太深了呀！

五

迢迢牽牛星，❶皎皎河漢女。❷纖纖擢素手，❸札札弄機杼。❹終日不成章，❺泣涕零如雨。❻河漢清且淺，相去復幾許？❼盈盈一水間，❽脈脈不得語。❾（原列第十首）

【註釋】

❶迢：音條，迢迢：遠。牽牛星：星名，在天河之西，與在天河之東的織女星遙遙相對。古代有一個美麗的神話，就是從這兩顆星的身上編造出來的。據說織女是天帝的女兒，她住在天河之東，年年從事織布勞役，織成了雲錦天衣；天帝憐其獨處，給她尋找了一個配偶，就是住在天河之西的牽牛郎。二人結婚之後，恩愛非常，織女懶散起來，不再織布了；於是天帝大怒，強迫她夫妻分離，勒令織女返回天河之東的舊居，繼續從事織布，只許她一年和牽牛郎見一次面，那就是每年舊曆的七月七日夜間。❷河漢：即天河。河漢女，即指織女星。❸擢：音卓，舉起。織布時，由兩手交互運梭：一手投送，一手拔出。❹札札：織布時機杼的聲響。機：織布機。杼：音住，機上穿經線之器。❺章：指經緯交錯的文理。不成章：如果有經無緯，或有緯無經，自然就不成文理。這裏說的是思念所愛，已經沒有心再織了，所以弄得經緯紊亂，不成文理。❻零：落。❼幾許：幾何、多遠。❽盈盈：流水清明貌。❾脈脈：含情相視不語貌。

【語　譯】

遙遠的是那牽牛星，明亮的是那天河邊的織女。她舉出細嫩潔白的雙手在投梭織布，弄得織布機札札地響。織了一整天，也沒有織出好的文彩來。只見她流着眼淚，像雨點般落下。天河裡的水，看來又清又淺，兩下裡相距能有多少路程？可是就這麼清淺的一水之隔，竟使他倆只能脈脈含情地隔河相望，不得交談！

## 六

迴車駕言邁，❶悠悠涉長道。四顧何茫茫，❷東風搖百草。❸所遇無故物，❹焉得不速老？❺盛衰各有時，立身苦不早。❻人生非金石，豈能長壽考？奄忽隨物化，❼榮名以爲寶。❽（原列第十一首）

【註釋】❶迴車：轉過車頭來。言，助詞，無義。駕：作驅講。邁：遠行。❷茫茫：草木盛多，遙望不盡。❸搖：吹動。❹故物：故物指以前的一切物，連「故人」在內。❺焉：當「何」講。❻立身苦不早：苦當「恨」或「遺憾」講。言所恨未能早立功業。❼奄忽：忽然。隨物化：是死的意思。❽榮名：好的名聲。可以垂久遠，所以爲寶。

【語譯】

轉過車頭，驅車踏上遙遠的旅程。四面看去，一片茫茫，只有東風搖動着各種草木。一路所遇見的，都不是舊時的景物，人又那得不很快便衰老？盛和衰各有一定的時間，只恨我沒有能夠早立功名啊！人身沒有金和石般的堅固，又那裏能夠長生不老？一下子就要死亡臨頭，只有立下好的名聲，才值得寶貴呢！

## 七

孟冬寒氣至，❶北風何慘慄！❷愁多知夜長，仰視衆星列。三五明月滿，❸四五蟾兎缺。❹客從遠方來，遺我一書札；❺上言長相思，下言久離別。置書懷袖中，三歲字不滅；一心抱區區，❻懼君不識察！（原列第十七首）

【註釋】❶孟冬：冬季三月的第一個月，夏曆的十月。❷慘慄：猶言慘烈，寒冷的意思。❸三五：農曆十五日。❹四五蟾兎缺：四五，月之二十日。蟾兎卽月；傳說月中有蟾蜍（音嬋除，癩蝦蟆）、玉兎，見屈原天問及王充論衡說日篇。故稱月曰蟾兎。缺卽殘缺不圓之意。❺遺：音未，贈送。書札：書信。❻區區：廣雅釋訓：「區區，愛也。」又當「小」講。此處指小小的誠意。

【語譯】

孟冬十月寒流的冷氣來了，北風颳得多麼慘烈！憂愁多的人才知道夜是多麼長啊！我睡不着，只有抬頭觀看天上羅列着的星斗了。每月十五的月亮是圓滿的，到二十就殘缺不全了。人生的聚散，正像月兒的圓缺呢！從遠方來的客人，帶給我一封書信；信裏先說永遠的相思，後說長久離別之苦。我把書信放在懷裏，過了三年，字跡也不曾消滅；一心抱着這小小的誠意，只怕你沒有體察明白啊！

## 八

明月何皎皎！照我羅牀幃。❶憂愁不能寐，❷攬衣起徘徊。❸客行雖云樂，不如早旋歸！出戶獨彷徨，❹愁思當告誰？引領還入房，❺淚下霑裳衣。❻（原列第十九首）

【註釋】❶羅牀幃：用羅綺做的帳子。❷寐：睡着。❸攬：取。攬衣作披衣講。❹彷徨：心意不決，而徘徊不定。❺引領：伸長脖子，而有所期待。❻霑裳衣：霑是溼。裳是下衣，就是裙子。

【語　譯】

月光多麼明亮，照在我羅綺的床帳上。心裏憂愁得睡也睡不着，取衣披上，起身來回地走動。你呀，作客他鄉雖說也很快樂，但總不如早早回家來的好。走出屋門，獨自一人老是徬徨不定。唉！我心裏的愁苦應當向誰訴說呢？伸長脖子向遠處張望一回，又回到空房裏去，眼淚撲簌簌地落下，把衣和裙都沾溼了。

【評　解】

南朝梁朝的昭明太子蕭統（公元五〇一—五三一），將一組五言古詩共計十九首錄入他所編的「文選」之中，各詩均無標題，亦未著錄各詩作者姓名，只標了個「古詩十九首」的總題，排在雜詩兩卷的最前面，李陵蘇武詩之前。呂向注解說：「不知時代，又失姓氏，故但云古詩。」但蕭統同時人劉勰（公元四六五—五二一）著文心雕龍，却指出其中「冉冉孤生竹」一首爲東漢班固同時人傅毅所作，其餘則「或稱枚叔」（卽西漢枚乘）而不作肯定。鍾嶸（公元四八〇—五五三）著詩品，又指出其中「客從東方來」一首，舊疑是建安年間曹植或王粲的作品。到陳朝徐陵編玉臺新詠，把其中八首確定是枚乘的作品。晉陸機（公元二六一—三〇二）與劉宋南平王鑠等，都有「擬古詩」作品，開始模擬古詩十九首，於是有了擬作的風氣，一時何偃、鮑照、謝惠連、王叔之、鮑令暉、荀昶、王融、梁武帝、蕭統等都有擬作。十九首便成爲古詩的模範作品，歷經後世各家考證，大都認爲十九首產生在兩漢時代，最早的在西漢武帝太初（公元前一〇四）改用夏曆之前，最遲的直到東漢末年。並非一二人的作品。此地所選除「廻車駕言邁」「孟冬寒氣至」兩首外，均枚乘作品。

漢代文學的主流是賦，賦的內容是貴族生活圈舖張的特寫，其技巧是典故的堆砌，與實際人生脫了節，而古詩十九首以一般人生爲對象，以抒寫性靈爲主，懇摯而親切，委婉而纏綿，一本天籟，雋秀在骨，帶來了一股沁人心脾的清新之氣。所以魏晉南北朝作家的五言詩，無不受其影響，批評家也一致給以最高的評價，於是奠定了在文學史上重要的地位，被推爲詩經四言詩以後五言古詩成立的代表作。

清人張蔭嘉古詩賞析云：「十九首或寓言或顯言，或易解或難解。要之，淸和平遠之中，具有離奇變化之妙。學者苟熟讀而深思，得其用意用筆諸秘鑰，自能上進風雅，俯視六朝。」張氏對各詩賞析分錄於下：

**（一）行行重行行**：此思婦之詩。首二，追叙初到，卽爲通章總提，語古而韻。相去六句，申言路遠會難。忽用馬鳥兩喻，醒出莫往莫來之形，最爲奇宕。日遠六句，承上轉落念遠相思，蹉跎歲月之苦。浮雲蔽日，喻有所惑。遊子不顧返，點出負心，略露怨意。末二，掣筆兜轉，以不恨己之棄捐，惟願彼之强飯收住，何等忠厚。

**（二）青青河畔草**：此見妖冶而儆蕩遊之詩。首二以草柳青青鬱鬱，興起芳年之女。盈盈四句，就所見之女，叙其不耐深藏。艷粧露手，已爲末空牀難守埋根。連用叠字，從衞碩人末章化出。後四，點明履歷，而以蕩子不歸，坐實空牀難守。其爲旣娶倡女，而仍舍之遠行者，致儆深矣。

**（三）涉江採芙蓉**：此懷人之詩。前四，先就採花欲遺，點出己之所思在遠。還顧二句，則從對面曲揣彼意。言亦必望鄉而歎長。後二，同心離居，彼己雙頂，憂傷終老，透筆作收。短章中勢却開展。

**(四) 庭中有奇樹**：此亦懷人之詩。前四，就折花欲遺所思引起。馨香二句，卽馨香莫致，醒出路遙。末二，更卽物不足貴，醒出別久，層折而下，含蓄不窮。

**(五) 迢迢牽牛星**：此懷人者託爲織女憶牽牛之詩。大要暗指君臣爲是。詩旨以女自比。故首二雖似平起，實首句從對面領題。次句乃點題主筆也。中四，接叙女獨居之悲。旣曰織女，故只就織上寫。末四，卽頂河漢，寫出彼邊可望而不可及之意，爲泣涕如雨注脚。卽爲起手迢迢二字，隱隱兜收，章法一線。

**(六) 迴車駕言邁**：此自警之詩。前六，卽出遊所見，觸起人生易老，所遇無故物句。眞足感人。中二，承上作轉，言老固難辭，但苦立身不早，點清詩旨。末四，又承上申明所以必老之故。直就身後榮名可寶，繳醒立身當早意收住，勁甚。

**(七) 孟冬寒氣至**：此亦思婦之詩。首六，只就冬夜之景叙起。愁多二字，已引詩情。月圓月缺又隱爲昔合今離作比。中四，忽追念彼邊曾有書來，其意可感。將遠方久別長思，借點明白。末四，遞落己邊得書寶重，終恐區區之誠，不蒙識察收住。三歲句，用筆最妙。蓋置書懷袖，至三歲之久，而字猶不滅。旣可以作區區之證，而書來三歲，人終不歸，又何能不起不能察識之懼？古詩佳處，一筆當幾筆用，可以類推。

**(八) 明月何皎皎**：此亦思婦之詩。首四，卽夜景引起空閨之愁。中二，申己之望歸也，却反從彼邊揣度。客行雖樂，不如早歸，便覺筆曲意圓。末四，只就出戶入房，徬徨淚下，寫出相思之苦，收得盡而不盡。

現代學者對古詩十九首技巧作更深入的研究者亦有數人，茲節錄國立臺灣大學廖蔚卿教授的「論古詩十九首的藝術技巧」文中有關若干則於下：

## (一) 章法

(1)行行重行行：是「如江流遇礁石，湍水潆洄的章法」。

(2)孟冬寒氣至：前半亦潆洄的章法。「滿」「缺」的變化，顯得人在徘徊，詩的章法也同樣蜿蜒回環。此後用一封信將兩個分離點連接，得到了慰藉。但那只是用幻覺來充塡距離空間的安慰。

(3)迢迢牽牛星：也是由一直線向上揚起的章法。但上升的並非快樂的夢想，而是悲怨的增高。

(4)涉江采芙蓉、庭中有奇樹：兩首均由推遠衍出，得到詩旨。却無太多的轉折與起伏，也不用洄旋的章法的詩。

(5)明月何皎皎：在章法上如詩中所寫的心情一般，一出一入，徘徊沉吟而往復結體。

(6)廻車駕言邁：如投塊石子激起水上的渦紋，由中心推出，進而推衍其理的章法。

(7)青青河畔草：先用鮮明的顏色寫出艷麗的女子，再轉入人情交代出人物身份，而顯出有難「守」之勢作結。這是用形象去表現意境，章法是一瀉直下。用明鮮的顏色繪景繪人，人與情便都躍然紙上了。

## (二) 句法

1.固定五言句，却能似散文般自如的運用，主要是靠了甲語助詞的運用、乙倒句的效果及丙情韻的延續。

(甲)語助詞的運用：文心雕龍章句篇論語助詞的功用云：「據事似閑，在用實切。功者廻運，彌縫文體，將令數句之外，得一字之助矣。」

(1)「且」字：延展了空間和情緒。例：「道路阻且長」「河漢清且淺」「東城高且長」。

(2)「已」字：增加了無可奈何的悵惘。例：「相去日已遠，衣帶日已緩」「歲月忽已晚」。而「涼風率已厲」「秋草萋已綠」兩句，又使草色更爲凄凄，寒風更是猛厲了。

(3)「但」字：曲折有力地推出一個結論來。例：「但傷知音稀」「但感別經時」「但見丘與墳」「但爲後世嗤」。

(4)「以」字：使詩句增加變化，更能操縱情緒的表現。例：「以膠投漆中」「緣以結不解」「著以長相思」「將以遺所思」「榮名以爲寶」「去者日以疏，來者日以親」。「以」字用在前半句，表現迫切的感情，用在後半句，則有沉緩的情調。

(5)「何」字：

子、用在句首，思想與感情都作有力的急轉，章法的變化，也由之而起。例句：「何不秉燭遊？」「何不策高足？」「何爲自結束？」「何能待來茲？」

丑、用在第四字，則表現了急促的悲愴怨苦與無可如何的悽哀。例句：「音響一何悲！」「軒車來何遲？」「賤妾亦何爲！」「歲暮一何速！」

寅、用在第三字則亦加重詩的情致。例句：「洛中何鬱鬱！」「四顧何茫茫！」「白楊何蕭蕭！」「北風何慘慄！」

(乙) 倒句的運用：可以强調詩的旨意。

例句：「思君令人老，軒車來何遲？」」「不惜歌者苦，但傷知音稀。」「既來不須臾，又不處重闈。」

(丙) 情韻的延續：其美妙不在直線往前的句法中，而在若斷若續的起伏變化下顯現。例如「行行重行行」一詩中「胡馬」「越鳥」二句橫斷其中，其功用除比興的喻意外，又延續了遠道久別感情的起伏變化。「浮雲」「遊子」二句使思念之情又一低徊。

## (三) 韻律

W.B. Yeats (夏芝) 在「詩的象徵主義」一文中說：「韻律的目的是在延長凝注觀照的時間，在這個時間，我們是睡着又醒着，這乃是創造的一段時間，它用一種單調的迷人使我們靜默，同時又用各種變化使我們醒着，它把我們安放在那種眞正出神的狀態中。」古詩十九首除了韻脚外，還有節奏的表現。用字音去完成節奏的效果是很大的。例如：「中曲正徘徊」「攬衣正徘徊」，弦曲的憂思不安正與人同。都已由「徘徊」二字遊移沈重的聲音，表現了「徘徊」的境界。「出戶獨彷徨」的「彷徨」二字有同樣的作用。又如「泣涕零如雨」一句，使人彷彿覺得一顆顆湧出淚珠的滾落都可聽見，引人進入一種悲惘的境界。反之，「今日良宴會」詩中「彈箏奮逸響，新聲妙入神」兩句，有箏聲飛揚的鏗鏘。而以下「奄忽若飇塵」，却是低抑的轉折，也正是全詩節奏的轉折。

疊字不僅能狀物，主要還在利用聲音節奏的廻宕，以完成詩的境界。例如「青青河畔草」一詩，連用六組叠字，音節跳躍生動，一氣寫出景物的青春美。「迢迢牽牛星」一詩，首尾六組叠字，都用來表現純一的悲怨之情的激湧。其他如「浩浩」「茫茫」「悠悠」等叠字，都用其聲音幫助了境界的表達。「行行重行行」的音節給你帶來了無盡無休的沉重倦乏與凄涼之感，讓讀者恍如自己身在旅途，無所歸寄。

法國近代詩人梵樂希謂詩須以各種工具，「喚起詩境，給詩境以永恆悠遠的形式，並從意識的思索裏恢宏其境界。」古詩十九首就是這種成功的傑作。

古詩十九首的技巧，能使形式和內容有密切一致的表現。那凝鑄爲詩的文字，是隨着作者的感情、思想、與想像邏輯的節奏，使一景一情，都能自然發展，或廻環往復，或起伏奔躍，變化不已，而終歸於樸質深婉，風格自然。所以它的章法、句法、及用字與意象的創造，都是詩人的心靈的活動，也都是詩人的心之歌詠；無古今，無人我，得悠遠地垂於天地之間而爲人人所共享，卻非人人所能創作。

## 二、曹植詩選

### 贈白馬王彪并叙

黄初四年正月，白馬王任城王與余俱朝京師，會節氣，❶到洛陽，任城王薨。❷至七月，與白馬王還國，❸後有司以二王歸藩，❹道路宜異宿止，❺意每恨之，蓋以大別在數日，❻是用自剖，❼與王辭焉，❽憤而成篇。

謁帝承明廬，❾逝將歸舊疆。❿清晨發皇邑，⓫日夕過首陽。⓬伊洛廣且深，⓭欲濟川無梁；⓮汎舟越洪濤，怨彼東路長。⑮顧瞻戀城闕，⑯引領情內傷！⑰

太谷何寥廓，⑱山樹鬱蒼蒼。⑲霖雨泥我塗，⑳流潦浩縱橫。㉑中逵絕無軌，㉒改轍登高岡；修坂造雲日，㉓我馬玄以黃。㉔

玄黃猶能進，我思鬱以紆。鬱紆將何念？親愛在離居。㉕本圖相與偕，中更不克俱。㉖鴟梟鳴衡軛，豺狼當路衢。㉗蒼蠅間白黑，讒巧反親疏。㉘欲還絕無蹊，㉙攬轡止踟躕！

踟躕亦何留？相思無終極。秋風發微涼，寒蟬鳴我側。原野何蕭條！白日忽西匿。歸鳥赴高林，翩翩厲羽翼；㉚孤獸走索群，㉛銜草不遑食。㉜感物傷我懷，撫心長太息！

太息將何為？天命與我違。奈何念同生，㉝一往形不歸！㉞孤魂翔故域，靈柩寄京師。存者忽復過，亡沒身自衰！㉟人生處一世，去若朝露晞。㊱年在桑榆間，㊲影響不能追。㊳自顧非金石，咄唶令心悲！㊴

心悲動我神，棄置莫復陳！丈夫志四海，萬里猶比鄰；恩愛苟不虧，在遠分日親。㊵何必同衾幬，㊶然後展殷勤；㊷憂思成疾疢，㊸無乃兒女仁？㊹倉卒骨肉情，㊺能不懷苦辛！

苦辛何慮思？天命信可疑。㊻虛無求列仙，松子久吾欺。㊼變故在斯須，㊽百年誰能持？㊾離別永無會，執手將何時？王其愛玉體，俱享黃髮期！㊿收淚即長路，援筆從此辭。

【注釋】①會節氣：逢時過節的團聚。②薨：音烘ㄏㄨㄥ，諸侯王公之死曰薨。③還國：回返封地。④有司：主管官員。⑤宜異宿止：住宿處所應該分開—曹丕怕曹植曹彪住在一起，可能密謀不軌，因此採取這一隔離的辦法。⑥大別：後會難期的別離。⑦自剖：述懷。⑧王：指白馬王。⑨謁：位卑者往見位高者。帝：魏文帝。承明廬：承明門內魏文帝所居宮殿。⑩逝：發語辭，無特別意義。舊疆：指鄴城(今山東濮縣)。⑪皇邑：帝京，卽洛陽。⑫首陽：山名，古時相傳爲伯夷叔齊避周餓死之地，所在處共有四說，這裏指河南省偃師縣西北的首陽山。⑬伊洛：二水名。伊水在偃師與洛水會流。⑭濟：渡河。梁：橋梁。⑮東路：二王封地在洛陽以東。⑯闕本是在門外跨道而建的臺觀，後世作爲天子住所的通稱。城闕，卽京都。⑰引領：伸頸遠望。⑱太谷：谷名。寥廓：廣濶。⑲鬱：青暗色。⑳霖雨：連下數日的雨。泥我塗：使我要走的道路泥濘不堪。㉑潦：地上的積水。㉒中逵：道路交錯的中心。無軌：沒有車轍之跡。皆表示大道不可通行。㉓修坂：高坡。造：到達。造雲日：高可接天。㉔我馬玄以黃：語本詩經周南卷耳篇：「陟彼高岡，我馬玄黃。」玄黃本爲人生病之意，今借用爲馬病。㉕在：將要。㉖中更不克俱：還沒到頭，又不能同在一起了。㉗鴟梟：不義之鳥，卽猫頭鷹。衡：車轅前端的橫木。軛：衡的兩旁，又住馬頸的曲木。豺狼當路衢：豺狼阻路。這兩句表面寫途中景象的艱險，實際上是以鴟梟豺狼比喻曹丕側近的小人，以「鳴衡軛」、「當路衢」比喻小人們在朝當權，包圍了曹丕——作者不敢直罵曹丕，只好罵曹丕的親信。㉘蒼蠅間白黑，讒巧反親疎：蒼蠅停在白色物件上，白色卽被蒼蠅的黑色取代了。正如小人進讒巧妙，把本來關係親密的弄成疏遠，本來疏遠的反倒親信了。㉙蹊：道路。這句意爲：沒有辦法能回京師，恢復天倫團聚的生活。㉚厲羽翼：奮力飛翔。㉛走索羣：跑着尋找自己所屬的獸群。㉜不遑：來不及。㉝同生：同胞，這裏指任城王曹彰。㉞一往形不歸：一去以後，他的身體就再也不能歸來。㉟存者忽復過，亡沒身自衰：還活着的，不久也卽歸消逝；已死的，身體自更將早趨腐朽。㊱去若朝露晞：逝去之快，有如朝露在陽光下的消散。晞：晒乾。㊲桑榆：古來說法是：日將夕，在桑榆間，因此桑榆常用指年歲的遲暮。㊳影響：逝去的形象聲音，這裏代表過去的時日及生活。㊳咄：音惰ㄉㄨㄛˋ，驚呼。唶：音借ㄐㄧㄝˋ，歎息。㊵在遠分日親：雖隔得遠，情分仍愈來愈親密。㊶衾：被蓋。幬：牀帳。㊷展殷勤：表現親愛。㊸疾疹：疹通疢，病的同義字，疾疹卽疾病。㊹無乃：豈不是……嗎？兒女仁：婦女兒童一般的，不識大體的淺薄情感，卽所謂「婦人之仁」。㊺倉卒骨肉情：應譯爲：「可是，轉眼便要分手了，同胞弟兄的情感」，再接下句。㊻天命信可疑：上天對於世界，究竟是否有意的安排，的確值得懷疑。㊼松子：卽赤松子，古仙人名，傳說中在神農時爲雨師。松子久吾欺：傳說中的赤松子把我騙得太久了。因魏晉時盛行服食鍊氣，求作神仙之說，故本詩有此二語。㊽斯須：頃刻。變故在斯須，指曹丕可能隨時加害，二人全都朝不保夕。㊾百年誰能持：誰能保險活到百歲？㊿黃髮：老人的頭髮。黃髮期：高壽。

【語譯】

從承明門上殿拜謁皇帝出來，將要回到舊日的封疆去。清早從京城出發，夕陽西下時路過首陽山。伊水洛水都寬廣而又很深，要渡河沒有橋梁，便坐船穿越驚險的洪濤，讓人怨恨東去的路程這麼漫長。我回顧瞻望，却又依戀着京都的城闕，伸長脖子遠眺，內心無限的感傷！

太谷何等的廣濶，山上的樹木濃鬱得一片青蒼。苦雨連綿泥濘了我的路途，有些地方積水汪洋，縱橫交流，連四通八達的大道也淹水難行。改道走上高崗，從長山坡通向雲彩和太陽的空中去，累得我的馬也疲病了。

疲病的馬匹還能勉力前進，我的內心却委曲而憂鬱。委曲憂鬱想些什麼呢？想親愛的兄弟將要分別。本來希望一路同行，半路上硬教分手。夜貓子在車軛前發出陰慘慘的鳴聲，豺狼擋住大路難於通行。蒼蠅混亂了黑白，壞話顚倒了親疏。要想返回京城路也斷絕了。手拉着馬繮停着車子，令人踟躕不前。

踟躕着怎能就留下呢？相思要沒有窮盡了。秋風吹送出微微的涼意來，寒蟬在我身旁悲鳴。一片原野是多麼蕭條！白晝的太陽忽然向西方沉沒了，歸巢的鳥兒飛向高樹的林子裏去，撲着翅膀奮力疾飛。落單的野獸跑着尋找自己的一群，口裏銜着草也來不及嚼食了。這些景物使我感觸而傷懷，只能撫摸着心胸，長長地嘆息！

嘆息有什麼用處？總是我違逆了天命。怎奈想起了同胞兄弟，這一去此身將永不回歸，只有孤獨的靈魂飛翔到故土去，讓靈柩寄存在京師裏。活着的，一會兒就將過去；死了的，身體更是自己腐爛掉。

人生處身一世之間，飛逝着就像朝晨露水的易乾。年歲將老，像影子的掠過，像響聲的消失，再也追不回來。我自己看看，身體不是堅固的金和石，怎不驚呼嘆息，令人傷心悲哀！

傷心悲哀動搖我的精神，放開一邊不要再陳說。大丈夫志在四海，萬里之遙，還像近鄰一樣。天倫的恩愛如果不使虧缺，隔離在遠方，情分將日益親密。何必要同衾共帳，才顯出慇懃來？如果因爲憂鬱愁思而釀成疾病，豈不太兒女情長了嗎？只是匆促之間的骨肉離別之情，那能不使人滿懷的苦楚酸辛？

苦楚酸辛地想些什麼？天命實在很可疑。想在虛無之間追求神仙，赤松子久已欺騙了我。發生變故，只在頃刻之間，誰又能活到一百年呢？離別後也許永遠沒有再會面的機緣了，再握手不知在什麼時候？白馬王啊，你要愛惜你的身體，和我一同享受黃髮的高壽！收起眼淚邁向長途，執筆寫下這詩，從此告辭。

【評　解】

魏文帝曹丕卽位後，諸兄弟全封爲王。白馬王曹彪、任城王曹彰，和鄄城王曹植同於黃初四年（公元二二三年）入朝京師洛陽，曹彰在洛陽死去。不久，曹彪、曹植又受催逼歸藩，路上且不許共在一處。曹植知道這全出於曹丕的猜忌，感傷兄弟相殘，恐怕自己和曹彪也朝不保夕，逼於形勢，在中途與曹彪分手，遂作此詩留別，時植年三十二。

曹丕爲什麼要猜忌呢？原來曹植才高，曹操早年偏愛於他，屢欲立以爲嗣，後來失寵才立曹丕爲世子，所以曹丕代漢稱帝後，仍隨時防備曹植有異圖。世說新語文學第四甚至有這樣的記載：「帝窘迫植，令七步中作詩，不成者行大法。植應聲爲詩曰：『煮豆持作羹，漉菽以爲汁。萁在釜下燃，豆在釜中泣；本是同根生，相煎何太急？』帝深有愧色。」後人又節縮七步詩爲四句：「煮豆燃豆萁，豆在釜中泣；本是同根生，相煎何太急？」但七步詩只是傳說，不能盡信。此詩則係史實，詩中自述其可憐的身世，同胞兄弟被迫分手的濃烈情感的表達，最爲凸出。詩題是贈別，而眞正的主題，却在透過這一贈別的形式，委婉曲折地抒寫他悲痛身世的自我哀悼。

此詩的主題，既爲曹植畢生最大的悲痛，而其蒼涼沉痛的表現，技術的成就也特別高，因此成爲他詩集中五言古詩的代表作；也是我國抒情詩中悱惻纏綿，自然渾融的不可多得的傑作。這媲美了蔡琰的悲憤詩，抑且又超越了她。

詩分七段，後五段每段開頭兩字，一律疊用前一段結尾的兩字，這是詩經大雅銜尾式的引用，後來元曲中更發展爲連環疊，（可參考普賢著詩詞曲疊句欣賞研究）有一種纏綿曲折之妙。而本詩的情思發展也極盡往復廻環、委婉曲折之能事。一開頭「淸晨發皇邑，日夕過首陽」，表示征程的迫促；接下去洪濤汎舟、霖雨泥塗、改轍高崗、我馬玄黃，叙寫旅途的艱苦。因此迫促艱苦，就一連拋出鴟梟、豺狼、蒼蠅三個比喩，吐露出他「讒巧反親疏」的內心話來，再引出「欲還絕無蹊，攬轡止踟躕」的苦痛心情來，而逼近到主題上。以下接一個「踟躕亦何留」，又以無可奈何的情懷，來迴看四周的景象：那涼秋寒蟬，那日暮歸鳥，那蕭條的原野，那索群的孤獸，寫景正所以寫情，正是在寫那個想回京師想找家人團聚的自己，那個「撫心長太息」的自己。可是，太息又有什麼用處呢？接着全詩的主段便出來了。這一段不用技巧，直抒胸臆，寫得既自然，又沉痛，該到達詩的頂點了！然而不，峯迴路轉，一個人悲哀之極，忽然又會强自振奮，强作排遣。於是又來上「丈夫志四海」這一段强自振奮的話。但强自振奮，只是一刹那的夢想，振奮劑的力量消失，最後仍不能不頹然一聲：「倉卒骨肉情，能不懷苦辛」；然後急轉直下，夢想跌落到現實來，是生離？是死別？無從辨認，淚眼所見，只有一片模糊而已！

詩中以景寫情的烘染，烘染得人悽迷蒼涼；以情寫情的白描，白描得沉痛悲切。其間轉折廻環，更是處處撥人心弦，把傷別離哀身世的複雜的感情融合成一片，這是最大的成功。而音節的諧婉，鍊字的奇勁，亦不失曹植詩的本色，足爲建安黃初風格的範例。

此詩用韻共轉韻五次：開始兩段用「陽」韻（「橫」屬「庚」韻，古詩中「庚」韻可略轉入「陽」韻），「我馬玄以黃」以後，轉爲「虞」韻（紆、俱、衢、躕）及「魚」韻（居、疎），「魚」「虞」二韻在古詩中通用。「攬轡止踟躕」以後，轉爲「職」韻。「撫心長太息」以後，轉爲「支」韻（爲、師、衰、追、悲）及「微」韻（違、歸、晞），古詩中「支」「微」通用。「咄唶令心悲」以後，轉爲「眞」韻，其中「勤」字爲「文」韻的通用。「能不懷苦辛」以後，再轉回「支」韻作結。

## 三、陶淵明詩選

李辰多陶淵明評論用陶詩四句，分別標明他做詩的四個階段，每個階段約莫十年光景。那是：㈠猛志逸四海，㈡冰炭滿懷抱，㈢復得返自然，㈣不覺知有我。這裏所選，都是第三第四階段的作品。按照年代先後，歸田園居、讀山海經、移居，是自彭澤辭歸以後歌唱他「復得返自然」的作品，是他田園詩的代表作。而飲酒則是到達最高境界「不覺知有我」的代表作。在這四個題目之下，包括了四十首詩，我們爲節省篇幅，只選了最重要的七首，提供大家來欣賞。

## 飲　酒幷敘（二十首錄一）

余閑居寡歡，兼秋夜已長，偶有名酒，無夕不飲。顧影獨盡，忽焉復醉。既醉之後，輒題數句自娛。紙墨遂多，辭無詮次。聊命故人書之，以爲歡笑爾。

一

結廬在人境，而無車馬喧；問君：「何能爾？」「心遠地自偏。」❶採菊東籬下，悠然見南山，❷山氣日夕佳，飛鳥相與還：❸此中有眞意，❹欲辯已忘言。❺

【注釋】❶問君二句，係自問自答語。❷山古音仙，南山指廬山而言。文選「見」作「望」。東坡曰：「采菊之次，偶然見山，初不用意，而景與意會，故可喜也……改此一字，覺一篇神氣索然也。」❸還，古音旋。❹眞，眞性。莊子秋水：「謹守而勿失，是謂反其眞。」注曰：「眞在性分之內。」成玄英疏：「反本還源，復於眞性。」❺莊子齊物論：「辯也者，有不辯也。大辯不言。」李善注：「莊子曰：言者所以在意也，得意而忘言。」

**【語譯】**

我只構築廬舍在人們聚居的環境裏，却能避免車馬雜遝貴人來訪的喧鬧。問你：「怎能做到這般境地？」回答是：「心情閒遠，則所處之地也就自然偏僻了。」我到東邊籬笆下去採菊花，偶然抬頭望見悠然的南山，正與我閒遠的心情相適應。你看，天將晚時山的氣色格外好，飛鳥也結伴而還了。這中間自有眞性在，我要辯白已忘却語言，那是只可意會，不可言宣的啊！

## 二

秋菊有佳色，裛露掇其英。❶汎此忘憂物，❷遠我遺世情。一觴雖獨進，杯盡壺自傾。❸日入群動息，歸鳥趣林鳴。嘯傲東軒下，❹聊復得此生！❺

【注釋】

❶裛：音挹。並也。掇，拾也。離騷：「夕餐秋菊之落英。」此句謂掇拾落下的菊花瓣，連花瓣上的露水一並檢起來。❷忘憂物：指酒。文開案此句言以菊花瓣浮汎於酒中同飲，情趣特佳，而亦所以忘憂與延年。蓋楚俗服食菊花，可以祛疾延年。離騷：「夕餐秋菊之落英。」魏文帝九日與鍾繇書：「至于芳菊，紛然獨榮，輔體延年，莫斯之貴，謹奉一束，以助彭祖之術。」可見其俗甚古，南北皆然。而陶詩九日閑居句云：「酒能祛百慮，菊爲制頽齡」；其序云：「秋菊盈園，而持醪靡由，空服其華。」可見淵明平日以菊花浸酒，作爲延壽葯酒喝，正與潘岳秋興賦：「汎流英於清醴，似浮萍之隨波。」同調。無酒時或僅以菊花服食也。文開另有專文論證之。❸觴：音傷，飲酒之器。此處與下句杯字同義互用。壺自傾，謂無須他人執壺勸飲，酒壺也會自動傾斜，倒酒入滿杯也。不言酒盡自傾壺，而曰：「壺自傾」，妙極！❹蹙口而出聲曰嘯。傲謂傲岸。世說：「周僕射傲然嘯詠。」軒，音宣，有窗之長廊。❺得此生：得此閒適的生涯，而不「自以心爲形役」也。故蘇東坡謂見役於物者則失此生。

【語譯】

秋天的菊花有美好的顏色，我掇拾落下的花瓣連同花瓣上的露水一起收集着，浸入酒裏。當我舉杯時看見花瓣浮汎在這足以忘憂的清醴之上，我遺棄世俗的情懷便格外悠遠了。一杯在手，雖然獨飮無伴，杯中酒空時酒壺也自然會傾側過去，再注成滿杯的。現在太陽落山，白天勞動之群就休息了，歸鳥也飛向林中唱歌去了。我喝着酒，傲然嘯詠在東軒之下，也聊以再獲得這閒適的生涯啊！

【評解】

●這是陶淵明飲酒詩二十首中最有名的兩首。（第五首和第七首）是他四十五歲時的作品，寫於東晉安帝義熙十二年（公元四一六年）秋。（文開案：飲酒二十首前十六首是年自秋至冬作，第十七首起有「幽蘭生前庭，含薰待清風；清風脫然至，見別蕭艾中」等句爲次年春所作。）這兩首抒寫其隱居生活，境界最高。歷代名家，讚不絕口。

淵明隱居，不入深山，而云：「結廬在人境，而無車馬喧；問君何能爾？心遠地自偏。」王安石評曰：「詩人以來，無此四句。」黃遵憲名其詩集曰人境廬詩抄。王國維人間詞話論境界，謂：「有境界，則自成高格。」舉「采菊東籬下，悠然見南山」爲無我之境。論隔與不隔謂：「陶謝詩不隔，（顏）延年則稍隔矣。」又云：「『采菊東籬下，悠然見南山，山氣日夕佳，飛鳥相與還。』寫景如此，方爲不隔。」嚴羽滄浪詩話曰：「漢魏古詩，氣象混沌，難以句摘。晉以還方有佳句，如淵明『採菊東籬下，悠然見南山。』謝靈運：『池塘生春草』之類。謝所得不及陶者，康樂之詩精工，淵明之詩，質而自然耳。」蔡寬夫評此二句曰：「此其閑遠自得之意，直若超然邈出宇宙之外。」周正夫云「『山氣日夕佳，飛鳥相與還；此中有眞意，欲辯已忘言』時達磨未西來，淵明早會禪。」而陸樹聲則曰：「陶淵明飲酒田園諸作，見者若疑其爲閑淡絕物，散誕自居也；而不知其雅操堅持，苦心獨復處……其會意忘言處，心境廓然，此正獨復從道處，亦所謂憂世樂天，並行不悖。」文開案，味淵明此詩反眞忘言，語出莊子，其思想蓋儒道釋之溶合，而各得其長者。

定齋（元人汪一龍）曰：「自南北朝以來，菊詩多矣，未有能及淵明語盡菊之妙。如『秋菊有佳色』他華不足以當此一佳字，然終篇寓意高遠，皆由菊而發耳。」艮齋（宋薛季宣）曰：「『秋菊有佳色』一語，洗盡古今塵俗氣。」都玄敬（明都穆）南濠詩略曰：「東坡拈出談理之語三：『采菊東籬下，悠然見南山』；『嘯傲東軒下，聊復得此生』；『客養千金軀，臨化消其寶。』皆以爲知道之言。」王圻稗史曰：「李白亦多用陶語。陶云：『揮盃勸孤影』，而李云：『對影成三人』；陶云：『但得琴中趣，何勞絃上聲？』而李云：『但得酒中趣，勿謂醒者傳。』」文開謂：「杯盡壺自傾」句描寫默默獨酌，更爲深刻。

張蔭嘉古詩賞析選飲酒七首，第七首未入選，第五首之賞析曰：「此章傳出安貧樂道眞意，卽飲酒之眞意也。前四，就廬絕人喧，提清地偏由於心遠。後六，卽采菊見山，山佳鳥還，指點出心遠眞意，而以欲辯忘言收住，高絕。」

## 歸田園居（五首錄二

一

少無適俗韻，❶性本愛邱山，誤落塵網中，❷一去三十年。❸羈鳥戀舊林，池魚思故淵。❹開荒南野際，❺守拙歸園田。❻方宅十餘畝，❼草屋八九間；榆柳蔭後檐，❽桃李羅堂前。❾曖曖遠人村，❿依依墟里煙。⓫狗吠深巷中，鷄鳴桑樹巔。⓬戶庭無塵雜，⓭虛室有餘閒。⓮久在樊籠裏，⓯復得返自然。

【註釋】❶適俗韻：適應世俗的丰度。❷塵網：塵俗的羅網。指勢利的官場生活，猶云名韁利鎖。非佛教用語所指普通社會。❸三十年：各家考證，應爲十三年，「三」字或爲「已」字之誤。蓋淵明自孝武帝太元十八年（公元三九三年）入劉牢之幕爲鎭軍參軍，安帝元興三年（公元四〇四年）爲建威將軍劉敬宣參軍，至義熙元年（公元四〇五年）八月任彭澤令，十一月辭歸，前後共十三年也。❹羈鳥：指關在籠中的鳥。池魚：指養在池中的魚。❺開荒：開墾荒地。南野：一作南畝。際：邊際。❻守拙：守自己的本眞，不投機取巧，爭名奪利。❼住宅空地方十餘畝。❽後檐：一作後園。❾羅：羅列。❿曖曖：昏暗貌。⓫依依：柔貌。墟里，村落。⓬古鷄鳴行：「鷄鳴高樹巔，狗吠深宮中。」改「高」「宮」兩字卽成陶詩。⓭塵雜：世俗的雜亂喧鬧。⓮虛室：形容室中沒有裝飾和陳設而空虛無物。⓯樊：圍地的藩籬，就地圍籬以畜鳥獸亦曰樊；籠則有底。

【語譯】

從小就沒有適應世俗的丰度，而天性本來愛好邱壑山野的情趣，誤入歧途，便落在世俗名利的羅網中，一下子就去了我三十年的時光。被羈留在籠中的鳥，懷戀着牠舊日生活過的森林；被養活在池塘裏的魚，思念着牠以前生長着的深水。現在，我保持着拙笨的秉性，回到田園裏來，在南面荒野的邊際開墾。住宅周圍的空地有十多畝大，草屋也有八九間，榆樹和楊柳的綠蔭遮住了後院的屋簷，桃樹和李樹一株一株羅列在廳堂前面。望得見遠處人家影影綽綽的村莊，裊裊地飄送着一縷縷柔柔的炊煙。聽得見狗在深巷裏面吠叫，鷄在桑樹枝頭啼鳴。我呀，門庭清靜沒有塵俗的煩囂，住在空寂的房間裡覺得很悠閒。好久，處身在不自由的樊籠裏面，現在又得回到自然的世界來了。

## 二

種豆南山下，❶草盛豆苗稀。❷晨興理荒穢，❸帶月荷鋤歸。❹道狹草木長，夕露霑我衣；❺衣霑不足惜，但使願無違！

【註釋】❶南山：或謂指廬山，或謂指柴桑山。❷漢書楊惲傳：「田彼南山，蕪穢不治；種一頃豆，落而爲萁。人生行樂耳，須富貴何時！」❸理荒穢：清除荒蕪雜草。❹帶月：攜帶着月亮。尤其在月初升時，望月而行，似覺月隨人行，自有妙趣。或作身上浴着月光解，亦通。荷鋤：肩負着鋤頭。荷鋤與帶月，在本句內相對，故「帶月荷鋤」爲句內對。❺霑：浸濕。

【語譯】

在南面的山下，種了些荳子，草長得很茂盛，荳苗便只有稀稀幾棵了。早晨起來前去清除荒蕪地中的雜草，到黃昏時才攜帶着月亮扛着鋤頭回家。路很窄，兩旁草和樹都長得很高，因此夜晚的露水霑溼了我的衣裳。衣裳霑溼沒有什麼可惜，只求不違背自己的志願啊！

【評解】

歸田園居詩與歸去來辭所表現的心情相同，是陶淵明辭去彭澤縣令回家後所作。他在安帝義熙元年（公元四〇五年）十一月回家，是年，作歸去來辭。文中「農人告余以春及，將有事於西疇」等句，均爲預期的話，而這歸田園居詩中「草盛荳苗稀，晨興理荒穢」等句，係寫耕種實情。所以李辰多陶淵明作品繫年，排在辭歸次年定爲公元四〇六年淵明三十五歲時作品是對的。王質栗里年譜以爲三十歲時作，梁啓超陶淵明年譜以爲三十一二歲時作，情節都未十分符合。歸田園居五首和飲酒二十首，是陶詩的代表作。爲篇幅所限，我們只各選最重要的兩首來欣賞。歸田園居所選是第一首和第三首。

張蔭嘉古詩賞析曰：「首章敘初歸時事。前八，以出山本非素志，插鳥魚兩喻，引出思歸；開荒守拙，點題領起。中八，正敘村居之景，方宅四語，詳其近者；曖曖四語，詳其遠者。後四，說到居室之樂，而以出樊籠、返自然，應起作收。」「三章敘力田事，獨就豆說，隱用楊惲拊缶歌意。前四，正說治豆。後四，則頂第四句，申寫原有力田之苦。然願欲無違，衣沾奚惜？仍是前縈後拂。題面（歸田園居）四字，前三章層遞寫來，已無餘蘊。」

都玄敬（明都穆）南濠詩話曰：「陳後山曰：『陶淵明之詩，切於事情，但不文耳。』此言非也。如歸田園居云：『曖曖遠人村，依依墟里煙。狗吠深巷中，鷄鳴桑樹巔。』東坡謂：『如大匠運斤，無斧鑿痕。』」

釋惠洪冷齋夜話曰：「東坡嘗云：『淵明詩初視若散緩，熟視有奇趣。如曰：「採菊東籬下，悠然見南山。」又曰：「靄靄遠人村，依依墟里煙。狗吠深巷中，鷄鳴桑樹巔。」大率才高意遠，則所寓得其妙，遂能如此。如大匠運斤，無斧鑿痕，不知者疲精力至死不悟。』」

沃儀仲曰：「返自然句，如負重乍釋，四體皆暢。」查愼行曰：「返自然，道盡歸田之樂，可知塵網牽率，事事俱違本性。」

蘇東坡曰：「以夕露霑衣之故，而違其所願者多矣。」

## 讀山海經（十三首選一）

孟夏草木長，❶遶屋樹扶疎。❷衆鳥欣有託，吾亦愛吾廬。既耕亦已種，時還讀我書。窮巷隔深轍，❸頗迴故人車。❹歡然酌春酒，❺摘我園中蔬。微雨從東來，好風與之俱。汎覽周王傳，❻流觀山海圖。❼俯仰終宇宙，❽不樂復何如？❾

【註釋】

❶孟夏：夏季三個月的第一月，即夏歷四月。❷扶疏：樹木盛大四布。❸窮巷：里巷之極隱僻者。❹謂故人之車紆迴而來。❺文選然作言。❻周王傳，即穆天子傳，晉太康二年汲郡古塚所得。❼山海經是一部記載海內外絕域山川人物之異，類似神話傳說的古書，書中有插圖。書爲漢劉歆所校定，晉郭璞爲注並圖讚。畢沅曰：「山海經有古圖，有漢所傳圖。」❽小而言之，屋簷爲宇，棟梁爲宙；大而言之，四方上下曰宇，往古來今曰宙，指物質世界之總體，有空間及時間無限連續之意。❾復：一作將。此言俯仰之間，可終窮宇宙之事，宜其樂矣。

【語譯】

孟夏四月，草長木盛，環繞着屋子的四周，大樹的枝葉紛披。許多鳥兒歡欣於託身有所，我也喜愛我自己的茅廬。田既用犂頭耕過，種籽也已撒播，於是還時時讀我的書。我這隱僻的窮巷遠隔了大車的深轍，却也往往有故人的車子紆迴而來。故人來了便歡然同喝春天所釀的酒，並且摘下我園子裏新鮮的蔬菜來饗客。當微雨從東方飄來，好風也一起吹到，吹得人好和暢舒適啊！這時我隨手翻閱着周王穆天子傳，隨意觀看山海經的插圖。俯仰之間，得以窮極宇宙的種種，這樣要是不覺快樂，那還要怎麼樣呢？

【評解】

陶詩讀山海經十三首，作於歸田園居的同一年。我們選錄了第一首。劉履曰：「此詩十三首，皆記二書（山海經與穆天子傳）所載事物之異，而此發端一篇，特以寫幽居自得之趣耳。觀其『衆鳥有託，吾愛吾廬』等語，隱然有萬物各得其所之妙，則其俯仰宇宙，爲樂可知矣。」

葉夢得曰：「詩本觸物寓興，吟詠情性，但能抒寫胸中所欲言，無所不佳。而世多役于組織雕鏤，故語言雖工，而淡然無味，與人意了不相關。嘗觀元亮告子儼等疏云：『少學琴書，偶愛閒靜。開卷有得，便欣然忘食；見樹木交蔭，時鳥變聲，亦復歡然有喜。嘗言五六月中，北窗下臥，遇涼風暫至，自謂是羲皇上人。』此皆平生眞意。及讀其詩，所謂『孟夏草木長』，至『好風與之俱』直是傾倒所有。借書于手，初不自知爲語言文字也。」

鍾嶸詩品曰：「宋徵士陶潛詩……文體省靜，殆無長語，篤意眞古，辭興婉愜。每觀其文，想其人德世，歎其質直。至如『歡言酌春酒』『日暮天無雲』（擬古九首之七首句）風華清靡，豈直爲田家語耶？古今隱逸詩人之宗也。」

王圻稗史曰：「杜有全學陶者。陶云：『衆鳥欣有託，吾亦愛吾廬。』而杜云：『群生各一宿，飛動自儔匹；吾亦驅吾兒，營營爲秋實。』明明自陶脫出來。但讀陶二語，殊覺杜之爲煩。」

張蔭嘉古詩賞析曰：「此十三首之總冒也，故通首空寫，只於末處點題。前六，點清時物，以耕字陪出讀字，虛虛逗起。中六，再就事僻地幽之景引入。後四，復以周王傳作陪，點出題目，而仍以尋樂兜收，絕不粘滯。」

## 移　居（二首）

## 一

昔欲居南村，❶非爲卜其宅；❷聞多素心人，❸樂與數晨夕。❹懷此頗有年，今日從茲役。❺弊廬何必廣，❻取足蔽床席。鄰曲時時來，❼抗言談在昔。❽奇文共欣賞，疑義相與析。❾

【註釋】❶南村：卽南里，一作栗里，在柴桑山附近。丁福保以爲在尋陽負郭。❷卜宅，選擇住宅，左傳昭公二年：「非宅是卜，唯鄰是卜。」淵明引此以明其移居爲卜鄰。❸素心人，心地潔白天眞的人，指其友顏延之、殷景仁、龐通之等。顏延之字延年，工詩文，高介好酒，淵明卒，撰陶徵士誄云：「自爾介居，及我多暇，伊好之洽，接簷鄰舍。宵盤晝憩，非舟非駕。」其結鄰歡洽可知。殷景仁曾爲劉裕參軍，入宋官至尙書僕射。淵明有別殷詩云：「去歲家南里，薄作少時鄰。」龐通之官參軍，淵明有答龐詩，序云：「自爾鄰曲，冬春再交，欵然良對，忽成舊游。」❹數：音朔，屢次，此處言相見之頻。❺茲役：此事。❻弊廬：破舊的屋子。❼鄰曲：鄰居，鄰人。❽抗：通亢，抗言談在昔，謂高聲暢談從前的事。❾析：分析。

【語譯】

從前就想住到南村來，並不是選擇房子的好壞，而是聽說這裏有好多心地潔白天眞的人，喜歡和他們早晚常見面啊！抱着這願望已有好幾年了，今天方得如願以償搬了來。破屋幾間，何必廣大？放得下床和桌子就够了。鄰居們時時前來，我們高談濶論古人的是非得失，奇妙的文章大家一同來欣賞，疑難的意思就互相分析探討，尋求適當的解答。

## 二

春秋多佳日，登高賦新詩；❶過門更相呼，有酒斟酌之。❷農務各自歸，閒暇輒相思；相思則披

衣，❸言笑無厭時。此理將不勝，❹無爲忽去茲。❺衣食當須紀，❻力耕不吾欺。❼

【註釋】❶荆楚歲時記：「正月七日以七種菜爲羹，剪綵爲人，登高賦詩。」此春季於人日登高賦詩之俗。九月九日登高插茱萸亦賦詩，此秋季於重陽登高賦詩之俗。❷斟：音針，勺也。盛於勺亦謂之斟。酌，音灼，說文：「酌，盛酒行觴也。」段注：「盛酒於觶（四升容量酒器名）以飲人曰行觴。」分言之，盛酒曰斟，既盛而飲人曰酌。合言之，飲酒而已。❸披衣：披衣肩上，不加結束也。❹勝，音升，任也。將，豈也。❺無爲：猶不可。曾國藩云：「此理二句，言此樂不可勝，無爲舍而去之也。」❻紀：經紀，料理。❼吾欺：欺吾的倒裝句。

## 【語譯】

春天秋天常碰到良日佳節，就爬山登高做起新詩來。經過朋友門前，又大家呼喚相招，有酒就拿出來一起喝。農事忙碌時各自回去工作，工作閒暇時就想念着和朋友聚會。想念着朋友就披上衣服去拜訪，說說笑笑，沒有厭倦的時候。這種生活豈不很好，不可隨便放棄了。穿衣吃飯，終須自己料理，努力耕種不是騙人的啊！

## 【評解】

移居二首是安帝義熙五年（公元四〇九年）淵明三十八歲時的作品。淵明原居柴桑縣柴桑里（今江西九江縣西南九十里）義熙四年（戊申）遭遇火災，家宅盡燬，集中有「戊申歲六月中遇火」詩，次年移居南村，作此詩。

張蔭嘉古詩賞析曰：「兩詩作於初移居時，皆以喜得嘉鄰爲主。（第一首）前六，追敘欲居南村，非爲卜宅，實爲卜鄰，逆提後意，隨落清現在遷移。後六，「斂廬」二語，應前「非爲」一句；鄰曲四語，應前「聞多」二句；賞奇析疑，先在學問獲益上說。（第二首）前十，接前章來，透筆鋪叙已後偕玆鄰曲，賦詩、飲酒言笑，種種樂事。以「將不勝」、「無爲去」，醒出預期意來，皆是空中樓閣；如作現在實事觀，無論體勢平直，且非此題目矣。後二，忽跟「農務」，以衣食當勤力耕收住，並第次相樂，本務易荒，樂何能久？以此自警，意始周匝無弊，而用筆則嬌變異常。」

蔣薰曰：「疑義相析，知淵明非不求解，但不求甚解以穿鑿耳。」

敖陶孫詩評曰：「陶彭澤詩，如絳雲在霄，舒卷自如。」於此詩得之。

詩須「樂而不淫」，移居第二首登高賦詩，有酒斟酌，言笑無厭，一路叙樂事，言笑至於無厭，將流於淫逸矣。最後以力耕不欺結，正合樂而不淫之旨，而亦足以見其田園詩人之本色。

## 【附錄】

### 悲憤詩

蔡琰

漢季失權柄，董卓亂天常，志欲圖篡弒，先害諸賢良。逼迫遷舊邦，擁主以自強。海內興義師，欲共討不祥。卓衆來東下，金甲耀日光。平土人脆弱，來兵皆胡羌。獵野圍城邑，所向悉破亡。斬截無孑遺，屍骸相撐拒，馬邊懸男頭，馬後載婦女。長驅西入關，迥路險且阻。還顧邈冥冥，肝脾爲爛腐。所略有萬計，不得令屯聚，或有骨肉俱，欲言不敢語。失意幾微間，輒言斃降虜：「要當以亭刃，我曹不活汝！」豈敢惜性命？不堪其詈罵，或便加棰杖，毒痛參并下。旦則號泣行，夜則悲吟坐。欲死不能得，欲生無一可。彼蒼者何辜？乃遭此阨禍！邊荒與華異，人俗少義理。處所多霜雪，胡風春夏起，翩翩吹我衣，肅肅入我耳。感時念父母，哀歎無窮已。有客從外來，聞之常歡喜，迎問其消息，輒復非鄉里。邂逅徼時願，骨肉來迎己。己得自解免，當復棄兒子。天屬綴人心，念別無會期。存之永乖隔，不忍與之辭。兒前抱我頸，問：「母欲何之？人言母當去，豈復有還時？阿母常仁惻，今何更不慈？我尚未成人，奈何不顧思？」見此崩五內，恍惚生狂癡，號泣手撫摩，當發復回疑。兼有同時輩，相送告離別，慕我獨得歸，哀叫聲摧裂。馬爲立踟躕，車爲不轉轍。觀者皆歔欷，行路亦嗚咽。去去割情戀，遄征日遐邁，悠悠三千里，何時復交會？念我出腹子，胸臆爲摧敗。既至家人盡，又復無中外。城郭爲山林，庭宇生荊艾。白骨不知誰，從橫莫覆蓋。出門無人聲，豺狼嗥且吠。煢煢對孤景，怛咤靡肝肺。登高遠眺望，魂神忽飛逝，奄若壽命盡。旁人相寬大，爲復彊視息；雖生何聊賴？託命於新人，竭心自勗勵；流離成鄙賤，常恐復捐廢。人生幾何時？懷憂終年歲！